Yüksel Pazarkaya
Ich und die Rose

Yüksel Pazarkaya

Ich und die Rose

Roman

Rotbuch Verlag

Die Deutsche Bibliothek – CIP-Einheitsaufnahme

Ein Titeldatensatz für diese Publikation ist bei
Der Deutschen Bibliothek erhältlich

Umschlagkonzept: Meta Design, Berlin
Umschlaggestaltung: Project ®/Philipp Starke
unter Verwendung einer Fotografie von Grant V. Faint/Imagebank
Herstellung: Das Herstellungsbüro, Hamburg
Satz: Greiner & Reichel, Köln
Gesetzt aus der Sabon
Druck: GGP Media, Pößneck
Printed in Germany

ISBN 3-434-53099-1

Informationen zu unserem Verlagsprogramm finden Sie
im Internet unter www.rotbuch.de

1

Auf diese Reise hatte ich unendlich lange gewartet. Ich hatte auf Wunder gewartet, auf Götter, auf dass sie aus meinem tiefsten Innern erstiegen und Hand auf mein Leben legten, auf Zeit und Raum. Wie im Mutterleib hatte ich dieser Reise entgegengeharrt wie der bevorstehenden Geburt, ewig umzingelt vom Fruchtwasser.

Sie begann unvorbereitet. An Pass und Papiere hatte ich nicht gedacht. Socken und Hemden hatte ich nicht eingepackt. Zahnpasta und -bürste, Rasiermesser und -seife nahm ich nicht mit. Um Winter und Sommer wusste ich nicht. Ich sprach mit niemandem, fragte niemanden um Rat.

Der Koffer stand am Ausgang bereit. Ich nahm ihn und ging.

Alles war mir eng geworden, das Zimmer, die Wohnung, die Stadt, das Land und die Welt. Der Augenblick war da, die Reise anzutreten. Sie konnte eine eingebildete sein oder auch eine wirkliche. Ich begann jedenfalls zu atmen, zu trinken, zu essen. Ich hatte die Umzingelung durchbrochen, schälte mich heraus.

Ich hatte mich ständig im Fruchtwasser gewälzt, nicht einschlafen können. Wenn ich das Telefon nicht gehört hätte, wäre ich wahrscheinlich endlos in Ohnmacht versunken. Oder ich wäre tiefer noch im Traum versunken, hätte ich vielleicht das Telefon nicht gehört.

Sie redete und redete, gab sich aber nicht preis. Sie sei

etwas angetrunken, sei verheiratet, aber allein. Ihr Mann habe Nachtschicht. Sie habe kein Auge zutun können. Sie sei von Trübsinn befallen. Ob sie mich geweckt hätte. Sei ich allein?

Ich fragte nach ihrem Namen. Sie schwieg.

»Ich kenne dich, aber du kennst mich nicht«, sagte sie. »Ich habe dich von ferne gesehen.«

Es muss von weit, weit ferne gewesen sein. Du hast mich nicht geweckt, du hast mich zur Welt gebracht.

»Irrst du dich auch nicht?«, fragte ich.

»Nein«, sagte sie.

Sie habe mich von ferne gesehen. Vor meiner Geburt muss es gewesen sein. Eigentlich bin ich noch kaum geboren worden. Von weit, weit ferne muss es gewesen sein, von sehr weit ferne.

Dann versank ich wieder. Ich wusste nicht, worin. Das war kein Schlaf. Wie am Jüngsten Tag, ja im Wust des Jüngsten Tags. Im gleißend hellen Licht, ohne Schatten, doch es war nicht heiß noch kalt. Ohne ein Gefühl der Wärme. Es sah auch nicht nach einem Platz aus, nicht nach einer Ansammlung. Kein Mensch war da. Es sah nicht wie ein Gerichtstag aus.

Dann befand ich mich auf einmal in einem Menschenstrom, in einer Gasse oder Straße. Menschen strömten in beide Richtungen. Ich versuchte, mich durchzuschlängeln, mir einen Weg zu bahnen. Die Menschen erstickten mich beinahe. Ein ganzes Land schien in diese eine Straße verwandelt zu sein. Um nicht zu ersticken, riss ich auf einmal die Menschenmauer durch und öffnete die Augen mit Schreckpupillen.

Es war ein bleierner Tag. Die Wolken senkten sich dunkel wie Gramvorhänge über die Stadt. Ich sah aus dem Fenster, der Baum im Garten stand da, sein Grün, seine Blüten noch auf ihm. Es rührte sich jedoch kein Blatt, eine trübselige Stille war sichtbar, beinahe mit der Hand zu greifen.

Ein Vogel schwebte über den Baum und setzte sich auf dem First des Ziegeldachs nieder.

Ich machte das Radio an. Eine erregte Stimme berichtete aus einem fernen Land. Es war eine Kriegsberichterstattung. Ich spitzte die Ohren. Gegen Morgengrauen landeten Truppen auf der Insel, Fallschirmjäger aus der Luft und Marinesoldaten vom Wasser her. Es gab zahlreiche Tote und Verletzte.

Wusste sie vom Krieg, als sie mich anrief? Warum sagte sie mir dann nichts davon? Ich erfuhr es gerade erst aus dem Radio. Sie habe mich von ferne gesehen, vom fernen Krieg sagte sie nichts.

Dann hatte ich mich wieder im Traum auf die Reise gemacht, die mir heute bevorstand. Dort kam ich am Jüngsten Tag an. Beinahe wäre ich im Menschengewimmel erstickt.

Soldaten landeten vom Wasser und von der Luft her auf der Insel.

2

Durch die Nacht zog sich ein Geratter hin. Auf der oberen Liege kämpften meine schwer gewordenen Augen gegen das Geratter an. Doch der Zug fuhr nicht draußen auf den Schienen, sondern in meinem Kopf. Mein geschundenes Gehirn wollte immer noch nicht dahindämmern. Es leistete Widerstand, um nicht übermannt zu werden. Statt zu schlafen, trieb es auf der trüben Linie zwischen Tod und Leben, weder bewusst noch gänzlich unbewusst. Ich schwamm in einem dicken Nebel dahin.

Es quietschte plötzlich, und ruckend hielt der Zug an. Voll Schreck schnellte ich hoch, ehe ich in einen Abgrund hinabstürzte. Der Zug stand in der Dunkelheit. Da legte ich meinen brodelnden Kopf wieder aufs Kissen, horchte eine Weile auf das Fauchen des Dampfkessels. Da ruckte der Wagen wieder an, und der Zug begann durch die Nacht zu rattern.

Ich wollte einschlafen, zu dem Geratter kam jedoch auch noch das Wechselspiel von Licht und Dunkel. Auf die zugedrückten Augenlider fielen durch das Abteilfenster in regelmäßigen Abständen Lichter. Das Geratter und das Wechselspiel von Licht und Dunkel begannen in meinem Kopf Blindekuh zu spielen.

Ich blickte durch den Schlitz. Am Abteilfenster zogen Lichtmasten vorbei, die nach kurzem Hineinleuchten wieder weghuschten. Dann hörten die Lichter plötzlich auf, doch das letzte Rattern war noch lange nicht vorbei.

Ich musste wohl zwischendurch eingedämmert sein. Denn vom ruckenden Bremsen aufgerüttelt, schoss ich wieder in Ängsten hoch, blieb auf der Liege sitzen. Der Waggon war stehen geblieben. An irgendeinem Bahnhof wurden die Lok und einige Waggons ausgetauscht.

Durch das Manövrieren wurde der Schlafwagen mal von vorn, mal von hinten gerammt. Wo war ich? Was für eine Reise war das wohl, und wohin sollte sie führen? Hier kam mir das Hin- und Hergeschiebe wie das Gedränge vorm Höllentor vor. Wann sollte denn das nächtliche Getöse der Höllenwärter ein Ende haben? Was erwartete mich dort, wo ich ankam? Sollte ich überhaupt irgendwo ankommen? Wo? Wann? Was erwartete mich dort? Dort? Was wäre das für ein Ort? Würde mich jemand erwarten? Wer würde mich empfangen, wer richten?

Ruckend setzte sich der Zug in Bewegung. Ich versank irgendwann wieder benommen in Bewusstlosigkeit. Ich stand wieder auf der Straße des Jüngsten Gerichts. Von beiden Seiten drängten sich Menschenmassen. Ich wurde gestoßen und im Strom hin und her gezerrt. Ich konnte nicht laufen, mein Atem stockte, kalter Schweiß brach mir aus.

Um dem Ersticken zu entgehen, richtete ich mich auf der Liege auf, hechelnd atmete ich. Das Würgegefühl verflog. Ich fühlte mich wieder erleichtert.

Diese Fahrt durch einen endlos langen, dunklen Gang führte zwischen zwei Leben. Ich strebte durch den finsteren Gang des Geratters von einem früheren Leben in ein anderes, neues. Ging ich aber freiwillig auf diese Reise? Wurde sie mir aufgenötigt? Konnte ich nichts für sie?

Ich stand in einer gedächtnislosen Leere, vor einem weißen Blatt oder vor einer dunklen Fotoplatte. Weder ein Vorher noch ein Nachher waren darauf aufgezeichnet. Als wäre mein Gedächtnis mit einem Stoß entleert oder klitzeklein zerschlagen.

Ich versank wieder in eine trübe Tiefe. Ich stand im Laden meines Vaters auf dem Markt der Stadt. Vorne an der rechten Ecke standen der Spiegeltisch und davor der Kundenstuhl des Barbiers Ali. Ich wurde ihn jedoch nicht gewahr. Der Laden im überdachten Basar hatte eine hohe Decke. Mein Vater hatte darin ein halbes Hängegeschoss zimmern lassen. Eine steile Holztreppe führte hinauf. Die Treppe verschwamm nach den ersten Stufen im rauchigen Dunkel. Auf dem Bügeltisch lag das große, mit Holzmehl gestopfte Bügelkissen, dessen Farbe vom ständigen Bügeln in ein angebrannt schmutziges Grau verwandelt worden war.

Mein Vater saß an der Nähmaschine neben dem Bügeltisch. Er trat mit beiden Füßen auf das Pedal der alten Singer-Maschine, nachdem er das Rad mit einem Handstoß in Schwung versetzt hatte.

Er legte seine Finger auf meine Gehirnlappen. Er zerrte sie über das Schiffchen unter der Nähnadel. Ich spürte die feinen Zacken des Schiffchens. Dann setzte er den Nähhebel herunter. Ich wurde zwischen den Zacken und den Hebelfuß gequetscht.

Er schaukelte mit beiden Füßen das Pedal hin und her. Mit der einen Hand schob er meine Gehirnlappen aufs Schiffchen unterm Nähhebel, mit der anderen zog er sie hinten heraus. Die Nadel stach tickend ein und aus. Meine Gehirnlappen wurden fein zusammengenäht. Die Hände meines Vaters drehten und wendeten dabei meine Gehirnlappen. Er nähte sie unaufhörlich, tick tick …

3

»Sie kommen mit«, sagte der Grenzpolizist, »wir steigen aus.«

Alle anderen Pässe stempelte er ab und gab sie zurück. Als er meinen in die Hand nahm, zögerte er, blätterte darin hin und her. Dann eilte er zu seinem Kollegen im anderen Abteil. Ich streckte den Kopf durch die Abteiltür nach ihm. Eine unbeschreibliche Erregung erfasste mich. Mein Herz löste sich von meinem Körper und tobte. Gefühle waren mir eigentlich fremd, dies jedoch konnte kein Gefühl sein. Ich empfand keine Angst und keine Verachtung, es war kein Zorn, keine Wut. Ich wusste keinen Namen für diese Erregung. Ich streckte den Kopf durch die Abteiltür, als wäre ich nicht ich.

Im Eingang zum anderen Abteil schlug er den Pass auf, deutete mit dem Finger auf eine Stelle darin und flüsterte seinem Kollegen etwas zu. Sein Kollege trat zum Licht im Gang. Dabei stempelte er den Pass, den er gerade in der Hand hielt, ab und reichte ihn ins Abteil hinein. Er sah sich die Stelle in meinem Pass an, dann kamen sie gemeinsam in unser Abteil.

Durch den Kollegen bestärkt, sagte der Beamte mit meinem Pass entschieden im Ton:

»Nehmen Sie Ihr Gepäck! Wir steigen aus.«

Ich stand da, konnte nichts sagen. Meine Hände verselbstständigten sich und griffen nach der Tasche und dem Koffer. In diesem Augenblick hatten meine Hände anscheinend mehr Verstand und Besinnung als ich. Die Hände bewegten sich selbstsicher, ohne Furcht und Hektik.

Ich bewunderte meine Hände. Sie waren ohne Erregung, sie schwollen nicht an. Eigentlich sahen nicht meine Augen die

Hände, sondern umgekehrt, die Hände sahen sich in meinen Augen. Der Handballen, der sich von der Daumenwurzel her anhob, war natürlich. Als die Hand meine Augen sah, ging ein mitleidiges Kräuseln über sie, sie kribbelte.

Die Hände fassten Koffer und Tasche und blickten durch die Augen zum Grenzpolizisten an der Tür. Einer lief vor mir, der andere hinter mir. Der Gang im Schlafwagen war ganz leer. Während der Fahrt standen sonst, ob am Tag oder in der Nacht, immer ein paar Leute da, die Blicke auf die Scheiben gerichtet, ließen sie Stadt und Dorf, Stock und Stein vorbeisausen, vielleicht nichts als einen Filmstreifen im Nebel wahrnehmend.

Auch kein Gepäckstück versperrte den Gang.

Es sah nicht nach einem Bahnhof aus. Mehrere Schienen liefen nebeneinanderher. Der vordere Polizist öffnete die Waggontür und sprang hinunter. Das Trittbrett war zu hoch. Mit dem Gepäck zu springen war nicht einfach. Ich wollte nicht stürzen, blieb auf dem Trittbrett stehen. Dann streckte ich den Fuß so weit wie möglich zum Boden, konnte jedoch die Erde nicht berühren. Ich wollte nicht springen, doch nun war mein Bein nicht lang genug, so stand ich unentschlossen in der Schwebe. Als ich mich ebenso unentschlossen losließ, verlor ich mit dem Gepäck das Gleichgewicht, taumelte und strauchelte, ehe ich, vielmehr die Hände mit Mühe wieder das Gleichgewicht herstellten.

Da fiel mein Blick auf den Zug. Eben noch war der Gang wie leer gefegt gewesen, jetzt wurden alle Fenster heruntergezogen, und aus jedem ragten einige Köpfe heraus und beobachteten uns lautlos und neugierig, von steifem Ernst gezeichnet.

Wie durch ein Fernglas rückten die immer größer werdenden Gesichter an mich heran und huschten dann wieder kleiner werdend in die Fenster zurück. Ich ahnte aber, ja gewahrte beinahe, wie sie mich mitleidsvoll ansahen, innerlich angespannt den Vorfall verfolgten, wie einer dem anderen scheinbar sagte:

»Jedem, was er verdient.« Wiederum ein anderer dachte sich: »Wer weiß, ob er ein Schmuggler ist oder ein Mörder.«

Nun gingen die beiden Polizisten neben mir zu beiden Seiten, und wir sprangen über die Schienen.

Ich hatte kein Gedächtnis. Nicht die geringste Spur irgendeiner Vergangenheit, einer vergangenen Zeitspanne oder eines Erlebnisses war mir sonst gegenwärtig. Die heiße Sonne beschien nur ein Medium, das aus hellem, blankem, jedoch nicht blendendem Licht bestand. Raum und Zeit waren unwirklich. Ich konnte kein Zeichen von mir senden, empfing auch keines. Alles war endlos, Sein und Nichtsein waren eins. Mir war, als würde ich sogleich das Licht der Welt erblicken, zu leben beginnen, sozusagen würde das Jahr null für mich beginnen. Das war eine dumpfe Empfindung, aber so war mir, als wir über die Schienen gingen.

Wie weit wir gingen, wo wir ankamen, wusste ich nicht, konnte ich auch nicht wissen noch vor meinem ersten Schrei. Und was mich dort erwartete, konnte mich nicht interessieren. Der Zeiger auf dem Zifferblatt des Denkens rührte sich noch nicht.

Ich ahnte nur: Das Jahr null meines Lebens wollte sogleich schalten.

4

Das sollte also mein erster Schrei sein, er würde mir meinen Namen geben, mich ins Leben entlassen, mit allem Schrecken, vielleicht auch mit aller Freude in das mir bevorstehende Leben.

»Name?«

»Orhan.«

»Familienname?«

»Barut.«

»Name des Vaters?«

»Verzeihung, sind diese Angaben nicht in meinem Pass enthalten?«

»Willst du mich belehren? Hier stelle ich die Fragen. Name des Vaters?«

»Murat.«

»Murat ... Belehren will er mich auch noch ... Ob dieser Pass auch dir gehört ... Woher sollen wir das wissen? Ihr kommt euch gescheit vor, was, wenn ihr mal nach Europa geht? Ihr vergesst schnell, was Achtung und Gehorsam ist. Aber keine Bange, wir bringen euch schon wieder bei, wie man mit einem Staatsbeamten redet ... Wie man ihm zu antworten hat ... Name der Mutter?«

»Sakine.«

»Geburtsort und -datum?«

»Izmir, 1946.«

»Ausbildung und Beruf?«

»Elektronikingenieur, Fachmann für Mikroprozessoren.«

»Aha, ein Kollege sozusagen. Wir benutzen auch Elektroschocks, wenn wir auch nicht gerade in Europa studiert haben wie der Herr ... Wir sind auch Fachleute dafür, bei Gott, wir haben eine Ahnung davon, bei wem wir Elektroschocks ansetzen müssen ...«

Ich glaubte allein zu sein mit dem Vernehmungskommissar. Da schlug aus dem dunklen Hintergrund eine klare und entschiedene Stimme in die Vernehmung ein:

»Was redest du denn da für einen Quatsch?«

Der Kommissar sprang auf und nahm die Grundhaltung an.

»Zu Befehl, mein Kommandant«, plapperte er nach hinten.

Aus dem Hintergrund drang eine Gestalt langsam nach vorne. Ich kannte mich mit den Sternen und Abzeichen nicht aus, aber die Uniform erschien mir wie die eines Generals oder zumindest eines Obersten.

»Warum verhörst du den Herrn?«

»Sehen Sie, mein Pascha«, stotterte der Kommissar und reichte ihm die aufgeschlagene Seite in meinem Pass.

»Lass die Arschkriecherei, nenn mich das, was ich bin, nenn mich Oberst oder Kommandant! Wenn dieser Putsch überhaupt etwas Gutes hatte, dann nur, euch Folterknechte zu kennen. Leider hatte der Putsch nicht die Absicht, euch das Handwerk zu legen. Aber nimm dich in Acht, solange ich hier bin. Ich bin nicht wie die anderen.«

Dabei nahm er den Pass an sich und betrachtete die aufgeschlagene Seite.

»Was gibt's da? Ich sehe nichts.«

»Der Einreisestempel, mein Kommandant ...«

»Was ist damit?«

»Der letzte Ein- und Ausreisestempel ist über zehn Jahre alt, mein Kommandant. Seit über zehn Jahren kam er nicht in sein Vaterland ...«

»Ist das der Grund der Vernehmung?«

»Vorsichtsmaßnahme, mein Kommandant, bei diesen Leuten kann man nie vorsichtig genug sein. Wie Ihnen nicht unbekannt ist, wimmelt es im Ausland nur so von Staatsfeinden, Anarchisten, Terroristen, Pöbel, Gesindel ...«

»Hat es einen bestimmten Grund, warum Sie so lange nicht gekommen sind?«, wandte sich der Kommandant an mich.

»Ja, mein Kommandant, ich hatte zwei Gründe.«

»Kann ich sie erfahren?«

»Mein Beruf erlaubte mir nicht, Urlaub zu machen, geschweige denn eine längere Abwesenheit wegen des Militärdienstes. Erst musste ich meine Doktorarbeit beenden, dann haben wir in unserer Firma ein neues elektronisches Zentrum eingerichtet, neue Verfahren für Mikroprozessoren entwickelt. Wir konnten jahrelang keinen Urlaub machen, im Gegenteil, wir mussten ständig Überstunden machen. Nun kann ich sie in einem längeren Urlaub abfeiern.«

»Ist das alles?«

»Der zweite Grund ist meine Frau. Sie ist Deutsche. Während des Studiums sind wir jedes Jahr in die Türkei gekommen, zuletzt in der Tat vor zehn Jahren. Sie wollte aber auch andere Länder sehen. In den letzten zehn Jahren konnten wir ohnehin nur zwei Mal in Urlaub fahren.«

»Reisen Sie jetzt allein?«

»Ja.«

»Darf ich fragen, warum?«

»Ich komme, um länger zu bleiben. Ich möchte endlich meinen Militärdienst ableisten. Bisher hatte ich, wie gesagt, keine Gelegenheit dazu. Jetzt kann ich meine Überstunden dafür nehmen.«

»Kurzlehrgang?«

»Ja, mein Kommandant, die viermonatige Grundausbildung, die jetzt für unsereins gesetzlich möglich gemacht wurde.«

»Bitte, nehmen Sie Ihren Pass. Sie sind willkommen in Ihrem Land. Vergeben Sie die Grobheit dieses Mannes. Sie wissen, überall gibt es solche und solche.«

»Ich danke Ihnen.«

»Viel Erfolg bei Ihrem Militärdienst, das geht wie im Fluge vorbei. Vergessen Sie aber dabei nicht, Ihr Heimweh zu stillen.«

»Nein, mein Kommandant, ich werde es stillen, ich werde es nach Herzenslust stillen.«

Kam ich nun zur Welt? War das nun mein erster Schrei? Erlebte ich den ersten Schrecken und die erste Freude?

Vor über zwanzig Jahren, nach dem Abitur, sollte ich zum Studium ins Ausland gehen. Ich war gerade erst achtzehn. Ich brauchte für die Ausreise einen Musterungs- und Aufschubbescheid für den Militärdienst.

Der Kommandant muss damals Oberleutnant oder Hauptmann gewesen sein. Was hatte doch der Kommandant im Musterungsamt des Bezirks gesagt, als er mich, fast ein Kind noch, vor sich sah?

»Glück auf deinem Weg, geh und studiere. Damit tust du den größten Dienst am Vaterland.«

Ich ging frohen Herzens.

Gleich beim Aussteigen aus dem Flugzeug ätzte ein scharfer, fremdartiger Geruch meine Nase. Ich gewöhnte mich an den Geruch des Landes, das ich nur aus dem Erdkundeunterricht gekannt hatte, seinen Namen, seine geographische Lage, Bevölkerungszahl, seine großen Städte, großen Flüsse und seinen sagenhaften Ruf. Ich lernte seine Sprache, studierte, verliebte mich, heiratete dort und begann zu arbeiten.

Irgendwo an mir, an verborgenen Saiten, wurde ständig gezerrt. Rissen sie auch?

Ich muss ein früheres Leben gehabt haben. Ich will es wieder finden nach der Neugeburt.

Lebte ich aber wirklich? Werde ich es wirklich wieder finden? Werde ich es wieder erleben?

5

Ich war ein Fisch, der ins Meer zurückkehrte. Meine Kiemen funktionierten wieder. Mit leichten Schlägen der Flossen glitt ich im Wasser. In mir war Leere und Leichtigkeit.

Ich schwamm in einem Stimmengewirr. Sprachfetzen, Geschrei, Rufe der Verkäufer, feilschendes Gezerre, Palaver, Schimpfen, zärtliches Geflüster und sonstige Laute taten meinem Trommelfell nicht weh. Ich konnte zwar Worte und Wörter nicht einzeln erkennen, aber sie bestanden aus Schwingungen, die vertraut klangen. Vielleicht kannte ich sie einst und hatte sie verloren. Jetzt sollte ich sie Silbe um Silbe neu lernen. Es gab vielleicht auch Neuschöpfungen, die ich früher nicht gekannt hatte. Mich umgab nicht nur ein Stimmengewirr, sondern auch eine Atmosphäre von Gerüchen. Ich konnte bei ihnen nicht die einzelnen Bestandteile erkennen. Mir schien, dass jedem Laut ein Geruch zukam. Wie die Laute bildeten auch die Gerüche für mich ein totales Chaos.

Ich wollte jedem Laut seinen Geruch zuordnen. So wollte ich Silbe um Silbe, Geruch um Geruch testen, jeden einzelnen Reiz empfinden, jeden einzelnen Geschmack kosten. Und in diesem Meer wollte ich von einer Larve zu einem richtigen Fisch mutieren und wachsen. Nun schwamm ich darin und empfand aber nichts als eine behagliche Leere.

Leute sprachen mich an. Verkäufer priesen ihre Ware. Ich hatte keine Scheu, den Mund aufzumachen und Laute von mir zu geben. Dabei musste ich nach Lauten suchen, einzelne Silben mit Nachdruck aussprechen, um Zeit zu gewinnen. Aber ich hatte nicht die Empfindung, fremd zu sein. Niemand entrüstete sich über mich, niemand zürnte und beschimpfte mich. Irgendwie musste ich dazugehören. Irgendwie wurde ich für selbstverständlich genommen. Allenfalls sah man mich als einen Neugeborenen von ihresgleichen an. Und das gab mir das Gefühl, ein Fisch zu sein, der vom Trockenen ins Nass zurückkehrte, das Gefühl, angekommen zu sein.

In diesem Wasser versunken, ging ich, als jemand gegen mich stieß. Vielleicht war ich gegen ihn gestoßen. Ja, das lag näher.

»Pass auf, du Esel!«, sagte er. Und ging weiter.

Ich wollte mich entschuldigen. Doch ich fand das Wort dafür nicht. Er sprach seine Worte mit größter Selbstverständlichkeit, ohne einen Augenblick zu verweilen. Ich konnte ihm nur noch nachstieren. Erst lange nachdem ich ihn in der Menge verloren hatte, lispelte meine Zunge:

»Entschuldigung.«

Ich ließ den Kopf hängen. Ich konnte nichts denken. In ein geistiges Dunkel getaucht, ging ich weiter. Ich hatte kein Zeitgefühl, wusste nicht, ob die Zeit verging oder stillstand. Das war auch belanglos. Ich hatte davon, wenn es sie gab, so viel, dass sie wertlos war.

Während ich so ging, griffen zwei Hände wie Greifzangen von hinten nach meinen Schultern.

»Turan, mein Lieber, welch schöne Überraschung, im Himmel gesucht, auf Erden gefunden ...«, hörte ich den sagen, der mich ergriff. Wie in das Erdreich eingerammt, blieb ich stehen und drehte den Kopf.

»Verdammt, du bist doch nicht Turan, Mann, du bist nicht er! Seit Jahren suche ich ihn, habe Forderungen. Hat sich aus dem Staub gemacht, der Gauner. Aber ich werde ihn finden, früher oder später werde ich ihn finden. Eines Tages werde ich ihn in die Finger kriegen und auf der Stelle abmurksen. Es sei denn, er zahlt seine Schulden auf der Stelle mit Zinsen und Zinseszinsen bar auf die Hand ... Sei froh, dass du nicht Turan bist! Wieder nichts, verdammt, Mann!«

Er schimpfte und ging weiter. Ich stand stocksteif da. Ich wollte mich gleich, als er enttäuscht war, weil ich nicht Turan war, entschuldigen, doch das Wort dafür fiel mir nicht ein. Meine Zunge war wie betäubt. Erst nachdem er in der Menge verschwunden war, gerann mir im Mund:

»Es tut mir Leid.«

Dann lief ich auch schon weiter im Menschengewimmel. Kurz darauf wogte und brodelte es in der Menge. Ich hörte Schüsse. Die Menschen liefen in alle Richtungen auseinander. Viele flüchteten mit letzter Hast in Läden und Seitengassen. Einige warfen sich bäuchlings auf den Boden. In kürzester Zeit blieb weit und breit niemand außer mir stehen.

Eine Kugel hatte in der Menge eine Schülerin getroffen. Sie lag blutüberströmt auf dem Boden. Ich eilte zu ihr. Beugte mich über sie, um nachzusehen, ob sie noch lebte. Dann richtete ich mich auf und schrie nach einem Arzt.

Das Mädchen lebte noch, lag aber bewusstlos da und verlor Blut. Ich war hilflos. Konnte die Verwundete nicht anfassen. Sie musste so schnell wie möglich ins Krankenhaus gebracht werden. Niemand rührte sich. Niemand kam zu Hilfe.

Vor meinem geistigen Auge begannen sich andere Bilder zu bewegen, vielleicht Bilder aus einer früheren Zeit. Eine große Menschenmenge umlagerte einen Verletzten. Sie benachrichtigten sofort den Krankenwagen. Andere erboten sich, den Verletzten mit dem eigenen Wagen ins Krankenhaus zu bringen. Man riss sich darum, sonst irgendwie zu helfen. Kaum waren diese Bilder erschienen, waren sie auch schon wieder spurlos aus dem Gedächtnis gelöscht. Sie mussten wohl Einbildungen gewesen sein.

Wie angewurzelt stand ich nun bei der Verwundeten. Was hätte ich sonst tun sollen? Was hätten die Menschen in so einer Situation tun können? Da sich niemand rührte, hätte ich vielleicht selbst zu einem Telefon laufen können. Oder ich hätte sie in einem Taxi ins Krankenhaus gebracht. Aber weit und breit war auch kein Taxi zu sehen.

Da kamen zwei Polizisten um die Ecke. Sie kamen gerannt. Sie hielten Maschinengewehre im Anschlag. Den Finger am Abzug, rannten sie auf mich zu und wuchsen dabei zu gigantischen Gestalten. Sie hielten zwei Schritte vor mir und richteten die Gewehrläufe auf mich.

»Nicht rühren! Nicht rühren! Wir schießen!«, brüllten sie wie aus einem Mund.

»Ergib dich!«

Wenn ich so etwas wie Sinn, Geist und Verstand besaß, waren sie schon vorher ganz leer gewesen. Jetzt spürte ich in meinem Schädel so etwas wie einen Gehirnlappen, der wie ein ausgesaugter Ballon, in sich verklebt, verschrumpelte.

Es bedurfte keiner Aufforderung, ich konnte mich sowieso nicht rühren. Als sie meine äußerliche Starre bemerkten, stieß mich der eine mit dem Gewehrlauf an, der andere mit dem Kolben. Dann griffen sie meine Arme, knebelten sie auf dem Rücken und legten mir Handschellen an.

Ich spürte nichts.

Ich wusste nicht einmal das Bruchstück eines Buchstabens vom Leben und von der Welt.

Als sie mich abführten, spiegelten sich mir Menschenbilder in den Augen wider, die aus Ecken und Winkeln hervortraten, in die sie geflüchtet waren. Wie in einer Glaskugel schritt ein stilles Heer in meinem Augapfel auf die Mitte zu.

6

Seit einiger Zeit hatte ich mich schon darin geübt, die Laute um mich herum zu ordnen. Ich hörte viel zu: Erzählungen, Ratschlägen, hier nun auch Befehlen. Ich versuchte, mein neues Leben Wort um Wort zu entziffern. Je mehr ich es zu verstehen glaubte, umso mehr stellte ich fest, dass mich Stimmen und Laute immer dichter umflochten und einkapselten. Dabei bildete sich darin der Kern meines Lebens, das Ich, immer deutlicher heraus. Doch je deutlicher ich es erkannte, desto unvollständiger und unvollkommener kam es mir vor. Ich wusste nicht, ob es eine Entwicklung war oder eigentlich eine Rückbildung in eine Vergangenheit, die mir entronnen schien.

Ich übte mich im Zuhören und Verstehen. Das half aber kaum, mich auszudrücken und mitzuteilen.

Fragen begannen auf mich einzudrücken. Wie viel die Menschen doch fragten. Wie sehr Fragen Unbehagen erzeugen konnten. Und jedes Mal begann es harmlos:

»Wie geht's dir?«

Anfangs hörte sich das angenehm an. Mein Ohr kitzelte gefällig. Es war schön zu hören, dass sich andere für mich interessierten. Ich begriff aber rasch, dass die Frage nicht einem echten Interesse an mir galt, sondern eine gefühlsfreie, mechanische Frage, eine leere Hülse war. Sie wurde einfach dahergesagt, oftmals unangebracht, nicht in Erwartung einer wahren Antwort, eine völlig verbrauchte Rede.

Wenn mir jemand diese Frage stellte, wusste ich nun, dass er mich nicht einmal ansah. Sein Blick konnte ruhig auf mich gerichtet sein, sein Auge konnte zu glänzen scheinen, doch hinter diesem unechten Firnis war er im Grunde blind, gelangweilt. In dem gekünstelten Glanz lernte ich inzwischen seine wahren Gedanken zu lesen: Ehrloser, Gemeiner, Niederträchtiger, Trottel, Aasgeier, Friedhofsbettler, Übergeschnappter, Keucher, Dummer, Blöder, Einfältiger …

Ich lernte als Erstes auszusprechen: »Wie geht's dir?«

Ich hörte diese Frage aber auch in ihrer ursprünglichen Frische und Echtheit, Wärme und Ehrlichkeit. Ich hätte mir gewünscht, ich hätte sie zuerst doch in solcher Ursprünglichkeit erfahren. So hätte das Unechte, das mir zuerst ans Ohr gekommen war, nicht unnötig Spuren in meinem Gedächtnis hinterlassen. Erste Spuren ließen sich nämlich nicht einfach wieder verwischen.

Sonntags durften Verwandte und Freunde uns auf dem Divisionsgelände besuchen. Wir waren rund eintausend Menschen zwischen fünfundzwanzig und fünfundvierzig. Sie waren aus allen Ecken und Himmelsrichtungen der Erde hierher gekommen, aus aller Herren Länder, aus Amerika, Kanada, England, Frankreich, Deutschland, Schweden, Holland, aus der Schweiz … Manche kamen aus Australien, Brasilien, Japan. Sie alle waren Akademiker, Professoren, Ingenieure, Architekten, Künstler, Journalisten, Geschäftsleute. Alle kamen und trafen hier zusammen, sie trafen auch mit den hiesigen Absolventen der Islaminstitute, Pädagogischen Hochschulen, Privathochschulen, Abendakademien, Fernuniversitäten zusammen.

Ich wünschte mir, ich wäre geradewegs hierher gekommen, ehe ich in den Großstädten andere Menschen gekannt hätte. Ich hätte dann die Frage »Wie geht's dir?« zuerst aus dem Mund, nein, aus dem Herzen der Menschen gehört, die aus allen Teilen des Landes ihren Sohn, ihren Bruder, ihren Verlobten, ihren Mann, ihren Vater hier besuchen kamen. Wenn sich diese Worte mit ihren Stimmen mir ins Gedächtnis geprägt hätten, mit ihren klaren, bescheidenen, leisen, gefühlswarmen Stimmen, die dem Zeitsoldaten Liebe und Vertrauen einflößten, wäre ich um Gefühle reicher geworden.

»Wie geht's dir, Sohn?«

»Wie geht's dir, Bruder?«

»Wie geht's dir, Freund?«

»Wie geht's dir, Geliebter?«

»Wie geht es dir, Vater?«

»Wie geht es dir, Neffe?«

Dann fragten die Soldaten mit der gleichen Wärme:

»Wie geht es dir, Vater, Mutter, Schwester, Bruder, Liebste, Großvater, Großmutter, meine Tochter, mein Sohn, Onkel, Tante, Freund, Kamerad?«

Der für den Besuchertreff freigegebene Platz war wie ein kleiner Hain. Jeder Soldat stand mit seinem Besuch unter einem Baum. Manche hatten nur einen Besucher, andere bildeten Grüppchen. Die keinen Besuch hatten, schlenderten enttäuscht hin und her.

»Wie geht's dir, Sohn?«

Man hielt sich lange in den Armen. Dabei klopften sie sich gegenseitig auf den Rücken. Frauen versuchten ihre feuchten Augen zu verstecken, wischten sich die Tränen ab. Unter den knorrigen, verkrümmten Bäumen breiteten sie Tücher aus, holten aus den Taschen und Beuteln hausgemachte Speisen. Die Besucher taten nur so, als äßen sie mit, aber vor allem ihr Soldat sollte vom Mitgebrachten kräftig essen. Man sorgte sich um ihn. Nur Kinder aßen auch richtig mit.

»Mir geht es sehr gut, Mutter, macht euch keine Sorgen …«

»Hier, nimm das, Cemile schickt es für dich.«

Cemile war seine junge Frau. Sie war nicht mitgekommen. Das schickte sich nicht. Aber sie schickte ihm ein Andenken mit: Duftblätter in einer selbst bestickten Stoffbörse. Sie schickte darin ihre Liebe mit. Die Liebe war Wohlgeruch. Er umfasste den kleinen Beutel mit beiden Händen, führte ihn mit beiden Händen an die Nase und sog tief ein. Er sog die Liebe ein. Liebe strömte in ihn und füllte ihn an. Die Liebe war ein Wohlgeruch. Das war Cemiles Geruch.

Als er sich der ihn anstarrenden Blicke bewusst wurde, machte sich Schamröte auf seinem Gesicht breit, Schweiß brach aus. Er steckte das Beutelchen in die Uniformjacke. Seine Cemile lag ihm nun auf der Brust.

Er mied verlegen den Blickkontakt mit Mutter und Vater. Die Mutter befreite ihn aus seiner Verlegenheit. Sie erzählte ihm von seinem neugeborenen Sohn Cem.

»Cem ist ein richtiger Löwe, ein Junge ohnegleichen. Er sieht genauso aus wie du als Kind. Ich zeige ihm dein Bild, er sagt Papa ... Ein richtiger Löwe.«

Er hob den Blick vom Boden und sah seine Mutter an. Sein Blick sagte alles. Er hätte in diesem Augenblick die ganze Welt gegeben, um Cem und Cemile einmal zu sehen.

»Wenn er etwas größer wäre, wenn er schon zwei wäre«, sagte seine Mutter, als hätte sie den Wunsch ihres Sohnes in seinen Augen gelesen, »ich bringe es nicht übers Herz, ihn auf diese Wege mitzunehmen, ihn dieser Strapaze auszusetzen, eine ganze Nacht im Bus. Ich bringe es einfach nicht übers Herz, mein Herzensband ... Wenn er wenigstens zwei wäre ...«

Ich hätte dafür die ganze Welt hergegeben, sprach wieder sein Blick.

»Das hat sie eigenhändig zubereitet, sie hat es für dich geschickt. Nimm es jetzt mit, du kannst es später essen.«

Cemile hatte die Blätterteigpastete wie eine teure Mitgift gebündelt. Sie hatte im Teigtrog ihr Herz mitgeknetet.

»Riza von den Hörnüks ist gestorben, Gott möge dir ein langes Leben schenken«, sprach sein Vater. »Er hatte einen neuen Traktor. Noch am dritten Tag überschlug er sich. Ahmet kam mit einem Bruch davon, Hatca mit Schürfungen, doch Riza ...«

»Das Kalb ist zu einem richtigen Bullen geworden«, sagte seine Mutter. »Dein Vater will ihn verkaufen ...«

»Wir haben schon einen Bullen«, rechfertigte sich der Vater und fuhr mit den Dorfneuigkeiten fort: »Und den Ali von Cabbars brachten sie ins Krankenhaus in der Kreisstadt. Der Bekir von Öschürs schoss ihn mit der Doppelflinte nieder. Du weißt, immer das Ackerproblem, das Grenzproblem ...«

»Als wir im Bus fuhren, brannte mir das Herz«, sagte seine Mutter. »Sein Anblick riss mir die Brust auf. Großer Gott behüte, von hinten sah er dir so ähnlich, mein Junge. Zwischen zwei Gendarmen stand er in Handschellen, sein Gesicht war so unschuldig jung. Er sah gar nicht böse aus. Die Mitreisenden steckten ihm die ganze Nacht Zigaretten an und zwischen die Lippen.«

»Wenn du nach Bekir fragst«, wollte sein Vater mit seiner Geschichte um das Grenzproblem im Ackerland fortfahren, »er flüchtete natürlich, nachdem er Ali niedergeschossen hatte. Er verschwand, machte sich aus dem Staub ... Gott gebe, dass Ali nicht stirbt, sonst endet Bekir am Galgen, sage ich. Ob wenigstens die Grenzfrage gelöst ist ... Ach woher ... Kann denn die Blutrache je aus der Welt geschafft werden?«

Die Sonne berührte schon fast die Horizontlinie am Ende der Steppe.

»Die ganze Nacht kam kein einziges Wort über seine Lippen«, wollte nun seine Mutter die Geschichte mit dem festgenommenen Jungen zu Ende bringen. »Er dankte jedem, der ihm eine Zigarette angesteckt hatte, mit seinem Blick. Und er war doch kein Verbrecher. Der Mann auf dem vorderen Sitz flüsterte nämlich seinem Nachbarn zu: ›Der Junge soll ein Mädchen entführt haben ...‹ Ich sage ja, dem Jungen geschieht Unrecht. Dein Vater hatte mich auch entführt ... Es gibt keine Gerechtigkeit auf dieser Welt.«

»Wer weiß, was er sonst ausgefressen hat. Wenn sie alle Mädchenentführer einlochten, dann wäre das ganze Land ein einziger Kerker«, rechtfertigte sich sein Vater.

Die Sonne begann schon wie eine Blutrose hinter den Horizont zu tauchen.

Ich hätte jeden Sonntag jeder Unterhaltung unter jedem Baum lauschen können. Ich hätte den Alltagsgeschichten der Menschen aus allen Teilen des Landes zuhören und von ihnen viel über das Land und viel über die Menschen erfahren können.

7

Es war in der Nacht der Landung auf der Insel. Die Stimme am Telefon hatte gesprochen:

»Die Welt ist eine Rose.«

Sie sagte das in verschiedenen Sprachen. Die erste Sprache verstand ich nicht. Sie sagte es so plötzlich, dass ich gar nicht darauf gefasst war. Dann verfolgte mich die Lautfolge, die beinahe zu einer Melodie wurde, noch lange. Ich dachte, ein Wort wie *Gul* erkannt zu haben. Die Melodie hörte sich wie Persisch an. Dann sprach sie denselben Satz wie eine Losung auf Englisch, Deutsch, Französisch, Italienisch, Spanisch, Türkisch, ich glaube sogar, Japanisch, Chinesisch …

»Die Welt ist eine Rose.«

Sie sprach so, als wäre sie die Dolmetscherin meiner inneren Stimme. So fremd konnte sie doch nicht sein. Sie gab nur ein Zeichen. Sie wollte mich alte, längst gelöschte Spuren wieder erkennen lassen. Doch sie verriet sich nicht.

Du hattest damals noch in deinem Zimmer geschlafen. Ich hatte das jedenfalls angenommen. Du warst nicht aus deinem Zimmer getreten, als das Telefon klingelte. Ich war längst auf. Mein Koffer stand bereit vor der Tür. Noch vor Morgengrauen verließ ich dann die Wohnung. Ich war leise, um dich nicht zu wecken.

Hattest du das Läuten gehört?

Liebe Rose, liebe Maria! Ich wusste nie, warum man dich

Rose rief, und ich tat es auch, obwohl du Maria hießt. Vielleicht hattest du mir es einmal erklärt, aber mein Gedächtnis war nie gut.

Ich wüsste gern, was du jetzt über mich, über uns denkst, da ich nun in einer anderen Welt bin, weit weg von dir. Dachtest du je an mich seit jenem Morgen?

Wie viel Zeit ist eigentlich seitdem vergangen? Tage, Wochen, Monate, Jahre, Jahrzehnte, seit jenem Abschied, den wir nicht voneinander hatten nehmen können?

Ich war einfach gegangen, darauf bedacht, dich nicht zu wecken. Hattest du wirklich geschlafen oder in deinem Zimmer wach gelegen? Du hattest meinen Entschluss nicht verstanden. Vielleicht hatte mich unsere Beziehung dazu geführt. Es ist wahr, ich habe dir keine Zeile geschrieben, dir kein Telegramm geschickt, das die Worte enthalten hätte:

»Gut angekommen. Alles fremd. Und doch so vertraut. Liebe Grüße. Dein …«

Ich habe dich auch nicht angerufen, nicht ein einziges Mal. Ja, ich sollte dir gestehen, mir kam nicht einmal der Gedanke an dich.

Ich musste zum ersten Mal auf diesem Besucherplatz der Kaserne an dich denken. Mich beschlich Schamgefühl. Ich variierte im Geiste die Frage »Wie geht es dir, liebe Maria?« so oft an dich, wie ich sie an diesem Sonntag hörte. Offen gesagt, ich dachte erst an dich, als ich zwischen diesen Menschen, die sich kurz wiedersahen, mutterseelenallein umherschlenderte.

Wärst du auch gekommen, wenn du eine Nachtreise mit dem Überlandbus von hier entfernt in einem anatolischen Dorf gewohnt hättest?

Hätte ich gewünscht, dich hier zu sehen? Wünschte ich mir insgeheim, als ich an dich dachte, dich für einen Augenblick hier zu haben?

Ja und nein.

Diese Antwort, die keine war und ist, kennzeichnete seit

unserem Ja vorm Standesbeamten unsere Beziehung. Denkst du darüber nicht auch so?

Ja und nein.

Verstehe mich bitte nicht falsch. Jenem schüchternen Mädchen, das aus einem Allgäuer Gebirgsdorf in meine Hochschulstadt gekommen war, würde ich heute wieder mein Jawort geben. Denn es war unser Schicksal.

Ich erwische mich dabei, ein Wort zu wiederholen, das ich am Besuchssonntag hier so oft hörte. Die Menschen, die ich so offen beobachtete und denen ich mit Fleiß zuhörte, nannten so etwas seit Jahrhunderten Schicksal. Kannst du dir vorstellen, dass sie sich damit unentwegt irrten? Ich nicht. Du könntest es auch Zufall nennen. Zufall? Das ist mir nicht so menschlich wie Schicksal.

Wenn Freunde nicht darauf bestanden hätten, mich zum Karnevalsball der Studenten mitzunehmen, wäre ich dir nicht begegnet. Natürlich hätte mich niemand zwingen können. Aber ich ließ mich, Karnevalsmuffel, der ich war, doch in einem Augenblick der Entscheidungsschwäche – welcher andere Ausdruck würde meine Natur besser beschreiben? – weich kriegen. Wie hätte man das anders nennen können als Schicksal?

Und dort begegneten ausgerechnet wir einander. Warum lenkten wir unsere Blicke nicht ab, als unsere Augen sich trafen? Du kamst gerade aus deinem Allgäuer Gebirgsdorf und ich aus einem noch ferneren und fremderen Ort. Du geniertest dich deines Dialekts wegen. Ich konnte die Sprache noch kaum. Ich glaube, wir waren beide froh, einander begegnet zu sein. Unsere Empfindungen verlangten keine Entscheidung von uns. Das war kein Wille, keine eigene Entscheidung, sondern unser Schicksal. Daraus resultiert mein Ja und Nein. Und gewiss auch deines.

Oder denkst du nicht so? Ich würde gern wissen, was du jetzt über uns denkst, nachdem ich aus deiner Welt gegangen bin. Aus dem Auge, aus dem Sinn?

Wie du siehst, mir bist du nicht völlig aus dem Sinn. Urplötzlich muss ich an dich denken. Ich denke, einerseits sind wir Seelenverwandte, andererseits glichen wir während unseres Zusammenseins zwei Bäumen, die mit der Krone in die Erde des anderen gesteckt wurden. Da konnte kein Baum atmen, sich ernähren und grünen.

Wir waren wie der Globus in der Schule auf dem Lehrertisch. Du warst meine Achse, die mit der nötigen Neigung durch den Erdball hindurchstach. Du warst mein Halt im Leben, ohne dich konnte ich nicht aufrecht stehen. Aber von einem Ende zum anderen durchstachst du mich, meinen Körper und meine Seele. Das tat auch weh.

Ich weiß, du bist mir nicht böse, dass ich diese Zeilen nicht schrieb und dir nicht schicken kann. Ich hätte sie auch nicht niederschreiben können. Das hätte eine Entscheidung bedeutet. Und ich war nie ein Mensch von Entwürfen, Entscheidungen und Berechnungen. Ich war immer ein unentschlossener Mensch. Was ich machte, folgte nie einer Entscheidung, sondern war ein zielloses Suchen. Dort, in deinem Land, suchte ich endlos herum, jetzt kam ich herumsuchend hierher. Ich wurde regelrecht verschlagen, dorthin, dahin.

Jetzt bin ich hier. Manchmal glaube ich, das Gesuchte gefunden zu haben, doch im gleichen Augenblick verdunstet es schon wieder. Es ist nicht einmal Dunst. Wie kann ich nach so vielen Jahren Studium und Beruf noch von Dunst sprechen, als wüsste ich nicht, dass Dunst Wasser ist und damit eine konkrete und fassbare Substanz. Was ich suche, ist keine Substanz. Weiß ich eigentlich, was ich suche?

Ich weiß aber, dass mich der Besuchssonntag stark anrührte. Daher verlangt es mich, im Geiste mit dir zu sprechen.

Wenn ich jetzt an unsere erste Begegnung denke, ist mir zum Lachen zumute. Aber mein Zustand ist von Lachen mindestens so weit entfernt wie ich von dir. Ich muss den Kopf schütteln. Wie konnte es überhaupt passieren? Ich konnte nie tanzen. Ich hatte nie Freude an Karneval und Fasching.

Du hast Recht, konnte ich je richtig lachen? Ich höre dich jetzt fragen: Konntest du denn eigentlich gehen? Wie kam ich in jener Nacht dazu, mich den Freunden zu fügen?

Sie hatten tagelang vom Faschingsball des Dolmetscherinstituts geträumt. Sie selbst studierten an der Technischen Hochschule. Da waren über neunzig Prozent Jungen, einige wenige Mädchen. Sie konnten mit ihnen Pferde stehlen, doch sahen sie in ihnen nie das andere Geschlecht. Bei einem solchen Verhältnis hatte es auch wenig Sinn.

Am Dolmetscherinstitut lag das Verhältnis genau umgekehrt. Dort studierten fast ausschließlich Mädchen. Über die erotischen Auslassungen der technischen Studenten lachten auch die wenigen Kommilitoninnen kumpelhaft.

In jener Nacht schloss ich mich ihnen an. Wie im Halbschlaf, in einem hypnoiden Zustand kam ich in jener eisigen Februarnacht mit. Vielleicht hatte ich auch einfach vor der einsamen Eiseskälte Angst gehabt.

Ich stellte mich in eine Ecke. Ich stand mit offenen Augen wie blind da. Ich war der Einzige ohne Faschingsverkleidung. Tat dir mein trauriger Anblick Leid? Kamst du aus Mitleid zu mir? Du hattest auch Alltagskleidung an. Das konnte ich mir später nicht erklären. Denn du gingst in den folgenden Jahren zum Karneval immer in sorgfältig ausgesuchten, passenden, interessanten und auffälligen Kostümen.

In jener Nacht hattest du dir nur eine Pappnase mit einem Gummiband um den Kopf gespannt. Wahrhaftig, warum stellte ich dir diese Frage niemals? Als du mich sahst, hattest du das Gummiband am Kopf gefasst und mit einer Bewegung die Pappnase abgenommen. Dabei lächeltest du zu mir aus der Tiefe deiner Augen, liebenswürdig. Dann standen wir einfach da, nebeneinander, zwei gewöhnliche Menschen in Alltagskleidung. Wir blieben dann nicht lange dort. Was danach war, weißt du ja. Als wüsstest du nicht, was davor war, rede ich geschwätzig. Aber ich sagte schon, ich hatte das Bedürfnis, an diesem Besuchssonntag zu dir zu sprechen.

Eigentlich sollte ich dir von hier berichten. Wenn ich das nur könnte! Es war und ist wie in einem Traum, den ich nicht wiedergeben kann. Seitdem ich hier bin, lebe ich atemlos. Doch ich konnte bisher keinen Zusammenhang herstellen. Einige dieser Erlebnisse will ich dir erzählen. Vielleicht gelingt es mir dann, das Traumhafte zu rekonstruieren.

8

Ich wurde hier schon zwei Mal vernommen. Weshalb, wusste ich nicht. Ehe ich zur Kaserne ging, hatte ich in der ersten Stadt Süleyman aufgesucht. Es war nicht schwer gewesen, ihn zu finden. Die Anstalt lag in einem Stadtteil, der selbst eine Riesenstadt war. Jedenfalls musste ich bis zum Eingang der Anstalt durch ein nicht enden wollendes Menschengedränge gehen. Die Menschen in den Straßen kamen mir wie Milliarden von Spermien vor.

Die Anstalt lag auf einem weiten Gelände mit großen, weit auseinander stehenden Bäumen. Der Wechsel von den vielen Menschen in der Stadt mit ihren dichten Gebäudereihen zu diesem freien Gelände war wie Tag und Nacht.

Auf einmal kam jemand hinter einem Baum hervor. Er sah aus wie ein Eremit. Das Gesicht zum Boden gerichtet, tappte er mit großen Schritten und schwenkenden Armen herum. Er hatte ein khakifarbenes Gewand an, wie ein Sklave in einem Film über das Altertum.

Als er an mir vorbeiging, bemerkte er mich. Ohne seine Haltung zu ändern und ohne sich um mich zu kümmern, verlangte er ganz beiläufig eine Zigarette. Ich holte die Packung aus der Tasche und gab sie ihm. Er nahm sie und ging weiter. Im nächsten Augenblick, ehe ich mich versah, traten hinter allen Bäumen andere hervor. Alle trugen ein ähnliches Gewand. Alle schienen Eremiten zu sein, die in Baumhöhlen lebten. Aus allen Richtungen stürmten sie auf mich zu. Unter ihnen waren auch Frauen. Manche von ihnen sprachen dabei ständig zu sich selbst.

»Gib mir eine Zigarette, Bruder!«

»Eine Zigarette, Bruder, eine Zigarette!«

»Eurem Freund hab ich alle gegeben«, sagte ich in meinem Staunen. Ich staunte auch über die eigenen Worte, die so unvermittelt herauskamen.

Die Sprache hier war und ist mein größtes Problem. Ich war vor Freude außer mir, als ich nach dem Grenzübertritt in diese Stimmen und Laute eintauchte, wie ein Fisch, der ins Meer zurückkehrte. Helle und dunkle, hohe und tiefe Laute hörten sich wie eine Musikkomposition an und begeisterten mich. Zugegeben, eine etwas chaotische Komposition. Denn ich hatte wohl viel zu lange außerhalb des Wassers gelebt. Offenbar war ich erst im allerletzten Augenblick ins Wasser zurückgekehrt. Ich war wie benommen. Kiemen und Flossen begannen, vom Rückenmark gelenkt, sich zu rühren. Das war also ein Lebenszeichen. Aber die Bewegungen konnten bis heute nicht vom Gehirnzentrum gelenkt werden. Mein Hirn war blockiert. Das Sprachzentrum war immer noch nicht aus der Narkose erwacht. Noch immer ist meine Zunge stocksteif wie durch einen schweren Schlaganfall. Nicht so das Hörzentrum, das von Anfang an jedes Geräusch, jeden Laut, jeden Ton genau registriert hat. So brannte sich mir ein, was ich auf dem Anstaltsgelände und später in der Anstalt erlebte.

Eine Frau kam und sagte: »Bruder, kauf mir eine Cola!«

Sie hatten mich umzingelt.

»Es gibt hier doch keine, wo soll ich sie kaufen«, versuchte ich mich zu wehren.

»Dort!«, sagte die Frau. Sie zeigte auf eine entfernte einsame Holzbaracke unter den großen Bäumen.

Da kam einer und sprach zu mir, als führte er immer noch Selbstgespräche:

»Eine Zigarette für einen Korea-Veteranen, Bruder.«

Ich starrte ihn verwundert an. Dann sagte ich: »Ich habe keine Zigaretten mehr.«

Er ging weiter und sprach vor sich hin. Ich ließ mich dabei von dem Haufen um mich irgendwie auf die Baracke zutreiben. In ihr waren zwei Männer. In den Regalen waren Zigaretten, Cola, Kekse, Schokolade, Bonbons, Trockenfrüchte, Süßigkeiten und anderes.

»Geben Sie jedem, was er will«, sagte ich, »Zigaretten, Cola ...«

Ich bezahlte. Da kam der Selbstgespräche Führende gerade auch an der Baracke vorbei und sprach wieder vor sich hin, ohne mich auch nur eines Seitenblicks zu würdigen.

»Leck den Korea-Veteranen einmal am ... Saukerl ...« Und er zog weiter.

Erst da wurde mir klar, dass ich ihn anders behandelt und ausgeschlossen hatte. Das war nicht meine Absicht gewesen. Mit einer Packung Zigaretten und einer Flasche Cola ihm nachzueilen hätte ihn wie mich noch mehr gekränkt.

Ohnehin sah ich mich da plötzlich einem Ansturm ausgesetzt. Aus entfernteren Baumhöhlen bestürmten viele andere die Baracke, weil sie die Ansammlung davor gesehen hatten.

Aus allen vier Richtungen umlagerten sie mich. Unter der Befehlsgewalt des Rückenmarks schritten meine Füße durch die Menge hindurch und eilten von dort fort.

Ich kam vor einem Riesentor in einer hohen Mauer an. Es musste zum Innenhof der Anstalt führen.

Das Guckloch in einem Flügel des Tores wurde entriegelt. Darin erschien das zerfurchte Gesicht eines Wächters. Die Augen waren klein, die Brauen dicht und lang behaart. Durch den Schnurrbart war kein Mund zu sehen. Die breiten Nasenflügel ragten aus dem Guckloch. Der reglose Blick aus den winzigen Augen war auf mich gerichtet.

»Ich möchte Süleyman Yonca besuchen«, sagte ich.

Er schloss das Guckloch. Der Riegel des großen Flügels hob und schob sich mit Geknarre, und das Tor öffnete sich einen Spalt. Er hieß mich eintreten.

Quer über den Hof erstreckte sich ein Gebäude mit einem teils gepflasterten, teils sandigen Vorplatz. Auf dem Sandplatz war ein Volleyballnetz gespannt. Einige Leute spielten. Andere gingen für sich, zu zweit oder zu dritt auf und ab. Manche hockten auf einer Holzbank in der Sonne.

Der Wächter deutete, ohne den Bart zu bewegen, auf die Tür des Gebäudes. Vor der Tür, zu der drei Stufen hinaufführten, waren ein Tisch und drei Stühle aufgestellt. Ein Sanitäter und zwei Schwestern saßen darauf. Zwischen den Patienten im Hof erkannte man auch Schwestern an ihren weißen Kitteln und Häubchen.

Ich ging auf die Stufen zu. Ich fragte den Mann am Tisch, der zwischen den beiden Schwestern saß, nach Süleyman. Eine der Schwestern rief zur Gruppe im Hof, worauf alle neugierig herübersahen:

»Wo ist Süleyman Bey, Necmi?«

Anscheinend war Necmi so etwas wie ein Wortführer.

»Ich rufe ihn gleich«, sagte er und ging ins Gebäude.

Gerade hatte mich der wie ein Sanitäter Aussehende ins Besucherbuch eingetragen, da erschienen Necmi und Süleyman in der Tür.

Meine Begegnung mit Süleyman war unbeschreiblich. Ich benahm mich unmöglich schwach. Als wäre ich in jenem Augenblick verstorben und hätte mich danach wieder aus der Gruft erhoben. So empfand und erlebte ich jenen Augenblick. Vielleicht war ich nicht darauf gefasst, Süleyman in dieser Anstalt, in einer solchen Umgebung zu sehen.

Doch Süleyman benahm sich gar nicht wie ich. Er stand wie ein großes, naives Kind vor mir, in seiner ganzen Unschuld aufrecht. Er empfing mich mit einer Freude, die aus seinen Augen und aus seinem ganzen Wesen hervorsprudelte, und drückte mich fest an seine Brust.

Wieder war alles vergebens gewesen, was ich mir vorgenommen hatte. Eigentlich wollte ich ihn mit einer solchen Begeisterung an mich drücken. Obwohl er in der Anstalt war, kam er mir doch zuvor.

»Orhan, hier habe ich meine Ruhe«, sagte er. »Sowohl die Russen als auch die Amerikaner wollen hier eindringen, sie wollen ihre Spione einschmuggeln, aber das schaffen sie nicht. Sie können nicht hereinkommen. Siehst du das Tor dort? Es ist immer verriegelt. Immer sind zwei Wächter da.«

Süleyman zeigte auf das Tor, durch das ich hereingekommen war, und auf den Wächter, der mich eingelassen hatte. Da sah ich auch zum ersten Mal dessen Kollegen, den zweiten Wächter.

Die Menschen im Hof drehten weiter ihre Runden. Auf ein Wort von Necmi räumten die dort Sitzenden die Bank. Süleyman und ich setzten uns hin und redeten. Da fiel mir ein, dass der Karton Zigaretten mit Süleymans Marke die Belagerung draußen im Gelände unbeschadet überstanden hatte. Ich nahm den Karton aus der Tasche und gab ihn Süleyman. Er nahm aus dem Karton vier Packungen und sagte: »Entschuldige bitte einen Augenblick.« Er brachte Necmi die Packungen und setzte sich wieder zu mir. Er lächelte.

»Necmi Bey bietet sie den Kameraden an«, erklärte er. »Er ist ein guter Freund.«

Ich beobachtete Necmi. Er öffnete die Packungen eine nach der anderen und bot sie allen an, die sich auf einmal im Hof um ihn scharten. Jeder zog nur eine Zigarette aus der Packung, bedankte sich mit einem verbeugenden Kopfnicken und zog sich artig zurück.

Necmi war wohl der Chef in der Anstalt. Ich empfand das nicht als etwas Negatives. Er hatte die Rolle des großen Bruders, des Vaters oder des Meisters übernommen. Und die Anderen machten den Eindruck, gut ausgebildete, feine Leute zu sein. Keiner benahm sich wie ein Sklave oder Unterworfener. Aber es herrschte irgendwie eine Ordnung unter ihnen.

»Necmi Bey war Rektor im Gymnasium«, sagte Süleyman. »Er ist einer der Ältesten hier. Verärgert über seine Frau, kam er vor Jahren hierher.«

Süleyman deutete dezent auf einen, der im Hof, den Blick auf den Boden gerichtet, Hand- und Armbewegungen machte und dauernd für sich sprach, als löste er ein Problem oder machte einen Entwurf.

»Das ist Macit Bey«, sagte er, »Physikprofessor. Er kommt meinen Interessen am nächsten. Am meisten unterhalte ich mich mit ihm. Er versteht mich auch am besten. Macit Bey ist ein sehr geachteter Herr.«

»Wie geht es dir, erzähl mir etwas von dir«, sagte ich, ohne meine Worte vorher zu überlegen. Anscheinend kam ich so allmählich in den Automatismus des Redens.

Ich bereute jedoch diese Frage. Er hielt inne und musterte mich. Dieser Blick genügte, mich in die Erde versinken zu lassen. Noch ehe ich diese Worte sprach, hatten sie mir den Rachen geätzt. Ich passte mich schon ganz unbewusst der gängigen Unempfindlichkeit und Unsensibilität an. So hatte ich mir das Einüben im Sprechen nicht vorgestellt. Ich kam mir plötzlich wie ein Mitglied der Halsabschneiderbanden in den Großstädten vor.

Sein Blick schien endlos zu dauern. Dann verflog dieser Blick, als er mich mit gewohnter Höflichkeit, entsetzlich feinsinnig, nach den Kollegen in der Firma fragte.

»Was macht Herr Dr. Schenk? Wie geht's Herrn Dr. Lütze?«

Ich wurde von Süleymans Frage überrascht. Lieber hätte ich ihm über das Schicksal von Doktor Lütze nichts erzählt.

»Wir haben Doktor Lütze im letzten Jahr verloren«, sagte ich in der Erwartung, mit dieser Auskunft das Thema zu schließen.

»O weh, o weh«, sagte Süleyman. Er schmatzte mit leerem Mund und schüttelte dabei den Kopf. »Doktor Lütze ist ein Jahr jünger als ich, genau ein Jahr und vier Monate. Bei einer Geburtstagsfeier in der Firma hatten wir darüber gesprochen.

Nach dem Geburtstag kennt er also jetzt auch seinen Todestag!« Dabei schüttelte er ungläubig weiter den Kopf.

»Wie kann ein Toter seinen Todestag kennen, lieber Süleyman?«, entfuhr mir meine Verblüffung. Er hörte mir gar nicht zu.

»Es war also Leukämie«, sagte er, versunken in seiner Erinnerung.

»Dem Armen musste so oft Blut ausgetauscht werden. Nach jeder Fusion war sein Körper total ausgelaugt. Er gab aber seine Hoffnung nie auf. Er schöpfte bei jeder Transfusion, so erschöpft er war, immer wieder neue Hoffnung. Er wollte wie neu belebt, wie ganz aufgefrischt wirken. Die Anspannung zwischen dem erschöpften Zustand und der frischen Hoffnung wurde dabei beinahe sichtbar.«

»Er war ein feiner Mensch, ein herzlicher Freund. Er war ein seltener Spezialist seines Faches. Aber er vermittelte sein Wissen ohne Allüren.«

»Er zertrat keine Ameise, er tat keiner Fliege etwas zuleide.«

»In der Tat, mein lieber Orhan, hier sind die Fliegen eine echte Plage. Im Sommer kann man diese Qual kaum aushalten. Aber sonst bin ich hier ganz zufrieden, mir geht es ganz gut«, fädelte er wieder dort ein, wo wir angefangen hatten. Und das erleichterte mich.

»Wenn du sonst keine Klagen hast, lieber Süleyman«, sagte ich und reckte mich dabei im Sitzen.

»Ich habe doch noch einen Kummer«, sagte er bedächtig. »Wenn ich hier auch ein Funkgerät hätte, dann könnte ich sowohl amerikanische als auch russische Spione kontrollieren. Ein Funkgerät und einen starken Weltempfänger …«

Ich war ohnehin ungeübt im Sprechen, aber das verschlug mir vollends die Sprache. Eigentlich war da kein Schweigen angebracht. Aber im unpassendsten Augenblick unterbrach bei mir öfters ein Kurzschluss die Leitung zwischen dem Gehirn und der Zunge. Dann fühlte sich meine Zunge wie ein Fleischklumpen an. Dann schalteten sich mein Geist und mein

Gedächtnis ab. Vielleicht ließ dieser Geburtsfehler im neuen Leben mit der Zeit nach. Sonst müsste ich hier die ganze Zeit mit ihm leben. Nach dieser Unterbrechung stellte sich die Leitung zum Gehirn wieder her.

»Hier ist ein Zentrum, hier ist ein Kernbereich, lieber Süleyman«, versuchte ich ihn zu trösten. »Nicht einmal fliegende Untertassen aus dem Weltraum können hier landen, geschweige denn Spione würden eindringen.«

Bei meinem Gang hierher hatte ich in der Tat den Eindruck von konzentrischen Kreisen. Dieser Hof und dieses Gebäude schienen ein sicherer Zufluchtsort zu sein.

»Draußen ist es besser«, widersprach mir Süleyman. »Draußen ist es besser«, wiederholte er und schüttelte den Kopf, als wollte er die eigenen Worte bestätigen. »Du hast aber Recht, hier ist der Brennpunkt, das Zentrum des Atomkerns, für dessen Spaltung ungeheure Energien zugeführt werden müssen. Es ist absolut unmöglich, diese zentrale Zelle zu verlassen. Und die Spione engen ihre Kreise immer mehr ein. Draußen würden sie meiner nicht so leicht habhaft werden.«

»Warum sollten sie deiner habhaft werden wollen?«

Erst durch seinen Blick des Unverstandenseins, den er wieder in mein Gesicht nagelte, wurde mir die Plumpheit meiner Worte klar. Ich hatte vergessen, weshalb Süleyman in dieser Anstalt war. Es war merkwürdig, wie sich meine Zunge Süleyman gegenüber unkontrolliert löste, während sie draußen kaum imstande war, sich nach einem Weg zu erkundigen. Ich konnte einfach nicht meine Zunge und meinen Körper beherrschen. Da ich aber noch ziemlich am Anfang stand, wollte ich die Hoffnung nicht ganz aufgeben.

Süleyman hatte immer schon eine sanfte Natur, die Vergebung bedeutete. Er überhörte einfach meine Worte und erklärte weiter:

»Ich habe das Verfahren entdeckt, nach dem ich immer schon suchte. Insofern war mein Aufenthalt hier ganz nützlich. Ich hatte viel Zeit, um die Frage hier zu lösen, die ich im

Kopf mitgebracht hatte. Weißt du, lieber Orhan, worin unser Irrtum liegt?«

»Worin?«, lösten sich meine trockenen, verklebten Lippen kurz.

»Wir wollen fliegen, laden aber ungeheure Lasten auf, nehmen Ballast mit. Wir wollen schwimmen, ziehen aber ein Schaumgummikleid an oder eine Eisenrüstung. Um vorwärts zu kommen, legen wir den Rückwärtsgang ein. Das ist unser Irrtum. Dabei ist die Formel des Universums so einfach. Die Lösung der Gleichung liegt in einem Bereich noch unterhalb unserer niedrigsten Erkenntnis. Wir suchen aber nach einem Lösungsweg jenseits der obersten Grenzen. Wir setzen das Äußerste unserer geistigen Fähigkeiten ein, während wir, um zur Weltformel zu gelangen, unsere geistigen Fähigkeiten als Verfahren aufs Minimale reduzieren sollten, du kannst dafür auch verdichten sagen.«

Auf einmal klang alles so wissenschaftlich, dass in mir mein Alter Ego, der Wissenschaftler, gereizt wurde.

»Ist das aber nicht dasselbe?«, entgegnete ich. »Unser Geist ist kein Brett mit Kanten oben und unten. Jenseits seiner Grenzen kennt er doch kein Oben und Unten. Jenseits heißt so oder so außerhalb.«

»Vielleicht stimmt das«, ließ sich Süleyman nicht aus der Fassung bringen. »Wenn wir es genau nehmen, gibt es natürlich keine untere und obere Grenze unseres Geistes. Unser Geist, und damit unser Vermögen, unsere Fähigkeit ist rund wie eine Kugel, ebenso wie unser Erdball oder das Universum selbst. Die Kugel hat natürlich kein Unten und kein Oben. Die Kugel hat nur ein Ende, das ist die ganze Kugeloberfläche. Die Kugel ist aber auf der ganzen Oberfläche offen ins Jenseits der Kugel. Sie ist endlich, aber grenzenlos ...«

»Das verstehe ich nicht ganz«, konnte ich meine Zunge wieder nicht beherrschen. Ich hatte null Macht über mich. War die Null auch eine Kugel, endlich, aber grenzenlos? Ich war verwirrt.

»Nimm eine Wassermelone in die Hand«, erklärte Süleyman jetzt vereinfachend. »Die Wassermelone ist endlich, sonst kann man sie nicht in die Hand nehmen. Aber sie hat keine Grenzen, sie ist an jedem Punkt ihrer Oberfläche offen zum Raum. Sie hat keine Grenzen, denn sie ist zur Luft offen. Stell dir vor, die Wassermelone ist zuerst ein Kern, ein Samen, dann treibt sie einen Sämling. Und daraus entsteht eine winzige Melonenkugel. Wäre sie begrenzt, könnte sie erst gar nicht entstehen. Aber sie wächst und wird groß bis zu einem Ende. Wenn die Wassermelone dagegen ein begrenztes Wesen wäre, könnte sie gar nicht wachsen und reifen, und wir könnten sie nicht essen.«

Süleyman lachte über seine Worte.

»Ich denke, ich verstehe dich jetzt, lieber Süleyman. Mit einer genialen Einfachheit erklärst du das ganze Universum.« Ich lächelte auch und war mit mir zufrieden, den Bogen gekriegt zu haben. Doch Süleyman war einmal in Fahrt gekommen.

»Ich hatte das noch im Gymnasium unserem Physiklehrer erzählt. Lass den Unsinn, geh und lerne deine Aufgaben, ließ er mich abprallen. Die Professoren, denen ich das später in der Universität unterbreiten wollte, belächelten mich nur. Aber später las ich darüber wissenschaftliche Berichte. Forscher hatten meine Kindheitsidee schließlich als eigene Entdeckung zu einer der bedeutendsten wissenschaftlichen Erkenntnisse unserer Zeit gemacht.«

»Selbst ich habe es begriffen. Es ist sonnenklar«, wollte ich den Punkt setzen.

»Die Entstehung ist durchsichtig, sonst wäre nichts entstanden«, fuhr er dennoch fort. Dann hielt er inne und erzählte etwas völlig anderes. »Schau, in meiner frühen Jugend war ich in ein Mädchen verknallt. Diese Liebe quälte mich monatelang. Ich quälte mich selbst, aber ich schob alle Schuld dem Mädchen in die Schuhe, das meine Liebe nicht erwiderte. Ich redete mir ein, dass sie mich quälte. Ich blies Trübsal.

Schließlich fand ich Gefallen am Trübsinn und Kummer, an der Qual. Bis ich eines Tages plötzlich jenen Geistesblitz hatte ...«

»Ich bin neugierig geworden.«

»Ich war der Meinung, nur ich könnte in jenes Mädchen so verknallt sein, ich müsste ihr hinterherlaufen und todtraurig sein. Eines Tages kam mir aus heiterem Himmel die Frage in den Sinn, warum es nicht auch in mich verliebt sein sollte, warum es eigentlich nicht mir hinterherlaufen und selber traurig sein sollte. Dieser Gedanke hat mich auf einmal verändert. Ich empfand nicht mehr so stark für sie, ich war von ihr nicht mehr hingerissen. Dann kam sie nach ein paar Tagen zu mir, lächelte mir zu und sprach mich an. Die Welt ist so einfach. Alles ist so einfach. Aber wir erkennen das nicht. Die Leichtigkeit vieler Dinge, die uns so ungeheuer wichtig erscheinen, liegt wohl jenseits der Endlichkeit unseres Erkennens. Denn unsere Erkenntnisfähigkeit ist auch melonenrund. Doch jetzt kommt das Entscheidende. Sie ist nämlich zugleich grenzenlos. Also können wir die Endlichkeit in alle Richtungen ausdehnen und die einfachen Lösungen erlangen.«

Ich hörte Süleyman zu, und dabei wurde mir seine Tragödie bewusst. Jemand, der so argumentierte, konnte im nächsten Augenblick etwas sagen, das einen schockierte, eben wie die Geschichte von Spionen, die ihm auf den Fersen wären. Vielleicht aus Angst vor diesem Kippen wollte ich nicht, dass er mir sein Denken weiter erläuterte.

»Den Unterschied zwischen Grenzen und Enden habe ich kapiert«, sagte ich und fügte die Frage hinzu: »Aber sind denn das Leichte und das Schwere auch so unterschiedlich? Nach deiner Erklärung kann nämlich das Schwere leicht und das Leichte schwer erscheinen.«

»Auf den ersten Blick mag das so erscheinen«, sagte Süleyman, ganz in seinem Element. »Aber das täuscht. Das Schwere rührt von unserer Endlichkeit, das Leichte dagegen von unserer Grenzenlosigkeit. Wir gehen aber den Fragen oft mit unserer Endlichkeit, also mit unserer Beschränktheit nach. Wir können aber nur durch unsere Grenzenlosigkeit forschen, entwerfen, Verfahren entwickeln und Lösungen finden.«

»Das verwirrt mich jetzt, ich will darüber nachdenken«, bekannte ich ehrlich. Er wollte aber den Diskurs noch nicht beenden, sondern das Ganze war nur ein Vorspiel für sein Anliegen, mit dem er endlich herausrückte.

»Alle Pläne und Formeln für einen Fusionsreaktor, so groß wie eine Thermosflasche, sind fertig. Ich kann immer und überall auf der Welt mit der Kernfusion beginnen.«

»Das ist nicht möglich«, ließ ich mich mitreißen.

Dennoch dachte ich augenblicklich, dass im Kopf eines Menschen wie Süleyman alles leicht möglich war. Ich war in seinem Bann: In allen Laboratorien, Weltraumforschungszentren, in den entwickeltsten Wissenschaftszentren versuchte man bisher, dieses Problem durch die Endlichkeit des Geistes zu lösen, was natürlich nicht gelingen konnte. Ich korrigierte mich sogleich:

»Ich meine, das ist unfassbar. Das bedeutet ja eine Wissenschaftsrevolution, du wirst damit ein unvorstellbares Zeitalter eröffnen.«

»Deshalb sind sie mir auf den Fersen«, brachte uns Süleyman wieder auf den Boden der Tatsachen in dieser Anstalt. Die Wandlung seines Gesichtsausdrucks bei diesen Worten, vom Wissenschaftler in ein unmündiges Kind, flößte mir Furcht ein. »Der Osten und der Westen, der Süden und der Norden, alle sind mir auf den Fersen. Ich brauche keine Riesenreaktoren, keine Wärmezufuhr von Millionen Grad. Ich kann mit handlichen Reaktoren von der Größe einer Thermosflasche überall Wasserstoffatome zum Helium fusionieren. Du weißt, was das bedeutet.«

»Das ist die Lösung unseres Energieproblems auf dem saubersten und billigsten Weg bis in alle Ewigkeit. Das bedeutet grenzenlose Energiegewinnung ohne atomaren Müll und Radioaktivität, ohne den geringsten Schaden für Mensch und Natur.«

»Ja, grenzenlos«, sinnierte er wieder. »Wenn du willst, kannst du darin auch die Verwirklichung des Perpetuum mobile sehen. Du nimmst das gewöhnliche Wasser und erzeugst daraus so viel Energie, wie du brauchst, besser, wie du sie nicht brauchst.«

»Ich tanke in Autos, Flugzeuge und Schiffe einfach Wasser und fahre los ...«

»Das ist noch gar nichts. Mit dem Wasser werden auch Luftraumgefährte tausendfache, millionenfache Energie zur Verfügung haben.«

»Wo versteckst du deine Pläne und Formeln?«

»Ich habe sie natürlich nicht aufgeschrieben. Alle Welt ist hinter ihnen her. Sonst wären sie tausend Mal gestohlen.«

»Behältst du sie im Gedächtnis?«

»Man kann es so nennen, ich behalte sie im Gedächtnis. Aber mir kann jederzeit etwas zustoßen.«

»Gott behüte!«

»Es kann einem immer etwas zustoßen. Ich lebe hier in unvergleichlich größerer Gefahr als draußen. Ich kann hier nirgendwohin einen Schritt machen, ohne mich der Gefahr auszusetzen. Ich bin wie im Atomkern eingeschlossen.«

Süleyman sog mich in seine Welt ein. Aber ich hätte seine Welt nicht betreten können, wenn sie nicht auch ein bisschen meine wäre. Immerhin war er lange Jahre mein Kollege gewesen. Wir arbeiteten in derselben Firma, in derselben Abteilung. Was man von alten Eheleuten behauptete, dass sie nämlich einander immer mehr glichen, das konnte man sicher auch von Kollegen wie uns behaupten. Ich war gewiss auch ein bisschen Süleyman. Sonst hätte ich ihn kaum gefragt, welche Maßnahmen er sonst noch getroffen hätte.

Da verließ er den Kokon, den er aus Worten gesponnen hatte, und sah in den Hof. Er deutete auf die Menschen, die ihre Runden drehten, vor sich hin sprachen, mit Hand- und Kopfbewegungen ihre Innenwelt darstellten, die für mich unverständlich blieb. Vielleicht sprachen sie mit Menschen in ihrer Innenwelt, und das kam mir wie Selbstgespräche vor.

Als ich hinsah, kamen mir diese Menschen vor, als wären sie unter eine Glasglocke gestellt worden und ständen dort still. Jetzt, auf einen Wink von Süleyman, bewegten sie sich wieder.

»Sie sind meine Freunde hier. Jeder von ihnen besitzt einen Codenamen«, erklärte Süleyman. »Diese Freunde heißen nicht Ahmet, Mehmet, Ali oder Veli. Ihre wirklichen Namen habe ich vergessen. Sie haben von mir neue Namen bekommen. Ich habe jedem einen Buchstaben oder eine Zahl als Namen gegeben, Buchstaben und Zahlen aus meiner Fusionsformel. Seitdem heißen sie für mich Alpha, Beta, Gamma, Omega oder Eins, Zwei, Drei und so weiter. So habe ich die Formel in ihre Einzelteile zerlegt und jeden meiner Freunde zu einem Teil der Formel gemacht. Du kannst alles vergessen, aber nicht die Menschen, mit denen du ständig zusammenlebst. Das ausgeprägteste Individuum ist der Mensch. Als solches lässt er sich am einfachsten und tiefsten einprägen, beinahe unauslöschlich.«

An seinem Gesichtsausdruck konnte ich deutlich verfolgen, wie er wieder Zeiten übersprang.

»In der Grundschule hatten wir einen Lehrer. Drei Monate nach Schulbeginn kannte er uns mit Vornamen, Namen und Nummer. Immerhin waren wir mehr als dreißig Schüler. Jahre später, wenn er einem von uns begegnete, sprach er ihn mit Vor- und Nachnamen und mit seiner Nummer an. 121 Süleyman Yonca, wie geht's, wie steht's? Was machen Sie jetzt?, sagte er beispielsweise. Ich denke, der Mensch verändert sich nie. Äußerlich können sich Wesen oder Elemente verändern. Wenn man beispielsweise Wasserstoffatome zum Helium fusioniert, ist das eine Veränderung? Oberflächlich gesehen ja, aber das Helium hat es immer schon gegeben, und Wasserstoffatome, die sich vereinigen, befinden sich weiterhin im neuen Helium. Wenn man ein Atom spalten kann, dann, weil es die Teile vorher schon im Atom gibt. Die Veränderung ist nur oberflächlich. Wahre Veränderung hieße, dass sich ein Sein in ein zuvor nie da gewesenes verwandelt. Es gibt noch jede Menge unbekannter, noch nicht entdeckter Seinswelten. Ich meine nicht eine Neuentdeckung, sondern wirklich etwas noch nie Dagewesenes. Aber das ist wahrscheinlich unmöglich. Ich rede schon wieder zu viel. Ich habe meine Formel in diese Menschen unauslöschlich eingeprägt, selbst nach meinem Tod. Aber dann bleibt sie unentdeckt. Wenn ich nicht will, kann ihnen niemand diese Formel entreißen.«

Süleyman sprach auf einmal einen an, der, an seiner Zigarette hastig ziehend, vorbeiging:

»Was gibt's, Eta?«

Der Mann blieb, die Zigarette zwischen den Lippen hängend, stehen.

»Dein Wohl, Bruder Süleyman, dein Wohl«, sagte er. »Hast du für mich einen Befehl?«

»Ich bitte dich, Eta, dein Wohl genügt mir. Denkst du an den Kommissar?«

»Macht nichts, Bruder, es gibt auch gute Polizisten«, erwiderte Eta und setzte seinen Gang fort.

»Eta hatte eine junge und wunderschöne Frau«, erzählte Süleyman die Geschichte von Eta. »Einige Male kam sie hierher, ihn zu besuchen. Wie der Dichter sagt, man bringt es nicht übers Herz, sie zu berühren, so schön. Wenn Eta zur Arbeit ging, schlich sich der Kommissar des Polizeireviers an sie heran. Dann ging er bei ihr ein und aus. Jeder im Viertel klatschte bald über die beiden. Klatschen ist süß, sagt man doch. Schließlich erfuhr auch Eta davon. Eines Tages verabschiedete er sich wieder zur Arbeit, ging aber auf die Pirsch und tauchte plötzlich im Haus auf. Dann musste er sein eigenes Haus mit Handschellen verlassen. Der Kommissar, der bei seiner Frau war, führte ihn zur Wache ab. Das muss für Eta ein Schlag gewesen sein. Wer weiß, was er im eigenen Haus zu sehen bekam. Schließlich kam er hierher. Vor Jahren.

Ich sagte schon, anfangs kam seine Frau ihn ab und zu besuchen. Wie sie da reintrippelte, das war eine Augenweide. Wie eine Fee, als würde der Zauber gebrochen und sie sich in Luft auflösen, wenn man sie anfasste. So unwirklich schön war sie. Und eines Tages tauchte sie mit einem blendend aussehenden Mann auf. Das war ihr letzter Besuch. Sie kam nie wieder. Man war hier natürlich sehr neugierig. Eta sagte, er sei sein Vetter. Nur mir lüftete er später einmal sein Geheimnis. Er war der Kommissar. Nur mich hat er über sein Geheimnis ins Bild gesetzt. Er wusste, dass ich es auch gleich in mir begraben würde. Dir kann ich es anvertrauen, da es schon alt ist und heute auch für Eta keine Rolle mehr spielt. Du hast gehört, was er sagte. Es gibt auch gute Polizisten! Er denkt heute, dass der Kommissar ein guter Polizist ist. Als die beiden das letzte Mal kamen, brachten sie für uns je eine Packung Zigaretten und Blätterteigsüßspeise. Da waren die beiden schon verheiratet. Das ist mit wenigen Worten die Geschichte von Eta.«

Süleyman hob den Blick zum Himmel und schwieg. Weiße Wolken zogen in Streifen dahin. Er sah in ihnen gewiss die schöne Frau Etas im Brautkleid dahintänzeln. Dann richtete er den Blick wieder auf mich.

»Jeder hier hat eine eigene Geschichte. Jeder Buchstabe und jede Ziffer meiner Formel hat eine Geschichte, oft eine traurige, aber immer eine interessante. Sie sind lebende Buchstaben, lebende Ziffern. Meine Formel lebt wie eine Zauberformel. Wenn man ihr Leben tötet, kann man ihrer nicht habhaft werden. Sie löst sich jäh in Luft auf. Wenn sie eine andere Hand fasst als meine, verfliegt sie. So schön ... Meine Formel ist so schön wie die Einbildung von Etas Frau ...«

Ich konnte mit Wolken, Bildvorstellungen nichts anfangen. Da war mir Süleyman weit voraus. Meine Frage klang überaus plump:

»Aber deine Buchstaben und Ziffern müssen eine bestimmte Anordnung haben. Wie hast du dir das gedacht? Kommt deine Formel nicht durcheinander? Wissen eigentlich diese Leute auch, was ihre Namen für dich bedeuten?«

»Außer mir kennt das niemand. Denk nicht, ich würde dir nicht vertrauen. Aber hier hat der Wind Ohren, die Wolken haben Augen. Wenn sie mir nur einmal über die Lippen kommt, hören sie auch Berge und Steine, Brunnen und Bäche. Daher kann ich sie nicht einmal dir anvertrauen, ich bin wirklich untröstlich.«

Er war wahrlich untröstlich. Es war eine untragbare Belastung, ganz allein auf der Welt ein Geheimnis zu haben und zu wahren. Geheimnisse teilte man eigentlich mit Geheimnisfreunden. Ein Geheimnis, das nicht mit einem Geheimnisfreund geteilt wurde, war auch kein richtiges Geheimnis. Und wenn man keinen Geheimnisfreund hatte, hatte man auch gar keinen Freund. So tat mir Süleyman doppelt Leid. Geheimnisse waren dazu da, Menschen miteinander zu vereinen, sie zu Freunden zu machen oder gar zu Liebenden.

»An deiner Stelle hätte ich auch so gehandelt«, tröstete ich ihn. »Du musst dich glücklich schätzen, eine solch geniale Formel ganz allein zu besitzen.«

»Glaub aber nicht, dass ich dieses Glück nur für mich behalten will«, überraschte er mich. Eigentlich bestätigte er nur, was ich über Geheimnisse und Freundschaften dachte, als hätte er meine Gedanken gelesen. »All diese Menschen sind meine Freunde. Sie tragen nicht nur mein Geheimnis, sondern sie teilen es auch mit mir. Sie sind meine Glücksfreunde, meine Glücksbrüder …« Dabei durchkämmte sein Blick den Hof nach seinen Glücksbrüdern, die ahnungslos ihre Runden drehten, Ball spielten oder einfach in einer Ecke hockten.

Süleyman schien innerlich beunruhigt. Er hatte weiteres Erklärungsbedürfnis.

»Aber ich will mein Geheimnis nicht nur mit ihnen teilen. Alle Menschen sollen meine Freunde sein.«

Beinahe wollte ich glauben, dass Süleyman jeden meiner Gedanken lesen konnte. Denn er fügte hinzu, er wäre kein Mensch, der in einer Geheimloge Mitglied sein könnte. Zu seinem Glück bräuchte er keine solche Kammer. Wäre er denn sonst in diesem Hof eingeschlossen worden, fragte er.

»Mein Geheimnis ist eine Erfindung, die allen Menschen Glück und Wohlstand bringen soll. Das ist der Sinn und Zweck meiner Geheimnistuerei. Was hätte eine solche Erfindung sonst für einen Sinn?«

Jetzt schien seine Jugend durch. Als Student hatte er jede Menge Ärger mit den Behörden, weil er Sozialist war. Kein studentisches *Sit-in* gegen den Vietnamkrieg fand ohne ihn statt. Er demonstrierte immer in der vordersten Reihe. Damals erzählte er immer wieder, dass er mit einem unverdorbenen anatolischen Mädchen in einem Küstendorf ohne Ausbeutung vom eigenen Fischen leben wollte und einen kleinen Garten haben mit eigenem Gemüseanbau. Ausbeutung war für ihn die Pest. Diese Stadt lag auch am Meer, und der Hof der Anstalt glich einem Dorf ohne Ausbeutung, und sein unverdorbenes anatolisches Mädchen erschien ihm sicher in den weißen Wolken am Himmel.

»Ich möchte nur nicht, dass der Russe oder der Amerikaner sie in die Hand bekommt«, redete er weiter. »Erst recht nicht darf sie ein Konzern patentieren und damit jahrzehntelang die Welt und die Menschen ausbeuten. Weißt du, was ich will? Ich möchte, dass jeder meine Erfindung besitzt, sie jedem zum Wohlstand gereicht.«

»Wenn ich dir dabei irgendwie helfen kann«, bot ich zögerlich an. Das war mein Abschiedswort. Wir standen auf. Alle sahen zu uns herüber. Er hielt meine Hand, die ich ihm gereicht hatte, zwischen seinen Händen fest und sagte:

»Ich bitte dich um deine Hilfe. Ich habe dir dies alles erzählt, um dich um etwas zu bitten. Wann wirst du zurückkehren? Wann wirst du wieder deine Arbeit aufnehmen?«

»Ich muss zuerst zum Militär. Ich will diese Möglichkeit nicht verpassen. Die Regierung hat für die so genannten

Dienstflüchtigen die einmalige Möglichkeit der Grundausbildung von vier Monaten beschlossen …«

»Ich habe davon gehört.«

»Man hatte Einsicht vor allem mit Leuten wie mir, die keine Flüchtigen sind, sondern im Ausland ihr Studium oder ihre Karriere für den Militärdienst nicht aufs Spiel setzen wollten. Man will sie zurückgewinnen …«

»Dann hätten sie sie ganz befreien können …«

»Jedenfalls dauert es noch eine Weile. Dann muss ich eine Frage klären, etwas Persönliches … Ich habe mich da an etwas festgebissen. Erst dann kann ich an die Rückkehr denken.«

Das klang in seinen Ohren wie Sankt-Nimmerleins-Tag, aber er sah außer mir keine Möglichkeit.

»Kannst du noch einmal vorbeikommen, ehe du zurückgehst?« Dann hielt er inne. Er dachte über etwas nach, ehe er wieder sprach. »Vielleicht wirst du gar nicht die Möglichkeit haben, nochmal zu kommen. Im Leben kann alles passieren. Auch wenn du nicht vorbeikommst, würdest du nach deiner Rückkehr alles, was ich erzählt habe, Doktor Ehrenfeldt überbringen? Ehrenfeldt steht der Firma noch immer vor, nicht wahr?«, wollte er sich vergewissern.

»Ja, Doktor Ehrenfeldt ist nach wie vor Vorstandsvorsitzender.«

Die Beunruhigung in seinen Augen verflog.

»Ich vertraue Doktor Ehrenfeldt. Zu ihm habe ich volles Vertrauen. Er ist ein bedeutender Wissenschaftler, der seine Verantwortung Menschen gegenüber kennt. Er ist ein vollkommener Mensch. Meinst du nicht auch?«

»So ist es. Wenn ich auch gestehe, dass ich ihn nicht so gut kenne wie du. Auf seiner Ebene habe ich nicht viel zu tun. Eben nur, wenn ich einmal zu ihm bestellt werde …«

Er hielt immer noch meine Hand zwischen seinen Händen, und ich spürte, wie sein Unbehagen über meine Worte stromartig in meine Hand übersprang. Das erschütterte mich. Meine Unreife verbreitete sich als Beschämung auf meinem Gesicht.

»Du wirst aber mit ihm sprechen, nicht wahr?«, flehte er mich fast an.

Ich fühlte mich primitiv und niederträchtig, weil ich einen Freund so enttäuschen konnte. Seine Stimme wurde zu einem glühenden Spieß und durchdrang mich. Ich riss mich zusammen. Ich wollte Reue demonstrieren.

»Selbstverständlich, ich werde ihm alles Wort für Wort überbringen.«

»Doktor Ehrenfeldt soll hierher kommen, oder er soll mich hier rausholen«, sagte Süleyman immer noch im Flehton und schwieg. Erst nach langem Schweigen sagte er plötzlich: »Na ja … Er soll mich besuchen und die Formel haben. Wenn ich sie einem gebe, dann ihm.«

Ein Wirbelsturm zog durch meinen Kopf und versetzte mich in Panik. Ich kam mir innerlich wie eine verheert zurückgelassene Landschaft vor.

Süleyman hatte dem Konzern jahrzehntelang gedient. Er hatte viele kleine und große, bedeutende und weniger bedeutende Erfindungen gemacht. Er hatte viele Patente angemeldet. Alles zum Nutzen des Konzerns, vor allem seiner Aktionäre …

Zum Lohn saß er nun hier. Eingelocht in dieser Anstalt. Die großen Herren schafften sich Süleyman vom Halse, als sie merkten, dass bei ihm Persönlichkeit und Bewusstsein nicht mehr deckungsgleich waren, die Schichten übereinander ein wenig abrutschten.

Sich seiner entledigt und vergessen, Doktor Ehrenfeldt, Doktor Schenk, Doktor Lütze und wie sie alle sonst hießen, keiner nahm seit Jahren seinen Namen in den Mund. Wenn einer wenigstens mir einen Gruß mitgegeben hätte …

Süleyman dagegen dachte immer noch mit Liebe und Kollegialität an sie. Er war immer noch angefüllt mit seiner Firma, die einen gehörigen Anteil an seinem Zustand hatte. Der idealistische Sozialist, der er blieb, träumte die ganzen Jahre über auch im Betrieb von einem bescheidenen, ausbeutungsfreien Leben zusammen mit einem unverdorbenen anatolischen Dorfmädchen in einem Fischernest. Es musste schon ein Fischernest sein, weil er mit seinem kleinen Boot aufs Meer zum Fischen hinausrudern wollte. Fischen war nur der Vorwand, dem Bösen der Menschen in der Einsamkeit des Meeres den Rücken zu kehren. Darüber ließ er sich nie aus, aber er war kein Blinder, dass er die Widersprüche im Konzern nicht gesehen hätte. Seine Vorstellung und die Realität, in der und für die er lebte, deckten sich von Anfang an nicht, überhaupt nicht. So musste er schließlich hier landen, wo er von seinen Vorgesetzten und Kollegen vergessen wurde.

Ich wusste das alles und musste den Falschen spielen.

»Mach dir da gar keine Sorgen, lieber Süleyman«, beruhigte ich ihn.

Das war gewiss kein gutes Omen für mein neues Leben hier. Einmal geheuchelt, musste ich nun immer heucheln. So hatte ich mir mein neues Leben allerdings nicht vorgestellt. War denn ein Leben ohne Falschheit und Lüge nicht möglich?

»Doktor Ehrenfeldt wird dich bestimmt besuchen«, zischte eine Schlangenzunge in meinem Ohr. »Sobald ich mit ihm gesprochen habe, werde ich dir eine Nachricht schicken«, sagte ich.

Durch seine Augen ging ein warmes Leuchten. Er ließ meine Hand los und umarmte mich. Er küsste mich auf beide Wangen. Ich hoffte, feuchte Augen zu bekommen. Aber es war vergeblich.

Ich dachte, eine Korrekturmöglichkeit hast du: Du musst Doktor Ehrenfeldt dazu bringen, Süleyman zu besuchen.

»Du bekommst aber Besuch?«, fragte ich, ihn noch umarmend. Vor meinem Blick die Menschen im Hof, die Süleymans Formel waren.

Süleyman ließ die Arme sinken und trat zurück. Die Luft zwischen uns schien einem Vakuum gewichen zu sein.

»Sie kommen, sie kommen«, antwortete er auf meine Frage. Zum ersten Mal mischte sich Bitterkeit in seine Stimme. »Mein Vetter Ahmet und seine Frau fragen nach mir. Sie wohnen hier. Neulich, bei ihrem letzten Besuch, sagte unser Ahmet mir: Wenn du draußen nicht so unartig gewesen wärst, hätte man dich nicht hier reingesteckt. Überzeuge zuerst deine Ärzte und Vorgesetzten, dass du artig sein wirst, dann hole ich dich hier heraus. Mister Ahmet, sagte ich, heute haben Sie sich nicht rasiert, vermutlich haben Sie dafür keine Zeit gefunden. Daraufhin ging er.«

Er erzählte das, während er ins Leere starrte. Dann sagte er plötzlich wieder: »Sie kommen, sie kommen. Zum Beispiel mein Vetter Ahmet …«

Ich hatte Süleyman nicht so verlassen wollen. Aber anders konnte ich nicht. Jedes Mal, wenn ich den Mund öffnete, kam etwas Verqueres heraus. So musste ich mich von ihm verabschieden. Diesmal nahm ich seine Hand zwischen meine Hände, versuchte zu lächeln. Ich konnte mich nicht sehen, aber ich spürte, dass es ein ungeschicktes, ungeübtes Lächeln war. Ich konnte ein solches Verlangen der Sinne noch nicht richtig umsetzen.

»Ich werde wiederkommen«, sagte ich und trennte mich von ihm.

Als ich über den Hof schritt, stellten sich die Menschen zu beiden Seiten in zwei Reihen auf und bildeten eine Gasse. Sie grüßten und verabschiedeten mich höflich.

Der Torflügel ging auf. Ich wurde auf das große Gelände mit Bäumen hinausgelassen.

Ich konnte mich nicht entsinnen, schon einmal über dieses Gelände gegangen zu sein. Ich schwebte wie aufgelöst. Als ich über das leicht wellige Gelände ging, fühlte ich nichts. Ich nahm nichts wahr. Ich war jemand ohne Augen und Ohren, ohne Nase und Glieder.

Ich merkte nicht, dass ich ins Zentralgebäude der Anstalt gekommen war.

9

Beim Betreten des Zentralgebäudes wunderte ich mich über diesen Schritt. Ich fragte den Pförtner nach dem Zimmer des Direktors. Wunderlicherweise gab er Auskunft und zeigte mir den Weg. Ich ging die Marmortreppe hinauf in die erste Etage, klopfte an die Tür und betrat das Zimmer.

»Bitte«, sagte der Mann hinter dem Schreibtisch und stand auf. Er hatte keinen weißen Kittel an wie die Ärzte. Wie ein strenger Kommandant schritt er auf mich zu.

Ich stellte mich als einen langjährigen Freund Süleymans vor. Ich erklärte, ihn gerade besucht zu haben. Meine Zunge war wie gelöst. Ich wollte weitererzählen. Da sagte er im Befehlston:

»Sagen Sie, was Sie wollen!«

Ich begann zu stottern. Ich sagte, Süleyman sei ein wertvoller Wissenschaftler. Er mochte manche Probleme haben. Aber diese Probleme schadeten draußen niemandem. Draußen könne er seinen wissenschaftlichen Arbeiten nachgehen, die auch dem Land nutzten. Ich wollte dafür bürgen, dass er draußen lebte wie jeder Bürger auch. – Ich wollte den Ausdruck »normal« vermeiden. – Und ich wollte mich immer um ihn kümmern.

Je mehr sich sein Gesichtsausdruck verdunkelte, desto stärker musste ich stottern.

Nach einer Weile, die mir entsetzlich lange vorkam, hörte ich die härteste Stimme bis dahin.

»Wenn Sie Süleyman Gesellschaft leisten wollen, reden Sie nur so weiter! Wollen Sie auch eingeliefert werden?«

Dann fragte er ironisch:

»Jetzt müssen wir wohl Sie fragen, um zu wissen, wer krank ist und wer gesund?«

Ich wurde wie ein räudiger Hund aus dem Zimmer gejagt. Ich war nicht wenig über das ständige Siezen irritiert, das zu seinem Ton nicht passte …

»Verzeihung, das war nicht meine Absicht, bestimmt nicht«, sagte ich. Bei dem Wort »nicht« war die Tür hinter mir bereits zugeschlagen. Ich konnte mir die Frage erst gar nicht stellen, ob ich mit dem Schritt zum Direktor richtig gehandelt hatte.

Als ich das Gelände verließ, das mir wie ein anderes Land vorgekommen war, und mich plötzlich im Menschengewühl der Stadt wieder fand, waren das Drinnen und das Draußen nicht mehr zu trennen. Ich hatte das Drinnen mit mir hinausgetragen.

Offene Baustellen auf der Straße, Schlaglöcher umzingelten mich. Das Draußen hatte Fallen aufgestellt für Passanten und Fahrer, vor allem in der Dunkelheit. Graue, verdreckte Wände, Betonklötze, die sich aufeinander stützten und emporhoben, jeglichen Geschmacks und jeglicher Liebe entbehrten.

Entnervte Fahrer fuhren Stoßstange an Stoßstange, schimpften und hupten. Die Stadt mit ihren Kreaturen erstickte in Abgas und Lärm. Menschen glichen Schwärmen von sonderbaren Wesen, die Lachen und Freude nicht kannten. Sie stießen einander, hetzten und hasteten dahin und dorthin. Dazwischen fochten fliegende Händler ihren Überlebenskampf aus und glichen dabei aufgezogenen Brüllautomaten. Herumtrödler, Müßiggänger, elende Stadtstreicher gesellten sich zu ihnen.

Überall schrien beklebte, bepinselte, besprayte Wände und Mauern zum Himmel, als priesen sie das elende Leben dieser Stadt. Und über alldem spannte sich ein versmogter, blasser Himmel wie ein riesiges, mürrisches Gesicht.

Das Draußen hatte alle Zeichen einer unsäglichen Belagerung gegen den Geist mobil gemacht. Der Geist des Menschen schien sich selber in eine tödliche Falle gelockt zu haben. Am deutlichsten wurde der Verfall durch die Verwandlung der Schrift in Beschimpfung, in eine feindselige Waffe sichtbar. Die Errungenschaft der Menschwerdung kippte um, die Kultur ins Gegenteil. Wände und Mauern, Brückenpfeiler und

Masten, Berge und Felder waren voll davon. Selbst Bäume und Hecken wurden nicht verschont, die gegen allen Dreck und Schmutz Widerstand leisteten, aber gegen die schändliche Schrift machtlos waren.

Das menschliche Geschlecht war von einer seltsamen Widersprüchlichkeit. Es konnte alle Erfindungen und Erkenntnisse sowohl zum Heil als auch zum Unheil benutzen, zum Gedeihen und zum Verderben. Es achtete und schützte Leben, und es mordete. Das menschliche Geschlecht trug zugleich den göttlichen Adel und das satanische Elend in sich.

Das war für mich eine neue Erkenntnis nach den Erfahrungen drinnen und draußen. Andere kannten das sicher besser. Wort und Schrift versprachen Heil. Wer jedoch den Wort- und Schriftmächtigen nicht folgen wollte, sollte zur Hölle fahren. Schreiber und Redner hielten sich über andere erhaben. Wie Ameisen zogen sie alle tagsüber ihre Pfade, die mit der Abenddämmerung plötzlich in einem engen Loch endeten. Und alle schlüpften in ihre unterirdischen Gänge. So klein wurden sie in der Dunkelheit. Weit und breit war dann keiner von ihnen zu sehen. Aber auch am Tag konnten sie erbarmungslos mörderisch sein, wie ich das erleben musste.

Wollte ich hier, in diesem heillosen Chaos, zu meiner Sprache finden? Überfluss an Wort und Schrift konnte doch nicht ohne Lüge und Gewalt sein. Sollte ich in diesem Sumpf ersticken?

Von dreißig bis fünfzig Toten täglich auf beiden Seiten sprach man allein in dieser Großstadt. Aber auch in anderen Landesteilen herrschten Ausnahmezustand und nachts Ausgehverbot. Beide Seiten hießen, wie ich bald erfuhr, radikale Linke und radikale Rechte. Sie nannten sich Befreier. Die einen nannten die anderen Kommunisten, und umgekehrt wurden die anderen Faschisten genannt. Aber ihrer blinden Wut fielen auch viele Unbeteiligte zum Ofper. Mütter standen Todesängste aus, wenn ihre Kinder nach der Schule nicht rechtzeitig nach Hause kamen.

Sie wetzten sich gegenseitig nicht nur in Reden und Schriften die Zähne, sondern ließen im Namen der von ihnen propagierten vermeintlichen Zukunft die anderen durch eine Kugel umkommen oder in einem Glas Wasser ersaufen. Sie scheuten sich nicht, die Zukunft durch reichlich Blutvergießen angehen zu lassen. Dabei war bereits für mehrere Tausende der Tod die einzige Zukunft.

Und die Massen mussten, von Alpdrücken betäubt, apathisch zusehen. Sie verwesten, unbeeindruckt von den Opfern, die die blutrünstigen Täter ihnen abforderten. Sie nahmen sogar in ihrem Dahinsiechen Partei für die verschiedenen Mörder.

Andere Schriften wurden wiederum verfasst, um die Massen zu verblenden. Man konnte sie von den mörderischen nur durch ihre leuchtende Art unterscheiden. Leuchtschriften an Kaufhäusern und in Vitrinen, auf den Werbeflächen an beiden Seiten der Straßen, selbst auf der Brust und auf dem Rücken der T-Shirts priesen irgendwelche Waren an. Sie versuchten mit verschnörkelten Zügen und Augen fangenden Farben, mit nackten und sonstigen Bildern die Massen zum Kauf zu bewegen. Hier schienen sie jedoch eher die Kluft zu vertiefen zwischen den wenigen, die Geld hatten, und den vielen, die keins besaßen.

Beide Arten von diesen Schriften, mörderische wie umwerbende, kamen mir hier wie Bastarde voneinander vor. Die eine war die Folge der anderen und umgekehrt. Beide hatten die einzige Absicht, dir den Weg zu weisen, den du zu gehen, das Wort in den Mund zu legen, das du zu sprechen, und das Bild ins Auge zu stechen, das du zu sehen hattest. Ihre einzige gemeinsame Absicht war, dich unmündig zu machen, dich verkrüppelt, mundtot und blind zu machen, dein Herz und deinen Verstand zu betäuben, deinen Geist zu löschen.

Das gelang ihnen auch ziemlich gut.

Erst draußen wurde mir bewusst, wie ungezwungen ich in der Anstalt mit Süleyman gesprochen hatte. Draußen angekommen, war meine Zunge wie vom Schlag getroffen. Mein Denken setzte jäh aus.

Ich war froh, als ich in die Kaserne kam. Hier sah es beinahe so aus wie in der Anstalt. Ich machte die Erfahrung, dass Menschen in zwei Gruppen einzuteilen waren: Menschen in Anstalten und Menschen, die in Großstädten lebten. Sie schienen nichts miteinander gemein zu haben. Zu der Gruppe von Anstaltsmenschen gehörten auch ihre Besucher, wie ich es an dem Besuchssonntag hier in der Kaserne erlebte.

Fern vom Wust der Großstadt, machte ich hier einen Neuanfang. Ich übte von neuem Wort für Wort das neue Leben. Meine Zunge löste sich allmählich, legte die Fesseln ab. Hatte ich es irgendwo gelesen? Das Leben begann mit dem Aufwachen des Innenlebens.

Mein Inneres lag ganz nackt vor mir, es zuckte nicht. Es rührte sich nicht. Es tat meinen kurzsichtigen Augen weh. Sie konnten weder das Weite sehen noch das Nahe, weder in die Vergangenheit noch in die Zukunft. Es galt für mich nur noch in die Zukunft zu schauen, vielmehr zu lernen, in die Zukunft zu schauen.

Ich kam hierher, um über die Rückkehr nachzudenken, über die Rückkehr zu mir. Der erste Versuch war eine einzige Enttäuschung. Vielleicht lag es daran, dass ich nicht ganz losgelöst war von der Vergangenheit. Den nächsten Schritt wollte ich wirklich als ein vollkommen leeres Gedächtnis beginnen.

Vielleicht versuchte ich mit dieser Erzählung, den Schlussstrich unter die Vergangenheit zu ziehen. In Wahrheit erzählte ich nichts. Nach dem Besuchstag unter freiem Himmel und den ganzen Tag auf den Beinen lag ich nun rücklings auf meiner Pritsche im Revier, die Hände unterm Kopf verschränkt, und starrte die dunkle Decke an. Meine Nachbarn zu meiner Rechten und Linken, vor und hinter mir und unter mir schliefen alle. Mit starren Augen war ich tief versunken.

Eigentlich erzählte ich kein einziges Wort.

10

Der Bus fuhr über Täler, deren Hänge zusehends mit Macchia bewachsen waren. Der Himmel glich einem blitzblauen, breiten Fluss, der zwischen den Bergkämmen und Gipfeln zu beiden Seiten über mir hinfloss. Der Bus versuchte die Berge zu überwinden, die steil vor der Küste abfielen. Er machte alle paar Stunden Pause. Wir stiegen aus, tranken Tee, ich tat einige Schritte, um die Steifheit in den Gliedern abzuschütteln. Das hatte ich in der Kaserne gelernt. Ich fühlte mich nach den vier Monaten körperlicher Arbeit ganz fit und wollte es mir bewahren. Es gab mir das Gefühl von Frische und Tatendrang.

Mein Nachbar war ein liebenswürdiger Mann. Auf der Auffahrt begann er sich mit mir zu unterhalten. Da ich nicht imstande war, eine Unterhaltung zu führen, wurde daraus ein endloses Ausfragen. Er war neugierig auf mich. Aber ich konnte ihm nicht gestehen, ich kennte mich selbst nicht. Was hätte er dann von mir gedacht? Ich hätte ihm nicht sagen können, ich hätte keine Vergangenheit, weil ich auf einen unfruchtbaren Boden gefallen sei. Es gab keinen unfruchtbaren Boden.

Eigentlich wollte ich auch wie er reden. Ich war auch auf ihn neugierig. Ich wollte seine Fragen beantworten, ihm Fragen stellen und ihn kennen lernen. Ich versuchte es. Mein Versuch musste aber schief gehen.

Er war ein warmherziger, lebensfroher, lustiger Mensch. Er bot mir einen Pfirsich an. Ich nahm ihn lächelnd. Das war wenigstens etwas, der Versuch zu lächeln. Als er mir dann eine Zigarette anbot, wollte ich ihm zuvorkommen. Zeitlich war das nicht möglich, dennoch griff meine Hand in die eigene Tasche. Ich reichte ihm meine. In seinen Augen machte sich ein begehrlicher Glanz breit. Er zog zwischen zwei Fingern fein sorgfältig eine heraus und führte sie zuerst an die Nase.

»Kommen Sie aus dem Ausland?«, fragte er. Die Zigarette steckte noch zwischen zwei Fingern, die anderen drei leicht angehoben.

»Als ob …!«, sagte ich.

»Sehr geistreich«, sagte er und lachte schallend. »Als ob ich aus dem Ausland komme … Wie nett.«

»Als ob ich …«

Erneut brach er in ein schallendes Lachen aus: »Als ob ich aus dem Ausland komme …«

»Als ob ich immer …«

Nun musste er sich vor Lachen biegen: »Als ob ich immer aus dem Ausland komme … Sie sind herrlich, wirklich herrlich.«

»Als ob ich immer hier …«

Er hörte mir gar nicht mehr zu. Die anderen Mitreisenden von vorne und hinten schauten alle zu uns herüber. Sein Gelächter zerhackte meine Worte. Selbst ich konnte die eigenen Worte nicht verstehen. Die Buchstaben flitterten in seinem Lachen:

»A-l-s–o-b–i-c-h–i-m-m-e-r–h-i-e-r–b-i-n–h-a-b-e–k-e-i-n-e – E-r-i-n-n-e-r-u-n-g–a-n–a-n-d-e-r-e–O-r-t-e–«

Als sein Lachen allmählich ausklang, fragte er:

»Machen Sie eine Besichtigungsreise?«

»B-e-s-i-c-h-t-i-g-u-n-g-s-r-e-i-s-e–«, wiederholte ich, indem ich meine Worte von eben fortsetzte, verstand jedoch wiederum mein eigenes Wort nicht.

Er sprach immerfort. Er schnappte mir ein Wort aus dem Mund und führte es selbst zu Ende, deutete, verbesserte und beantwortete es. Zwischendurch brach immer wieder sein schallendes Gelächter aus. An seiner Fröhlichkeit war nichts auszusetzen.

Dann legte er den Kopf an die Kopfstütze zurück, streckte sich so weit wie möglich im Sitz und begann sogleich zu schnarchen. Diesmal brachen die anderen Reisenden im Bus in endloses Gelächter aus. Das Schnarchen meines Nachbarn wurde zum Vergnügen des ganzen Busses. Er war scheinbar vom Lachen müde geworden.

Gelächterwellen verursachten ein heftiges Klopfen in meiner Schläfe. Der Schmerz schwoll an und quoll schließlich aus meinem Schädel über, aus meinen Augen und Ohren, Nasenlöchern und meinem Mund stach er heraus. Ich presste die Lippen aufeinander, kniff die Augen fest zu, drückte die Handflächen auf die Ohren.

In meinem Kopf löste sich ein Gerenne wild durcheinander schießender Waffen. Menschen fielen blutüberströmt tot um. Sirenen heulten, Blau-, Grün-, Rotlichter funkelten, Sicherheitskräfte rückten an, Soldaten umstellten …

Dann plötzlich wurde es still und regungslos. Mein Kopf verwandelte sich im Innern in einen Platz im Morgengrauen. Kein Mensch, kein Schritt und kein Laut hatte noch seine Stille berührt. Wie eine sichtbar wachsende Pflanze erstand in der Mitte des Platzes ein Mensch aus dem Boden. Ein sonnengebräunter Mann mit schwarzen Augen, schwarzen Haaren, schwarzem Schnurrbart. Er streckte die Arme nach den Seiten aus, als schöbe er mit den Handflächen einen Druck von sich, der sich unsichtbar auf ihn zubewegte. Sein Gesicht wurde immer stärker von einem Schmerz gezeichnet. Der Schmerz verwandelte sich in Angst und Zorn. Er drehte sich auf der Stelle um die eigene Achse und wehrte sich mit den Handflächen gegen die erdrückende Gewalt, die seine Ellbogen langsam umknicken ließ.

Die Gewalt gewann in Form von Jungen und Mädchen in Lederklamotten Gestalt. Sie bildeten um den Mann einen Kreis und zogen ihn immer enger. Ihre Köpfe waren glatt rasiert, bis auf eine Mähne, die den Schädel wie ein Helmbusch in der Mitte zweiteilte. Sie trugen Stangen, Eisenketten und Schlagringe. Der Mann in der Mitte musste schließlich den Widerstand aufgeben, und die Hände klebten am eigenen Körper. Wie in eine Zwangsjacke gesteckt, konnte er sich nicht mehr rühren. Die Augen quollen ihm beinahe aus dem

Schädel heraus. Sie versprühten Wut, und er kochte innerlich, doch er war machtlos.

Die Jugendlichen im Lederdress, mit steifen blonden Mähnen und beringten Ohren und Nasen, stürzten sich auf einmal mit Stangen und Eisenketten, mit Hieben und Tritten auf den Mann in der Mitte.

Ich versuchte mit den Armen den Kopf zu schützen. So verharrte ich. Lautlos, tief und lange atmete ich. Dann löste ich langsam die Arme vom Kopf. Der Mann in der Mitte des Platzes lag wie ein Klumpen Hass aus Fleisch und Blut auf dem Boden. Er rührte sich nicht. Aus verschiedenen Stellen seines Kopfes und Körpers rann Blut.

Der Platz war wie leer gefegt. Neben dem Mann auf dem Boden war ein Hakenkreuz.

Der Bus war längst in der Zielstadt angekommen. Es war schon dunkel. Mein liebenswürdiger Nachbar fragte:

»Steigen Sie aus?« Er gab auch die Antwort: »Mit demselben Bus fahren Sie vermutlich zurück, als ob Sie gar nicht gefahren wären. Sie sind Gold wert, wirklich Gold wert.« Dann brach er wieder in ein Gelächter aus. »Mit demselben Bus wird er zurückfahren. Der Mann ist Gold wert, Gold wert, Gold wert ...«

Die Worte »Gold wert« hallten in seinem Gelächter immer wider. Ehe er ausstieg, drehte er sich an der Bustür wieder nach mir um.

»Gold wert ... Gold wert ... Aber ich steige hier aus. Ich freue mich, Sie kennen gelernt zu haben. Ich werde meinen Freunden von Ihnen erzählen. Was für ein Mann, Gold wert ...«

Er stieg aus.

Ich blieb im Bus allein zurück. Der Beifahrer stieg von draußen auf das Trittbrett der vorderen Tür und streckte schelmisch den Kopf herein.

»Hast wohl geschlafen, was, Bruder?«

Ich lächelte, stand auf und nahm mein Gepäck.

11

Die Scheinwerfer der ankommenden und abfahrenden Busse durchbohrten die Nacht. Es war eine fröstelnde und traurige Welt. Die fahlgelben Strahlen legten sich einem um den Hals, flossen in ihn hinein und wurden zu einem Klumpen. Hier wollte ich also nach ihm suchen.

Ich schleppte die Füße über den Busbahnhof. Wie aufgezogen begannen die Beifahrer zu kreischen, wenn ich an ihnen vorbeiging:

»Nach Antalya, Side, fährt gleich ab ...«

»Afyon, Eskischehir, Ankara ...«

»Balikesir, Bursa ...«

»Canakkale, Istanbul ...«

»Erzurum, nach Erzurum ...«

Ihre Stimmen fingen mich ein und verschlugen mich an verschiedene Orte gleichzeitig. Ich war gerade angekommen und ausgestiegen. Sie schickten mich wieder an Orte, von denen ich nicht kam. War ich denn nicht hier? Mutterseelenallein, inmitten von Bussen, Scheinwerfern, Neonleuchten, stand ich triefend von gelbem, weißem, fahlem Licht, triefend von der Dunkelheit, die diese Welt umhüllte.

In der Dunkelheit war ich orientierungslos. Ich kannte keinen Pfad, keinen Menschen und wollte mit einem neuen Leben beginnen. Ich fühlte mich von Lauten und Gestalten aus Licht und Schatten niedergeschmettert. Ich konnte kein Wort aussprechen und war im Innern zerknittert. Ich fühlte mich wie gefangen, gefangen vom Leben, mit dem ich beginnen wollte, von der Stadt, die ich nicht kannte.

Ich wollte nach diesem Leben suchen, das mich wie einen Gefangenen fesselte. Ich wollte nach der Stadt suchen, die mich gleich verschluckte.

»Pfefferminzbonbons ...!«, schallte eine schrille Stimme an mein Trommelfell.

Ich zuckte zusammen und wandte den Kopf nach ihr. Ein Junge von zwölf, dreizehn Jahren stand neben mir, auf dem Kopf ein ringförmiges, fettiges Kissen mit einem Tablett darauf. Sein kurz geschorenes Haar wuchs bis in die Stirnmitte. Seine schmale Nase und sein spitzes Kinn wirkten müde und schwermütig. Seine in der Nacht wie Bernstein leuchtenden Augen sahen mich an, als wollten sie sagen: »Wenn du kein Bonbon kaufst, muss ich weinen.« Zum ersten Mal erlebte ich die durch die Nacht gespülte Traurigkeit so unmittelbar.

Ich begann zu leben. Die Schatten, die die Lichter am Omnibusbahnhof auf das Gesicht des Jungen warfen, sahen mich wie die Landkarte dieser Stadt an, wie die Geschichte des Landes. Die Geographie und die Geschichte dieser Stadt und dieses Landes drückten auf meine Brust.

Ich konnte mich nicht rühren, kein Wort sagen. Der Junge sah mich mit flackernden Augen unterm Tablett an.

»Wohin willst du gehen, großer Bruder? Ich kann dich zu dem Bus bringen. Willst du Pfefferminzbonbons? Es schmeckt angenehm und erfrischt auf der langen Fahrt«, redete er wie ein Wasserfall.

»Ich bin gerade ausgestiegen«, sagte ich. »Ich bin gerade angekommen. Man kommt immer irgendwo an, nicht wahr? Einerlei, ob man kommt oder geht ...«

»Klar, Bruder, wenn du kommst, musst du den Bus besteigen. Wenn du gehst, musst du ihn auch besteigen«, bestätigte er mir.

»Werde also hier bleiben.«

»Möchtest du ein Taxi?«, fragte er.

»Gib mir eine Packung Pfefferminzbonbons«, sagte ich.

»Bitte«, reichte er mir eine Packung, ohne das Tablett herunterzunehmen.

»Gehst du eigentlich nicht zur Schule? So spät in der Nacht verkaufst du noch Pfefferminzbonbons?«

»Doch, natürlich gehe ich zur Schule. In den Ferien verkaufe ich Bonbons.« Seine Stimme klang stolz und selbstsicher.

»Hat die Schule Ferien?«

»Schon lange. In einem Monat beginnt sie wieder.«

»In welcher Klasse bist du?«

»Ich bin in die siebte versetzt worden, mit Sehr gut.«

In den Stolz seiner Stimme mischte sich das Rosa der Schüchternheit. Er wollte das Sehr gut mitteilen, aber das Selbstlob beschämte ihn.

»Verkaufst du immer bis so tief in die Nacht?«, nahm ich fast einen Verhörton an.

»Die Nachtreisenden sind kaufwilliger«, erklärte er. »Ich weiß nicht, woran es liegt, an der Dunkelheit, an der Nacht oder an den Sternen, jedenfalls kaufen sie mehr, und ich verdiene nachts mehr.« Er schwieg. Dann fügte er leise hinzu: »Vielleicht haben sie nachts mit einem Kind mehr Mitleid.«

»Möchtest du?« Das war gemein von mir.

»Hauptsache, sie kaufen«, antwortete er genügsam.

»Ich hab aber ohne Mitleid gekauft.«

»Hauptsache, du hast gekauft«, wiederholte er kurz angebunden. Nach kurzer Überlegung fügte er hinzu: »Wenn du schon kaufst, dann besser ohne Mitleid.«

»Wieso?«

»Dann habe ich mehr Spaß am Verkaufen. Wer Pfefferminzbonbons kauft, möchte sie essen. Es verlangt ihn danach. Vom Mitleid wird man nicht satt, erfrischt schon gar nicht.«

»Richtig, ich muss diese Bonbons in einem anderen Leben gegessen haben. Dein Ruf hat mich in dieses alte Leben versetzt, ich wollte unbedingt Pfefferminzbonbons essen.«

Ich staunte, wie ich aus mir herausging, als ich mit diesem Jungen sprach. Hatte ich alle Hemmungen abgelegt, weil er noch ein Kind war?

»Gehst du gern zur Schule?«, fragte ich, um weiterzusprechen.

»Ich liebe meine Schule, ich liebe sie über alles.«

»Mehr noch als die Ferien?«

»Mehr ... In den Ferien verdiene ich Geld für die Schule«, erklärte er.

»Musst du Geld verdienen? Was macht dein Vater?«

»Vielleicht ist es nicht notwendig, aber wenn ich selbst verdiene, liebe ich die Schule noch mehr.«

»Man ist dann selbstständiger ...«

»Ich glaube, auch meinem Vater gefällt es so besser. Er sagt es nicht, aber ich male mir aus, dass er mich vielleicht nicht mehr in die Schule schickt, wenn ich von ihm Schul- und Taschengeld verlange. Ich habe davor Angst, dass er mich dann irgendwo als Lehrling einstellt«, vertraute er mir seine Gedanken an.

»An deiner Stelle würde ich auch Angst haben«, bestätigte ich.

»Er wollte mich einmal in den Sommerferien als Lehrling einstellen. Es ist nicht gut, sagte er, in den Straßen herumzustrolchen. Überall sind Schufte und Schurken, meinte er. Er hatte Angst, dass mir etwas zustoßen könnte. Er brachte mich zu einem Tischler als Lehrling.«

»Kannte er den Tischler?«

»Nein. Wir gehen immer an seinem Laden vorbei. Als wir wieder einmal vorbeigingen, nahm er mich bei der Hand und betrat einfach den Laden. Er sagte zum Meister: Er geht zur Schule, in den Ferien soll er dir helfen und dabei auch einen Beruf erlernen. Nimm ihn bei dir auf. Die Schule ist gut, aber was am Ende rauskommt, weiß nur Gott. Aber wenn er einen Beruf hat, spielt es keine Rolle, ob er studiert oder nicht. Er braucht nicht am Hungertuch zu nagen. Ein Beruf ist eine goldene Hand, sagte er. Dabei fühlte ich seine Worte wie kochendes Wasser über meinen Kopf geschüttet.«

»Hat dich der Meister nicht aufgenommen?«, wurde ich neugierig. Er lächelte selbstsicher.

»Doch«, sagte er, »natürlich nahm er mich. Wenn du meinen Vater kennen würdest; er ist sanft wie ein Lamm. Man kann ihm nichts abschlagen. Wärst du der Meister gewesen, hättest du mich auch aufgenommen.«

»Würde ich Mitleid haben mit deinem Vater?«, stocherte ich.

Er hielt inne. Das Wort Mitleid ließ ihn schlucken. Dann sagte er:

»Ab und zu habe ich Mitleid mit meinem Vater.«

»Hat es einen bestimmten Grund?«

»Einfach so ... Aber das kommt selten vor. Vielleicht habe ich mit ihm Mitleid, weil er so viel arbeitet und so wenig Geld hat. Am Monatsanfang sind seine häufigsten Worte: Hausmiete, Ladenmiete. Da bekomme ich Mitleid mit ihm. Da lege ich mein ganzes Erspartes auf den Tisch. Und wenn ich erleben muss, wie er von anderen Geld borgt, dann fühle ich einen Knoten im Hals. Es verletzt mich innerlich am meisten, wenn er von einem guten Bekannten, von einem Familienfreund Geld verlangt. Da schrumpft mein Vater in meinen Augen zusammen, wird so klein wie ich. Er wird sogar noch kleiner. Sein Gesicht verschrumpelt so, als ob er im Magen stechende Schmerzen hätte. Manchmal sieht er wie ein sitzen gebliebener Schüler aus.«

»Ist es schlimm, sitzen zu bleiben?«, fragte ich.

»Für mich ist es das Schlimmste auf der Welt«, sagte er. »Auch mit den Kindern, die sitzen bleiben, habe ich Mitleid.«

»Du arbeitest doch nicht beim Tischler?«

»Ich habe bei ihm schon angefangen, aber noch ehe der erste Tag zu Ende ging, bin ich abgehauen. Schon am ersten Tag habe ich früher aufgehört. Ich ließ den Tischler Tischler sein und bin einfach gegangen«, sagte er. Seine Stimme verriet keine Reue und keine Scham.

»Warum bist du da abgehauen?«

»Der Meister drückte mir ein Schmirgelpapier in die Hand und zeigte auf ein Stück Holz. Das sollst du abschmirgeln, sagte er. Meine Finger taten weh, mein Arm schmerzte, und in meinem Kopf hat es gedröhnt. Du hast mich hier das letzte

Mal gesehen, habe ich für mich gedacht. Da gab der Meister mir einen Tonkrug in die Hand und sagte: Geh, hol Wasser vom Brunnen im Moscheehof. Ich nahm den Krug und ging. Oh, mein Gott, es gab eine wunderschöne Welt draußen. Ich lebte wieder auf. Die Straße, fliegende Händler, die ihre Handkarren schoben, Lastenträger, Passanten, Läden, Gebäude, die Moschee, der Moscheebrunnen, die Kinder und der Himmel, alles erschien mir noch nie so schön. Mir war, als hätte ich diese Welt noch nie gesehen, sie nie erlebt. Alles nahm ich zum ersten Mal wahr. Die Welt war so schön, das Leben war so schön. Ich wollte keinen Augenblick mehr auf sie verzichten. Sonst wäre es eine unverzeihliche Schuld. Wenn ich das Schmirgelpapier noch einmal in die Hand genommen hätte, hätte ich dieses Leben draußen gemordet. Es wäre ein Selbstmord gewesen. Ich habe also den Krug am Brunnen im Moscheehof gefüllt, habe ihn still vor die Tischlerwerkstatt gestellt und die Kurve gekratzt. Auf Nimmerwiedersehen. Ich brauchte mir darüber gar keine Gedanken zu machen. Die Füße gingen von selbst zurück. Später dachte ich oft über mein Tischlerhandwerk nach, das kaum einige Stunden gedauert hatte. Ein unvergessliches Erlebnis. Es veränderte mein Leben. Es war ein Wendepunkt für mich.«

Ich hörte seinen Worten wie einem Märchen zu. Alles zog in meiner Einbildung als Bild vorbei. Als ich zu mir kam, schwieg er. Hatte dieses Kind all das erzählt, oder war ich in Gedanken woanders und bildete mir seine Geschichte ein? Konnte er so gut erzählen, oder dichtete ich ihm in Gedanken alles an?

Mit meiner Sprachlosigkeit verglichen, war er ein toller Erzähler. Ich tastete mich noch im Sprechen voran. Er war dagegen mit seinen zwölf oder dreizehn Jahren weit geübter. Seine Sprache war sein Ich. Sein Ich wuchs mit seiner Sprache.

»Was sagte aber dein Vater dazu?«, übte ich mich weiter.

»In Gedanken hatte ich mich schon mit einer Tracht Prügel abgefunden. Als ich zurück zum Vater ging, hatte ich mir vorgenommen, mich nicht zu rühren, bis er sein Mütchen an mir abgekühlt hätte. Nur sollte er mich nicht zum Tischler zurückschicken. Das hätte ich nicht ausgehalten. Die Prügel dagegen tun weh, dann vergeht es. Mein Vater erblickte mich und senkte den Blick. Ich will dort nicht arbeiten, winselte ich. Er sagte kein Wort, kein einziges böses Wort. Ich bekam auch keine Prügel. Eigentlich ist er ein großmütiger Mensch. Ich vergesse ihm das nie.«

»Prügelt er manchmal?« Ich konnte meine Schnauze nicht halten. Eigentlich war ich nicht neugierig. Ein Tier namens Neugier konnte in mir nicht wohnen. Wie gesagt, versuchte ich mich nur im Sprechen.

»Seit ich zur Schule gehe, hat er mir nicht einen Knuff gegeben«, setzte er das Lob auf den Vater fort. »Ich entsinne mich nur dunkel, dass er mich vor der Schulzeit ein paar Mal geschlagen hat. Manchmal schlägt er meinen Bruder. Aber der Bengel verdient es auch. Der Spitzbube.«

Seine Wortwahl stieß manchmal an die Grenzen meiner Sprache. Aber ich versuchte, sie aus der Situation heraus zu verstehen. Es gelang mir jedoch nicht immer. Oft tappte ich im Dunst, im Dunkeln. So begriff ich nicht ganz, ob er seinen Bruder lieb hatte oder nicht. Ich entschied mich zu seinen Gunsten.

»Was hat deine Mutter zu alldem gesagt?«, fragte ich unbeholfen.

Sein Lachen erhellte die Nacht.

»Meine Mutter ist die beste Mutter in der Welt. Sie ist die schönste Mutter. Natürlich, für jeden ist seine Mutter die beste und die schönste. Aber ich will es dir so erklären. Angenommen, meine Mutter hätte gesagt, geh zum Schreiner, dann wäre ich jetzt nicht hier. Das sage ich nicht einfach so. Ich würde sie nie im Leben enttäuschen. Ich würde alles tun, was sie sagt. Das sage ich aber doch ganz einfach, weil sie mir nie etwas vorschreibt. Sie hat bis heute niemals gesagt: Sohn, mach das oder jenes, mach es so oder anders. Dann ist es für mich natürlich leicht zu versprechen, ich würde alles tun, was sie wollte ... Du verstehst mich, nicht wahr?«

»Deine Mutter muss eine sehr gute Mutter sein. Und ich höre, dass du sehr glücklich bist ... So schön erzählst du von ihr«, sagte ich.

»Eigentlich ist meine Mutter eine sehr schweigsame Frau«, fuhr er, durch meine Worte aufgemuntert, fort. Seine Stimme floss wie eine Wortkaskade aus Liebe in mich. »Sie ist still. Ab und zu besucht sie die Nachbarinnen. Die Frauen haben ihren Besuchstag, an dem sie sich bei einer Nachbarin treffen. Wenn sie dran ist, lädt sie sie zu uns ein. Sie bewirtet sie dann wie die Königinnen. Sie ist eine meisterhafte Köchin. Sie ist die Beste bei den Teigspeisen. Zum Tee serviert sie zuerst die gesalzenen, dann die süßen. Wenn sie zu einem Besuchstag geht, nimmt sie immer ihre Strickarbeit mit. Die Frauen erzählen, sie starrt auf ihr Strickzeug und hört ihnen gleichzeitig zu. Sie selber spricht kaum. Nur wenn die Rede auf mich kommt, unterbricht sie das Stricken. Wenn jemand nach mir fragt, breitet sich ein helles Lächeln auf ihrem Gesicht aus. Dann spricht sie. Ich sage ihm niemals, dass er lernen soll, erzählt sie stolz. Er ist der Beste in seiner Klasse. Er verdient auch sein Taschengeld selbst, verlangt von uns niemals Geld ... So kann sie lange über mich sprechen. Wenn sie dann nach Hause kommt, hebt sie die Hände zum Himmel und betet. Sie lässt im Zimmer Weihrauch brennen. Wie die Indianer klopft sie auf Holz. Das habe ich in einem Buch über die Indianer gelesen. Für die Indianer wohnt der gute Geist im Baum. Deshalb klopft man bei uns auch auf Holz, wenn man den guten Geist um Hilfe bittet gegen das Böse. Sie mahnt mich auch, mich niemals von meiner blauen Glasperle gegen den bösen Blick zu trennen. Das ist nämlich auch so ein Brauch. Deshalb gibt es in jedem Haus, in jedem Laden, in jedem Auto und bei vielen Leuten in der Tasche oder irgendwo am Kleid, mit einer Stecknadel angesteckt, eine blaue Perle gegen den neidischen, bösen Blick. Vieles ist für mich Aberglaube, aber an den bösen Blick glaube ich auch.

Ich hab da meine Erfahrung. Sie macht sich zu Hause daher auch Vorwürfe, den Mund nicht gehalten und Neid erweckt zu haben. Aber die Arme ist einfach stolz auf ihren Sohn. Ein Mal lobt sie mich bei anderen, dann muss sie tagelang Gebete gegen den bösen Blick murmeln. Sie betet unentwegt, zu jedem Gebetsruf hebt sie die Hände; wenn sie den Neumond sichtet, hebt sie die Hände und betet ... Herr, großer Gott, schütze ihn vorm bösen Blick, vor Unglück und Ungeschick, vor jedem Unheil, erhelle ihm seinen Weg ... Wenn sie einmal damit beginnt, hört sie nicht mehr auf zu murmeln ...«

»Ich habe großes Glück«, sagte ich, von seiner Erzählung mitgerissen, »dich hier zu treffen. Dass ich auf den ersten Schritt in dieser Stadt einem so klugen und fleißigen Jungen begegne, das hätte ich mir nie geträumt.«

»Danke«, sagte er kleinlaut, überwand aber schnell die Verlegenheit über mein Lob. »Noch so ein Wort, dann muss ich mich auch hinstellen wie meine Mutter und beten ... Diese Dinge erzähle ich eigentlich niemandem, jedenfalls sagte ich einem Fremden noch nie etwas darüber. Ich weiß nicht, warum, aber ich mochte dich auch auf den ersten Blick. Du bist ein guter Mensch ... Das darf ich doch sagen? Ich weiß nur nicht, wie ich dich anreden soll, Onkel oder großer Bruder ...?«

»Onkel bin ich bestimmt nicht, wenn schon, dann nur Bruder ... Aber hör mal, Bruder!«

»Bitte, Bruder.« Beide lachten wir.

»Ich habe einen Vorschlag. Du bist klug, weißt so viel, sicher wirst du dich auch in dieser Stadt gut auskennen ...«

»Wie in meiner Westentasche! Es gibt in dieser Stadt keine Ecke, die ich nicht kenne, keinen Fleck und keinen Winkel, wo ich nicht ein- und ausgegangen bin«, sagte er ohne Selbstlob, aber mit einer Selbstsicherheit, die ich mir für mich gewünscht hätte.

»Eben darum; willst du mich führen und mir die Stadt zeigen?«

»Bist du zum ersten Mal hier?«, staunte er.

»Weiß nicht, ob man das sagen kann«, fiel ich selbst in Zweifel.

»Was möchtest du alles sehen?«

»Alles, was du mir zeigen willst«, antwortete ich, mit meiner Wortwahl zufrieden. »Wenn du willst, kannst du dein Tablett mitnehmen, mir die Stadt zeigen und dabei auch deine Pfefferminzbonbons verkaufen. Wenn du willst, lässt du dein Tablett zu Hause und führst nur mich durch die Stadt. Selbstverständlich gebe ich dir deinen Tagesverdienst als Entschädigung für deine Mühe.«

»Nicht doch, Bruder«, lehnte er ab. »Ich mache natürlich meine Arbeit, ich verkaufe, ohne Verkaufen keine Ferien. Ich führe dich herum und mache dabei meine Arbeit.« Er schwieg nachdenklich. Dann sprach er getragen, als wäre er ich:

»Wenn ich nicht verkaufe, dann fragen meine Eltern, wo ich war. Und ich will ihnen nicht sagen, dass ich mit dir unterwegs war. Sie würden es nicht erlauben. Wenn ich ihnen sage, dass ich einen fremden Mann in der Stadt herumführe, befürchten sie etwas Schlechtes. Verzeih, aber sie kennen dich nicht. Als Eltern machen sie sich natürlich Sorgen. Wenn sie wüssten, wer du bist, dann hätten sie bestimmt nichts dagegen. Aber sie kennen dich nicht, woher auch?«

Ich hörte betroffen zu. Erst nach einer Weile konnte ich etwas sagen.

»Natürlich … Natürlich haben deine Eltern Recht. An ihrer Stelle würde ich für mein Kind genauso handeln. Ich ziehe meinen Vorschlag zurück. An all das dachte ich eben nicht …«

»Nicht doch! Vergiss, was ich gesagt habe. Ich mache ohnehin täglich meine Runden. Das machen wir dann zusammen. Wenn ich es nicht wollte, hätte ich gleich eine Ausrede gefunden. Behalte den Kopf klar … Dieses Land ist sehr schwierig geworden. Du kannst nicht überallhin, nicht jeden Ort betreten. Ich kenne mich überall aus, ich kenne auch die Bosse überall. Du kannst mit mir bedenkenlos überall ein- und ausgehen«, zerstreute er meine Bedenken.

Der Ausdruck »schwieriges Land« ließ in meinem Kopf Bilder entstehen, die wie Billardbälle gegeneinander stießen. Ich wollte ihn nicht danach fragen. Ich scheute mich, ihm als Angsthase zu erscheinen. Vielleicht war ich ein Angsthase, aber dieses Kind sollte mich nicht mit meinen Ängsten, Schwächen und Fehlern kennen lernen.

»Genug geredet«, sagte ich, »jetzt nehme ich ein Taxi, und wir sehen uns morgen wieder.«

»Ich bringe dich zum Taxi«, sagte er. »Ich kenne hier alle Taxifahrer. Ich nehme einen guten für dich«, umsorgte er mich.

»Willst du noch weiter Pfefferminzbonbons verkaufen?«, fragte ich ihn im Gehen.

»Nein, ich gehe jetzt auch nach Hause. Es ist ziemlich spät geworden. Bald beginnt auch das nächtliche Ausgehverbot«, sagte er.

Ausgehverbot? Ein sonderbares Gefühl erfasste mich.

»Komm mit«, bot ich ihm an. »Das Taxi bringt dich zuerst nach Hause, dann fahre ich weiter.«

»Danke, danke«, wies er mein Angebot ab. »Ich fahre mit dem Sammeltaxi. Halte dich nicht länger auf; wenn das Verbot beginnt, kontrollieren sie an jeder Ecke. Zu unserem Viertel fährt sowieso kein Taxi ...«

»Fährt kein Taxi?«, musste ich staunen. »Wieso? Sind die Gassen zu eng?«

»Eng, aber das Sammeltaxi kann fahren. Das ist nicht der Grund. Auch die Schlaglöcher und der Matsch sind nicht der Grund. In unserem Viertel kann sich niemand ein Taxi leisten. Es würde das ganze Viertel auf die Beine stellen. Außerdem sind die Kontrollen dort strenger.«

»Ich verstehe davon nichts. Wenn du meinst ...«

Es gab noch vieles, was ich nicht verstehen konnte in dieser Stadt der Dunkelheit. Es wäre auch müßig gewesen, alles verstehen zu wollen. Es gliche dem Unterfangen, den Felsbrocken auf den Gipfel zu wälzen.

Ich entsann mich nicht, früher einmal eine Stadt und ein Leben nachts, in tiefer Dunkelheit, verlassen zu haben. Doch überall kam ich nachts, in Dunkelheit, an. So blieb mir versagt, einen Ort, in dem ich einmal gewesen zu sein glaubte, ein zweites Mal wieder zu finden.

Das war eine Vermutung, ein Antrieb, an das einmal verlassene Leben an der Abrissstelle anknüpfen zu wollen. Vielleicht handelte es sich einfach um eine Sinnestäuschung. Vielleicht kam ich überallhin, zu jedem Ort zum ersten Mal und immer mitten in der Nacht. Das sagte man über Geburten. Die meisten Geburten fänden nachts statt.

Gelbe, kalte, aufwirbelnde Lichter und Leuchten aus allen Himmelsrichtungen empfingen mich wie aus der Dunkelheit herausgesprungene Augen. Das war kein Empfangen, das war schon Belagern. Von allen Punkten aus stürzten sie sich auf mich, umschlangen mich mit ihren immer enger gezogenen Kreisen, die mich innerlich würgten. Bei jedem Schritt kamen sie auch einen Schritt auf mich zu.

Die Dunkelheit schien alles zu verschlucken, Luft und Wasser, Straßen und Gebäude, Bäume und Vögel. Blasse, kalte Lichter nisteten in ihr wie Bestienaugen.

»Du kannst mit Recep Abi fahren«, holte mich der Junge aus meiner geistigen Abwesenheit. »Wir haben Glück, erwischen noch Recep Abi.«

Vor den Blicken der Bestienaugen rettete ich mich ins Taxi.

12

Das Taxi fuhr durch verschlungene Lichtstraßen. Sonst war die Stadt dunkel und öde. Die Fahrt lud einen nicht ein, hier zu bleiben.

An der Straßenkreuzung vor uns schillerten plötzlich Blaulichter.

»Was gibt es dort, einen Unfall?«, fragte ich.

Dem Taxifahrer Recep war die Frage einen überlegenen Seitenblick wert.

»Polizeikontrolle«, sagte er. »Wer um diese Zeit noch auf der Straße ist, ist ihnen nicht ganz geheuer. Der Bürger ist längst mit Kind und Kegel im Bett.«

»Sie werden uns also anhalten?« Meine Stimme war zögernd und zittrig.

»Die Taxis halten sie kaum an. Sie wissen, dass unsere Gäste an einem Ort einsteigen, vor ihrem Haus oder Hotel aussteigen. Wir bringen die Letzten vor Beginn der Sperrstunde vom Flugzeug, Zug oder Bus oder von einer Bar, von einer Kneipe nach Hause. Das wissen sie.«

Bei den letzten Worten drückte er aufs Bremspedal und fuhr im Schritttempo zwischen Blaulichtwagen und Ordnungskräften hindurch, die die Straßenkreuzung unter Kontrolle hielten. Als einer von ihnen mit der Leuchtkelle Zeichen gab zu passieren, drückte Recep wieder aufs Gas.

»Zu Hause geht's mir auch so«, wurde Recep zutraulich. »Vor der Glotze schlage ich Wurzeln. So sind die Fahrgäste um diese Zeit. Wenn sie nicht von einer langen Reise kommen, dann kommen sie aus einem Nachtlokal. Ich verstehe die Leute. Man kann ein Nachtlokal nicht eher verlassen als kurz vor der Sperrstunde. Wenn du eine Welt mit Frauen und Glimmer, mit Musik und Alkohol verlässt, ohne verjagt zu werden, dann zweifelt man an deinem geistigen Gleichgewicht. Die Alternative ist nämlich die Dunkelheit und öde Nacht.

Die Alternative ist entweder die Einsamkeit oder eine Hexe, die hinter der Wohnungstür deiner harrt, ein Weib mit einem Gesicht wie drei Tage Regenwetter. Wirst du von einem solchen Gesicht empfangen, zerschellt deine Seele in tausend Splitter. Versteh mich nicht falsch. Ich rede nicht von meiner Alten. Allah weiß es, sie gibt mir keinen Anlass zur Klage. Aber auch des gutmütigsten Weibs wirst du einmal überdrüssig. Jahrein, jahraus immer dieselbe Fratze vor dir zu sehen erfüllt dich auch nicht mit Lust. So lebe ich zu Hause jenseits von gut und böse, eben vor der Glotze, bis die Soldaten rumms, rumms erscheinen und zur Nationalhymne die Fahne hissen, eben bis das Programm endet. Nichts gegen die Soldaten. Wenn es sie nicht gäbe, dann würden wir alt aussehen. Sie sorgen für Ruhe und Ordnung. Oft nicke ich vor der Glotze ein und verpasse natürlich auch die Soldaten. Aber draußen wird dein Mannesblick wieder wach. Eine schöne, junge Frau als Fahrgast zum Beispiel, das kitzelt schon ... Dann lege ich mich halt zu der Alten ins Bett und mache die Augen zu, in der Hoffnung, dass der schöne Fahrgast mir im Traum erscheint und ein Angebot macht und der Teufel die Pumpe füllt. Ja, so sage ich mir, leg dich ruhig zu ihr hin, vielleicht füllt der Teufel die Pumpe ...« Dann lachte er verschmitzt und zwinkerte mir diesmal beim Seitenblick bedeutungsvoll zu.

Ich war froh, nicht alles, was Recep erzählte, verstehen zu können. Denn was ich so verstand, das stellte mir meine neue Welt auf den Kopf.

Ich suchte einen stabilen Halt. Ein wetterwendisches Leben, in dem man seiner gutmütigen Nächsten überdrüssig wurde, konnte ich nicht wollen. Aber selbst dieser Recep schien eine gute Seele zu sein. Wenn jeder wie er dachte, dann wäre ich vergebens hierher gekommen.

»Du bist wohl fremd hier, was?«, fiel bei ihm der Groschen.

»Ich stelle unsinnige Fragen, nicht wahr?«, gab ich ihm die Frage zurück, dann sprach ich aber weiter: »Dinge, die jeder weiß … Aber wenn ich nicht von hier bin, was suche ich jetzt hier?«

»Du scheinst ein Philosoph zu sein«, sagte er lachend. »Aber vielleicht bist du nur so ein Tourist. Das ist nämlich ein touristisches Land. Hierher kann jeder kommen, ohne gleich von hier zu sein, nicht wahr?«

»Da haben Sie Recht«, sagte ich kleinlaut.

Wir hatten die Innenstadt verlassen. Draußen sausten Kugeln vorbei. An den Wänden rührten sich Schatten. Sie schnellten in Seitengassen, huschten in Türöffnungen. Ich saß, vor Angst und Staunen erstarrt, da.

»Kopf runter«, mahnte Recep. Und mit der Hand half er nach. Seine riesige Handfläche drückte schwer. Dann verstummten die Schüsse.

»Bevor sie nicht ausgemerzt werden, findet dieses Land keine Ruhe«, kommentierte er das Geschehen. »Die pfeifen auf das Ausgehverbot. Wenn du ihnen nicht wie mit einem Schotterschlegel das Hirn ausquetschst, kannst du die Lage nicht bereinigen. Deshalb brauchen wir die Soldaten. Es spielt jetzt keine Rolle mehr, ob du von hier bist oder nicht. Auf der kurzen Strecke vom Omnibusbahnhof bis hierher hast du alles kennen gelernt. Jetzt bist du von hier. Hier ist nun mal alles anders geworden. Es ist nicht mehr so, wie es mal war. Früher prahlten wir hier. Aber jetzt, jeder Schuft und Schurke, jeder Grünschnabel ohne Bartwuchs trägt eine Waffe und wird zum Despoten. Sie terrorisieren die Bürger. Man ist seines Lebens nicht mehr sicher. Du kannst nicht mal am Tag ruhig auf die Straße gehen, geschweige denn nachts. Die Bürger wagen sich sowieso nicht mehr hinaus. Aber diese Kerle scheren sich einen Dreck um das Ausgehverbot nachts. Du kannst nicht am helllichten Tag deine Kinder zur Schule schicken. Das sind tollwütige Wölfe, teuflische Mörder. Kinder und Frauen, Greise und Gebrechliche, sie kennen keinen Unterschied und achten niemanden. Zerbrich dir aber meinetwegen nicht den Kopf, mich können die nicht erschrecken. Ich ziehe daher die

Nachtarbeit vor. Sonst will keiner mehr nachts arbeiten. Aber ich nehme außer vom Flughafen, Bahnhof, Omnibusbahnhof oder Nachtlokal niemanden mit. Man muss sehr vorsichtig sein. Früher waren wir die Bosse in dieser Stadt. Jetzt herrschen nur noch Waffen. Du wirst vielleicht fragen: Hatten wir früher keine Waffen? Natürlich hatten wir welche. Denn wer nicht für Recht und Ehre sein Messer zückt, der kann kein Boss sein. Lass dich aber von Schusswaffen nicht ins Bockshorn jagen; das Symbol der alten Bosse war das Messer. Das ist schon längst vorbei. Wo sind jene alten Tage! Das hatte was, der Boss zu sein in einem Viertel. Händler und Bewohner grüßten ihn mit Liebe und Achtung, sie hatten Vertrauen zu ihm. Niemand im Viertel hatte einen Schaden durch ihn, sondern nur Nutzen. Doch jetzt sind sie alle hinterhältige, heimtückische Mörder, vom Teufel gerittene Verbrecher. Wer eine Schusswaffe in die Hand nimmt, ballert los, piff paff, ohne Wieso und Warum, ohne Wenn und Aber ... Ich habe zu viel gequatscht, nichts für ungut. Aber du bist anscheinend doch neu hier, du musst das alles wissen. Vielleicht kennst du die alten Tage hier, vielleicht auch nicht. Aber du musst die neuen Tage kennen, wenn du hier bleiben willst. Und du musst dich entsprechend verhalten. Das Überleben ist nämlich zu einer Kunst geworden. Nun sind wir aber auch angekommen, leb wohl und pass auf dich auf ...«

Ich bedankte mich für seine Mahnungen und Ratschläge und stieg aus.

»Bis du die Haustür hinter dir schließt, warte ich hier. Keine Bange und Kopf hoch«, rief er mir nach.

13

Meine Mutter öffnete die Tür mit Strickzeug in der Hand. Das Strickzeug fiel ihr aus der Hand, als sie mich erblickte. Wir umarmten uns und standen umschlungen da. Die Tränen meiner Mutter verschmierten auf meinem Gesicht. Meine Augen wurden auch feucht.

Mein Vater hatte sich zum Gebet hingestellt. Als er mich wahrnahm, sprach er schnell den Schlussgruß und beendete das Gebet vorzeitig. Wir umarmten uns.

»Uns geht es gut, wie du siehst«, sagte er knapp wie immer.

Meine Mutter sprach dagegen von Jahren, von langen, endlosen Jahren, von den Jahren der Trennung und Sehnsucht, die sie alt und gebrochen gemacht hatten. Gleichzeitig dankte sie dem Allmächtigen, dass er uns einander wieder finden und den heutigen Tag erleben ließ.

Ich hatte mir meine Eltern jünger und größer vorgestellt. Sie kamen mir alt und geschrumpft vor. So passten sie mir vielleicht besser, dachte ich.

»Gefällt dir unsere neue Wohnung?«, fragte meine Mutter.

»Ich finde sie schön«, sagte ich. Ich betrat dieses Haus und diese Räume zum ersten Mal.

»Wir sind also hier eingezogen. Das ist schon wieder eine Ewigkeit her. Dein Vater hat die Wohnung bei der Grundsteinlegung gekauft. Mit deiner Hilfe haben wir sie dann abbezahlt. Der Allmächtige möge dir deine Güte immer belohnen.«

Ich erinnerte mich an den Besuch meines Vaters wie an einen Traum. Er hatte mir einen Brief geschrieben. In der Regel schrieb er nie selber, sondern er diktierte und ließ meine Mutter schreiben, obwohl er länger die Schule besucht hatte. Allerdings hatte er damals noch die osmanische Schrift gelernt. Erst in seinen letzten Schuljahren war die Schriftreform gekommen. Er traute wohl seiner neuen Schrift nicht. Aber den einen Brief schrieb er eigenhändig. Ich konnte ihn problemlos lesen:

»Da du, Sohn, schon seit Jahren nicht kommst, möchte ich zu dir kommen und dich sehen. Allah weiß, wie viel zu leben ich noch habe. Und mit den Augen dieser Welt möchte ich dich noch einmal sehen …«

Und so fort, es war aber kein langer Brief. Ich war gerührt und schickte umgehend ein Flugticket für meinen Vater. Er kam. Er reiste zum ersten Mal in seinem Leben außer Landes und war zum ersten Mal auch geflogen. Er benahm sich ganz natürlich, als wäre alles Neue für ihn eigentlich nichts Neues. Nur konnte er natürlich die Fremdsprache nicht sprechen. Aber er mied wie selbstverständlich meine Übersetzungshilfe. Ich brauchte nur selten für ihn zu dolmetschen. Er blieb eine Woche. In den letzten Tagen nahm ich frei und konnte bis zu seinem Rückflug bei ihm sein.

Erst am Tag vor seinem Rückflug, als wir in einem Café saßen, kam er auf sein eigentliches Anliegen zu sprechen. Er hatte Apfelsaft bestellt. Das ganze Glas kippte er auf einmal hinunter. Ich bestellte ihm noch eine Flasche. Erst nach diesem großen Schluck holte er aus der Innentasche seiner Jacke einen Stoß ordentlich zusammengefalteter Papiere und breitete sie eins nach dem anderen auf dem Tisch nebeneinander aus.

Es waren Wechsel für die monatlichen Ratenzahlungen der neuen Wohnung. Er zeigte mit dem Finger einzeln auf die Fälligkeitstermine. Die meisten waren bereits in Verzug. Zusammengenommen machte das einen ziemlichen Betrag aus, unter dem mein Vater niedergedrückt wurde.

»Ich wollte vor meinem Tod deiner Mutter ein Geschenk machen. Aber du siehst es. Ich weiß nicht, was ich machen soll«, sagte er und schwieg.

»Mach dir keine Sorgen, Vater«, sagte ich nur und sammelte die Wechsel ein. Wir gingen dann zur Bank und überwiesen alle ausstehenden wie auch demnächst fälligen. Vor dem Rückflug steckte ich ihm auch Bares in die Tasche. Er sah mich voll

Stolz an und sagte kein Wort. Da kam er mir auch viel jünger vor als damals, als er auf dem Flughafen angekommen war.

»Tausend Dank dem Allmächtigen, dass er uns von der Qual der monatlichen Miete befreit hat«, sagte meine Mutter. »Du kennst die alten Mietshäuser. Sie sind alle zur Erinnerung geworden. Gäbe es die Erinnerungen nicht, gäbe es deine Kindheit in ihnen nicht, gäbe es auch jene Häuser nicht, als hätte es sie nie gegeben. Man gewöhnt sich an das Neue und Gute so schnell.«

Sie sprach von meiner Kindheit, die ich nicht kannte. Sprach sie wirklich von mir? Warum hatte ich diese Erinnerungen nicht? Die Häuser, von denen sie erzählte, waren mir genauso fremd wie diese Räume, die ich zum ersten Mal betrat.

An den Wänden und auf der Konsole gab es eingerahmte Fotos. Ich trat zu ihnen und betrachtete jedes einzelne lange. In den meisten sah ich mich, als hätte ich in einen Spiegel geschaut. Oder meine Augen täuschten mich und redeten mir ein, ich hätte mich auf diesen Bildern gesehen.

Es hing auch ein kleiner Spiegel an der Wand. Ich trat davor und sah hinein. Wenn ich mich darin sah, dann war ich nicht die Person auf den Fotos. Sie hatte keinerlei Ähnlichkeit mit der im Spiegel. Weder das Alter stimmte überein noch das Aussehen. Die Fotos waren an Orten aufgenommen worden, die unwirklich schienen. Manches Fotopapier war vergilbt, die meisten waren verblasst. Welche Schwingungen gingen aber von ihnen aus, dass meine Augen glaubten, darin mich zu erblicken?

»Du erinnerst dich, nicht wahr?«, fragte meine Mutter vor einem Bild. »Hier bist du erst fünf oder sechs, wir waren damals an einem Sonntag zum Picknick im Olivenhain. Vom Hang drüben konnte man die Pferderennen von ferne sehen …«

Durch ihre Worte zogen mich die Bilder in ihren Bann. Waren es die Worte oder die Bilder? Sie gehörten zusammen und erzeugten wohl in mir verschollene Schwingungen.

Diese alten Leute nahmen mich in einer gefährlichen Nacht auf. Ich nannte sie Mutter und Vater. Das war doch alles nicht erfunden oder geträumt.

Meine Mutter erzählte bis in den Morgen. So sehr war ihr das ein Bedürfnis. Manchmal dachte ich, sie hätte mir eine Vergangenheit angedichtet. Sie machte mir Erinnerungen. Hätte ich nämlich Erinnerungen gehabt, hätte ich hier eine Vergangenheit, dann gehörte ich auch hierher. Ich dachte, mit ihren Andichtungen wollte sie mich nun für immer bei sich behalten.

Ich dagegen war von dem gelebten Augenblick eingenommen. Doch durch ihre Erzählungen schienen mir auch der Augenblick und die Hoffnung auf eine Zukunft fassbarer zu sein.

Sie und mein Vater, der nicht viel sprach und ab und zu meine Mutter schalt, den Mund zu halten und den Jungen in Ruhe zu lassen, lebten in Erinnerungen. Ich dagegen lebte im Augenblick und mit dem Gedanken sogar im nächsten Augenblick. Ich dachte, Erinnerungen und Erwartungen lägen im umgekehrten Verhältnis zueinander. Wer in Erinnerungen lebte, hatte nicht viel zu erwarten. Und wer viele Erwartungen hatte, hatte wenig zu erinnern. Die Summe von Erinnerungen und Erwartungen war gleich. Sie musste das Leben ausmachen. So dachte ich bei mir, wenn ich meiner Mutter nicht richtig zuhörte. Ich dachte, Erwartungen wären wohl Hoffnungen. Sie waren in meinem Kopf noch nicht ausgeformt. Ich war noch zu sehr an den Augenblick gefesselt.

Der Tag wollte jeden Augenblick grauen. Mein Vater stellte sich zum Morgengebet hin. Ich konnte kaum noch auf den Beinen stehen. Der Kissenbezug und die Bettwäsche rochen nach frischer Seife. Dieser aus einer Urzeit vertraute Geruch riss mich in einen tiefen Schlaf, sobald ich den Kopf aufs Kissen gelegt hatte.

Als ich mit dem Ruf des Muezzins aufwachte, hatte die Sonne bereits den halben Himmel durchkreuzt. Mein Vater war in die nahe Moschee zum Mittagsgebet gegangen. Meine Mutter stand schon den halben Tag wieder auf den Beinen. Sie hatte den Topf aufgesetzt, die Wohnung geputzt und saß in ihrer Ecke auf dem Bodenkissen mit dem Strickzeug und harrte meines Aufwachens. Ich fragte sie, ob sie gar nicht geschlafen hätte.

»Doch«, sagte sie, »aber mit dem Alter bekam ich den Kaninchenschlummer. Bei dem geringsten Geräusch wache ich auf und kann die Augen nicht mehr schließen.«

Diesen Zustand hätte sie eigentlich schon seit meinem Weggang. Ob ihre Stimme auch Töne des Vorwurfs trug, konnte ich nicht erkennen. Dafür war ich noch zu ungeübt in den Ausdrücken. Aber der Ausdruck Kaninchenschlaf kam mir irgendwie vertraut vor. Hatte ich ihn schon gehört oder mir darunter einfach den leichten Schlaf eines Kaninchens vorgestellt? Darüber zerbrach ich mir nicht den Kopf. Der war nämlich mit meiner Verabredung beschäftigt.

Ich wollte mich gleich auf den Weg machen. Doch meine Mutter beschwor mich und wollte mich nicht lassen, ohne dass ich gegessen hatte. Sie trug verschiedene Speisen auf, die sie für mich zubereitet hatte, setzte sich mir gegenüber und wandte ihren Blick nicht mehr von mir, bis ich fertig war. Offensichtlich erkundete sie mich. Und immer wenn sie bei mir etwas Vertrautes entdeckte, lief eine Welle heller Freude über ihr Gesicht. Sie sah es bestätigt, dass ich doch ihr gehörte.

Ich aß alles hastig, aber mit großem Appetit. Sie wollte den Erfolg ihrer Wiederentdeckungen auch von mir bestätigt hören.

»Gefüllte Auberginen hast du als Kind schon sehr gemocht«, sagte sie und zählte weiter auf: »Ich habe für dich Brühteigpastete zubereitet, hinterher gibt es Kalte Schale mit sauren Kirschen. Wer weiß, wie viele Jahre du diese Sachen nicht gegessen hast. Als Kind hast du sie sehr gemocht. Du magst sie doch noch, nicht wahr?«

»Das sind so seltene, herrliche Speisen, natürlich mag ich sie. Aber aus deiner Hand schmecken sie ganz besonders gut. Wohl deinen Händen, Mutter!«

Diesen Ausdruck »Wohl deinen Händen« hatte ich, seit ich hier angekommen war, so oft gehört, dass er mir schon im richtigen Augenblick über die Lippen kam. Und darüber freute ich mich.

»Du kanntest schon als Kind deinen Gaumengeschmack«, lobte sie mich.

»Sie schmecken mir so gut, als würde ich zum ersten Mal in meinem Leben von diesen herrlichen Speisen kosten«, wollte ich ihr im Lobgesang nicht nachstehen.

»Es geht leicht über die Zunge«, stöhnte sie, »aber die Jahre der Trennung und der Sehnsucht sind dicke Schwären in meiner Seele. Du bist einmal gegangen, für immer gegangen. Mein Verstand vermag die Jahre, die Monate und die Tage nicht zu zählen.«

Sie sprach von meiner Vergangenheit. Die Bilder der letzten Nacht sprachen ebenso davon. Nur ich konnte sie nicht rekonstruieren. Alles war für mich ein Tagtraum, dem ich nachlief.

Als ich mich nach dem Essen verabschiedete, gab sie mir mit auf den Weg:

»Bitte sei vorsichtig, mein Sohn, nimm dich in Acht. Hier hat sich viel verändert. Das Leben ist gefährlich geworden. Man überlebt nur noch zufällig. Nach endlosen Jahren des Wartens fand ich dich wieder, stürz mich nicht in ein größeres Unglück. Nimm dich in Acht vor Gefahren. Sie lauern überall. Der Allmächtige, der dich mir zurückgab, möge dich schützen.«

14

Der Tag hatte seinen Zenit überschritten und begann sich zum Westen zu neigen. Die Sonne glühte auf die Stadt. Autos sausten vorbei. Passanten verschiedenster Gestalt und Kleidung gingen auf dem Gehsteig. Man sah ihnen fast ihr Ziel und ihre Absicht an: die einkaufen gingen, die geschäftlich oder zu einer Behörde unterwegs waren, die von der Schule nach Hause schlenderten, die spazierten und Bekanntenbesuche machten. Fliegende Händler, Polizisten, Außendienstler wie Stromzählerableser, Müßiggänger, Arbeitslose, Stadtstreicher, Taschendiebe bevölkerten in unentwegter Bewegung die Straße. Ladenbesitzer saßen oder standen vor ihrem Laden. Vor den Cafés, Konditoreien und Eisdielen standen Tische auf dem Gehsteig. Karten-, Tricktrack- und Dominospieler saßen an ihnen. Bewaffnete Soldaten bewachten die Bankeingänge und waren an Straßenecken postiert.

Über allen lag die Hitze, auf alle drückte die erstickende, vom Meer schwüle, starre Luft, die das Atmen zur Qual machte. In keinem Blick lag ein Schimmer Hoffnung auf den erfrischenden Seewind Imbat. Keiner von denen, die kamen und gingen, die standen, saßen und einnickten, kein Fahrzeug und kein Gaul, kein Esel und kein Hund, im schmalen Schatten der Mauer alle viere von sich gestreckt, schien auf eine Brise frischen Lebenshauchs zu hoffen.

Käme der Imbat gegen Abend doch noch auf, könnte er nach einer solchen Hitze in den Betonklötzen und Hochhäusern nichts nützen, erst recht nicht in den Wohnungen ohne Balkon.

Mir machte die Hitze jedoch nichts aus. Ich ging mit den Imbatwinden aus uralten Zeiten in mir. Die Sammeltaxis zogen in dieser Stunde fast leer an mir vorbei. Ihrem Versuch, mich mitzunehmen, schenkte ich keine Aufmerksamkeit. Ich hatte das Gefühl, als schritte ich eine Vergangenheit ab, die mich einsog. Mit jedem Schritt spürte ich die bleischwere, schwüle Luft stärker, als hätte sie sich in meinen Lungen absetzt.

Es kam mir vor, als versperrten diese Betonklötze und die krummen, knickigen Gassen und die ungeraden Straßen auch den Winden aus Urzeiten den Durchzug. Sie zerstörten die Natur. Ich hob den Kopf zu ihnen, und ihre Fenster starrten mich wie Augenhöhlen von Totenschädeln an. Dabei ging es mir durch den Sinn, dass die Bauherren und Bauunternehmer, die Baubehörde und die Stadtverordneten, Stadtplaner, Bauplaner, Architekten und Ingenieure alle Mörder der Nachmittagswinde waren und Selbstmordkommandos. (Hatte ich diesen letzten Ausdruck in der Kaserne gehört?)

Nein, ich war niemals zuvor in dieser Stadt gewesen. Sie konnte nicht jene Stadt gewesen sein. Mit jedem Schritt verstärkte sich bei mir dieser Gedanke.

Das blasse Grün eines übersehenen, schmächtigen Baums bildete einen Widerspruch zu der Betonwüste. Vor lauter Beton war auch kein Himmel mehr übrig geblieben. Außer vereinzelten müßigen Turteltauben auf Balkongeländern gab es keine Vögel. Das Ohrensummen aus Zikadengesang war nur eine Einbildung von mir, die alte Zeiten heraufbeschwor. Gab es sie überhaupt? Kannte ich die Zeiten, als der Zikadengesang erst mit dem Einbruch der Dunkelheit verstummte?

Als ich den steilen Weg von der Burg hinabging in die Stadt, wurde ich entweder immer tauber der Umgebung gegenüber, oder ich gewöhnte mich an sie. An die Luft, die sich in meinen Lungen zusammenpresste, schien ich mich auch langsam zu gewöhnen. Schließlich erreichte ich im Marktviertel das Kaffeehaus, wo ich mit ihm verabredet war.

Über die Tische draußen waren Markisen gespannt. Die Sonnenflammen sickerten durch Leinen auf die Tische und Stühle herab. Niemand saß draußen. Im Kaffeehaus saßen einige. Einer hatte seinen Stuhl neben den Eingang gestellt, er blubberte an seiner Wasserpfeife, während er den tricktrackenden Tavlaspielern zusah. An einem anderen Tisch knallten zwei Männer die Spielkarten auf den Tisch. Und ein alter, bärtiger Mann saß allein und nippte an seinem Teegläschen.

Ich setzte mich an einen Tisch draußen, damit der Junge mich gleich sehen konnte, wenn er kam. Es fiel mir ein, dass ich den Namen des Jungen noch nicht wusste. Wir hatten uns so lange unterhalten und schließlich verabredet, seinen Namen hatte er mir jedoch noch nicht erzählt. Ich hatte allerdings auch nicht danach gefragt. Das sollte ich nachholen, wenn er kam.

Dabei kam bei mir Zweifel auf. Warum sollte der Junge eigentlich kommen? In der Kühle der Nacht sah alles anders aus. Da konnte man leicht versprechen, was nicht verpflichtete. Er wollte mir einfach Pfefferminzbonbons verkaufen. Er hatte mich sicher längst wieder vergessen.

Ich konnte also schon genau wie die anderen Menschen, die ich hier inzwischen kennen gelernt hatte, in Anschuldigungen denken. Warum hätte er sich ausgerechnet in diesem Eckcafé des Basars mit mir verabreden sollen, wenn er nicht kommen wollte? Außerdem war ich zu früh gekommen. Ich wollte von diesem Gedanken wegkommen, stellte mir dieses Gartencafé in der Abendfrische vor. Da wimmelte es hier bestimmt von Leuten, und kein Platz wäre frei.

Ich schaute wieder auf die Uhr. Die Frage, ob er kommen würde, beschlich mich wieder. Er hätte ja am Morgen zu Hause von mir erzählen können. Dann hätten ihm seine Eltern auf alle Fälle untersagt, sich mit fremden Männern zu treffen. Sie würden alles versprechen, um für ihre Abartigkeiten Kinder zu missbrauchen. Solche Männer würden ihm sogar alle Pfefferminzbonbons abkaufen, ihm dafür viel mehr Geld geben. Er sollte ja kein Geld von solchen Männern annehmen. Die Eltern hatten ihn bestimmt vor fremden Männern gewarnt. Alle Eltern predigten ihren Kindern solche Sachen, und das zu Recht.

Ich kaufte in der Nacht nur eine Packung und gab ihm auch nur das verlangte Geld. Dann hatte er selbst angeboten, mir die Stadt zu zeigen. Er machte jeden Tag sowieso den Stadtrundgang. Hätte er es angeboten, wenn er mir nicht vertraute?

Beinahe hätte ich die Hoffnung aufgegeben, da hörte ich schon seine Stimme in der Menge erschallen:

»Makronen! Süßes Buttergebäck! Frische Makronen! Ofenfrisch …!«

Ich brauchte ihm keinen Wink zu geben. Er sah mich und kam.

»Tag«, grüßte er und erkundigte sich gleich nach der nächtlichen Taxifahrt mit Recep.

»Guten Tag«, sagte ich, sichtlich erfreut über sein Erscheinen, und bedankte mich, dass er mir in der Nacht Recep vermittelt hatte. Dann schwiegen wir. Er wartete darauf, dass ich weitererzählte. Ich konnte jedoch nichts sagen. Die ganze Nacht mit den Eltern und Fotos und Erinnerungen, die für mich keine waren, konnte ich in meinem Kopf nicht einordnen. Als er sich nach einer Weile anschickte, mein Schweigen zu brechen, fiel mir ein, was ich ihn hatte fragen wollen.

»Hast du denn keinen Namen?«

»Orhan«, sagte er verdutzt, »ich heiße Orhan.«

Vor Verblüffung blieb mein Mund offen stehen.

»Ist etwas?«, fragte er neugierig und musterte mich. »Entschuldige bitte, ich dachte, ich hätte mich dir vorgestellt.«

»Heißt du wirklich Orhan? Ganz einfach Orhan?« Meine Stimme klang verdutzt.

»Ich bitte dich«, lächelte er und war wieder der unbekümmerte, selbstsichere Junge, »wieso einfach Orhan? Selbstverständlich heiße ich Orhan Bey, der zweite osmanische Sultan …«

Ich starrte ihn ungläubig an.

»Wir lernen in der Schule die Geschichte des Osmanischen Reiches. Als die Rede von Sultan Orhan war, habe ich mich natürlich gefreut«, erklärte er.

»Weil er ein Sultan war?«

»Nein, weil Orhan Bey im Jahre 1331 unsere erste Universität gegründet hat.« Seine Stimme klang stolz, als wollte er später auch zur Universität gehen.

»Hoffentlich bleibt es bei Orhan Bey; Bey als Familienname würde gut zu dir passen.« Ich wurde von einem unerklärlichen Gefühl erfasst.

»Du scherzt«, sagte er, »aber warum nicht, Bey wäre auch ein guter Familienname. Obwohl er komisch klänge, Herr als Familienname ...«

»Wenn du aber Barut heißt, Orhan Barut, dann muss ich augenblicklich aufstehen und diesen Ort verlassen«, drohte ich.

Nun war er an der Reihe mit Staunen.

»Woher kennst du meinen Namen? Habe ich ihn dir gesagt?«, fragte er nacheinander und gab selbst die Antwort: »Nein, das ist unmöglich, ich kann ihn nicht selbst gesagt haben. Sonst wüsstest du auch meinen Vornamen. Von wem hast du ihn erfahren? Oder kanntest du mich schon?«

Ich war sprachlos. Waren wir zufällig Namensvettern, oder spielte sich da etwas Geheimnisvolles ab? Waren dreißig Jahre Altersunterschied auf einen Augenblick verkürzt?

»Bist du nicht neugierig auf meinen Namen?«, fragte ich. Ich suchte nach einer Erklärung. Ich wollte eine Entdeckung machen. Ich erwartete, dass er meinen Namen aufsagte, ohne ihn von mir zu hören. Dann wäre ich der Lösung des Geheimnisses einen Schritt näher.

»Ältere fragt man bei uns nicht nach ihrem Namen, man spricht sie mit großer Bruder oder mit Onkel an«, enttäuschte er mich. »Ich nenne dich einfach Bruder.«

Meine Erwartung fiel ins Leere.

»Aber wenn du willst, kannst du ihn mir verraten«, sagte er dann. Er las wohl die Enttäuschung auf meinem Gesicht.

Meine Zunge erlahmte. Eine Macht hielt mich zurück, meinen Namen zu sagen. Dann löste sich meine Zunge wie von selbst.

»Nenn mich weiter Bruder«, sagte ich kühl.

»Siehst du den weißhaarigen Mann da, der Wasserpfeife raucht, Bruder?«, holte er mich wieder zurück.

»Wer ist er?«, fragte ich.

»Unser Mathematiklehrer«, flüsterte er. Er wollte nicht von ihm gehört werden. »Er hat mich bestimmt gesehen, aber er tut so, als sähe er nichts. Prima Lehrer. Er will nicht, dass ich gekränkt werde.«

»Wieso gekränkt?«, fragte ich.

»Andere machen Ferien, und ich verkaufe dieses und jenes. Er denkt vielleicht, dass ich es muss. Denkt, dass ich mich schämen könnte. Er weiß nicht, dass ich es gerne mache.«

»Die Faulenzer sollten sich schämen«, unterstützte ich ihn.

»Ihm gefällt bestimmt auch, dass ich arbeite. Er will nur nicht, dass ich mich geniere. Einmal sahen wir uns, da kaufte er hastig einen Sesamkringel und ging.«

»Du verkaufst auch Sesamkringel?«

»Alles Mögliche«, sagte er. »Ich bin der Klassenbeste in Mathe«, fügte er noch eilig hinzu.

»Wenn du gut in Mathe bist, dann kannst du später alles werden«, sagte ich belehrend.

Das mit Mathe war ihm dann doch peinlich. Er wechselte das Thema.

»Dieser Hamit Bey hat zwei süße Töchter …«

Sogleich lief sein Gesicht rosa an. Sicher schnappte er diese Worte von höheren Klassen auf. Seinem Äußeren und ganzen Verhalten nach konnte er noch keine Gefühle für Mädchen haben. Eigentlich war er noch ein Kind.

»Wenn du groß bist und einen Beruf hast, kannst du ja eine von ihnen heiraten«, sagte ich, obwohl ich eher geneigt war, seine Worte zu überhören.

»Sie sind beide älter als ich«, klang er enttäuscht.

»Schöne Mädchen sind ja nicht alle ausverkauft«, setzte ich einen Ausdruck ein, den ich in der Kaserne aufgeschnappt hatte. »Du findest bestimmt ein noch schöneres für dich.«

Er lächelte verschämt. Das Thema wurde ihm unbehaglich.

»Lass uns losziehen«, sagte er dann. Er nahm das Makronentablett, das er auf den Tisch gestellt hatte. »Solange sie frisch sind, verkaufe ich die Makronen. Sie dürfen nicht alt werden.«

»Nein, lassen wir sie nicht alt werden«, sagte ich.

Wir mischten uns unter die Menschen. Zwischendurch rief Orhan: »Makronen ...!« Doch die Menschen schienen sich weder für Orhan noch für seine Makronen zu interessieren. Sie gingen mit hängenden Köpfen, in tausend Gedanken verfangen, spurlos ihres Weges.

In der engen, alten Geschäftsstraße strömten die Menschen in beide Richtungen. Und jedes Mal von einer anderen Stelle aus erhob sich Orhans Stimme wie ein Signal, das unseren Standort verriet. Sein Ruf trieb wie ein Halm in einem schnellen Strom.

An einer marmornen Ecke staute sich der Menschenstrom wie in einer Bucht. Eine fenstergroße Öffnung war mit einem schmiedeeisernen Gitter versehen.

»Das ist der Stiftungsbrunnen«, erklärte Orhan. »Er spendet wunderbar kühles Wasser.«

Das gab der Menschenansammlung einen Sinn. Schon im Stehen schwitzte man. Orhan deutete auf die Ecke. Dort war neben dem eisernen Gitter eine Marmorsäule.

»Man kann sie drehen, aber sie ist schwer«, sagte Orhan. »Wem es gelingt, sie zu drehen, dem gelingen seine Vorhaben und dessen Erwartungen werden erfüllt. Man glaubt es jedenfalls.«

Dann wollte er, dass ich es einmal versuchte. Wir mischten uns unter die Menschentraube vor dem Brunnen mit der Marmorsäule.

»Gesegnet seien die Seelen der toten Angehörigen des Stifters«, ächzte eine alte, rundliche Frau, nachdem sie das kühle Nass getrunken hatte.

»Diese Hitze ist kein gutes Omen«, meinte ein Mann mit Baskenmütze und rundem schwarzem Bart scheinbar als Antwort auf die alte Frau. Sein kragenloses Hemd war bis oben hin zugeknöpft. Die dunkelblaue Jacke saß ihm am Rücken, als wäre sie seine zweite Haut. »Allah lässt uns die Hölle kosten. Die Menschen haben keine Furcht mehr vor Allah. Deshalb richtet er die Hölle auf dieser Welt ein. Dann wird er den flammenden Erdball einfach ins Höllenfeuer schmeißen.«

Die Frau, die das Glas zurückgereicht hatte, drehte sich zu dem Mann um und starrte ihn mit wutentbranntem Blick an.

»Dort müssen wir dich also auch sehen«, sagte sie und fügte gleich hinzu: »Die größte Hölle bist du selber.«

Ein Gelächter ging durch die Menge. Gestärkt dadurch, sprach die Frau weiter: »Wenn dem so ist, dann lasst mich auch mal die Säule drehen. Ich wünschte mir jetzt so was ganz Besonderes, schöner, großer Allah, gib mir ja Kraft, dass der Stein sich dreht.«

Ihr Gesichtsausdruck wünschte dabei den Mann zur Hölle. Die Fratze mit der Baskenmütze verfinsterte sich noch mehr.

Die Menge ließ sie vor. Alle sahen gespannt und selbstvergessen zu, wie die alte, rundliche Frau die Marmorsäule umschlang. Nur der Mann mit der Baskenmütze stand vor dem Brunnen. Er legte die linke Hand auf den Kopf, führte das volle Glas an den Mund und schluckte das Wasser, indem er das Gesicht wie ein Hahn nach oben drehte.

Die Menschentraube hielt den Atem an. Die Frau rief wieder, he, Allah, gib Kraft, he, schöner Allah, und gab mit ihrem ganzen Leib der Drehsäule einen Ruck. Die Säule rührte sich. Sogleich brach unter Bravorufen ein Beifall aus.

»Komm, sag, Tante, was hast du dir gewünscht!«, rief ihr ein gerissener Bursche zu.

»Das ist ein Geheimnis zwischen Allah und mir«, sagte sie und wandte den Kopf zum Himmel. »Wenn ich ihn verrate, erfüllt sich der Wunsch nicht. Und es wäre schade drum.«

Alle stimmten zu und lachten mit ihr. Und ein Palavern löste sich im Durcheinander aus.

»Man sollte sich erst etwas wünschen, wenn man gerade die Säule dreht. Dann geht jeder Wunsch in Erfüllung. Das hat man schon oft probiert.«

»Wenn man den Wunsch verrät, dann bricht der Zauber.«

»Das ist ein heiliger Stein. Das Stiftungswasser ist eigentlich nur dazu da, seine Zauberkraft zu bewässern, damit er die Wünsche erfüllen kann.«

Sitzen gebliebene, ausgetrocknete Jungfern hätten ihr Glück gefunden.

Burschen, die vor Liebe brannten, hätten ihren Mädchen bekommen.

Faule Schüler hätten mit Erfolg ihre Prüfungen bestanden.

Auf die Straße gesetzte Mieter hätten eine Wohnung, Arbeitslose Arbeit gefunden …

Kranken Menschen wären Heilung und Kraft, gesunden langes Leben geschenkt worden …

Über alle, die die Säule gedreht hätten, wären Gottes Gaben nur so ausgeschüttet worden …

Und viele andere Wunder wären geschehen …

»So ist es nun mal«, hörte man eine Stimme, zu der sich alle umdrehten, »wenn alles verfault und stinkt, dann gewinnt der Aberglaube unglaubliche Nahrung.«

»So redet nur ein Gottloser«, kam prompt die Antwort.

»Korruption, Misswirtschaft und Unterdrückung lassen keinen anderen Ausweg als den Aberglauben«, entgegnete ein anderer.

»Wer nicht glaubt, braucht es auch nicht zu machen«, sagte eine andere alte Frau mit Kopftuch.

»Warum stehst du da, wenn du nicht glaubst?«, bekam sie Unterstützung.

»Als junges Mädchen drehte ich einmal diesen Stein und fand auch mein Glück«, sagte die Frau mit dem Kopftuch.

»Du könntest mein Enkel sein und glaubst nicht an die Wunder Allahs. Dass ich diesen Tag erleben muss ...«

»Wenn du dir damals doch noch schönere Tage gewünscht hättest von Allah, he, Tante!«, rief ein Mann mittleren Alters mit seiner Gemüsehändlerstimme.

»Ich habe die schönsten Tage erlebt«, erwiderte die alte Frau widerborstig.

Von da und dort mischten sich andere ein, und als das Palaver sich endlos auszudehnen schien, fasste Orhan mich am Arm.

»Dreh doch einmal«, flüsterte er. Ich winkte mit dem Kopf ab.

»Dann lass uns unser Wasser trinken und weitergehen.«

Wir tranken. Eigentlich hätte ich die Säule gerne einmal für die Verwirklichung des Wunsches gedreht, der mich zu dieser ganzen Reise antrieb. Aber ich hätte es unter den Blicken aller nicht gewagt. Sie hätten mir die ganze Kraft entzogen. Später dachte ich oft daran, einmal in der Leere der Nacht hierher zu spazieren und es mit der Säule doch noch zu probieren. War es ein verborgener Glaube an die magische Kraft der Säule? Wenn dem so gewesen wäre, hätte das mich doch mit dieser Gesellschaft verbunden.

Ich konnte mich selbst nicht wieder erkennen. Der ich ein Leben lang damit beschäftigt war, Naturgesetze zu begreifen, sie in mathematische Formeln zu fassen, Mikroprozessoren und Computerprogramme zu entwickeln, glaubte an die magischen Kräfte einer marmornen Säule, die sich mechanisch um die eigene Achse drehen ließ.

War ich wirklich ein Ingenieur und Computerfachmann? Was hatte ich dann hier zu tun? War das nur eine Einbildung? Hier war ich im Augenblick wirklich, alles andere existierte in der Einbildung. In mir schlummerten Bedürfnisse, die mit Mathematik nichts gemein hatten. Ich konnte sie aber auch nicht konkret erfassen. Ich konnte in meine inneren Tiefen nicht hineinsehen.

Vor meinem geistigen Auge erschien hinter Dunstwolken ein einstöckiges Haus mit einer Laube. Die Eltern saßen unter der Laube um den Bodentisch und warteten auf den Kanonenschuss, das Zeichen zum Brechen des Ramadanfastens. Der Vater bewegte lautlos die Lippen, die Gebetssprüche nachzeichneten. Ein kleiner Junge holte vom öffentlichen Brunnen in der unteren Gasse Wasser mit dem Tonkrug. Er beeilte sich, vor dem Kanonenschuss zu Hause zu sein, musste aber auch darauf achten, nicht zu stolpern und den Krug nicht zu zerbrechen.

Orhan betrat auf einmal und ganz ohne Mühe die Welt vor meinem geistigen Auge, die sich durch seine Worte in nichts auflöste.

»In unserem Haus glaubt man an solche Dinge.«

»An welche Dinge?«

»An die Geschichte mit der Säule zum Beispiel«, sagte er. »An den heiligen Bahri, an den heiligen Opa, an den heiligen Salih Dede und andere Heilige ... Mein Vater ist ein frommer Mann. Er betet fünf Mal am Tag, lässt im Ramadan keinen Tag aus mit dem Fasten. Auch meine Mutter ... Sie sind fromm, aber keine Fanatiker. Sie glauben nur.«

»Glauben ist etwas Schönes«, sagte ich, ohne den Sinn dieser Worte zu kennen.

»Ich glaube auch, aber nur an Gott«, sagte er. »Aus der Säule und solchen Dingen mache ich mir nichts. Aber ich möchte sie hin und wieder auch drehen, warum, weiß ich auch nicht. Wenn ich bei ihr stehe oder wenn ich am Grab eines Heiligen vorbeigehe, beginnen meine Lippen unwillkürlich auch ein Gebet zu murmeln wie die meines Vaters.«

»Dabei fühlst du dich bestimmt besser«, kommentierte ich. »Du fühlst dann in dir keine Leere, keine Sinnlosigkeit, denke ich, nicht wahr?« Die Sinnleere dieser Worte spürte ich tief in mir.

»Glaubst du gar nicht?«, hakte er argwöhnisch nach. »Glaubst du an Gott?«

»Keine Ahnung, wahrscheinlich glaube ich auch so wie du, aber ich weiß es nicht«, sagte ich.

»Da gibt es nichts zu wissen«, wies er mich zurecht. »Entweder glaubt der Mensch oder nicht.«

»Ich weiß nicht einmal, wer ich bin …«

Unter dem kringelförmigen Kopfkissen mit dem Makronentablett darauf lugte er schelmisch hervor.

»Weißt du, ich habe einen Meister«, sagte er, »einen Meister, der Mürbeteigpasteten macht. Er sagt: Was kommt, kommt von Gott, was auch immer von Gott kommt, kommt schön. Ich liebe diesen Spruch. Zerbrich dir nicht den Kopf. Lass alles seinen Lauf nehmen. Was auch kommt, kommt doch gut.«

»Wer ist denn dein weiser Meister?«, fragte ich neugierig.

»Er ist wirklich weise. Ich kenne sein Alter nicht. Ich denke, er kennt es selbst nicht. Kann siebzig sein, kann achtzig sein, vielleicht ist er neunzig oder sogar hundert. Er hat einen langen weißen Bart. Seine Augen sehen nichts, er ist blind. Aber er sieht besser als Sehende. Ohne auch nur ein Gramm abzuweichen, wiegt er den Teig der Pastete eigenhändig, fügt alle Zutaten dazu und knetet. Dann nimmt er seine kleine Waage in die Hand und nimmt von der Knetmasse den Teig für jedes einzelne Stück Pastete und wiegt ab, als würde er Gold wiegen. Er hält die Waage am Griff, fühlt das Zünglein zwischen den Fingern. Weder ein Gramm mehr noch ein Gramm weniger als die anderen wiegt jede einzelne Mürbeteigpastete. Es gibt sie mit Käsefüllung und ohne Füllung, aber alle wiegen gleich schwer. Ich bringe die Blechtabletts zur Bäckerei zum Backen und wieder zurück. Das Blechtablett auf dem Kopf, mit der einen Hand fasst er das Tablett, mit dem Stock in der anderen ertastet er seinen Weg. Ich bin nun alt geworden, sagte er kürzlich. Seit langer Zeit trage ich die Tabletts zum Backofen. Er hat mich sehr gern. Es gibt nirgends sonst auf der Welt so gute Mürbeteigpasteten wie bei ihm. Kenner schmecken es mit einem Biss. Das ist die Mürbeteigpastete des Meisters Hasan aus Horasan, sagen sie dann. Alle wollen nie mehr eine andere, wenn sie einmal seine Mürbeteigpastete gegessen haben.«

»Du schaust doch zu, wie er sie zubereitet? Es wäre sehr gut, ein solches Handwerk zu erlernen. Du kannst die Tradition deines Meisters fortsetzen. Ein guter Gaumengeschmack geht so nicht verloren. Außerdem bekommst du für alle Zeiten einen guten Beruf und einen Ruf wie dein Meister. Wie sagt doch dein Vater: Das Handwerk ist eine goldene Hand.«

»Ja, mein Meister will das auch«, sagte er nachdenklich. »Wenn du mir versprichst, die Mürbeteigpasteten des Meisters Hasan aus Horasan am Leben zu erhalten, bringe ich dir alle Geheimnisse und Feinheiten bei, mein Sohn Orhan, sagt er. Aber ich bin unschlüssig.«

»Wieso unschlüssig? Kennst du nicht den Spruch: Lerne etwas und vergiss es?«

»Nein, den kenne ich nicht. Was bedeutet er?«

Mit seiner Frage brachte er mich in Verlegenheit. Es geschah mir recht, ich war ja oberlehrerhaft. Ich kannte den Spruch selber nicht. Aber irgendwie wurde so etwas wie Freude in mir wach. Ich hatte zum ersten Mal einen Spruch kreiert, dem ich auch seine Bedeutung geben konnte.

»Das bedeutet«, sagte ich selbstgefällig, »was du lernst, ist nie vergeblich. Irgendwann brauchst du es und bist froh, es gelernt zu haben.«

»Seine Bedingung ist aber, dass ich es fortsetze. Ich möchte studieren. Ich möchte Abitur machen und zur Universität gehen. Ich möchte am liebsten in Europa studieren, zum Beispiel in Deutschland. Dort gibt es die besten Universitäten.«

»Früher muss es sie gegeben haben …«

»Deshalb konnte ich ihm nicht sagen, bring es mir bei. Ich möchte mein Wort halten. Ich möchte gerade ihm nichts versprechen, was ich nicht halten kann. Wenn ich wüsste, ich würde nicht studieren können, weil ich nicht begabt genug bin oder aus einem anderen Grund, dann täte ich nichts lieber, als die Geheimnisse seines Handwerks zu lernen und seine Tradition fortzusetzen.«

»Hast du ihm das gesagt?«

»Nein, ich habe mit ihm darüber nicht gesprochen. Wenn jemand spricht, dann spricht er, und ich höre ihm zu. Wenn er mich etwas fragt, dann gebe ich ihm die knappste Antwort. So ist sein Wesen. Das wurde auch mein Wesen. Rede kein unnötiges Wort. Wenigstens wenn ich bei ihm bin, halte ich mich dran. Wenn er mich einmal nach meiner Antwort auf sein Angebot fragt, dann sage ich es ihm.« Seine Stimme war leicht und klar wie Quellwasser.

Wir folgten dem Vorsatz des Meisters und schwiegen eine ganze Weile.

»Makronen!!«, rief er schließlich wieder. Einzelne in der Menschenflut des Basars wandten den Blick flüchtig zu ihm. Aber sein Ruf verschmolz mit dem Stimmengewirr. Die meisten beachteten ihn nicht.

15

Am Ende der Marktstraße bogen wir links ab. In der Biegung gab es ein großes Gartencáfe, Gemüsehändler, eine Konditorei und zwei kleine Metzgerläden nebeneinander. Nach der Biegung wurde die Straße, die zum Bahnhof ging, breiter. Auf der linken Seite war das Polizeirevier. Eine Doppeltreppe führte von beiden Seiten hinauf zur Wache. Unten gab es auch einen kleinen, niedrigen Eingang, der mit einigen Treppen hinunter in die Kellerräume des Reviers führte.

Als wir vorbeigingen, brachten zwei Polizisten einen Mann in Handschellen. Sie betraten den Kellereingang. Der Mann hatte einen mindestens einwöchigen Stoppelbart und trug trotz der Hitze ein dunkelblaues, zerschlissenes Jackett, das so formlos war wie ein übergestülpter Sack, ebenso die Hose an den Beinen. Er schien sie nach dem ersten Anziehen nie wieder ausgezogen zu haben. Er war jung und schmächtig. Er blickte gleichgültig drein, von Demut keine Spur. Er verhielt sich so, als ginge er hier ein und aus.

Was hatte er verbrochen? War es ein Tötungsdelikt oder Diebstahl? Hatte er mit dem politischen Terrorismus zu tun? Oder hatte er jemanden belästigt, vielleicht eine Frau? Alles konnte sein, nichts musste. An seinem nicht anbiedernden Verhalten, an seinem trübselig, gleichgültigen Blick konnte man nichts erkennen.

Vielleicht nahm er mit Kartentricks auf dem Gehsteig arme Bauern aus. Vielleicht war er ein Hehler. Vielleicht betrieb er unerlaubtes Glücksspiel. Vielleicht war es auch nichts von alldem. Vielleicht war er ganz unschuldig verhaftet worden, aus heiterem Himmel. Dass so etwas möglich war, hatte ich selber schon erfahren. Vielleicht nahm er einfach den Mund zu voll, vielleicht hatte er in einer ihn gar nichts angehenden Angelegenheit die Schnauze nicht halten können. Vielleicht hatte er einfach einen Polizisten beleidigt und war deswegen verhaftet worden.

Sein Jackett verriet irgendwie den leicht entflammbaren Prahler in ihm, der keinen roten Heller in der Tasche hatte. Sonst hätte er das gleiche Jackett nagelneu und geschniegelt getragen. Er hätte spitze schwarze Lackschuhe mit dickem Absatz gehabt, die Fersenwand flach getreten. Bei jedem Tritt würden sein Körper und sein Blick schneidig herausfordernd die Warnung ausstrahlen: War da jemand, der mich schief ansah? Da er aber ein abgebrannter, lächerlicher Fant war, konnte er die Klamotte nicht abwerfen, wenn sie auch wie ein altes Fleischstück herabhing. Er war die Kopie seines Selbst, eine Karikatur dessen, was er gern hätte sein wollen.

Sie führten ihn gleich hinab in den Keller, ins dunkle Loch unten. Entweder war er ein großer Fang oder ein armseliger Teufel.

»Auch ich ging einmal durch diese Tür«, sagte Orhan. Ich fiel aus allen Wolken. Das konnte ich mir nicht vorstellen und wollte seine Geschichte hören.

»Ich ging die Treppen hinunter. Ohne Verhör steckten sie mich in die hinterste und düsterste Zelle. Das Eisengitter schlugen sie hinter mir zu. Ich war nicht allein. Ausgewachsene Männer waren schon drinnen, mit finsteren Blicken, schwarzen, stoppeligen Bärten. Aber ich fürchtete mich nicht. Ich war immer neugierig gewesen, was drinnen war. Da sah ich es mit eigenen Augen.«

»Also, so neugierig wäre ich nicht, Gefängniszellen kennen zu lernen«, brachte ich meine Verwunderung zum Ausdruck. »Ohne Grund bist du aber nicht drin gewesen?«

»Eigentlich war ich schuldlos. Ich verkaufte, weiß ich nicht mehr genau, was, Mürbeteigpasteten, Makronen oder Sesamkringel oder Karamellbonbons, irgendetwas verkaufte ich also in der großen Allee gegenüber dem Bahnhof. Ein Militärpolizist hielt einen jungen Mann an. Er fasste ihn am Arm und wollte ihn abführen. Das Haar des Mannes war kurz geschoren. Er sah wie ein Soldat in Zivil aus. Der Militärpolizist wollte seinen Urlaubsschein sehen. Der Mann konnte ihn nicht vorzeigen. Daraufhin wollte ihn der Militärpolizist als Deserteur wegzerren. Der Mann wehrte sich.

Auf einmal wurden sie von Schaulustigen umlagert. Und alle ergriffen Partei für den jungen Mann. ›Hat dich denn nicht auch eine Mutter geboren?‹ – ›Lass den Armen doch ziehen!‹ – ›Er hat seinen Schein sicher zu Hause vergessen!‹ – ›Ist es nicht schade um ihn!‹ Tausenderlei Fürworte für den jungen Mann … Niemand verlor ein Wort für die starke Seite. Keiner ergriff Partei für den Militärpolizisten, der eigentlich nur seine Pflicht tat. Aber aus jedem Mund kamen Gefühlsäußerungen für den Schwachen. Es ging schließlich bis zu Handgreiflichkeiten gegen den Militärpolizisten, damit er den jungen Mann losließ.

Das Gezerre und die Einsprüche hatten den Gipfel erreicht.

Der Militärpolizist war total eingeschüchtert. Da erscholl aus den hinteren Reihen der Ruf ›Polizei!‹ Augenblicklich stob die Menge in alle Richtungen auseinander. Außer dem Militärpolizisten und dem Rekruten blieb niemand da. Da ich viel kleiner war als die Erwachsenen und hinten gestanden hatte, konnte ich erst jetzt die beiden sehen. Und einen Augenblick lang sahen der Militärpolizist und ich uns in die Augen.

Zwei Polizisten traten heran.

›Sie haben mir Fußtritte gegeben‹, sagte der Militärpolizist.

›Wer?‹, fragte einer der Polizisten.

›Der!‹, zeigte der Militärpolizist auf mich. Außer mir war weit und breit niemand mehr zu sehen.

Die beiden Polizisten griffen mich an den Armen und führten mich ab ins Revier. Eine nackte, matte Birne streute kaum Licht. Dafür ließ sie die Dunkelheit des Raums erst recht spürbar werden.

Drinnen sah ich einen verwahrlosten Strolch mit den Augen eines Spiritussäufers, mit fürchterlichem Gebiss und verwachsenem Haar und Bart. Ich fürchtete mich nicht vor ihm. Er grinste mich an, seine abgebrochenen und rauchgelben Zähne kamen noch deutlicher zum Vorschein.

Stunden waren vergangen, und ich hatte mich schon innerlich auf die Nacht hier eingestellt, obwohl es mir davor grauste. Es war schon Mitternacht. Auf einmal ging die Gittertür auf, und sie führten mich nach oben, vor den Kommissar. Vor dem Tisch des Kommissars stand mein Vater. Er hielt den Hut mit beiden Händen vor sich. Als ich ihn so betreten sah, durchfuhr mich von der Sohle bis zum Haar ein Stromschlag. Ich spürte aber auch eine gewisse Erleichterung. Ich hatte mir die ganze Zeit Gedanken darüber gemacht, dass sich meine Eltern Sorgen um mich machen mussten. Sie konnten ja nicht wissen, wo ich geblieben war. Ich hatte auch Angst davor, die ganze Geschichte meinem Vater zu erklären. Ich wusste selbst nicht, wie ich dahin gekommen war. Aber mein

Vater hätte da zu Recht nach einem Grund gefragt. Die Vorgänge hätten bestimmt unglaubhaft geklungen.

Ein Mann, der zeit seines Lebens keiner Fliege was zuleide getan hatte, nichts außer Gottesfurcht und Demut kannte, musste mit seinem Kind etwas erleben, das er selbst im Traum für einen Alptraum gehalten hätte. Und nun musste er die traumatische Lage wirklich erleben. Mehr noch, er musste mit gebücktem Hals und mit vor den Knien gefalteten Händen vor dem Kommissar stehen. Mein Vater hatte nie im Leben mit der Polizei und mit dem Gericht etwas zu tun haben wollen.

Andererseits war das meine Befreiung. Mein Magen hatte zu knurren begonnen, mein Gaumen war vor Durst ausgetrocknet. In Gedanken hatte ich mir meine Befreiung von dort ausgemalt. Angst und Freude stießen angesichts meines Vaters in mir zusammen. Ich war unbeschreiblich aufgewühlt. Ich spürte ein unstillbares Verlangen nach meiner Mutter, nach meinen Geschwistern, nach Hause.

›Für dieses Mal vergebe ich dir‹, sprach der Kommissar und stand dabei auf. ›Das nächste Mal kommst du nicht so einfach davon. Nimm Vernunft an, steh deinen Mann, lerne etwas zu taugen!‹

Mein Kopf hing, ich starrte meine Füße an. Ich war aufgeregt, ich stand zum ersten Mal als Angeklagter vor einem Kommissar. Mein Stolz war gebrochen. Da schoss aber wie ein Blitz der Gedanke durch meinen Kopf, wie ich dieses unglaubliche Abenteuer im Viertel und in der Schule den anderen Kindern erzählen würde.

›Los, küss dem Onkel Kommissar die Hand‹, befahl mein Vater mit einer so schwachen Stimme, dass ein anderer darüber nur gelacht hätte.

Der Kommissar reichte mir die Hand und sprach zugleich:

›Eigentlich müsstest du deinem Vater die Hand küssen. Wenn er nicht gekommen wäre, hättest du uns kaum verlassen können.‹

Ich küsste auch die Hand meines Vaters artig und schämte

mich dabei in Grund und Boden. Als ich seine Hand fasste, empfand ich wieder mein großes Vertrauen zu ihm. Nach diesem Vorfall konnte ich mich nie mehr über meinen Vater ärgern.

Zu Hause lauschte ich, wie Vater alles Mutter erzählte. Um mich zu finden, hatte er von Revier zu Revier rennen müssen. Als er das Revier, wo ich war, ausfindig gemacht hatte, brauchte er nun das Fürwort eines Leumunds. Er ging zu Leuten, die im Geschäftsleben der Stadt Gewicht und Namen hatten, flehte sie um Vermittlung an. Einer von ihnen ließ sich schließlich herab, beim Polizeirevier anzurufen. Dann kam er zu dem Kommissar, steckte ihm einen großen Schein von zehn Lira zu und sagte, er möchte doch ihm, dem Geringen, die große Freude machen und eine Tasse Kaffee annehmen. Der Kommissar rührte sich dabei nicht. Erst nach dem zugesteckten Schein kam ich frei.

Als ich der Erzählung meines Vaters heimlich lauschte, spürte ich ein schmerzliches Ziehen im Nasenbein, und mir kamen die Tränen.«

»Makronen! Ofenfrisch!«

Auf einmal war Orhan nicht der, der das alles erzählt hatte. Er kümmerte sich nicht mehr um mich. Ihm gingen sicher andere Dinge durch den Kopf. Hatte ich mir etwa die ganze Geschichte mit dem Revier eingebildet? Hatte ich einer Stimme gelauscht, die tief in mir schlummerte? Was hatte denn diese ganze Geschichte mit Orhan zu tun?

Jetzt erst dachte ich daran, dass ich während dieser Geschichte nicht ein einziges Mal zu Orhan geschaut hatte. Ich hatte nicht gesehen und nicht gehört, dass diese Worte aus seinem Mund kamen. Wer erzählte sie mir denn sonst? Es war gewiss nicht Orhan gewesen. Sonst hätte er mir zwischendurch Fragen gestellt. Orhan konnte kein einziges Wort von dieser ganzen Geschichte ahnen.

Hatte sich überhaupt eine solche Begebenheit je ereignet? Wer hatte sie erlebt? Wann war das? Oder passierten Trugbilder vor meinem inneren Auge Revue, als ich sah, wie der junge Mann in Handschellen ins Revier abgeführt wurde? Je mehr ich darüber nachdachte, desto verwirrter wurde ich.

Um mich von diesen Gedanken zu befreien, wandte ich mich an Orhan.

»Von deinen Makronen will aber auch niemand was wissen.«

»Hier kauft keiner. Aber wenn wir im überdachten Basar sind, dann kommen Lehrlinge und Meister.«

»Lehrlinge und Meister?«

»Schneider- und Barbierlehrlinge, Flohmarkthändler, Springfederschmiede, Möbelbauer ... Sie alle sehnen sich jetzt einen Nachmittagshappen mit einem Glas Tee herbei. In fünf Minuten ist dann alles ausverkauft.«

»Da bin ich aber gespannt. Wenn nicht, mach dir nichts daraus, den Rest essen wir selber«, wollte ich ihn trösten, wie immer sehr tapsig.

»Nein«, lehnte er ab. »Wenn du einmal damit anfängst, selbst davon zu essen, was du verkaufst, dann kannst du es vergessen. Von einem solchen Geschäft ist nichts Gutes zu erwarten. Du musst deine Ware bis zum letzten Stück verkaufen. Das ist dein Geschäft, das ist deine Aufgabe. Wenn du nicht verkaufen kannst, wenn du die Ware selbst isst, dann taugst du nicht für dieses Geschäft.«

»Ich wollte ja auch nur sagen, dass ich als Kunde den Rest kaufe. Wenn du nicht alles verkaufen kannst, liegt das sicher an mir.«

»Ich will mich nicht über einmalige Kunden wie dich freuen. Du bist heute da, morgen nicht mehr. Außerdem warten meine Kunden jetzt auf mich. Der überdachte Basar ist sehr interessant. Du kannst dich darin etwas umsehen. Ich mache dann schnell meinen täglichen Rundgang und verkaufe alles im Handumdrehen. Und wenn wir Hunger haben, können wir ja von einem anderen etwas kaufen. So freut er sich auch ...«

»Gut, gut, du hast Recht«, gab ich klein bei.

»Die Schule ist das eine, aber auch dieses Geschäft ist wie eine Schule«, kam er doch in Fahrt. »Ich habe dabei etwas sehr Wichtiges gelernt. Wer arbeitet, der hat auch Geld in der Tasche, wenig oder viel, aber er hat Geld. Wenn einer arbeitet, dann wird er müde und hungrig. Deshalb liebe ich auch alle meine Kunden, die Schneider- und Barbierlehrlinge, Sprungfederschmiede und die Schmiedelehrlinge, Kaffeehauslehrlinge und die kleinen Geschäftsleute vom Flohmarkt. Ich liebe sie sehr. Sie sind meine Könige, nicht nur, weil sie meine Makronen und Mürbeteigpasteten kaufen. Ich liebe sie als Menschen sehr, weil sie angesichts ihrer Hände Arbeit ehrlich ihr Geld verdienen. Ich kann sehen, wie sie arbeiten und nützliche Sachen für andere Menschen schaffen. Ich weiß aber auch, dass ich für keine ihrer Arbeiten geschaffen bin.«

»Ich weiß, ich weiß ... Du bist ja vom Schreiner getürmt«, lächelte ich. Er ließ sich nicht unterbrechen.

»Umso mehr liebe ich sie. All diese Arbeiten müssen gemacht werden. Und einer kann nicht alles machen. Ich liebe alle Menschen, die Berufe haben, die ich niemals haben würde.«

»Es ist trotzdem merkwürdig, dass du dich für keinen dieser Berufe erwärmen kannst«, provozierte ich ihn.

»Ich kann dir den Gordischen Knoten durchhauen«, sagte der Junge, »aber ich tauge einfach nicht für Berufe, bei denen ich wie ein Blumentopf auf einem Platz stehen muss. Ich kann mich nirgends festbinden ...«

»Du bist aber an die Schule gebunden«, wollte ich es dem Großen Alexander einmal geben.

»Das ist etwas ganz anderes«, wehrte er ab, »die Schule ist anders. In der Schule wanderst du in jeder Stunde von einer Welt zur anderen. Ich habe große Achtung für Menschen, die an einem Arbeitzplatz drei Jahre als Lehrling lernen, dann fünf Jahre für eine Gesellenstelle arbeiten, nach zehn Jahren Meister werden und bei derselben Arbeit sterben. Ich liebe sie. Aber das ist nichts für mich. In mir bin ich unstet. In mir zappelt ständig ein Vogel, er möchte von Ort zu Ort fliegen, sich eine Weile niedersetzen, wo er möchte. Mir gefällt es dagegen sehr, jeden Tag bei diesen Menschen ein- und auszugehen, unter ihnen zu weilen, ihnen bei der Arbeit zuzuschauen, ihren Gesprächen zuzuhören, über ihre Späße zu lachen und mit ihnen zu ulken. Ich teile auch gerne ihre Sorgen und Trauer. Mir gefällt dieses Leben. Mir gefällt auch diese Stadt. Ich liebe diese verrückte, unstete, zerstreute, verdreckte, schlampige Stadt. Ich liebe sie so sehr, dass ich jeden Tag ihre Gassen und Straßen, ihre Plätze und Alleen von neuem begehen und mit den Menschen überall plaudern möchte. Das gefällt mir. Ich möchte jeden Tag jedem Haus, jedem Baum, jedem Vogel, jedem Hund, jeder Katze in dieser Stadt guten Tag sagen. Ich möchte jeden Tag durch ihre Gassen zum Meer kommen. Ich möchte ihre Winde umarmen, den Sommerwind Meltem, den Nachmittagswind Imbat, den Nordwestwind Karayel, den Nordostwind Poyraz, selbst den Südwind Lodos, der mir Kopfschmerzen verursacht. Ich möchte ihre Gerüche einatmen, die Gerüche ihrer Blumen, der Mittelmeertannen, der Platanen, die Gerüche des Meeres, der Mädchen, des Tabaks, der Rosinen und Feigen, die Gerüche der Arbeiterinnen in den Tabakmanufakturen, die Gerüche der Lehrlinge und der Meister. Selbst den Kloakengestank der Bucht möchte ich nicht missen, den Gestank der toten Ratten und offenen Abwässer in den Armutsvierteln wie dem unseren. Ich kann diese Stadt nicht verlassen, nichts an ihr lässt mich ekeln. Und erst der Lärm, die Stimmen, die Geräusche dieser Stadt, ich liebe sie. Ich kann sie nicht beschreiben, aber ich liebe sie und möchte sie keinen Tag missen. Du wirst sie nicht alle hören können, du bist fremd hier … Sei mir nicht böse, aber so ist es, mein lieber Herzensbruder …«

»Ich beneide dich, Orhan«, sagte ich. Und das meinte ich auch so. Ich konnte ihm diesmal gut zuhören. Ich war nicht zerstreut. Ich fühlte mich rein und klar. In mir erhob sich eine beflügelnde Freude. Er wartete noch auf eine Erläuterung. »Vielleicht werde ich diese Stadt nie so verstehen und lieben wie du, aber in mir wächst eine Liebe zu dir wie deine Liebe zu dieser Stadt. Ich identifiziere die Stadt noch zu sehr mit dir.«

Orhan senkte den Kopf. Dann rief er auf einmal aus:

»Frische Makronen! … Makronen!«

»Hier ist der Bahnhof«, sagte er und zeigte auf das Gebäude mit dem steilen, rot geziegelten Giebel, das um die Jahrhundertwende gebaut worden sein musste. An der Seitenwand entlang erstreckte sich eine lange Mauer, hinter der die Gleise lagen. Man sah Waggondächer und die Schornsteine der Lokomotiven. Rauch und Dunst stiegen von den Dampflokomotiven auf und mischten sich mit der Luft der Stadt. Ein kreischender Lokpfiff hallte in meinem Ohr wider und rief Erinnerungen in mir hervor, deren Gestalten in meinem Kopf wie Rauch und Dampf ständig wechselten. Ich schien durch Rauch und Dunst, durch Bäume, Gebäude und Menschen aus Dunst und Rauch ein Kind fast zu erkennen. Ich schien ein Kind eingefangen zu haben, das sich von Lokomotiven aufregen ließ, das sich auf Zugfahrten wie auf ein großes Glück vorbereitete. Dann verflog es wieder wie Schall und Rauch. Aufschäumende Erregungen von kurzen Ausflügen ins Grüne, erst recht das Abenteuer der langen Fahrten über Berge und Täler, durch Tunnel und über Talbrücken und die Begeisterung über den Nachtschlaf im Zug streiften wie Dunst mein Inneres und wirbelten augenblicklich in mir auf.

Ein Wort meiner Mutter, das sie gestern Nacht gesagt hatte, als sie von den Fotos erzählte, kam mir in den Sinn. »Du bist in der Abdullah-Efendi-Gasse gegenüber dem Bahnhof geboren worden. Es war unser erstes Haus in dieser Stadt, und wir blieben nicht lange dort. Ich war als knospende Braut vom Dorf gekommen.«

Die Nähe zum Bahnhof hätte sie getröstet, aber auch die Sehnsucht nach ihrem Dorf wäre in ihr mit jedem Zugpfiff neu entflammt.

Ich sann darüber nach, dass das Leben von Geburt an eigentlich eine einzige Sehnsucht war. Das Leben als längstmögliches Heimweh? Stimmte das? Und wenn es stimmte, war das dann nicht eine Art ständige Flucht vor sich selbst? Wie konnte man sonst die Sehnsucht nach etwas außerhalb unseres Selbst erklären? Oder war das Leben eine einzige Sehnsucht nach diesem Selbst?

Orhan lief voller Selbstbewusstsein neben mir her. Er liebte eigentlich sich selbst mit einer solchen Leidenschaft, wie er sie für seine Stadt beschrieb. Er wollte sie niemals verlassen. Er wollte damit sich selbst niemals verlassen. Wurde er aber damit nicht zum Gefangenen dieser Stadt und seines Selbst? War diese Gefangenschaft die Sehnsucht?

Abwarten, dachte ich schließlich, ob Orhan auch noch so dachte, wenn er erwachsen wurde.

Schuhputzer und andere fliegende Händler bevölkerten die Außenseite der Bahnhofsmauer dicht an dicht. An der gegenüberliegenden Ecke stand eine große Moschee, in deren Hof Männer, um einen runden Brunnen mit vielen Wasserhähnen hockend, die rituelle Waschung vor dem Gebet vornahmen. Der Bahnhofsvorplatz war voll von Autos. Die Bäume im Moscheehof und um den Bahnhofsplatz herum fielen in dieser Menschen- und Automenge sofort ins Auge.

Orhan bog in die Allee ein, die senkrecht zur Frontseite des Bahnhofs verlief. Eine breite Straße mit großen Gebäuden an beiden Seiten, deren breite Gehsteige voll von Passanten waren. Sie war als eine der Aderstraßen der Stadt sofort zu erkennen.

Mit dem Rücken zum Bahnhof gingen wir eine Weile auf dem rechten Gehsteig. Dann kam die Überraschung. Wir betraten den glasüberdachten Basar. Das war der Basar der Reifen- und Ersatzteilhändler, der Fahrradgeschäfte und Reparaturwerkstätten. Mit dem einen Durchgang und einigen kürzeren Seitengängen war er ein relativ kleiner Ort.

Orhan hielt sich hier nicht lange auf. Die Beschäftigten hier machten den Eindruck, als reichte ihnen eine kleine Makrone am Nachmittag nicht. Auf der anderen Seite traten wir wieder heraus. Als wir die Seitenstraße zur Allee überquerten, kamen wir in den anderen glasüberdachten Basar, von dem Orhan so geschwärmt hatte. Das war der Basar der Konfektions- und Änderungsschneider, der Hutmacher und der Flohmarkthändler. Die Glasscheiben über dem Basar waren fast alle kaputt. Entweder sah man durch die Löcher ein Stück Himmel, oder sie waren mit Sperrholzplatten zugenagelt, die den Basar verdunkelten.

Dieser hatte auch zwei Seitengassen, die hinaus zur Allee führten. Fast alle Läden waren mit ganzen oder halben Zwischengeschossen abgeteilt. Trotz dieser Tageszeit brannte in ihnen, vor allem in den oberen Geschossen, Licht. Die kühlende Dunkelheit und die in ihr eingenisteten Lichter strahlten Ruhe, Eintracht und Zufriedenheit aus.

Die Nähmaschinen arbeiteten, die Bügeleisen glitten hin und her, Meister und Lehrlinge schnitten Stoff zu, zogen Heftnähte, Mützen und Hüte wurden in Form gepresst und abgedarrt, Verkäufer warteten auf Kunden, andere ließen anprobieren, der Barbierlehrling an der Außenecke eines Ladens bürstete dem aufstehenden Kunden die Haare von den Schultern und vom Rücken, ein Pfirsichhändler hatte seinen flachen Weidenkorb in der Gasse zwischen den Läden abgestellt, der Lammdarmspieß-Verkäufer stand neben seinem tragbaren Holzkohlengrill und schnitt in ein Viertel Weißbrot Lammdarm vom Grill ab und streute darauf Salz, roten und schwarzen Pfeffer, gab Zwiebeln dazu, der Kaffeehauslehrling schwang sein Tablett mit leeren Gläschen im Kreis und jonglierte. Der Basar schien eine abgeschiedene, mit sich zufriedene Welt zu sein.

In jedem Laden arbeiteten mehrere Menschen. Manchmal war der Ausdruck »mit ihrer Hände Kraft und ihrem Augenlicht« angebracht. Manchmal mussten in einem Geschoss dicht gedrängt verschiedene Werkstätten nebeneinander arbeiten. Und vor einigen Läden waren noch Eckbarbiere tätig. Sie hatten vor dem Laden an die Trennwand einen kleinen alten Spiegel aufgehängt und davor einen winzig kleinen Tisch und einen Stuhl hingestellt. So entstand ein Barbierstand.

An der Außenecke der zweiten Seitengasse war zur Allee hin ein Kaffeehaus. In dieser geschäftigen Nachmittagsstunde saßen kaum Leute darin. Der Wirt am Kaminherd und der Hilfsjunge waren fleißig. Der Alte brühte den Tee frisch auf, kochte den Kaffee, und der Junge brachte mit dem Messingtablett den Meistern, Gesellen, Lehrlingen und ihren Kunden und Besuchern Tee, Kaffee, süße Limonade und Ayran in die Läden.

An der anderen Ecke des Eingangs, gegenüber dem Kaffeehaus, war ein Verkaufsstand für Männerkleidung. Vor dem Stand saß der junge, stämmige Inhaber mit pechschwarzem, stiftlangem Schnurrbart und paraffiniert glänzendem Haar auf einem Hocker. Mit seinem kecken Blick forderte er die Welt geradezu heraus. Als er Orhan sah, stand er auf und machte vor dem Stand ein paar Schritte auf und ab. Seine Schritte sprachen die Sprache eines selbstbewussten Chefs.

»Mein Sohn Orhan«, begrüßte er meinen Stadtführer und tadelte ihn väterlich: »Heute bist du aber spät …«

»Mein großer Bruder, Abuzer«, wollte sich Orhan einschmeicheln und stellte mich quasi als Entschuldigung für seine Verspätung vor. »Du hast Konkurrenz bekommen. Dieser Herr ist mir wie ein leibhaftiger älterer Bruder. Du kennst ihn nicht. Er lebt nicht hier. Er ist zu Besuch. Und ich führe ihn herum.« Dann sagte er, zu mir gewandt: »Abuzer Abi ist der beste Mensch im ganzen Basar und im ganzen Geschäftsviertel. Der Mensch Nummer eins in dieser Stadt.«

»Das höre ich gern, mein Sohn«, klopfte Abuzer ihm auf den Rücken, »du hast das wunderschön gesagt. Man hört, dass du aufs Gymnasium gehst.«

Dann reichte er mir die Hand. Nur sprang kein Funke über bei diesem Händedruck. Orhan versuchte, dass die Distanz zwischen mir und Abuzer, die er natürlich sofort spürte, nicht als solche empfunden wurde.

»Meinen Bruder kann ich nur dir anvertrauen, Abuzer Abi«, sagte er kumpelhaft, »er soll hier bei dir eine Weile sitzen und einen Tee trinken. Ich mache meine Runde, spätestens in einer halben Stunde bin ich zurück.«

»Den Tee bestelle ich aber …«, war die scherzhafte Bedingung Abuzers.

»Ich bin die Makronen schnell los«, schob Orhan schnell die Begründung für seinen Vorschlag nach. Doch ich wusste es schon.

»Lass mir aber meine hier, sonst verkaufst du sie auch«, mahnte Abuzer. »Und auch für meinen Gast eine Makrone … Mit dem Tee ist sie eine gute Zwischenmahlzeit am Nachmittag. Orhan hat zwar heute meine Zwischenmahlzeit verschoben, aber seine Entschuldigung begleicht seine Schuld mehr als genug«, versuchte Abuzer die Distanz zwischen uns zu überbrücken, ehe wir miteinander allein blieben.

Orhan reichte uns die Makronen.

»Jetzt«, wandte er sich dabei zu mir, »kannst du sie essen. Abuzer Abi lädt dich ein. Du kannst sie dir schmecken lassen. Aber dir verkaufe ich keine.«

Er steckte das Geld ein, das Abuzer ihm gab, und ging. Nachdem er um die Ecke gebogen war, entfernte sich auch das Echo seiner Stimme von Mal zu Mal mehr.

Ich konnte auch seine Stimme nicht mehr sehen. Ich sah sie, bis sie ganz weg war. In diesem neuen Leben ging es mir so, dass ich Dinge nicht sehen konnte, die anderen die Augen herausrissen, dafür aber konnte ich die Stimme Orhans sehen. Ich konnte Laute nicht hören, die anderen das Trommelfell platzen ließen, dafür konnte ich einen Baum hören, eine Blume. Einen stillen Vogel, eine stille Katze, ein stilles Kind konnte ich in allen Dimensionen hören.

Ich konnte unbeschreibliche Gerüche empfangen, von Sachen, die ich weder sehen noch hören, noch tasten konnte. Hingegen konnte ich andere Sachen wiederum nicht riechen, die ich sah und die für andere durch ihren Geruch wichtig waren.

Noch war die Welt für mich völlig ungeordnet. Die Dinge hatten darin noch nicht ihren festen Platz. Meine Sinne waren alle zusammen zu einem Sinn verschmolzen. Von der Welt, die mich anfüllte und umhüllte, beschossen unaufhörlich Signale und Zeichen meine Sinne, die sie nicht einordnen konnten.

Alles war ineinander verwoben, in einem Chaos, aber unerwartet schälte sich etwas aus diesem Chaos heraus, auf einmal spitzte sich etwas zu. So konnte ich eine Stimme sehen oder riechen. Ich war noch weit davon entfernt, meine neue Umgebung zu begreifen und mich selbst darin einzuordnen. Ich konnte mich in dieser neuen Umgebung noch nicht erkennen.

Einzig zu meinem kleinen Begleiter Orhan begann ich eine Beziehung aufzubauen. Wenn sie in beide Richtungen funktionierte, entstand in mir ein unsagbares Gefühl, wie Freude. Es verging aber zugleich wieder im Augenblick des Entstehens. Das bedeutete für mich, dass die Beziehung noch nicht wirklich dauerhaft ausgebaut war.

Doch ich spürte, wie ein Samen aus der Erde treiben wollte.

16

Wir setzten uns an einen Tisch vor dem Kaffeehaus, der nicht weit vom Stand entfernt war. Abuzer schärfte dem Mann am Kamin ein, den Tee für seinen Gast frisch aufzubrühen und ihn ja nicht zu beschämen.

»Du alter Kurde«, erzürnte der Mann, »wann habe ich dir je abgestandenen Tee gegeben, dass du so meckerst! Meinen Tee kannst du selbst dem Präsidenten der Republik anbieten.«

Er sprach einen mir unbekannten Dialekt. Eine innere Stimme sagte mir, dass zwischen diesem Dialekt und der Mundart Abuzers eine entfernte Verwandtschaft bestand, obwohl ich Abuzer im Gegensatz zu dem Wirt klar verstehen konnte.

Sein Gehilfe, kaum älter als Orhan, brachte uns den frisch aufgebrühten Tee, der im Glas wirklich anders aussah.

»Das nenne ich ein Kaninchenblutrot«, lobte ihn Abuzer. »Niemand in der ganzen Welt kann den Tee so zubereiten wie unser Haso.«

»Haso soll dir zu Füßen liegen«, rief der Wirt vom Herd aus, wieder zufrieden.

Abuzer aß seine Makrone noch vor dem ersten Schluck in zwei Bissen auf und spülte sie mit zwei Schlückchen hinunter. Dann begann er wie beflügelt zu erzählen.

»Tja, wir von der schneebedeckten Hochebene Erzurums sind wahre Meister im Teetrinken. Er wächst am Schwarzen Meer, aber richtig getrunken wird er nur bei uns. Der Tag bricht für den Erzurumer mit dem Teegläschen an, und mit dem Teegläschen in der Hand verbringt er den ganzen Tag. Und als wir uns von unserem Adlernest auf den Weg machten und in diese schöne Stadt am Meer kamen, kam unser Teegläschen eben mit. Ich behaupte, die Stadt hat das Teetrinken von uns Erzurumern gelernt. Freilich, wie sagt man? Prügle den Tüchtigen, aber versag ihm nicht sein Recht. Diese Stadt ist eine Perle, eine unbeschreibliche Schönheit. Das ist aber eine andere Schönheit als die Schönheit des Adlernestes Erzurum. Nicht Erzurum zieht die Menschen dieser Stadt an, sondern diese Stadt zieht uns Erzurumer an. Also ist das eine weibliche Schönheit, und wir Männer geraten willig in ihren Bann. So ist es doch, nicht wahr? Aber wie sagt der Dichter? Sie wissen es bestimmt besser, verglichen mit Ihnen sind wir einfache, ungebildete Leute. Aber der Dichter sagt: Das Meer ist wie die Frau. Ich bin kein Dichter, aber ich sage, der Berg ist wie der Mann. Diese Küstenstadt ist so weich und so unbeständig wie eine Frau, und sie kann auch arglistig und treulos sein wie ein Weib.

Von Erzurums Höhen machte sich also dieser Tee in unserem Gläschen auf den Weg hierher. Sie, geschätzter Herr, sind mit feinen Gedanken gewiss vertrauter als wir kleinen, ungebildeten Leute. Natürlich kann der Tee nicht selbst aufbrechen und sich auf den Weg machen. Wer da kommt, das ist der Mensch. Alles andere kommt in seinem Mantelsack mit, in seinem Busen und in seiner Seele, in seinem Herzen und in seinem Kopf, an seinem Gaumen und in seiner Zunge, auf seinen Schultern und an seinen Füßen ... Nun, auch diesen Tee, ich meine die Art der Zubereitung und die Art des Trinkens, brachten wir mit. Wenn ich aber heute zurückginge in jenes Adlernest Erzurum, würde ich ›ach, meine Stadt, ach, meine Stadt‹ stöhnen und Heimweh haben; von Sehnsucht gepeinigt, würde ich es dort nicht lange aushalten. Als mein Großvater und mein Vater hierher zogen, trug mich meine Mutter in ihrem Rucksack. Unsere Hefe ist zwar von dort, aber unsere Milch und unser Fleisch, unsere Luft und unser Duft sind nun ganz hier. Sei's drum, mein Herr, das ist auch schön ...«

Mit den Vorderzähnen brach er ein Stückchen vom Würfelzucker ab, dann nippte er ein Schlückchen von seinem Tee. Danach schlürfte er noch ein Schlückchen. Erst da merkte ich, dass er den Zucker nicht in den Tee warf. Da mein Blick unwillkürlich auf seiner Art, den Tee zu trinken, haften blieb, erklärte er:

»Wir nennen das: separat. Dieser Tee wird bei uns auf diese Weise getrunken, so spüren wir seinen richtigen Geschmack.«

Tscha, dieses chinesische Wort für Tee, der Tsch-Laut und der A-Laut kreisten in meinem Kopf. Worte aus »*Tscha-king*«, dem ältesten Buch über den Tee, das Lu-Yu um 780 während der Tang-Dynastie geschrieben hatte, füllten meinen Kopf an. »In einem wirklich guten Tee kann man weder Zitrone noch Zucker dulden«, befand schon Lu-Yu.

Die »separate Art«, wie Abuzer es nannte, brachte mich auf Lu-Yu, den ich vor Jahrhunderten gelesen haben musste. Da er von Zitrone und Zucker sprach, gaben also damals schon manche Leute diese Stoffe in ihren Tee.

Abuzer und seine Erzurumer Landsleute folgten gewissermassen dem Urteil von Lu-Yu, ohne je von ihm gehört zu haben. Wenn schon Süßstoff, dann eben nicht gleich in den Tee, sondern man nahm ihn nur »separat«. Man genoss den spezifischen Geschmack des Tees und seinen Duft, ehe man ihn mit einem fremden Stoff vermischte. Im Mund hatte er zwar schon ein Stückchen Zucker, aber der erste Geschmack des geschlürften Tees war ein purer. Erst im nächsten Augenblick berührte der Tee am Gaumen den Zucker. Aus dieser Verbindung entstand ein neuer Geschmack. Der Teekenner genoss die Wandlung vom puren Teegeschmack zum neuen durch die Verbindung von Tee und Zucker.

Wissenschaftler beschrieben ja auch die Wirkung von Kunstwerken so, dass sich in einem winzig kleinen Augenblick zugleich ein Wechsel, eine innere Wandlung vollziehe, von dem Augenblick zuvor in den nächsten gegensätzlichen Augenblick. Das rufe beim Leser eines Romans, beim Betrachter eines Bildes und beim Zuschauer einer Theateraufführung die genussvolle Spannung hervor.

»Habe ich Recht, mein Herr? Den Tee muss man so trinken, nicht wahr? Ich sehe, er schmeckt Ihnen auch besser so.«

»Sie haben Recht, Abuzer Bey«, gab ich zu. »Ich habe den Tee bis jetzt ohne Zucker getrunken. Doch der Geschmack ist ganz anders, wenn man ihn ›separat‹ so wie Sie trinkt.«

Dann erzählte ich ihm von Lu-Yus Teeweisheit. Ich erklärte ihm, auf Zucker und Zitrone verzichtet zu haben, nachdem ich seine Ansichten kennen gelernt hätte, und dass ich jetzt zum ersten Mal wieder Zucker nahm.

»Ich kenne diesen alten Chinesen nicht, aber wir haben auch einen guten Gaumen, mein Herr«, sagte Abuzer. »Wir trinken auch den Raki auf diese Art. Wir versetzen ihn nicht wie die Städter mit Wasser, aber wir trinken ihn auch nicht ganz pur, sondern eben separat, Schluck für Schluck. Zuerst nehmen wir ein Schlückchen Raki und benetzen damit erst einmal unseren Gaumen und genießen den puren Geschmack. Dann nehmen wir einen Schluck Wasser und lassen sich beides im Mund vermischen. Wasser lässt den Anis im Raki ausscheiden. Und das geschieht im Mund, an unserem Gaumen. So verändert sich der Geschmack des Raki im Mund …

Wir sind vielleicht ungebildete und einfache Leute, aber wir haben auch eine Ahnung von mancherlei Dingen. Auch kennen wir unsere Genüsse. Vor allem haben wir eine Ahnung vom Menschsein. Das ist das Wichtigste. Erst musst du eine Ahnung davon haben, dass du ein Mensch bist und dass der andere auch ein Mensch ist wie du. Dann kommt alles andere von selbst. Schauen Sie, ich habe Ihnen erzählt, unsere Familie kommt aus dem Osten. Deshalb nennen uns manche scherzhaft, andere ernsthaft abschätzig Kurden. Meine Antwort ist einfach: Sei du zuerst ein Mensch. Ist doch wahr, sei zuerst ein Mensch, dann sei, was du willst! Wir sind alle Kinder dieses Landes. Haso ist Kurde, na und, er macht den besten Tee des Landes.«

Das war für mich ein neues Thema, seit ich hier angekommen war. Es verwirrte mich. Ich konnte nichts dazu sagen. Als er aber von Hasos Tee sprach, biss ich wieder ein Stückchen vom Zucker ab und schlürfte meinen Tee.

»Oh!«, verschnaufte ich genussvoll. »Ab jetzt werde ich den Tee nur noch ›separat‹ trinken, da bin ich mir sicher.«

Er lächelte zufrieden. Das ermutigte mich weiterzureden. Ich kam auf Kunstwerke zu sprechen.

»Ein guter Roman, ein gutes Schauspiel, eine gute Erzählung, ein gutes Bild, eine gute Plastik, eine gute Musik«, zählte ich auf, »sie sind auch wie der separate Tee oder wie der Raki, ein Schlückchen Raki, ein Schlückchen Wasser …«

Bei der Aufzählung verwandelte sich sein Gesicht, es machte sich eine Abwehr bemerkbar. Er hielt mich wohl für arrogant und taktlos, von solchen Dingen zu reden, nachdem er sich als einen einfachen Menschen vorgestellt hatte. Aber bei den Worten Tee und Raki lachte er wieder. Dieser Wechsel des Gesichtsausdrucks hin und her gab ein göttliches Bild ab. Er gab mir mit seiner schweren Hand einen liebevollen Schlag auf den Rücken.

»Herrlich, mein Herr!«, rief er aus. »Dieser Vergleich, er gefällt mir. Ich mag Sie, ich mag Sie wirklich ...«

Ein befreites Lachen strahlte auf mein ganzes Wesen aus und löste alle Sperren.

»Alles ist im Osten, mein Herr«, sagte er weiter. »Ich sage es nicht, weil ich selbst aus dem Osten bin. Sie sagen es auch. Was sagte noch mal der weise Chinese? Ich stelle ihn mir mit schütteren, langen, weißen Barthaaren vor, mit winzigen Mandelaugen und trippelnden kleinen Schritten. Aber er kannte sich in den Feinheiten des Lebens aus. Wie hat er gesagt? In den Tee tut man keinen Zucker und keine Zitrone, nicht wahr?«

»Im guten Tee braucht man sie nicht«, sagte ich.

»Lang lebe seine weise Zunge. Wir im Osten tun also nichts in den Tee. ›Separat‹ heißt ›nicht hineinmischen‹, es hat seine besondere Feinheit, nicht wahr? Aber je weiter man nach Westen kommt, desto mehr wird alles vermischt und verwässert. In alles kommen fremde Stoffe hinein. Bevor wir hierher gekommen waren, kannte auch niemand in dieser Stadt unsere Art, Tee zu trinken. Alle schütten Hände voll Zucker in den Tee. Heiliger Moscheebrunnen! Sie trinken keinen Tee, sondern warmes Wöchnerinnensorbet, Zuckerwasser. Sie haben keinen Geschmack. Je weiter man nach Westen kommt, desto mehr verschwindet die Feinsinnigkeit. So manche schönen menschlichen Eigenschaften verderben.

Ich selbst war nicht dort, aber die, die dort waren, erzählen: Wenn man nach Europa kommt, zum Beispiel nach England, dort sollen sie in den Tee nicht nur Zucker und Zitrone tun, sondern sogar Milch hineinschütten. Das nenne ich eine Barbarei. Die Gottlosen sollen Milch in den wunderbaren Tee hineinschütten. Und sie wollen entwickelt sein? Die sollen reich sein? Für mich sind sie primitive, arme Teufel. Was nützt es dir, wenn du noch so weit entwickelt und wohlhabend bist, wenn du nicht einmal einen richtigen Teegeschmack genießen kannst?«

»Ja, sie sind so entwickelt, dass sie heute nicht einmal mehr den losen Tee kennen, sie haben nur noch Beuteltee«, schüttete ich Benzin ins Feuer.

»Beuteltee? Nichts als Barbarei! Verzeihen Sie, mein Herr, ich war auf keiner Universität, unser Basar hier, der wiegt doch so viel auf wie tausend Universitäten. Hier gehen tausend Nationen ein und aus, Gebildete und Ungebildete, Reiche und Arme. Und wir studieren sie hier alle. Wer durch die Schule dieses Basars geht, der wird ein Lebenskünstler, ein Meister der Menschenkenntnis, ein Juwelier menschlicher Eigenschaften. Ich bin seit Kindesbeinen hier, deshalb rede ich so. Entschuldigen Sie, wenn ich Ungehöriges von mir gebe. Ich denke so: Manche Erfindungen sind für die Menschheit ein Rückschritt. Die Sache mit dem Tee zum Beispiel. Der Beuteltee ist doch nicht unsere Erfindung, sondern, Sie wissen es besser, eine Erfindung der Europäer, nicht wahr? Hm, ist das nun ein Rückschritt oder ein Fortschritt? Wenn Sie mich fragen, der finsterste Rückschritt. Ich behaupte, solche Erfindungen entstehen aus dem Hintern des Verstandes. Ja, auch der menschliche Verstand hat wie der Körper einen Hintern. Was da rauskommt, taugt nichts. Zum Beispiel die Atombombe, die Wasserstoffbombe, die Neutronenbombe und alle anderen Bomben. Wenn es ein guter Tag ist, habe ich vielleicht zehn Kunden, den Rest der Zeit kann ich müßig herumsitzen oder in der Zeitung lesen. Wir sind einfache Leute, aber keine dummen. Sagen Sie doch, kann denn eine Erfindung, die den Verstand tötet und den Menschen von der Weltoberfläche ausradiert, ein Erzeugnis des Verstandes sein? Allenfalls schlüpft sie aus dem Hintern des Verstandes heraus. Wenn ich koranfest wäre, würde ich es ein Geschäft des Teufels nennen, aber mit der Frömmigkeit ist es bei mir auch nicht so weit her ...«

Wenn dieser Basar, wenn dieser Flohmarkt eine Universität war, dann war Abuzer bestimmt ihr Ordinarius. Vom einfachen Tee ausgehend, hielt er mir eine volle Stunde lang Vorlesung. Meine trüben Blicke hingen an seinem Mund. Um mich am Gespräch zu beteiligen, versuchte ich, in seine Rede ein paar weitere Zitate von Lu-Yu hineinzustreuen, aber wie ich selbst merken konnte, war das meistens unangebracht.

Inzwischen ließ Abuzer die zweiten Gläser Tee kommen. Ich biss wieder vom Zucker einen Krümel ab, hielt ihn im Mund und nippte am Tee. Da kam ein hagerer, dunkler Bursche ohne richtigen Bartwuchs. Er reichte Abuzer eine Zeitung. Aus Abuzers Gesicht entwich alles Licht, alle Freundlichkeit, ein mattes Dunkel von gehässigem Gelb machte sich breit. Gequält steckte er die Hand in die Tasche und holte einen Fünfhunderter-Schein heraus, drückte ihn mit ungeschickter Eile, um nicht aufzufallen, dem Burschen in die Hand, als wollte er sagen: Hier nimm deinen Fluch. Doch durch seine Fahrigkeit war es nur auffälliger. Der Bursche sagte statt eines Grußwortes, wenn die neue Nummer raus wäre, käme er wieder, und zog fort. Als Zuschauer dieses kleinen Schauspiels war ich vor allem von der widerwärtigen Fratze des Burschen verwirrt. Ich konnte mir nicht erklären, wie ein noch junges Gesicht so alt und finster aussehen konnte.

»Sollte er nicht herausgeben?«, fragte ich in meiner Verwirrung.

»Ich bin eigentlich nicht der Mensch, der so weit herunterkommt. Dieser Wisch ist nicht die Zeitung, die ich lese.« Er zerknüllte das Blatt und schob es von sich, als befürchtete er Viren.

Ein Würgen in der Kehle brachte ihn zum Schweigen, riesige Tränen kullerten über seine Wangen. Er war ungeübt im Weinen, das sah man ihm an. Als flöhe er vor Scham, trat er in den Laden.

Der Abuzer, den ich kennen gelernt hatte, war wie verweht. Ein ganz anderer Abuzer kam an seiner Stelle, so wie die Adler- und Zahlseite einer Münze.

Wenig später trat er wieder vor den Laden. Er hatte die Augen getrocknet, doch nicht die Tränenspuren verwischen können.

»Entschuldigen Sie, mein Herr«, stammelte er. »Die Nerven gingen mir durch.«

»Das ist doch menschlich«, sagte ich. Diese Worthülse hatte ich irgendwann einmal aufgeschnappt. Ich konnte aber auch nicht klar denken. Abuzers Tränen gingen mir merkwürdig nahe.

»Mit einem Schlag könnte ich diesen Bastard, diesen Schlingel zerdrücken und seinen Kadaver hinschmeißen, zwanzig von seiner Sorte auf einmal. Aber ich kann es nicht, die haben Hintermänner. Die haben bewaffnete Verbrecher als Hintermänner. Die haben es auf unser Leben abgesehen. Unser Basar wurde zu einem Ort ihres Tributs. Mit Waffengewalt haben sie uns zur Strecke gebracht. Als sie vor einigen Jahren mit den Tributforderungen kamen – sie wollten das Land vom Kommunistengesindel befreien, sagten sie –, wollte ein Kollege sich das nicht gefallen lassen. Sie kamen in seinen Laden, gaben vor aller Augen sechs Schüsse auf ihn ab und gingen. Er starb. Diese Verbrecher laufen bis heute frei herum. Sehen Sie diesen Fetzen, mein Herr!«

Er nahm die zerknüllte Zeitung. Auf seinem Gesicht wechselte sich die Röte der Wut mit der Blässe der Hilflosigkeit ab. Vor Zorn wurde die Zeitung in seiner Faust zu einem Papierball.

»Das ist ein unverschämter Lügenwisch, menschenfeindlich, faschistisch, voll von Verleumdungen. Als sie das zum ersten Mal brachten, las ich es aus Neugier. ›Du wirst jede Woche unsere Zeitung nehmen und uns unterstützen, dafür werden wir dich schützen‹, sagten sie. ›Sonst lassen wir dich hier nicht leben!‹ Was hätte ich denn tun sollen? Ich hatte schlaflose Nächte. Lieber wollte ich sterben, als meine Würde zu verlieren. Nachts malte ich mir oft aus, einige dieser Ratten zu beseitigen und dann dem Tod ins Auge zu sehen. Aber am Morgen sah alles wieder anders aus. Die Familie vor Augen, sagte ich mir, du hast nicht das Recht, deine Familie brotlos zu hinterlassen. Seitdem nehme ich diese Erniedrigung hin. Das ist keine Zeitung, das ist der Tritt dieser Nagelstiefel, das ist meine Kriecherei vor diesen finsteren Verbrechern.

Es gibt Tage, da mache ich den Laden ohne einen Heller Einnahme zu. Das gehört auch zum Geschäft. Das Leben wird sowieso von Tag zu Tag teurer. Das Brot ist im Rachen des Löwen. Aber dieser dunkle Wicht, dieser Bastard lässt keine Woche aus. Wie oft schon musste ich vom Nachbarn Geld borgen, um ihn zu bezahlen. Aber irgendwann muss das ein Ende haben. Entweder muss das Gesetz gegen diese Verbrecher greifen, oder unser Geduldsfaden wird reißen, bei allen Geschäftsleuten …«

Inzwischen war der Bursche mit dem Zeitungsstapel unterm Arm im Laden nebenan. Dort war eine Diskussion im Gange. Die Lage verschärfte sich anscheinend.

»Ich hab kein Geld, mein Sohn«, sagte der Eckbarbier, die Hand mit dem Rasiermesser hochhaltend, »begreifst du es nicht? Ich hab kein Geld.«

Vor ihm auf dem Stuhl saß ein Kunde.

»Das ist mir egal«, sagte der hagere Junge. »Wenn du keins hast, borg es dir«, befahl er.

»Barbier Ali«, sagte Abuzer mit gedrückter Stimme, »ist einer der ältesten Geschäftsleute hier. Früher warteten die Leute in einer Schlange vor seinem Laden. Aber manche Kunden sind gestorben, andere sind auch alt geworden wie er und lassen sich statt zwei- nur noch einmal in der Woche rasieren. Jüngere Geschäftsleute gehen zu anderen, jüngeren Frisören. Seit einigen Jahren hat sich das Gerücht verbreitet, Alis Hand würde zittern.«

»Zittern denn seine Hände wirklich?«, fragte ich.

»Na ja«, stutzte Abuzer, »er rasiert seit vierzig Jahren in diesem Basar. Ich würde auch nicht zu einer Hure gehen, die vierzig Jahre im Geschäft ist.«

Die Antwort erschütterte mich, aber Abuzers Gesicht lachte wieder.

»Schlechter Vergleich«, rutschte es mir heraus.

»Ich gehe aus Rücksicht zu Ali nicht hier zum Frisör«, wurde er wieder sachlich. »Bei uns im Wohnviertel gibt es einen schmucken Frisörladen. Kemal führt ihn. Wir waren schon als Kinder Freunde, wir haben im Bezirksverein zusammen Fußball gespielt.«

»Ich könnte dein Großvater sein!«, wurde Barbier Alis Stimme lauter. Aber das war eine alt gewordene, gemeine Lautheit. Das war ein lautes Flehen vor einem Tyrannen, aber auch eine zitternde Wut, die diesen Zwerg an der Gurgel packen und in die Kloake der Bucht tauchen wollte.

»Den ganzen langen Tag Gottes hatte ich keine drei Kunden«, sprach Ali mehr zum Boden, während er den Kunden wieder abzuschaben begann. »Woher soll ich es nehmen, wenn nicht stehlen?«

»Nimm es, woher du willst, aber nimm es!«, brüllte der Halbwüchsige zurück.

»Ich kann mich kaum beherrschen«, brummelte Abuzer auf dem Hocker, auf dem er zusammengesackt war. Innerlich glich er einem gespannten Bogen, drauf und dran, den Pfeil abzuschießen.

»Heute bekommst du einen Dreck!«, platzte die Verzweiflung aus Ali heraus. »Zieh Leine, hau ab! Such nicht dein Unheil!«

Vorne fehlten ihm einige Zähne. Die Worte spritzten aus diesem zahnlosen Loch und zischten auf die Fratze des kleinen Kerls, der vor dieser unerwarteten Wutexplosion zusammenzuckte und noch kleiner, noch hagerer, noch dreckig-dunkler wurde.

Dann wandte sich Ali wieder dem Kunden zu, der die ganze Zeit vor ihm, unter dem weißen Tuch abgedeckt, still saß, als wäre er ein Pappkamerad. Der Barbier spannte mit der einen Hand die Gesichtshaut des Kunden, ließ dann das Rasiermesser mit der anderen über die so geglättete, eingeseifte Haut gleiten. Dann rasierte er noch einmal gegen den Strich.

Als Ali die Haare in der Gurgelgegend abrasierte, versetzte ihm der junge Kerl plötzlich einen Schlag auf die Hand. Aus dem Hals des Mannes spritzte Blut und besudelte Tisch und Spiegel.

Alle schraken zurück. Ich schoss auf. Der verdammte Kerl war spurlos verschwunden. Ali erstarrte im Stehen mit dem Rasiermesser in der Hand. Seine Augen waren mit irrem, starrem Blick herausgequollen.

Der Kunde hatte einen Augenblick gezuckt und gezappelt und war dann umgefallen. Das weiße Tuch um seinen Hals war in eine rote Fahne verwandelt worden.

Die entsetzten Geschäftsleute verschwanden, als hätten sie sich in ihr Höhlenversteck zurückgezogen. Während sie sich Schritt für Schritt entfernten, hatte ich mich Schritt für Schritt Barbier Ali und seinem Kunden am Boden genähert.

Dieses entsetzliche Erlebnis hinterließ tiefe Spuren in mir. Auch Abuzer war nicht zu sehen. Mir schien, als hätte ich einen Schatten in seinen Laden schleichen sehen.

Warum hatten alle den Ort verlassen? Warum stand niemand Ali bei? Waren sie Kreaturen ohne Mitgefühl? Oder untersagten ihnen das ihre Sitten? Zogen sie sich dezent zurück, um den Unglückseligen nicht noch mehr zu verwirren? Damit er sich beruhigte und langsam zu sich kam? Aber warum kümmerte sich niemand um den verunglückten Kunden, der in einer Blutlache am Boden lag? War er schon tot? Vielleicht konnte man mit rascher erster Hilfe seine Wunden verbinden, das Blut stoppen und ihn vorm Tod retten.

Er rührte sich nicht. Das konnte auch nur eine Ohnmacht sein. Aber nach so viel verlorenem Blut hatte er wenig Chancen, zu überleben. Dennoch: Lieferte man denn hier Kranke und Verwundete nicht sofort in ein Krankenhaus ein?

Ich stand da und beschäftigte mich mehr mit dem Verhalten der Menschen als mit Ali und seinem leblosen Kunden. Ich wusste nicht, wie lange Ali so erstarrt dastand, wie lange ich die beiden anstarrte. Mir kam es vor wie eine Ewigkeit. Erst als die Polizisten kamen, wachte ich aus meiner Ohnmacht wieder auf. Sie nahmen dem Barbier das Messer aus der Hand, wollten ihn an den Armen fesseln und mitnehmen.

»Er ist unschuldig«, keuchte ich stockend, »er ist nicht der Mörder.«

Zwei andere Polizisten fassten mich an den Armen und führten uns beide aus dem Basar ab. Sie steckten uns in die Streifenwagen, die am Straßenrand warteten. Ein Notarztwagen war auch da. Zwei Männer mit weißen Kitteln gingen mit einer Bahre in den Basar.

Als der Wagen, in dem ich saß, sich in Bewegung setzte, lugten Köpfe und Gesichter aus den Ecken und Winkeln der Läden. Wenn ich mich nicht täuschte, sah sogar Abuzer, ohne aus dem Laden zu kommen, den Kopf vorgereckt, unserem Wagen nach.

Was dachte er wohl? Haderte er mit sich selbst, weil man mich abführte? Oder freute er sich, dass er nicht mitgenommen wurde? Sein freundliches Gesicht, auf dem eben noch, als wir miteinander plauderten, menschliche Gefühle und Reaktionen, Begeisterung und Traurigkeit aufgeleuchtet hatten, war jetzt eine steinerne Maske.

17

Wohin wir gebracht wurden, wusste ich nicht. Straßen und Gebäude, Passanten und Straßenverkäufer huschten wie Filmstreifen vor meinen Augen vorbei. Ich fragte mich, ob ich in der Nacht vom Busbahnhof nach Hause durch diese Straßen gefahren war, konnte jedoch nichts wieder erkennen. Vielleicht fuhren wir doch durch dieselben Straßen, die in der Nacht anders erschienen waren und auch nicht so öde gewesen waren wie jetzt am Tag.

Sie brachten uns in einen feuchten, finsteren Raum, der gleich beim Eintreten die Erinnerung an das Polizeirevier hervorrief, von dem Orhan erzählt hatte. Oder war alles nur die Vorahnung dessen gewesen, was an diesem Tag passieren würde? Irgendwo steckte ein Fehler, aber wo?

Erst in diesem feucht-finsteren Loch kam mir Orhan in den Sinn. Was hatte er wohl gemacht, als er von seinem Rundgang zurückgekommen war und erfahren hatte, was vorgefallen war? Von wem erfuhr er es und wie? Erzählte Abuzer es ihm? Ich hätte gerne gewusst, wie er es ihm erzählte.

»Sieh, mein Sohn Orhan«, setzte er vermutlich an. »So und so war die Sache. Deinen Gast führten sie vor meinen Augen ab. Ich duckte mich wie ein scheues Tier, das sich in seine Höhle zurückzog. Ich wagte nicht, vorzutreten und für ihn zu zeugen. Ich konnte nicht verhindern, dass er ungerecht abgeführt wurde. Offen gesagt, fehlte mir der Mut. Ich hatte Angst davor, dass sie mich auch mitgenommen hätten. Ich habe doch Familie und Kinder. Lass dich von meinem gebieterischen Auftreten nicht täuschen. Im Grunde bin ich der feigste Mann der Welt. Ich habe Höllenangst vor Pein und Folter. Ich würde sogar tot umfallen, wenn man mir Stromschläge versetzte. Auch ohne Prügel verwundet mich jedes böse und strenge Wort tief in der Seele. Deshalb also, mein Sohn Orhan, schaute ich aus meinem Versteck nur zu, wie dein Gast zu Unrecht abgeführt wurde. Genau so war es, offen gestanden.«

Wie Abuzer auch geredet haben mochte, meine Gedanken beschäftigten sich nicht so sehr mit ihm, sondern mit Orhan. Was machte wohl das Kind, als es von dem Vorfall erfuhr? Sicher machte es sich Vorwürfe. ›Wie konnte ich ihn einfach verlassen und gehen‹, würde er sich fragen und die Faust gegen den eigenen Kopf schlagen. Ich hoffte nur, dass er alle seine Makronen verkaufen konnte.

Das waren wohl meine letzten Gedanken in dem finsteren Loch. Was danach kam, daran konnte ich mich nicht erinnern. Hinter meinen Augäpfeln zog sich quer über meine Stirn ein dickes, dunkles Band wie eine innere Augenbinde: Geistes- und Gedächtnisfinsternis. Mir kam es vor, als würde ich gerade verhört, als ich mich an das alles im Polizeigewahrsam zu erinnern bemühte.

»Meine Herren, es war nicht der Barbier Ali. Ein hagerer, widerlicher Bursche war da. Wenn ich ihn sehe, erkenne ich ihn sofort wieder. Er war zuerst bei Abuzer, der neben mir saß. Er reichte ihm großtuerisch ein Blatt von dem Stapel unterm Arm und kassierte gleich einen Fünfhunderter. Wo gibt es denn so was, für fünfhundert eine Zeitung? Er kassiert Tribut, Erpressungsgeld für die faschistische Mörderbande.«

»So, so, also faschistische Mörderbande? Mutig, dass du so freimütig redest. Du bist also auch einer von diesen roten Kommunistenschweinen? Nicht der Barbier Ali hat dem Mann die Kehle durchgeschnitten, stimmt's? Dann bist du es also gewesen. Jetzt hast du alles zugegeben, alle Einzelheiten. Ab in die Folterkammer!«

Sie führten mich in eine dunkle Zelle. Dann legten sie mir ein Protokoll vor: »Unterschreibe!«

»Ohne gelesen zu haben, kann ich nicht unterschreiben«, entgegnete ich. Dann gingen sie auf mich los.

Ab da rührte sich in meinem Gedächtnis nichts mehr. Die geistige Augenbinde verdunkelte alles, was dann kam.

Als ich die Augen wieder öffnete, standen meine Mutter und mein Vater bei mir. Meine Mutter legte Umschläge auf meine Stirn, auf mein Gesicht und andere wundgeschlagenen Stellen. Sie bestrich die Wunden mit Salben und verband sie.

Ihre Lippen bewegten sich unentwegt lautlos. Ich sah sie nur verschwommen durch die leicht geöffneten Lider. Ich wollte den Mund öffnen und etwas sagen. Die Lider fielen mir gleich wieder zu. Wieder die pechschwarze geistige Augenbinde. Wie lange dauerte dieser Zustand? Keinen Augenblick und zugleich eine Endlosigkeit. Nicht von Belang.

Als ich die Augen mühsam wieder öffnete, stand meine Mutter immer noch an meinem Kopfende. Ihre Augen waren angeschwollen und rot angelaufen. Es waren die Spuren der versiegten Tränen. Lediglich am Alter dieser Spuren konnte ich mir die Länge der dunklen Zeitspanne ausmalen. Ihre Augen schienen wund geweint.

»Mein Kind, mein Kind«, wimmerte sie. Sie beugte sich über mich. Ihre Lippen bewegten sich lautlos, und ich fühlte tief in mir ihre Worte des Betens.

Sie strich über mein Gesicht, legte die Hand auf meine Stirn. Ihre Wärme drang in mich hinein. Sie spendete mir wieder Leben. Ich schloss die Augen. Diesmal spürte ich eine Helligkeit auf der Stirn, ein Lichtbündel zwischen den Augen. Ein Lächeln, unsichtbar auf dem Gesicht, erfüllte mein Inneres. Wie lange dieser beglückende Zustand andauerte, wusste ich nicht, doch ich empfand ihn wie eine Ewigkeit.

Als ich von neuem, diesmal ganz weit, die Augen aufmachte, sah ich auch meinen Vater.

»Gott sei gedankt«, sprachen seine Lippen, auch lautlos. Mein Blick glitt zwischen ihm und meiner Mutter hin und her. Ich lächelte etwas müde.

Plötzlich liefen ihr Tränen über das Gesicht.

»Gott sei Dank, Gott sei gedankt. Mir kommen Tränen, Gott sei Dank«, sprachen ihre Lippen lautlos.

Mir brannten die Augen. Mir brannte der Kopf. Was war los mit mir? Was wurde aus mir? Wohin kam ich, wo war ich?

Mein Vater las mir die Fragen von den Augen ab. Er nahm einen Stuhl und setzte sich zu mir. Meine Mutter wechselte die Umschläge auf meinem Rücken, der Brust und an den Beinen. Dann bestrich sie die wunden Stellen mit einer selbst gemachten Salbe. Während sie an mir arbeitete, erzählte sie von dem uralten Rezept, das durch die Generationen bestens erprobt worden sei. Sie nahm bestimmte Mengen Veilchenöl, Bienenwachs, Kampfer, Rosenwurztee und Eiweiß und kochte das Gemisch auf und bereitete die Salbe zu. Das habe sie von ihrer Mutter, und ihre Mutter habe es wiederum von ihrer eigenen Mutter gelernt. Auf welchen Heilkundigen die Salbe letztlich zurückging, wusste sie nicht. Sie war jedoch von ihrer heilenden Wirkung felsenfest überzeugt.

Während sie die Salbe weiter auftrug und die wunden Stellen verband, erzählte Vater, Orhan sei gekommen und habe ihn unterrichtet. Er schien nicht überrascht wegen Orhan.

Woher wusste wohl Orhan, wo wir wohnten? Ich fand keine Antwort. Ich hatte ihm auch keine Adresse gegeben. Ich wollte Orhan danach fragen, wenn ich ihn wieder sah. Ich lauschte meinem Vater weiter.

Orhan habe nicht gewusst, wohin sie mich gebracht hätten. Er selbst sei mit ihm zuerst in den überdachten Basar zu Abuzer gegangen. Von ihm und den anderen dort habe er allerdings nicht viel erfahren können. Dann habe er sich ratlos von Orhan getrennt und alle Bekannten, Freunde und Verwandten abgeklappert, die in der Stadt einen Namen und eine Bedeutung hätten, zumindest in seiner Vorstellung. Schließlich sei er zu seinem Landsmann und entfernten Verwandten Rüstü Efendi gegangen, der früher Polizist gewesen sei.

»Du kennst vielleicht seinen Namen nicht«, sagte Vater. »Als Kind nanntest du ihn ›Polizei-Onkel‹. Er hatte einen Sohn in deinem Alter und eine etwas jüngere Tochter, Nevzat und Serpil. Damals besuchten wir einander öfters. Du erinnerst dich doch an den ›Polizei-Onkel‹, nicht wahr? Und seine Frau nanntest du ›Tante Zehra‹.«

Ich schaute trübe drein, und Vater begriff, dass ich mich an nichts erinnern konnte. Er erzählte lang und breit:

»Damals sprachen wir sogar davon, Orhan und Serpil zu verheiraten, wenn sie groß wären, und fragten euch Kinder scherzhaft, ob ihr einander heiraten wolltet, und brachen angesichts eurer kindlichen Antworten in lautes Gelächter aus. Sie wohnten oberhalb von Ikicesmelik auf der Höhe, man sah in der Ferne das Meer. Wenn wir sie im Sommer besuchten, war der zementierte Hof frisch besprengt. Wir saßen auf einer Schilfmatte, mit breiten Kissen darauf.«

Ich erinnerte mich an nichts, aber seine Beschreibung bildete sich auf der Mattscheibe vor meinem geistigen Auge ab. Ich versank in diesem Bild, und es kam mir vor, als hätte ich Vaters Geschichte wirklich erlebt. Meine Versunkenheit deutete er anscheinend als eine Frage nach Serpil.

»Sie heiratete einen Textilhändler«, sagte er. »Sie hat drei fast erwachsene Kinder. Du würdest sie nicht wieder erkennen. Sie ist schön dick geworden.«

»Die Ehe bekam meiner Guten«, murmelte meine Mutter und sagte weiter: »Mein Tekin ist wie ein richtiger Löwe, Gott beschütze ihn. Er ist auch schon ein großer junger Mann geworden. Das ist nun mal der Gang der Welt, die Kleinen werden groß und die Großen kleiner.«

»Tekin ist der älteste Sohn von Serpil«, erklärte Vater. »Er macht dieses Jahr sein Abitur. Ach ja, wo war ich stehen geblieben? Ja, Rüstü Efendi fiel mir ein. Immerhin war er Polizist gewesen. Er hat mir schon ein paar Mal aus der Not geholfen. Wenn er dann auch mal Freundschaft und Verwandtschaft vergisst und den Wohltäter spielt, so ist er im Innern doch kein schlechter Mensch. Ich bin zu ihm nach Hause geeilt.«

»In unserer Sippe gibt es keine schlechten Menschen«, murmelte meine Mutter dazwischen.

Er habe also Rüstü Efendi die Lage geschildert. Und Rüstü Efendi habe sich wieder großtuerisch gereckt, als hätte er die Meere erschaffen oder würde sich anschicken, den Meeren das Wasser zu entziehen. ›Tja, lass uns mal hingehen‹, habe er gütig erklärt, und er sei mit ihm in sein früheres Polizeirevier gegangen. Als er, ihn selbst zur Seite, das Revier betreten habe, hätten seine alten Kollegen ihn mit den Worten begrüßt: ›Gruß, Rüstü Bey, wie geht's dir, die Rente ist dir wohl bekommen, gottlob siehst du gut aus, bist jünger geworden‹, doch in einem Ton, als meinten sie, der fehlte uns noch. Und er habe jeden Einzelnen umarmt, auf beide Wangen geküsst, als würden diese vor langer Sehnsucht nach ihm vergehen. Er selbst habe im Türrahmen mit hängendem Kopf gestanden und dem Geschehen zugeschaut. Nachdem Rüstü Efendi sich so aufgeführt habe, als wollte er ihm zeigen, wie beliebt und unersetzbar er selbst als Pensionär in den Augen seiner Kollegen sei, sei das eigentliche Anliegen drangekommen. Der Kommissar habe sich dann ans Telefon gesetzt, und nach ein paar vergeblichen Versuchen habe er meinen Haftort ausfindig gemacht.

An dieser Stelle klang mein Vater sehr gekränkt, woraus ich schloss, dass er im Polizeirevier gekränkt worden war. Rüstü Efendi habe ihn zu sich gerufen und ihm etwas ins Ohr geflüstert. Aus Angst, mir wäre etwas Schlimmes passiert, sei er selbst zunächst blass geworden. Jener habe aber einfach ›gehen wir‹ gesagt. Rüstü Efendi habe sich ohne Umarmung und Küsserei von seinen alten Kollegen verabschiedet. Als sie draußen gewesen seien, sei die ganze Welt vom grämigen Gesicht Rüstü Efendis über seinem Kopf zusammengestürzt.

›Ist etwas, Rüstü Efendi? Ist Orhan etwas zugestoßen?‹, habe er gefragt.

›Wäre ihm doch lieber etwas zugestoßen, ja, Murat Efendi‹, habe er gesagt, ›schlimmer, viel schlimmer.‹

Dieses »Schlimmer« habe ihn wie ein Alptraum getroffen. Darunter habe er sich ausgemalt: ›So und so ist es, sei nicht traurig, wogegen man nichts tun kann, das muss man geduldig ertragen, Orhan lebt nicht mehr‹, oder so ähnliche Gedanken seien ihm gekommen. Aber es sei ganz anders gekommen.

›Das war gar nicht anständig von dir, Murat Efendi‹, habe Rüstü Efendi voller Zorn gesprochen. ›Mich hast du vor allen meinen Kollegen blamiert. Orhan ist ein Anarchist. Warum hast du mich vorher darüber nicht ins Bild gesetzt?‹, habe er ihn selbst der Unehrlichkeit geziehen.

›Du wirst mich noch zugrunde richten, das wird mir den Kopf kosten, komm nie wieder wegen so einer Sache zu mir, besser, wir sehen uns nicht mehr‹, habe er gesagt. ›Du bist ein frommer Mann, aber dein Sohn ist ein Anarchist geworden. Wenn ich mit euch Kontakt habe, bekomme ich auch alle möglichen Schwierigkeiten‹, habe er geschrien und ihm zornesrot den Rücken gekehrt.

Er selbst habe ihm zunächst niedergeschlagen nachgestiert, dann habe er ›Rüstü Efendi, Rüstü Efendi‹ gerufen und sei ihm nachgelaufen. ›Sag wenigstens, wo Orhan ist‹, habe er ihn angefleht. ›Murat Efendi, lass mich los, bring mich nicht in Schwierigkeiten.‹ Das habe zwar der pensionierte Polizist Rüstü Efendi gesagt, doch habe er selbst dessen Hände umklammert und sich flehentlich gebückt.

Vater erzählte es nicht mit diesen Worten, doch ich verstand ihn auch so. Und schließlich habe er jenem den Namen meines Haftorts entlocken können. Rüstü Efendi habe den Namen des Polizeireviers wie ein Hauch geflüstert, damit Himmel und Erde, Bäume und Vögel, Wände, Gehsteige und Lichtpfähle ihn nicht hörten, dann sei er wie der Wind geflohen.

»Ich habe den Ort erfahren, aber was nützt das«, sagte mein Vater. »Was kann ein alter Flickschneider dort ausrichten, wo sein Sohn als Anarchist festgehalten wird? Sie würden ihn beschimpfen und wegjagen, sie würden ihn schelten, stoßen und treten. Schlimmer noch, sie würden ihm sagen: ›Na komm, stecken wir dich auch in den Knast, wo du brummen kannst.‹ Wer weiß, was sie ihm alles sagen und antun würden.«

Als die Worte ›Gott, du bist groß, außer dir gibt es keine Instanz‹ zwischen seinen Lippen wie unsichtbare Bläschen entstanden und aufgeplatzt seien, habe er hin und her überlegt, wen er als Vermittler ansprechen könne, um den Sohn herauszuholen, ihn wenigstens zu sehen. Wie Rosenkranzperlen habe er seinen Gebetsspruch ständig wiederholt. Neunundvierzig Mal habe er ihn sprechen wollen, doch er habe schon nach drei oder vier Wiederholungen die Zahl nicht mehr gewusst und, ohne zu zählen, so oft er gekonnt habe, seinen Gebetsspruch wiederholt. Und gerade dabei sei es in seinem Kopf hell geworden, als wäre ein Lichterregen gefallen.

Wenn überhaupt jemand, dann könne ihm nur Fuat Bey helfen. Er sei über sich selbst erzürnt gewesen, warum er nicht schon früher auf Fuat Bey gekommen sei, schon viel früher als auf Rüstü Efendi.

»Du weißt doch, wer Fuat Bey ist, nicht wahr?«, fragte mich Mutter. »Jetzt ist er noch viel reicher geworden. Die Zahl der Häuser, die er besitzt, kennt nicht einmal er selber. Er hatte auch bei null angefangen wie dein Vater. Dein Vater stand sogar am Anfang besser da als er. Er ist vorwärts gerannt, wir treten auf der Stelle …«

Hatte ich diese vorwurfsvollen Worte nicht schon einmal gehört? Der Vorhaltung folgte die Anklage, die in eine Demütigung mündete. Von irgendwoher kannte ich diese Worte, die immer gleich endeten: »Alle haben es geschafft, nur du nicht!«

Er sei also zu Fuat Bey gerannt. Er gelte als ein entfernter Verwandter. Der Mann habe alle Hände voll zu tun, sein Kopf sei voll von Gedanken, bei ihm drinnen seien wichtige Personen gewesen, draußen vor seiner Tür hätten wichtige Personen angestanden, um in wichtigen Geschäftsverhandlungen, in wichtigen Geldangelegenheiten mit ihm zu sprechen. Er habe sich vor dessen Tür angestellt. Er habe sich die Zeit mit ständigem Murmeln von Gebeten vertrieben. Heilige Silben zwischen den Lippen, seien Erinnerungen in ihm lebendig geworden. In seinem Gedächtnis seien Bilder aus der Kindheit Fuat Beys im heimatlichen Dorf wach geworden.

»Fuat Bey ist einige Jahre älter als ich. Er wurde aber als Kind schon Vollwaise. Er war auf die Verwandten und Bekannten angewiesen. Aber er war schon als Kind sehr aufgeweckt und klug. Die Begabung eines vollwaisen Kindes interessierte jedoch die Verwandten im Dorf nicht. Er war auf sich selbst angewiesen. Ich weiß nicht, wie es kam, aber er ging länger zur Schule als ich. Ist doch wahr! Mein Großvater war zwar kein Großgrundbesitzer, aber alle im Dorf nannten ihn einen Großherrn. Er besaß Schafherden und Ländereien. Dennoch ging Fuat länger zur Schule und war viel erfolgreicher. Seinen Militärdienst leistete er auch als Reserveoffizier, ich dagegen war einfacher Soldat. Danach kam er in die Stadt und begann mit dem Handel.«

»Dein Weg ist frei, mein geliebter Diener, sprach Gott zu ihm«, funkte Mutter wieder dazwischen. »Und er marschiert immer noch vorwärts. Er braucht nichts und hat für sieben Generationen ausgesorgt. Wenn er jeden Tag Hände voll ausstreute, könnte er in diesem Leben seinen Reichtum nicht mehr ausgeben. Nicht einmal den täglichen Zins seines Reichtums kann er richtig ausgeben, geschweige denn sein ganzes Geld. Aber auch heute, in seinem hohen Alter, fehlt er keinen Tag im Geschäft ...«

»Jedem sein Geld«, sprach Vater mit unterdrückter Stimme, »sein Geld ihm, mein Geld mir. Er ist ein guter Mensch, aber sein Geld will ich nicht haben, und ich möchte mein Geld auch nicht wie er verdienen. Gott weiß, welche Sünden jeder von uns begeht, aber durch Weinverkauf möchte ich keinen Heller in meinem Kochtopf haben ...«

»Das ist auch wahr«, sagte Mutter, »aber Geld stinkt nicht, Geld ist keine Sünde. Wenn ich so viel Geld hätte wie er, dann hätte ich Moscheen bauen lassen, Arme gesättigt und Brunnen gestiftet. Sein Geld zieht alle an, auch die ach so Frommen ...«

»Ich will sein Geld nicht. Wenn ich von ihm etwas borge, gebe ich es wieder zurück«, entgegnete Vater.

»Ich meine ja auch nicht dich, sondern die Leute, die miteinander wetteifern, eine nahe oder entfernte verwandtschaftliche Beziehung zu Fuat Bey zu entdecken. Was das Geld nicht alles kann! Wie sagt man: Meide Arme, berühre Reiche! Vielleicht bleibt etwas Goldstaub an dir hängen!«

»Aber wir sind wirklich Verwandte«, wehrte sich Vater. »Sein Onkel Riza heiratete die Schwester meines Großvaters. Seine Schwägerin Muhlise war die Stieftochter meiner Großtante ...«

Während Vater weiter aufzählte, dachte ich mir, dass ein wohlhabend gewordener Mensch eine Flut von Verwandten bekam. Das bewies wiederum, dass alle Menschen Geschwister waren, wenn man die Linie nur weit genug zurückverfolgte.

Die Einmischungen meiner Mutter verdrossen meinen Vater, der mit der eigentlichen Erzählung fortfuhr. Während er so betend vor der Tür gewartet habe, sei Fuat Bey herausgekommen und habe ihn gesehen. Er habe ihn freundlich begrüßt und sofort zu sich hereingenommen und die anderen Wartenden geflissentlich übersehen.

Nach kurzer Plauderei und einer umständlichen Entschuldigung, er würde immer dann zu ihm kommen, wenn er ihn brauchte und von ihm etwas wollte, sei er zum eigentlichen Anlass seines Besuchs gekommen. Und Fuat Bey habe seiner ausführlichen Erzählung bis zum Ende geduldig zugehört.

»Er sei diesseits und jenseits mir ein Bruder«, sprach meine Mutter wieder dazwischen, »er ist ein guter Mensch.«

Um den Sachverhalt richtig zu erfahren, habe dieser kurze Zwischenfragen gestellt. Schließlich habe Fuat Bey gesagt:

›Dein Orhan Efendi blieb jahrelang im Ausland. Jetzt kam er wie aus heiterem Himmel zurück. Bist du sicher, Murat Efendi, dass er dort nicht auf eine schiefe Bahn geraten ist? Ich möchte offen mit dir sprechen: Bist du sicher, dass er kein

Anarchist, kein Kommunist, kein Terrorist ist? Sprich du auch offen, ich werde tun, was ich kann.‹

›Gott erhalte dich, mein großer Bruder. Natürlich bin ich sicher. Ich werde doch meinen eigenen Sohn kennen. Wenn er auch lange weg war, bleibt er doch mein Sohn, mein eigenes Fleisch und Blut …‹

›Natürlich ist er dein Sohn, verstehe mich nicht falsch, Murat Efendi. Wir haben alle Kinder …‹

›Gott erhalte jedem seine Kinder … Gott schütze sie vor allem Bösen.‹

›Du kennst aber diese europäischen Länder nicht. Man kann dort zum Gelehrten werden, aber auch zum Verbrecher. Diese Christen haben viele Wege. Manche fliegen zum Mond, manche besiegen selbst den Krebs, manche können die ganze Arbeit der Welt am Computer ausführen, andere färben ihre Haare grün und rosa, Männer ziehen sich Frauenkleider an, Frauen Männerhosen, Jugendliche spritzen sich Heroin in den Arm, kleine Jungen und Mädchen gehen auf den Strich …‹

›Gott behüte!‹

›Verzeih mir, dass ich so rede. Ich möchte dir helfen. Deshalb möchte ich erst einmal die Wahrheit erfahren, die ganze Wahrheit.‹

›Mein Sohn ist Elektronikingenieur. Mach dir daher keine Sorgen darüber. Nur weil er sich hier nicht auskennt – du weißt, wie sich alles hier verändert und verschlimmert hat …‹

›Hier ist unser Vaterland, unsere Heimat …‹

›Gott bewahre, es liegt mir fern, Vaterland und Heimat zu kritisieren … Aber er ist einfach schuldlos zum Opfer geworden. Vor seinen Augen ist ein Mord verübt worden. Er wollte nur als Zeuge aussagen, wie er es von Europa gewohnt war. Daraufhin führten sie ihn ab.‹

›Warum muss er auch seine Nase in Dinge hineinstecken, die ihn nichts angehen? Erst gestern ist er gekommen, und heute muss er sich schon einmischen. Wenn man ihn als Zeugen braucht, wird man ihn schon finden.‹

›Du hast ja so Recht, aber es ist nun mal passiert.‹

Von seinem Sessel aus habe Fuat Bey durch zwei Telefonate die Sache dann in Ordnung gebracht. Beim zweiten Telefonat habe er gesagt: ›Ich bürge für ihn, für alles, machen Sie sich keine Sorgen.‹ Diese Worte hätten seine eigenen Augen feucht werden lassen. Das arme Waisenkind Fuat habe ihm in dieser Stadt ein paar Mal schon geholfen, ihn niemals von seiner Tür mit leeren Händen zurückgeschickt, aber dass jener gesagt habe, er bürge für mich, habe ihn sonderbar angerührt.

Dann habe er auf die telefonische Antwort gewartet. Als das Telefon geklingelt und Fuat Bey am Telefon gesagt habe: ›Wir können nichts dafür, Unfälle kommen vor, seine Mutter wird ihn schon wieder gesund pflegen‹, da habe ihm das Herz schier stillgestanden. Er habe geahnt, dass seinem Sohn etwas Schlimmes passiert sein müsse. Seine Lippen hätten sich mit den Gebetssprüchen schneller bewegt und Gott angefleht.

›Geh jetzt und bringe Orhan Efendi mit einem Taxi nach Hause. Seine Mutter soll ihn gesundpflegen, und er soll die Nase nicht mehr in Dinge hineinstecken, die ihn nichts angehen‹. So habe Fuat Bey ihn zur Polizei geschickt.

Auf der Wache habe er mit vor dem Schoß zusammengefalteten Händen und gebeugtem Hals vorm Kommissar gestanden. Dann habe der Kommissar mich aus dem Kerker holen lassen. Zwei hünenhafte junge Polizisten hätten mich, die Hände unter die Arme greifend, mit Mühe geschleppt. Zu dem gerufenen Taxi hätten sie mich auch so getragen. Um mich vom Taxi ins Haus zu bringen, habe der Taxifahrer helfen müssen.

»Gott belohne ihn, er war ein guter Fahrer«, sagte Vater.

Auf dem Polizeirevier habe er das Bündel von Geldscheinen, das er sich vorher zurechtgelegt habe, aus der Tasche geholt, dabei habe ihm das pochende Herz schier stillgestanden, weil er so etwas zum ersten Mal versucht habe. Er habe das Bündel, wie ihm Fuat Bey geheißen habe, dem Kommissar in die Seitentasche stecken wollen, doch es sei ihm gründlich missglückt, weil die Tasche zugeknöpft gewesen sei. Die Welt sei über ihm zusammengestürzt, er habe nicht mehr gewusst, wo ihm Hand und Fuß gestanden hätten. Er habe vor lauter Herzklopfen zuerst gar nicht wahrgenommen, wie unterdessen der Kommissar das Geldbündel gepackt und jäh in seiner Innentasche habe verschwinden lassen.

War das alles wirklich der Bericht meines Vaters, oder mischte sich seine Stimme mit meiner betäubten Phantasie? Ich lag abwesend da. Ich spürte meinen Körper nicht, an seiner Stelle fühlte ich nur stechende Schmerzen. Die Hand meiner Mutter berührte ihn manchmal, eine angenehme Kühle löschte für eine Weile die brennenden Schmerzen. Durch die Wimpern sah ich die verschwommenen Gestalten meiner Eltern.

Nach einem langen Brummen im Kopf machte ich die Augen wieder mühsam auf.

»Es hat geläutet«, sprach Mutters Stimme. »Wer mag das wohl sein? Mach auf, hoffentlich bedeutet es etwas Gutes.«

»Bist du es, mein Sohn?«, hörte ich Vater an der Tür sprechen. »Bitte, tritt ein! Orhan liegt drinnen. Wie war doch dein Name?«

»Ich heiße Orhan, Onkel.«

»Orhan?«

»Ja, ich heiße auch Orhan. Deshalb wollte er also mir seinen Namen nicht sagen. Er verheimlichte mir, dass wir Namensvettern sind.«

»Willkommen, mein Kind«, begrüßte ihn Mutter und stand auf. Ich fühlte, wie ein Vogel von meinem Körper aufflatterte.

»Gute Besserung, lieber Bruder«, sagte Orhan.

»Danke, Orhan«, konnte ich nur flüstern.

»Mensch, Bruder, du bist fabelhaft, hast nicht einmal verraten, dass wir Namensvettern sind. Mit dir könnte ich sogar Pferde stehlen gehen.«

Ich wollte lächeln, aber die Augen taten mir weh.

»Du hast doch nichts, schau, dir geht es ganz gut, du kannst sogar lächeln«, tröstete er mich. »Bald kannst du wieder aufstehen.«

Ich neigte den Kopf leicht. Ich war weniger um den eigenen Zustand besorgt als vielmehr darum, dass er Schuldgefühle empfand.

»Ich war ein Esel, dich dort zu lassen«, sagte er schuldbewusst. »Wenn ich dich doch in den Möbelbasar mitgenommen hätte! Kaum eine halbe Stunde später kam ich zurück. Und was musste ich da sehen? Es hatte sich so viel ereignet, und du warst nicht mehr da. Wäre ich doch nicht ohne dich gegangen!«

»Hast du alle Makronen verkauft?«, versuchte ich ihn abzulenken.

»Ich habe sie verkauft«, sagte er nach einer Schweigeminute, »alle restlos verkauft.« Seine Stimme klang traurig.

Ich strengte mich diesmal an, die Augen richtig zu öffnen und die Mundwinkel in die Breite zu ziehen, und lächelte merklich. Sogleich fielen mir jedoch die Augen wieder zu, und die Mundwinkel zogen sich zusammen.

Nach einer tiefen Stille, deren Dauer ich mir nicht vorstellen konnte, hörte ich die ganz leisen Stimmen von Mutter, Vater und Orhan, als wollten sie niemanden verscheuchen oder wecken. Die Eltern fragten Orhan neugierig aus, und er erzählte von seinen Eltern, Geschwistern und seiner Schule. ›Hoffentlich fragen sie ihn jetzt nicht nach unserer Bekanntschaft‹, ging es mir durch den Kopf. Warum? Grundlos. So war mir zumute. Offensichtlich scheute ich mich vor etwas, wovor, konnte ich mir jedoch nicht erklären. Um ihr Plaudern abzubrechen, sprach ich, die Augen geschlossen:

»Orhan, ich möchte etwas wissen.«

Zuerst reagierte meine Mutter:

»Oh, mein Herzblatt spricht wieder.«

»Bitte, Bruder«, sagte Orhan.

»Wie fühlst du dich?«, wollte die erleichterte Stimme Vaters wissen.

»Gut«, sagte ich, »mir geht's gut. Sag mal, Orhan, woher kennst du denn um Gottes willen unser Haus?«

Orhan lachte laut und ungezwungen.

»Ich kenne es. Hatte ich dir nicht gesagt, ich kenne jeden einzelnen Stein dieser Stadt?«

»Doch …«

»Ich will dich nicht länger auf die Folter spannen. Du erinnerst dich doch an die Nacht am Busbahnhof?«

»Hm, eine ganze Ewigkeit ist seitdem vergangen.«

»Drei Tage … Ich brachte dich zu Recep, der dich nach Hause fuhr. Als ich von Abuzer hörte, was geschehen war, ging ich gleich zum Omnibusbahnhof und fand dort Recep. Ich stieg in sein Taxi und sagte ihm: ›Mach die Hand auf.‹ Du hättest ihn sehen sollen. Vor Staunen riss er die Augen auf, als ich ihm eine Hand voll Kleingeld in die Hand drückte. ›Los‹, habe ich gesagt, ›bring mich zu dem Haus, wo du gestern Nacht den Kunden abgesetzt hast.‹ Er erinnerte sich. Du kannst Recep auch nach einem Kunden von vor zehn Jahren fragen, er erinnert sich sofort. Auf Anhieb kann er ihn dir beschreiben, mit Größe und Gestalt, mit Augen und Brauen.«

»Das glaube ich dir aufs Wort«, sagte ich, »vor allem erinnert er sich an hübsche Damen.«

Er lächelte verlegen und wollte schnell von meiner Andeutung ablenken.

»Als ich das erste Mal Zeuge seines Gedächtnisses wurde, musste ich sehr staunen. Ich beneidete ihn. ›Warum hast du denn nicht studiert?‹, fragte ich ihn, ›mit diesem Kopf wärst du jetzt Professor geworden.‹ Er lachte bitter und sagte: ›Mit dem Kopf allein ist es nicht getan, Bursche. Du musst auch Stehvermögen haben. Wenn du nicht ausharrst, dann kannst du das Studieren vergessen.‹ Recep brachte mich also hierher und zeigte mir das Haus.«

»Mein Gott, Orhan, wirklich bravo«, lobte ich ihn. »Recep hat ein gutes Gedächtnis, aber du kannst denken. Du wirst bestimmt gut studieren, auf den besten Universitäten.«

»Das will ich«, sagte er. »Aber jetzt habe ich Ferien, und wir wollen unseren unterbrochenen Stadtrundgang zu Ende führen. Du hast noch gar nichts gesehen. Du wirst es doch wegen der dummen Sache nicht aufgeben, hoffe ich.«

»Ganz im Gegenteil, ich bin jetzt erst richtig gespannt darauf, welche weiteren Überraschungen diese Stadt für mich bereithält. Das ist ein Abenteuer für mich.«

»In dieser Stadt wird es nie langweilig. Du ärgerst dich, zürnst ihr und wütest, beschimpfst sie, du trittst sogar gegen ihre Gehsteige, schlägst ihre Wände mit der Faust, mutest dir zu, ihre Bucht zu entleeren, ihre Sterne zu löschen, ihre Luft zu ersticken, aber du kannst gar nichts machen, außer sie zu lieben. Du bist machtlos gegen sie. Soll ich dir was sagen? Im Grunde ist eine Stadt so gut oder so schlecht wie die Menschen in ihr. Hinterhalt, Niedertracht, Lug und Trug, Schwindel und Laster kommen doch von den Menschen, und alles wird der Stadt angelastet. Aber die Stadt kann nichts dafür. Ist es nicht so, Onkel?«

Er richtete die Frage an meinen Vater, sprach aber selber weiter:

»Mein Onkel weiß, was ich meine. Er wohnt schon lange in dieser Stadt. Du erzählst mir nichts, aber auch deine Geschichte habe ich von meinem Onkel erfahren. Du bist ganz und gar, klipp und klar mein Landsmann und tust nur so, als ob du dich hier nicht auskennen würdest. Du hast hier dein Abitur gemacht, dann, plirr, bist du fortgeflogen. Das war ein richtiger Flug mit dem Flugzeug. Mein Onkel und meine Tante haben dich auf dem alten Flughafen Cumaovasi verabschiedet. Sie waren natürlich traurig über die Trennung, aber: ›Unser Sohn wird in Deutschland studieren und ein großer Mann werden‹, dachten sie. ›Fünf oder sechs Jahre später wird unser Sohn als Diplomingenieur zurückkommen‹, hofften sie. Mein Onkel hat mir alles erzählt. Du bist fertig geworden, aber nicht zurückgekommen. Wieso, warum, das geht mich nichts an. Sicher hast du deine Gründe dafür. Die Schwägerin ist auch eine Deutsche. Vielleicht bist du deshalb nicht gekommen. Aber die deutsche Schwägerin hätte auch hier ein schönes Leben gehabt. Oder? Aber ich gehe zu weit, ich schweige lieber wieder.«

Ich lächelte ein bisschen gequält. Er lächelte auch.

»Man müsste Orhan zum Tourismusdirektor dieser Stadt machen«, sagte Vater. »Ich meine den kleinen Orhan. Ich verwechsle euch schon. Er spricht wie die Seele dieser Stadt. Er hat Recht, diese Stadt ist anders. Neulich hat es mich danach verlangt, alle Gassen und Viertel, in denen wir früher gewohnt hatten, einmal zu Fuß zu durchwandern. Ich hatte sie jahrelang nicht gesehen. Ich ging die Treppen von Ikicesmelik hinunter, an der Agora vorbei, bog dort nach Namazgah ab und kam durch Hamamönü, Asmalimescit und Salihdede nach Tepecik. In diesen alten Gegenden ist die Stadt unverändert geblieben, es gibt noch die alten Gassen, Häuser und Schulen, Moscheen ... Nur das Holzgebäude der Yildirim-Kemal-Schule, deiner Grundschule, war abgerissen und durch einen Betonbau ersetzt worden. Das ist alles.

Wenn man in diese Viertel kommt, erlebt man die Stadt wie vor dreißig, vierzig Jahren. Aber verglichen mit den neuen Siedlungen oder erneuerten Stadtteilen, kommen einem diese Gegenden heute alt und arm vor. Der Mensch gewöhnt sich an das Neue. Doch auch das Leben in diesen alten Gassen scheint noch behaglich und langsam. Kein Massendrängeln, kein Schubsen und Treten, keine Hast und Hetze.

Die Außentüren stehen oft auch heute offen wie zu unserer Zeit. Man sieht auf die Gärten und Innenhöfe. An den Türen und Fenstern stehen Frauen, rufen von Nachbar zu Nachbar. In den Gassen spielen Kinder, schleichen Katzen, und die Hunde sonnen sich. Wie gern wollte ich durch die Türen, die ich von früher kannte, eintreten und die Menschen begrüßen, als würde ich die früheren Nachbarn dort treffen. Aber manche von ihnen haben längst diese Welt verlassen, viele sind wie wir in andere, neue Viertel umgezogen. Aus ganz Anatolien sind dort neue Menschen eingezogen, aus den Dörfern und Kleinstädten, aus allen Ecken des Landes. Früher, als wir dort lebten, gab es nicht so viele rosen- und blumenbedruckte Pluderhosen und Kopftücher mit Flitterplättchen an den Rändern zu sehen. Das Dorfleben kam mit den Menschen in die Stadt. Aber wenn ihre Kinder hier aufwachsen, werden sie zu Städtern wie wir. Sie werden dann auf ihre Eltern herabschauen, wenn diese immer noch ihre dörflichen Gewänder tragen.

Wir haben zwanzig Jahre lang in vier verschiedenen Häusern in diesem Viertel gelebt. Du kennst nur die ersten beiden von ihnen. Mir wurde eigentümlich zumute, als ich an ihnen vorbeiging. Anstelle des einen war ein neues Haus gebaut worden. Das zog mich nicht an. Das war nicht mehr unser altes Haus. Die anderen aber standen noch da, wie wir sie verlassen hatten. Als wäre das erst gestern gewesen. Ich fühlte mich bei diesem Spaziergang sehr frisch und vital. Selbst der steile Weg vor Hamamönü, auf dem meine Schritte in jüngeren Jahren unwillkürlich kleiner wurden, wenn ich mit vollem Tragenetz und Obstbeutel in den Händen von der Arbeit nach Hause kam, schien mir diesmal wie ein ebener Weg. Ich wunderte mich, warum wir eine solch sanfte Steigung steil nannten. Die Wanderung durch die Vergangenheit kam mir wie eine Wanderung durch meine jüngeren Jahre vor.«

»In diesen Gegenden verkaufe ich jeden Morgen Sesamkringel, Onkel«, sagte Orhan und wandte sich zu mir. »Wenn du willst, nehme ich an einem Morgen auch dich mit. Aber da musst du sehr früh aufstehen.«

»Kein Problem«, sagte ich leise.

»Dann will ich dich nicht länger belästigen. Du musst dich noch ein bisschen ausruhen. Ich komme wieder, und wir machen dann unsere Rundgänge. Hauptsache, du wirst schnell wieder gesund«, sagte er und verabschiedete sich.

18

Ich dachte, das Haus wäre von Heuschrecken überfallen worden. Sie sagten, sie wollten mich sehen. Sie wären früher gekommen, aber meine Mutter habe gesagt: ›Er ist krank. Wenn er wieder gesund ist, könnt ihr kommen. Ich erwarte euch.‹

Meine Mutter vergaß es mir zu sagen.

»Ich hatte doch keine Gelegenheit, mein Sohn«, entschuldigte sie sich. »Es ist so viel passiert.«

Woher die Leute von meinem Kommen erfuhren, wusste Mutter auch nicht.

»In deinem schlimmen Zustand hätte ich niemandem von deinem Kommen erzählt. Das Mundwerk der Leute ist kein Beutel, den du zunähen kannst. Sie erfahren von dir eins, machen daraus tausend. Das Mundwerk der Leute ist eine einzige Neid- und Gerüchteküche. Trotzdem haben sie es erfahren, wie, weiß ich nicht.«

Das konnte man doch vor niemandem verheimlichen. Sicher hatte es Fuat Bey zu Hause erzählt und seine Frau wieder weiter. Aber Mutter glaubte das nicht.

Sie sagte, einer hätte mich in der Stadt zusammen mit Orhan gesehen, aber Zweifel gehabt. Ich hätte mir zwar ähnlich gesehen, aber wenn ich wirklich ich wäre, dann hätte ich mich sehr verändert. Ich wäre ziemlich gealtert und verfallen.

Um diesen Zweifel auszuräumen, habe man gleich angerufen. Da habe mich mein Vater vom Polizeirevier abgeholt. Sie hätten mich wie einen nassen Lappen aufs Bett gelegt, leblos.

Als sie am Telefon gesagt habe: ›Wenn der Kranke genesen ist, gebe ich euch Bescheid‹, sei ihre Neugier so gewachsen, dass sie alles wissen wollten. Was mir fehlte, was meine Krankheit wäre? Ob ich die Krankheit mitgebracht oder erst hier bekommen hätte. Sei ich denn nach so vielen Jahren gekommen, um krank zu werden? Sie wären sehr gespannt auf mich. Sie wollten mich so bald wie möglich besuchen, am besten gleich.

Sie wollten sie trotz allem zum Wiedersehen beglückwünschen. Sie hätten mich schon aufgegeben und wären überrascht durch mein Wiederkommen, wüssten aber nicht, was sie davon halten sollten. Ich sollte mich schnell erholen, damit sie ihren Glückwunsch- und Willkommensbesuch machen könnten. Wäre es denn nicht besser, gleich zu kommen und mir gleichzeitig gute Besserung zu wünschen?

Sie habe mit Mühe und Not den Krankenbesuch abgewendet. Sie habe gesagt, ein Glückwunschbesuch wäre doch schöner als eben ein Krankenbesuch. Und meine Krankheit habe sie auf die Luftveränderung zurückgeführt. Sie hätten am Telefon angedeutet, sich mit solchen Ausreden nicht abspeisen zu lassen.

Dann riefen sie fast täglich an und erkundigten sich nach meinem Zustand. »Verheimlichst du uns auch wirklich nichts, Sakine Hanim?« Die Lage wurde allmählich peinlich für die Mutter. Schließlich kamen sie alle, Männer und Frauen.

Eine Zeit lang kreisten Ausdrücke wie »Willkommen«, »Glückwünsche«, »Gute Besserung« in der Luft, dann nahm man Platz. Frauen bildeten eine eigene Gruppe, Männer eine andere. Die Frauen und Mädchen hatten gefärbte Haare und Brauen, geschwärzte oder künstliche Wimpern und hatten viel Schminke aufgetragen. Nur die wenigen alten Frauen trugen ein Kopftuch, und zwar kleine, feine und modische Tücher.

Keiner bat sie sich zu setzen, jedoch wie selbstverständlich bildeten Männer und Frauen getrennte Gruppen. Die Männer sahen aus wie Krautjunker, einige trugen trotz der Hitze Anzüge und Krawatten. Alle benahmen sich in einer Manier, als wollten sie sehen und gesehen werden.

Sie hielten verschiedene Masken des Lächelns vor ihre Gesichter; den Hals leicht zur Seite geneigt, wiederholten sie ständig Worthülsen.

»Wie geht es euch?«

»Danke, es geht uns gut, wie geht's euch?

»Was machen die Kinder?«

»Danke für die Nachfrage, es geht ihnen gut, sie küssen euch die Hand ...«

Den Worthülsen folgte eine trockene Stille, die sich über den Raum spannte. Keiner machte den Mund auf. Ihre Gesichter waren von der Angst gezeichnet, einen Fehler zu machen, wenn man das erste Wort sprach.

Ihre Augen, vor allem die der Frauen, suchten ständig mich, und wenn sich unsere Blicke kreuzten, lenkten sie die Augen verschämt zur Seite. Sie musterten mich und versuchten herauszubekommen, was für einer ich war.

Offensichtlich galt die schweigende Scheu mir. Sie wollten sich jemandem wie mir gegenüber nicht blamieren, der im Westen studiert, gearbeitet und eine Familie gegründet hatte. Sie hatten Angst davor, dass aus den teuren modischen Kleidern und den geschminkten Gesichtern der Frauen nur die Leere gähnen würde, wenn sie den Mund aufmachten.

Sie wussten nicht, dass ich gegen meine eigene Leere anzukämpfen hatte. Sie wussten auch nicht, dass ich selbst von mir keine Ahnung hatte. Ich fühlte mich leer, ich schwebte in der Leere. Sie wussten nicht, dass ihre Angst unbegründet war.

Schließlich wagte sich einer mit verhaltener Stimme vor.

»Ee, was gibt es denn so dort in euren Ländern?«

»Stimmt es, dass man dort unsere Menschen nicht mag?«

»Sie sollen angeblich unsere Menschen verachten und gering schätzen.«

»Stimmt es, was die Zeitungen schreiben?«

»Spürst du auch ihre Verachtung?«

»Nicht doch, wer wird denn Orhan verachten?«

»Natürlich spricht er ihre Sprache sehr gut.«

»Gott, sieh doch, selbst unsere Sprache spricht er gut.«

»Man hört einen fremden Akzent.«

»Hast du Türkisch verlernt?«

»Das gibt es nicht, meine Liebe, kann denn der Mensch seine Muttersprache verlernen?«

»Wer behauptet, dass er wie ein Fremder spricht?«

»Gott, es kam mir so vor. Er spricht langsam, denkt über jedes Wort nach, als würde er danach suchen.«

»Er spricht doch gar nicht.«

»Wir lassen ihn ja nicht zu Wort kommen.«

»Aus seinen Worten höre ich den Akzent eines Europäers heraus, der Türkisch lernt.«

»Ich kenne da nichts, man verlernt seine Muttersprache nicht.«

»Wieso nicht, ich kenne da jemanden. Der lebte zwanzig Jahre in Amerika und sprach dort nie ein Wort Türkisch. Dann kam er hierher, ganz und gar ein amerikanischer Tourist. Vollständig Amerikaner, mit allem Drum und Dran. Er sprach auch Türkisch, aber so: I'm arbeiting in Amerika. How are du duing?«

Diese Imitation vor dem Mann in mittleren Jahren, den man Metin rief, fanden sie alle so lustig, dass sie in Gelächter ausbrachen. Er selbst lachte am meisten über seine Worte. Es gefiel ihm so sehr, dass er im schallenden Gelächter plötzlich den Atem anhielt und wieder so eine Imitation einschob, um sein Lachen an der erstarrten Stelle noch lauter loszulösen.

»Nice zu kennen you.«

Gelächter.

»Wirklich, genau so«, bestätigte ein anderer ihn. »Die türkischen Arbeiter aus Deutschland sprechen auch so, wenn sie in den Urlaub kommen, halb deutsch, halb türkisch. Viele kommen zu mir. Ihre gehamsterten Markscheine liefern sie mir aus, um eine Wohnung oder einen Laden zu kaufen.«

Wieder brach ein lautes Gelächter aus. Der Erzähler, der Muzaffer hieß und nach seinen Worten ein Makler oder ein Bauunternehmer sein musste, imitierte zwar nicht die Arbeiter, machte aber dabei die Pose eines Eroberers von den ersparten Geldscheinen der Arbeiter. Sein Name bedeutete ja auch Sieger. Ins allgemeine Lachen erzählte er von einem Arbeiter, den er mimisch und gestisch nachzuahmen versuchte.

»Neulich versteifte sich einer von ihnen auf einen Grundbucheintrag. ›Erst muss der Bau fertig sein‹, sagte ich, ›ohne den fertigen Bau bekommt man keinen Eintrag ins Grundbuch.‹ ›Wenn du willst, bekommst du ihn‹, erwiderte er. ›Ich habe keine Zeit, mein »urlop« ist nur einen Monat‹, sagte er, ›bevor ich zurückfahre, möchte ich meinen Grundbucheintrag haben …‹«

»Bevor sie nach Deutschland gingen, konnten diese Leute nicht mal die Gabel halten, jetzt kennen sie sogar ›urlop‹ und so …«

»Wozu die Gabel, als Löffel tauchten sie die Hand in die Schüssel!«

Wieder lautes Lachen. Nun begann ihr Gelächter wie Raketen um meinen Kopf zu kreisen.

»Die Deutschen geben diesen Kreaturen die Mark und machen aus ihnen Leute.«

»Mach dir keine Hoffnung, auch mit Mark und Dollar werden keine Leute aus ihnen.«

»Und die Deutschen geben sie sowieso nicht ihnen, sondern uns. Sie überbringen uns nur die Mark. Diese Leute stapeln die Markscheine, die sie bekommen, und geben sie uns ab, wenn sie in den ›urlop‹ kommen. Sie bewahren uns vor der Mühe, selbst zu den Deutschen gehen zu müssen. Deshalb lass die Deutschen die Mark ihnen geben. Sie händigen sie uns schon aus.«

»Wie wahr«, bestätigte jemand. »Zieh vier Betonwände hoch, gib sie diesen Leuten und nimm ihnen alles aus der Hand und aus der Tasche.«

»Da sind sie ganz zahm.«

»Jedem, was er verdient.«

Mein Vater hatte erzählt, als er mir die erwarteten Besucher einzeln vorstellte und die Rede auf diesen Muzaffer kam: Leute wie Muzaffer würden zu den Besitzern von ein- und zweistöckigen alten Häusern gehen und sich als erfolgreiche Bauunternehmer vorstellen.

›Ausbessern kannst du es nicht‹, würden sie ihnen einreden, ›verkaufen, was bringt es schon ein? Die Zeiten haben sich geändert, die Menschen wollen heute nicht mehr in solchen Bruchbuden wohnen. Überlass uns das Grundstück, wir reißen diese Hütte ab, wenn wir es nicht tun, wird sie eher heute als morgen über eurem Kopf zusammenstürzen, und ihr werdet darunter begraben. Besser reißen wir das Haus ab und stellen auf das Grundstück ein fünf- oder sechsstöckiges Wohnhaus hin, aus Beton, versteht sich. Für dein Grundstück kriegst du gleich drei neue Wohnungen. In der einen kannst du selber wohnen, die anderen vermieten. Du kannst deinen Lebensabend in Komfort und Wohlstand verbringen, genieße wenigstens ein paar schöne Tage in dieser vergänglichen Welt. Mit den Mieteinnahmen kannst du in Saus und Braus leben wie ein Pascha.‹

Brächte der Hausbesitzer ein »Aber« hervor, würden sie es abfangen und ihm eine Wohnung auch für die Bauzeit versprechen, für die er keine Miete zu zahlen hätte. Außerdem würden sie sogar Strom-, Wasser- und Heizkosten übernehmen.

»Die Besitzer dieser kleinen alten Häuser sind meistens alte Leute, die von Tag zu Tag immer schwerer über die Runden kommen«, erklärte mein Vater. »Ihre Nöte wachsen ständig, und sie kommen vorne und hinten nicht aus. Oder sie haben Kinder im heiratsfähigen Alter oder noch im Studium ohne eigenes Einkommen. Die Sorge um den Unterhalt drückt täglich. Diese Leute denken schließlich unter der Pein des Lebens: ›In der einen Wohnung können wir leben, in die anderen können Tochter und Sohn mit ihren Familien einziehen. Oder wir verkaufen eine Wohnung und eröffnen ein Geschäft für unseren Sohn …‹ So überlassen sie diesen Halsabschneidern aus Not ihr Grundstück. Sie errichten innerhalb kürzester Zeit einen sechsstöckigen Viereckskasten darauf, zwei Wohnungen pro Stock, das macht zwölf Wohnungen. Drei für den Grundbesitzer, drei höchstens für die Baukosten, bleiben sechs als reiner Profit übrig ...«

Die Wohnungen würden schon verkauft, ehe der Grundstein gelegt worden wäre. Das heiße: ›bei Fundament kaufen‹. Die durch Landflucht und hohe Geburtenrate wachsende Bevölkerung habe in den Städten nicht genug Wohnraum. Nach meinem Weggang habe sich diese Entwicklung Schwindel erregend beschleunigt.

Meine Eltern sprachen immer wieder von meinem Weggang. Das konnte ich nicht verstehen. Ich war doch da und stieß dauernd gegen Mauern und Bäume und Menschen. Ich wunderte mich über die Menschen, die gekommen waren, dasaßen und redeten und redeten. Ich konnte den Grund dieser Besuche nicht verstehen. Dieser Bauunternehmer Muzaffer machte mich besonders benommen.

Sie aßen und tranken, lachten und schrien, scherzten und erzählten Witze. Sie machten sich lustig über ihre Geschichten und Erlebnisse. Sie waren überaus vergnügt, jedenfalls äußerlich.

Ich hielt diesen Sturm kaum aus. Mein innerer Widerstand zerbrach. In Gedanken flüchtete ich wieder zu den Worten meines Vaters.

»Die alten Häuser haben Gärten, Innenhöfe, Reblauben und Bäume. Als die Bulldozer die ersten von ihnen abrissen und planierten, entstanden große Grundstücke. Man hatte sich ihre Größe gar nicht vorstellen können, solange die kleinen Häuser darauf standen. Diese Bauunternehmer ließen dann keinen einzigen Baum darauf stehen, keine Handbreit Garten oder Innenhof. So ist die heutige Stadt entstanden, die du siehst. Zu deiner Zeit war sie ein grünes Paradies. Innerhalb von zehn, zwanzig Jahren hat sie ihr Gesicht gründlich verändert. Sie konnten natürlich die Bucht nicht verbauen, vielleicht auch nur noch nicht, wer weiß. Denn das Geröll, ihren ganzen Dreck und die ganzen Abwässer schütten sie hinein. Um die Bucht herum sind große Betongebäude errichtet. Du wirst enttäuscht und traurig sein, wenn du hinuntergehst. Von den alten Bootshäusern, Holzvillen oder zwei-, dreistöckigen schönen Häusern an der Küstenstraße wirst du nichts mehr sehen. Früher konnte man überall baden. Heute findest du kein Fleckchen Strand mehr zum Baden. Und die alten grünen Hügel um die Stadt, das hast du vielleicht schon bemerkt, sind dicht an dicht mit *Gecekondus,* den über Nacht hingestellten Hütten der Landflüchtigen, verbaut. Noch bis vor zehn, zwanzig Jahren waren sie unsere grünen Ausflugsziele an den Wochenenden. Du wirst dich vielleicht daran erinnern; als du klein warst, sind wir im Frühjahr und Sommer fast jeden Sonntag zum Picknick gegangen. Jetzt gehören die schönen grünen Hügel als Slums zur Stadt. Ehe die Stadtverwaltung in eine neue Siedlung Wasser und Strom bringen und die Kanalisation bauen kann, schießen gleich zwei weitere Siedlungen aus dem Boden. Natürlich ohne Wasser und Strom, ohne feste Straßen und Kanalisation …«

Erschreckendes Gelächter riss mich wieder aus diesen Gedanken heraus. In meinem Kopf begann alles wild herumzukreisen. Vor meinen Augen wurde es schwarz.

»Wenn ihr mich fragt: Wer etwas taugt, der braucht gar nicht ins Ausland. Taugenichtse und Nichtskönner gehen ins Ausland und machen die Drecksarbeit dort.«

»Ich kann mir gar nicht vorstellen, dass ein Elektronikspezialist hier keine Arbeit findet.«

»Hier ist doch niemand arbeitslos.«

»Man muss aber seine Heimat lieben. Viele schauen halt von oben herab und beschmutzen ihre Heimat.«

»Vor solchen habe ich keinen Respekt.«

»Ich stelle das Kapital. Er soll hier eine Produktionsstätte bauen. Sagen wir mal, wenn er kleine Rechenautomaten oder elektronische Uhren herstellt, das reicht. Ich garantiere ihm ein höheres Gehalt, als er in Deutschland bekommt. Wenn er will, beteilige ich ihn am Gewinn.«

»Den Geschichten, die die Leute erzählen, glaube ich nicht mehr. Einer geht als Hilfsarbeiter und kommt ein Jahr später in den Urlaub und behauptet schon, ein Diplom zu haben.«

»Vielleicht schenken die Deutschen jedem türkischen Hilfsarbeiter dort bei seiner Ankunft ein Diplom.«

Dreist schallendes Gelächter zerbarst mir beinahe den Kopf.

»Der historischen Freundschaft und Waffenbrüderschaft zwischen unseren Ländern zuliebe überreichen wir dir, lieber Mehmet, dieses Diplom. Damit bist du ein Elektronikingenieur.«

Neue Lachsalven, mein Schädel zersprang.

»Pfeif auf Diplome, erzähle uns doch lieber von den hübschen Blondinen dort«, platzte einer mir ins Gesicht. Der Mann mit der Fratze wie Pansen, auf dem ein Schnurrbart klebte, schien überzeugt von seinem unwiderstehlich guten Aussehen. Er wurde mit Fikret angeredet.

»Befriedige du erst mal die Brünette zu Hause«, peitschte eine Frauenstimme dem Pansengesicht ein. Die Brünette mittleren Alters, die viel Rot aufgetragen hatte, war sicher Fikrets Frau.

»Kannste vergessen, diese Brünette«, wurde Fikret abfällig, »sie pfeift aus dem letzten Loch.«

»Denkste, Dummchen, Brünette sind in Deutschland hoch im Kurs. Die Männer dort haben Blondinen satt. Ist es nicht so, mein lieber Orhan?«

Sprach sie mich an? Alle schwiegen. Kein Mucks in Erwartung irgendeiner Antwort, die Spannung wuchs, doch niemand antwortete. Die Stille verdichtete sich zusehends um mich. Um nicht in der Stille zu ersticken, hob ich den Kopf und wollte tief Atem holen. In diesem Augenblick gewahrte ich, wie alle Augen mich anstarrten.

»Da hast du deine Antwort. Immerhin ist er ein höflicher Mensch, der Europa gesehen hat«, brachen Fikrets Worte das allgemeine Schweigen. »Sein Schweigen ist die verdiente Antwort für dich. Keiner würde sich dort nach fettwanstigen Frauen umdrehen.«

»Das hättest du wohl gern«, erwiderte die Frau. »Sag doch etwas, Orhan!«, forderte sie dann mich auf.

Die Zunge verknotete sich mir. Ich sah mich um, wollte verlegen lächeln, doch das war für mich zu viel. Ich konnte zwei Dinge, Lächeln und Sprechen, nicht gleichzeitig machen. Als ich den Mund öffnen wollte, wurde mir das Lächeln wie mit einem Lappen abgewischt.

»Brünette werden von Blonden und Blonde von Brünetten angezogen, das ist wohl die Regel«, brachte ich heraus, ohne mir bewusst zu sein, wie mir diese Worte über die Lippen kamen.

»Hast du nun deine Antwort?«, sagte die Frau voller Genugtuung zu Fikret.

»Und die Dunkelblonden, wen ziehen die an?«, wandte sich Fikret spöttisch an mich.

»Alle mögen den Dunkelblonden«, schmeichelte sich Muzaffer bei Fikret ein, »sowohl Blondinen als auch Brünette schmachten nach dem Dunkelblonden.«

Das provozierte erneut gekünsteltes Lachen.

»Ein Hoch auf deine Zunge, Muzaffer«, rief Fikret. »Wozu nach Europa gehen, um diese lebenswichtigen Erkenntnisse zu gewinnen? Auch bei uns gibt es Lebenserfahrungen. Der Europäer versteht eigentlich nur etwas vom Arbeiten, er muss blindwütig arbeiten, er lebt, um zu arbeiten.«

»Und wir arbeiten, um zu leben«, ergänzte Muzaffer die Worthülse mit einem Gestus, als wäre es ein brillanter Gedanke. »Besser gesagt, wir lassen arbeiten, um zu leben.«

Das Gelächter kam diesmal mit Beifall.

Sie war mir nicht aufgefallen. Sie hatte den ganzen Abend über den Mund nicht aufgemacht, nicht gelacht, nicht geklatscht. Sie saß irgendwie abgesondert und machte einen in sich gekehrten Eindruck. Ich hatte mich für sie genauso wenig interessiert wie für die anderen. Doch je länger sich das widerwärtig breite Gelächter hinzog, desto leichter begann ich ihre stumme Stimme zu vernehmen. Vor Geschrei und Gebrüll flüchtete ich mich zu ihren unausgesprochenen Gedanken.

»Ich habe mit Nesrin gesprochen«, hatte meine Mutter vor diesem Besuch gesagt.

»Wer ist Nesrin?«, fragte ich.

Meine Mutter sah mich eine Weile mit leeren Blicken an.

»Die Schwester von Muzaffer«, sagte sie dann.

»Und wer ist Muzaffer?«, fragte ich.

Trauer und Mitleid vermischten sich in ihren Augen. Die Unterhaltung hatte keinen Sinn. Aber nach einer Weile erzählte sie, als unterhielte sie sich mit sich selber, ohne mir eine Frage zu stellen oder von mir eine Antwort zu erwarten:

»Bevor du nach Deutschland gegangen bist, hat sie sich für dich interessiert. Ich wollte sie auch für dich ausgucken. Ich habe dich gefragt, ob sie dir gefiele. Du sagtest mit schüchternem Lächeln: ›Nein, ich werde niemals heiraten.‹ Damit hast du mir Angst eingejagt. Ich kannte natürlich die Widerborstigkeit der Jungen. In der Pubertät sind sie alle gegen Mädchen. Die Burschen balzen in dem Alter in der Schule den Mädchen gegenüber ganz gewaltig, aber wollen niemals heiraten. Ich wusste das, aber ich bekam Angst durch deine Äußerung. Nesrin war ein hübsches, freundliches und feines Mädchen. Sie ließ mich merken, dass sie dich mochte. Na ja, ihre Familie war, gemessen an uns, auch wohlhabend. Das war natürlich auch ein Grund, dass ich sie mir als Schwiegertochter wünschte. Aber du warst noch ein halbes Kind.

Ich musste tagelang weinen, als ich von deiner Heirat mit einer deutschen Frau erfuhr. ›Hätte er doch sein Wort gehalten und niemals im Leben geheiratet, großer Gott‹, klagte ich oft. Gott soll mir mein Hadern vergeben. Eigentlich war ich auf jeden Kampf gefasst, um Nesrin für dich zu bekommen. Ohne Kampf hätte ich sie damals nicht bekommen. Du hattest gerade dein Abitur gemacht und warst für sie noch niemand.

Wir hatten selber kein Geld, schmorten im eigenen Öl. Und der Reiche gibt seine Tochter nur einem Reichen.«

Erst an der Stelle sah sie mich wieder an, wandte aber den Blick gleich ab.

»Ich war auf jeden Kampf gefasst«, wiederholte sie für sich. »Da war nämlich noch ein wohlhabender Kandidat. Dem wollten sie die gute Nesrin geben. Die Brautwerber gaben sich damals in ihrem Haus die Klinke in die Hand. Wie heißt das Sprichwort? Die Treppe des Reichen wird abgetreten! Hübsch war sie obendrein. Schließlich landete sie bei einem Strolch. Da hatte sich aber schon deine Heirat in Deutschland herumgesprochen.«

Mutter sprach von Nesrin, als wäre sie ihre eigene Tochter. Sie bedauerte sie ob ihrer glücklosen Heirat. Sie nannte auch den Namen des Strolchs, aber ich kannte ihn nicht. Er war auch nicht unter den Gästen. Nach Mutters Worten war er zugleich Nesrins Vetter, der Sohn ihrer Tante. Er habe weder studiert noch einen vernünftigen Beruf erlernt. Er sei ein Taugenichts, von Anfang an gewesen. Mit Hilfe des Vaters und des Onkels habe man ihm einen Laden eröffnet, damit er wenigstens Handel treiben könnte.

»Er überlässt den Laden einem Lehrling«, sagte Mutter mit strenger Stimme, »und treibt sich herum. Er trinkt und spielt. Die arme Nesrin war bereit, ihn zu erdulden, aber das waren noch nicht alle seine Untaten. Meine Nesrin hatte in jungen Jahren so eine schöne, seidige Haut wie ein Rosenblatt. Aber der Schuft trieb sich auch in Bars und Nachtklubs bei Huren herum. Das setzte der armen Nesrin ganz schlimm zu. Ich bin froh, dass sie nicht lungenkrank wurde. Aber sie hat sich verändert. Das zwitschernde, quicklebendige Mädchen in ihr ist fort, an seine Stelle kam ein stummer Kummerkrug. Wenn sie nur nicht noch den Verstand verliert.«

Meine Mutter wandte das Gesicht nach oben und hob die Hände, flehte Gott an, er möge dem Mädchen beistehen und diesen Hund, den Strolch, auf den rechten Weg leiten oder das arme Mädchen aus der Hand dieses Bösewichts retten, ehe es dahinsiechte.

»Mein armes Mädchen hat ein schlechtes Los gezogen«, seufzte sie aus der Tiefe, »sie hätte einen Besseren verdient gehabt.« Dabei sah sie mich aus den Augenwinkeln an. Und da läutete das Telefon. Es war Nesrin.

»Ach, Nesrin, mein Liebes, du wirst es nicht glauben, aber gerade haben wir von dir gesprochen. Du weißt, wie gern ich dich habe. Wenn du ledig wärst, würde ich mich immer noch bemühen, dich für meinen Orhan zu werben. Mit meinem jetzigen Verstand würde ich den Haken noch einmal nach dir auswerfen und so lange nicht lösen, bis die Sache perfekt wäre.«

Mir stieg ein herber Geschmack in den Hals. Ich hörte nichts mehr von dem Gespräch.

»Weißt du, was Nesrin gesagt hat?«, sagte Mutter, nachdem sie den Hörer aufgelegt hatte. »Sie sagte: ›Liebe Tante Sakine, ich würde Orhan bestimmt nicht gefallen. Er ist doch Europäer geworden. In Europa gibt es so schöne Frauen, er würde sich nicht mehr nach uns umdrehen. Er hat ja auch schon eine europäische Frau.‹«

An dieser Stelle blickte mich Mutter scharf an.

»Ich sagte ihr«, sprach sie dann, indem sie mich weiter anstarrte, »der Schein trügt, meine Liebe, außen hui, innen pfui. Die europäische Frau kocht auch nur mit Wasser. Wollte ich denn überhaupt eine europäische Schwiegertochter? So habe ich es ihr gesagt. Dich tausche ich gegen keine tausend europäischen Schwiegertöchter ein, habe ich gesagt. Ihre Sprache ist nicht meine Sprache, ihr Glaube ist nicht mein Glaube, ihre Sitten und Bräuche sind es auch nicht.«

Sie erzählte dies alles in einem Ton, als wollte sie mich zur Rechenschaft ziehen. Dann herrschte eine Weile gespannte Stille, ehe die Frage, von ihr innerlich vorbereitet, für mich jedoch unerwartet, kam:

»Schicken die europäischen Frauen ihren Schwiegermüttern eigentlich nicht einmal einen Gruß?«

Da ich von ihr nichts erzählt hatte, hätte es ja auch ein gutes Omen bedeuten können.

»Der gottesfürchtigen Geduld folgt Gottes schönes Heil«, kommentierte sie selber ihre Gefühle. »Der Große Gott beschert letztlich doch immer schöne Taten.«

Sie erwartete, dass ich ihr endlich die gute Kunde mitteilte, ich wäre inzwischen von Rose Maria geschieden oder ließe mich scheiden. Sie stand wie eine Sprinterin in den Startlöchern, um mir um den Hals zu fallen und mit ihren greisen Lippen Freudenküsse zu geben. Ich jedoch sagte nichts.

»Als du weggegangen warst«, wurde sie wieder entspannt, »konnte keiner seinen Neid verheimlichen. Bei gegenseitigen Besuchen und bei den Teetagen der Frauen kam die Rede schnell auf dich. ›Tja, Sakine Hanim, du bekommst sicher bald eine europäische Schwiegertochter‹, sagten sie kichernd. Ich musste mich vor den anderen beherrschen, nicht zu weinen. Aber im Innern weinte ich Blut. Wenn ich dann allein war, flennte ich endlos. Manchmal füllten die Tränen bei anderen auch jäh meine Augen. Ich konnte mich manchmal gar nicht beherrschen. Dann sagte ich ihnen mit feuchten Augen: ›Mein Sohn tut so etwas nicht. Ich werde für ihn die beste und die schönste Braut eigenhändig ausgucken, eigenhändig für ihn die schönste Hochzeit ausrichten und euch alle dazu einladen.‹ Aber frag mich nicht, wie diese Worte meinen Hals verbrannten, wie ich dabei leiden musste. Der Gedanke, du könntest dir doch eine ungläubige Frau nehmen, nagte an mir wie eine heimtückische Krankheit. Tage, Wochen, Monate, dann Jahre vergingen so. Es kam so weit, dass ich sofort zu weinen begann, wenn die anderen den Namen Orhan erwähnten. Da kam die Nachricht von deiner Heirat mit einer Deutschen … Dann waren meine Augen ausgetrocknet. Es kamen keine Tränen mehr.«

Ich sah, dass sie sich mit Rose Maria bis heute nicht abgefunden hatte. Ihren Namen nahm sie nicht ein einziges Mal in den Mund.

»Kennt ihr eigentlich schon den Grund meiner Krankheit?«, fragte ich wie aus heiterem Himmel.

Meine Sprache und meine Einbildung reichten nicht aus, um die auf einmal entstandene Szenerie zu beschreiben. Die Flut von Gelächter, Gebrüll und Geschrei verebbte. Wie auf Knopfdruck löste sich die Wirkung des Zerrspiegels in der Luft auf. Verdutzte Gesichter wandten sich zu mir. Sie starrten mich an, als wäre ich die ganze Zeit nicht da gewesen und gerade ungebeten reingekommen.

Sie hatten mich die ganze Zeit ausgegrenzt, als wäre ich nicht der Anlass ihres Besuchs und als wären sie nicht zu meiner Begrüßung gekommen. Sie verharrten in ihrer Verwunderung wie in dem Augenblick der Wende von der Flut zur Ebbe.

Die Leere dieses Augenblicks löste mir die Zunge, als löste sich eine bis zum Äußersten aufgezogene Feder. Sie füllte die entstandene Leere mit Worten, die ich nur verschwommen vernahm. Sie fasste das Erlebte irgendwie in Worte, zu denen Blutlache, Mord, Polizei, Verhaftung, Folter und Terror gehörten.

Die erstarrten Fratzen wurden wie in einem Zeitlupenfilm immer stärker verzerrt. Sie quälten sich, beulten und krümmten sich. Dann wurde der Film schneller. Die Sitzenden standen auf. Die Aufstehenden suchten unruhig nach ihren Sachen. Einer nach dem anderen hasteten sie davon, als würden sie vor einem Unheil fliehen.

Nesrin gewahrte ich zuletzt. Ihre brennenden Blicke auf mich gerichtet, zog sie sich einige Schritte zurück. Dann drehte sie sich zur Tür und ging mit einem lautlosen Schluchzen, das mir das Trommelfell, den Schädel und die ganze Körperhülle bersten ließ.

Meine zerfetzte Hülle lag unter der Ruine des in jeder Hinsicht über mir zusammengestürzten Himmels.

19

»Dünya bir gül …

Donja goli ast …

The world is a rose.

Le monde est une rose.

Die Welt ist eine Rose.«

»Orhan, für dich!« Mutter hielt den Hörer in der Hand und starrte mich sonderbar an, als sie ihn mir reichte. Es war eine Frauenstimme, die sie nicht kannte.

Ich hörte sie zum zweiten Mal. Das war doch die Stimme kurz vor Antritt meiner Reise. Damals hatte sie auch dieselben Worte gesprochen, in verschiedenen Sprachen, als sagte sie eine Parole. Die Stimme hatte eine bannende Wirkung, eine Klangfarbe, einen Klanggeruch, ein Fluidum, das mich in ihren Bann zog. Sie verwandelte auch meine Stimme, das mich wie beim ersten Mal eine ungewöhnliche, aber mir angenehm klingende Musik machte, einen Gestus darstellte, der an Filmliebhaber erinnerte.

Meine Stimme schien sich zu verselbständigen.

»Kennen wir uns?«, fragte meine Stimme.

»Was ist das, sich kennen?«, sagte sie. Das klang schon anders als ›Die Welt ist eine Rose‹.

»Kennen Sie sich?«, fragte sie weiter.

Ich wusste keine Antwort darauf. Sie kannte mich wohl, sonst hätte sie nicht diese entlarvende Frage gestellt.

»Ich bin ihre Stimme«, sagte sie diesmal, »erkennen Sie sie wieder?«

Ihre Fragen machten mich vollends stumm. Meine Stimme war weg, nicht mehr bei mir. Sie gebrauchte meine Stimme, sie sprach durch sie.

»Die Welt ist eine Rose, und ich suche nach ihr«, sagte sie. »Hören Sie ihre Stimme? Hören Sie, was sie sagt? Kein Problem. Wir sollten uns treffen.«

Sie gab mir eine Adresse und verabredete sich mit meiner Stimme mit mir.

Heute habe ich mich zum ersten Mal auch wieder mit Orhan verabredet, um die Stadt zu besichtigen. Er kam mich zu Hause abholen. Ich fragte ihn nach der Adresse des Treffpunkts.

»Ich kenne sie«, sagte er. »Klar kenne ich sie.« Dann schwieg er, als wäre etwas Sonderbares mit der Adresse.

»Kannst du mich dorthin bringen?«

»Natürlich«, sagte er und ließ dann die Katze aus dem Sack. »Eigentlich komme ich kaum in die Gegend.«

»Warum?«

»Dort ist ein Stadtteil der Reichen. Die Menschen dort kaufen keine Sesamkringel, Makronen oder Pasteten von einem Straßenhändler. Sie essen und trinken nicht, was das Volk isst und trinkt. Natürlich entgeht ihnen auch zeitlebens der Geschmack von einem Glas Tee mit Sesamkringel und sahnigem Schafskäse. Sie kennen weder die Makronen des Bäckermeisters Salih noch die Pasteten des Meisters Hasan aus Horasan.«

»Ich kann auch ein Taxi nehmen. Dann machst du deine gewohnte Runde. Wir können uns an einem anderen Tag treffen, vielleicht morgen.«

»Das geht nicht. Wozu ein Taxi? Ich lasse dich nicht wieder allein. Meinetwegen muss ich nichts verkaufen.«

»Nein, ich lasse es nicht zu, dass du deine Arbeit vernachlässigst.«

»Mach dir nichts daraus. Es wird schon alles verkauft. Ich meinte es nur so.«

»Die Sache kam unerwartet dazwischen. Auf den Stadtrundgang müssen wir heute verzichten. Wir können bis zu dieser Adresse gemeinsam gehen, und dort trennen wir uns.«

»Ich verstehe«, sagte er und zwinkerte.

Was er verstand, verstand ich nicht. Dieses Zwinkern hatte sicher auch eine Bedeutung, die ich nicht kannte. Wusste er vielleicht etwas? Das konnte aber kaum sein.

Wir gingen durch Straßen und nahmen Abkürzungen. Orhan führte mich durch ein Labyrinth von Gassen. Ich würde aus diesem Irrgarten nicht allein wieder herausfinden können.

Wir gingen den Hügel hinab. Das war die einzige Eigenschaft des Weges, die ich wahrnahm. Gut, dachte ich mir, dass wir nicht bergauf gingen. Ich war von dem Wirrwarr von Straßen ohnehin schon ermüdet.

»Ist es noch weit?«

»Na ja, es dauert noch etwas. Wir gehen bis zum Meer hinunter. Bist du aufgeregt?«, fragte Orhan mit dem gleichen zwinkernden Lächeln.

»Nein, aber ich werde schon müde.«

»Aufregung kann auch ermüden. Wenn ich ein Mädchen sehen will, werde ich auch müde, ohne etwas zu machen. Vor lauter Aufregung ...«

Diese Worte versiegelten mir die Zunge. Es verschlug mir die Sprache. Offenkundig verriet ich alles, ohne ein Wort zu sagen. Während ich schwieg, spürte ich aber im Innern so etwas wie Freude. Ich war doch nicht ganz so leer, wie ich dachte. Ich war angerührt, und das merkte Orhan wohl.

Ich ging, eine mir unbekannte Frau zu sehen. Fragen wie hübsch oder nicht, jung oder alt rührten sich in meinen Gedanken. War sie vielleicht eine hässliche Hexe, die mich durch die Anziehungskraft ihrer Stimme in ihre Höhle lockte, um mich dort in einen lodernden Kessel zu werfen? Könnte mir nicht wieder etwas Unheimliches zustoßen? Warum sollte sie mich zum zweiten Mal grundlos verfolgen, wenn sie eine reizende Frau war? Warum interessierte sie sich für mich? Bestimmt wollte sie mich im Auftrag anderer in eine Falle locken. Aber wer sollte mir eine Falle stellen und warum? Und auch das letzte Vorkommnis hatte kein Wer und kein Warum. Von der Straße, die ich nicht mehr wahrnahm, verlagerte sich das Wirrwarr in meine Gedanken.

Plötzlich kam mir ein Verdacht. Vielleicht verfolgten Geheimagenten mein Treffen mit Süleyman und wollten mir jetzt seine Formel herauspressen. Aber ich kannte sie nicht, nicht einmal das F der Formel. Sie dachten, ich hätte sie, und setzten diese Frau auf mich an.

Nein, das war unmöglich. Dieselbe Frau hatte mich schon einmal angerufen, lange bevor ich Süleyman traf. Sie wussten vielleicht von meiner Freundschaft mit Süleyman und meiner bevorstehenden Reise und gingen davon aus, dass ich ihn sicher aufsuchen wollte. Immerhin war er mein engster Freund gewesen. Also hatten sie diese Frau noch vorm Antritt der Reise auf meine Fährte gesetzt.

»Die Welt ist eine Rose.«

Diese Worte waren vielleicht selbst eine Formel oder eine Losung. Eine Losung, um mich zu verhexen, in ihre Falle zu ziehen und sie schließlich zuschnappen zu lassen.

»Sind denn deine Yachten in der Ägäis untergegangen? Du scheinst so tief eingetaucht, pass bloß auf, dass du keinen Tiefenschlag bekommst.«

Was sagte dieses Kind? Ich verstand kein Wort. So war es mir von Anfang an mit ihm gegangen. Gerade wenn ich dachte, mit ihm könnte ich gut kommunizieren, sagte er etwas, das mich wieder aus der Bahn warf.

»Tauch nicht so tief«, sagte er weiter. »Die Oberfläche der Welt ist schöner, in den Tiefen ist nichts als Dunkelheit und Gefahr. Sieh dir den Himmel an, dieses Meer, den Vogel da, dieses Kind, sieh dir die Oma an! Wenn du an dieser Stadt vorbeigehst, weil du in die Dunkelheit tauchst, siehst du nichts von ihr.«

»Ich dachte nur über meine Verabredung nach, sonst nichts«, wollte ich mich rechtfertigen. »Ich bin nirgendwo eingetaucht.«

»Ich lese es an deiner Haltung ab. Du bist nicht nur abgetaucht, du hast auch schon längst einen Schlag erhalten.«

»Ist es noch weit?«

»Wir sind gleich da. Dieser Ort geht dir wohl zu nahe.«

»Nicht der Ort, sondern die Person.«

Meine Antwort gefiel mir. Zum ersten Mal wies ich etwas ab und sagte das Gegenteil. Wir bogen links ein, da kam auf der anderen Straßenseite ein Mann uns entgegen. Auf unserer Höhe sah er hinüber. Kannte ich ihn? War er nicht der Bauunternehmer Muzaffer?

»Wenn du willst, komme ich mit«, bot Orhan fürsorglich an.

»Nein, geh du deiner Arbeit nach!«

»Wenn du willst, warte ich vor der Tür. Dauert es lange dort drin? Egal, wie lange, ich warte vor dem Haus auf dich. Ich will dich nicht schon wieder verlassen und allein lassen.«

»Du brauchst nicht zu warten. Ich finde den Weg zurück.«

»Ich habe dich beobachtet, du bist hier in diesem fremden Viertel allein verloren. Die Gassen sind sehr verschlungen und unübersichtlich. Besser, ich warte auf dich.«

»Du hältst wohl nicht viel von mir?«

»Ich bitte dich. Sag das nicht.«

»Ich sage, was du denkst.«

»Wie du möchtest. Ich bringe dich bis zur Tür und kehre zurück.«

»Ich danke dir, Orhan. Du bist mir eine große Hilfe.«

»Nicht der Rede wert. Ich mache das wirklich gern. Wenn du willst, hole ich dich nach meinem Rundgang hier wieder ab.«

»Wir treffen uns morgen bei mir. Passt es dir?«

»Wie du willst. Schau, da sind wir schon. Hier, diese Tür ... Soll ich wirklich nicht warten?«

»Du brauchst wirklich nicht zu warten.«

»Mach es gut.«

»Mach es gut!«

»Pass auf dich auf!«

Ich lächelte ihm zu. Er ging. Ich klingelte an der Tür.

»Die Welt ist eine Rose«, sagte die junge Frau, die aufmachte. Ihre Stimme klang wie eine Begrüßung. Sie bat mich herein.

»Wer ist das, Gül?«, ertönte eine Männerstimme von innen. »Wenn es wieder der Bauunternehmer ist, ich habe keine Zeit. Es gibt ohnehin nichts zu besprechen.«

»Nein, Vater«, rief die Frau. »Es ist ein Freund von mir, mach dir keine Sorgen.« Dann wandte sie sich zu mir. »Mein Vater«, erklärte sie. »Er hat schon meinen Namen verraten.« Sie lächelte wie ihr Name, die Rose.

Sie nahm mich in einen kleinen Salon mit, der mit Teppichen und wertvollen Möbeln aus alter Zeit eingerichtet war. Sie bot mir Platz an.

Gül, ging es mir durch den Kopf. Eine Rose ging in meiner Vorstellung auf.

»Eigentlich heiße ich *Gülgün*«, sagte sie, als hätte sie meine Gedanken gelesen. Sie lächelte andauernd.

Eigentlich hieß sie ›der Tag der Rose‹. Sie fragte, was ich trinken wollte. Die Frage rief mir jenen alptraumähnlichen Abend ins Gedächtnis. Mutter war den ganzen Abend zwischen Küche und Wohnzimmer gependelt. Sie hatte unentwegt Essen und Getränke serviert, die Gäste bedient:

»Möchtet ihr Tee oder Kaffee, ich bringe kühles Wasser, es gibt aber auch Limonade, ich habe sie frisch gepresst, kalte Limonade, greift doch bitte zu, nehmt von der Wassermelone, von der Honigmelone, vom Pfirsich, von den Trauben, ich weiß nicht, ob die Pasteten vielleicht zu lange im Backofen geblieben sind, nehmt bitte von dem süßen Gebäck, das Eis kommt vom berühmten Marasch-Eis, es ist Mastixeis …«

Ich hatte Angst vor diesem Alptraum; weil es aber Brauch war, wollte ich auch nicht einfach sagen: ›Nein, danke, lassen Sie uns gleich miteinander reden, ich bin nicht gekommen, um zu essen und zu trinken, sondern um mit Ihnen zu sprechen.‹ Ich kannte den Brauch nicht genau und wollte sie nicht kränken.

Erfreut über das Entstehen solcher Gedanken der Rücksichtnahme bei mir, bat ich um etwas Kaltes. Ich wollte nicht taktlos sein, wollte aber auch unter keinen Umständen, dass sie lange in die Küche verschwinden musste. Sie ging.

»Die Welt ist eine Rose.« Ein Funken ging mir durch den Kopf. Sie selbst war also die Welt. Bisher war mir die Welt eine Erfahrung außerhalb meines Selbst. Ich dachte nie daran, ob sie gegen mich oder für mich war. Mir wäre nie im Leben der Gedanke gekommen, selbst die Welt zu sein. »Die Welt ist eine Rose. Gül ist die Rose, die Welt.« Mein Bewusstsein und mein Selbstverständnis bekamen auf einmal eine neue Dimension. War das eine Wende in meinem Leben?

Sie brachte zwei kühle Bier. Sie setzte sich und musterte mich eine Weile. Ich musste meine Augen niederschlagen. Ihre Augen waren schwarz, aber grün gesprenkelt. Sie waren sonderbar reizvoll. Wenn ich sie ansah, drang das gefleckte Grün ihrer Augen in meine Seele ein.

Sie stand da zwischen den alten Möbeln, die die Ruhe vergangener Lebensgeschichten ausstrahlten, und erweckte sie zu neuem Leben. Teppiche, Sessel und Tische, die Glaskommode mit den Glas- und Porzellansachen darin breiteten den Geruch einer lebendigen Vergangenheit aus, der Behagen und Vertrauen einflößte, entspannte, dennoch innerlich anspannte und nach einer Weile nach frischer Luft verlangen ließ.

Vor den grünen Strahlen ihrer Augen wandte ich den Blick zur Glaswand und sah durch sie in den Garten, der sich bis zum Meer erstreckte. Draußen vor der Glaswand war eine Steinterrasse mit einem weißen Eisentisch, Eisenstühlen mit Kissen, und alles unter einer Reb- und Efeulaube, als fiele der Schatten der Vergangenheit aus dem Saal auf die Terrasse. Das Meer schillerte durch das Grün der Laube und anderer Bäume im Garten.

Dieses zweistöckige Strandhaus ließ mich in eine unsagbare Betrübnis versinken, als ich draußen vor ihm gestanden hatte. Es war eingezwängt zwischen fünf- oder sechsstöckigen neuen Wohnhäusern. Es machte zunächst einen verblassten, zerdrückten und vermorschten Eindruck. Doch zugleich empfand ich Vertrauen zu diesem Haus und Zuneigung; in die liebevolle Wärme, die von ihm in mein Herz strömte, mischte sich auch Bitterkeit. Ich zürnte innerlich über die anderen, hohen Betonhäuser. Es kam mir wie eine schmale Luftschleuse für die im Sommer erstickende Stadt vor, und ich ärgerte mich über die Gefahr, dass auch sie möglicherweise bald mit einem großen Bau zubetoniert würde. In das Mitgefühl mit diesem alten Holzhaus mischte sich Wut.

Erst als ich beim Betreten des Hauses von innen die Stimme ihres Vaters rufen hörte, verwirklichten sich bei mir diese Gedanken ganz konkret. Ich kam mir so schwach wie dieses alte Haus vor, eingeklemmt zwischen riesigen Betonblöcken.

Sobald sie »mein Vater« sagte, verflog die sonderbare Enge in mir und öffnete sich zum Meer durch die Glaswand des Saals. Ich hörte auf einmal angenehme Töne aus meinem Innern. Die Begegnung mit diesem Haus bewegte mich tief und verhieß so etwas wie eine Wende, die voller Geheimnisse war.

»Sie sind kein sehr neugieriger Mensch«, sagte sie und warf mich aus meinen Gedanken. »Ich hatte gedacht, Sie würden mich sogleich mit Fragen überhäufen. Aber ich sehe, dass Sie vornehm auf meine Erklärung warten.«

»Ich weiß nicht einmal, wie man richtige Fragen stellt. Tun Sie sich also keinen Zwang an«, sagte ich, und das bestärkte mich in dem Gefühl, an einem Wendepunkt zu stehen.

»Ich habe Sie nicht nur einmal von weitem gesehen«, sagte sie. »Sonst wäre es doch befremdlich gewesen, Sie anzurufen«, fügte sie hinzu.

Sie kenne mich seit der Schulzeit. Sie sei im Vorschulalter gewesen, als sie mich zum ersten Mal gesehen habe. An einem Frühlingstag sei ich mit unserer Schulklasse zum Picknick auf die Burg gegangen. Unser Lehrer sei an der Spitze gegangen und wir in Zweierreihen hinter ihm her. Sie habe nach ihrer Einschulung zwei Jahre denselben Lehrer gehabt, der Ibrahim geheißen habe.

Sie erzählte wohl ein Märchen oder bildete sich dies alles ein oder erfand einfach eine Geschichte für mich, die aber merkwürdig wahr klang, sobald sie aus ihrem Mund kam.

»Sie standen direkt hinter dem Lehrer an der Spitze der Zweierreihen, wie ein Klassensprecher. Ab und zu drehten Sie sich nach den anderen um und prüften, ob alle ordentlich in einer Reihe gingen. Ich bewunderte Sie und wollte auch Klassensprecherin sein, wenn ich in die Schule ging. Ich wollte so gern schon ein Schulkind sein, dass ich damals neben der Klasse her mitging.«

Auf der Burg habe es damals zwischen den Ölbäumen Saubohnenäcker gegeben. Die Saubohnen von der Burg seien sehr begehrt gewesen. Die Händler hätten sie als Burgbohnen und Mastixbohnen angepriesen.

»Sie wissen, unsere Stadt ist nicht mehr die Stadt unserer Kindheit. Auf der Burg gibt es keine Äcker mehr, sondern Häuser. Die Klasse hat damals auf der Burgwiese gespielt. Ich habe traurig zugeschaut, weil ich so gern mitspielen wollte. Meine Nase lief, und mein Kopf hing zur Seite. Dann hat der Lehrer die ganze Klasse zu sich gerufen und ihr das Blatt der Saubohne und das Olivenblatt und manche Wiesenblumen erklärt. Mit winzigen Schritten habe ich mich so nah wie möglich herangeschlichen. Hinten haben manche Bengel gar nicht zugehört und miteinander Faxen gemacht. Ich habe mich über sie geärgert und wollte an ihrer Stelle in der Schule sein. Ich wäre in der Schule nicht so faul gewesen wie sie. Ich wollte ganz Ohr sein und dem Lehrer aufmerksam zuhören und alles verstehen und alles schnell lernen.

Am meisten hat mich aber beeindruckt, wie dann die Schüler sich unter den Olivenbäumen verteilt haben und ihre Proviantbeutel aufschlugen und mit großem Appetit vergnügt aßen und miteinander lachten. Hart gekochte Eier, Fleischküchlein, Butter- und Käsebrote, Tomaten, Gurken und Obst wurden ausgebreitet. Ich vergaß, welche Mühe meine Mutter gehabt hatte, damit ich aß, und ging dicht bis zu einer sitzenden Gruppe, stand mit dem Finger im Mund da und starrte sie an. Da rief mich der Lehrer zu sich, fragte mich nach meinem Namen und wo ich wohnte. Er gab mir auch etwas zu essen und sagte, dass ich zusammen mit der Klasse wieder nach Hause zurückgehen könnte, damit ich nicht verloren ginge. Er strich über mein Haar. Das gefiel mir. Ich aß alles mit großem Appetit.«

Sie erzählte mir das alles, aber erklärte nicht, woher sie jetzt meine Telefonnummer hatte und warum sie mich angerufen hatte. Angenommen, ich wäre wirklich das Kind aus ihrer Geschichte, woher wusste sie dann, dass ich das Kind von damals war? Wie hatte sie mich gefunden, und was wollte sie von mir?

Gül hatte offenkundig meine Gedanken gelesen. Ich konnte ihr meine Gedanken nicht verheimlichen. Sie hatte mich fest in der Hand.

»Sie wollen also wissen, wie die Geschichte weiterging«, fuhr sie fort. »Wie ich Ihnen später wieder begegnete? Ich erzähle es Ihnen gerne. Mir hatten Sie, also der Klassensprecher von damals, so imponiert, dass ich Sie morgens beim Schulbeginn und mittags nach dem Schulschluss zu beobachten begann. Ihren Namen hörte ich bald von Ihren Freunden. Seit jener Zeit aber nagt der Zweifel an meinem Geist: Was gefiel mir besser? Sie oder Ihr Name?« Sie lachte. Ich versuchtee ihre Worte in meinem Kopf zu ordnen, daher konnte ich nicht mitlachen. Denn ich konnte ja nicht zwei Sachen zur gleichen Zeit tun. Als ich ihr Lachen vernahm, versuchte ich aus Verlegenheit nur zu schmunzeln.

»Bis heute habe ich keine Antwort auf diese Frage«, sagte sie und blickte mich mit ihrem Lachen prüfend an. Dass dieses Lachen mehr bedeutet hatte als die Worte, konnte ich natürlich erst viel später entschlüsseln.

»Als ich eingeschult wurde, habe ich mich darüber nicht gefreut. Denn Sie waren nicht mehr in der Schule, sondern Sie waren schon auf das Gymnasium gewechselt. Dann war es allerdings schwierig, Sie weiter zu verfolgen, und doch versuchte ich es immer wieder. Das blieb aber mein Geheimnis. Davon wusste nicht einmal meine beste Freundin. Nach dem Abitur sind Sie jedoch ganz aus meinen Augen verschwunden.«

Sie schwieg, der Schatten einer alten Traurigkeit strich über ihr Lächeln.

»Ich hörte, dass Sie nach Deutschland gegangen waren, um dort zu studieren. Das war das endgültige Ende einer Kinderliebe, natürlich mit entsetzlichem Kummer verbunden. Ach ja, ich habe es von Aynur erfahren, der Schwester von Avni. Sie erinnern sich doch an ihn, er war in derselben Klasse wie Sie gewesen. Und Sie schrieben ihm anfangs Briefe und Postkarten aus Deutschland.«

Nein, an einen Avni konnte ich mich nicht erinnern. Wenn ich tatsächlich jener Gymnasiast gewesen sein sollte, dann hatte ich keine blasse Ahnung mehr von jener Zeit. Mein Gedächtnis war völlig ausgelöscht. Ich wusste nicht, wie sie mein Schweigen deutete, wahrscheinlich so, dass ich in meine alten Erinnerungen eingetaucht sei. Jedenfalls war ich so in ihrer Geschichte über meine Vergangenheit verloren, als wäre sie wirklich meine Geschichte.

»Ich musste Tricks erfinden, um Aynur, meine Schulkameradin, dazu zu überreden, von Ihren Postkarten welche in die Schule mitzubringen und sie mir zu zeigen. Ich hielt mich für vorsichtig, mein Gefühl für Sie nicht zu verraten, denn ich dachte, das sei ein verbotenes und beschämendes Gefühl. Ich gab also vor, an Europa interessiert zu sein und sehr gerne wirkliche Fotos von dort zu sehen. Das war doch clever für ein kleines Mädchen, nicht wahr? Ich sprach nie von den Briefen, sondern wollte nur die Postkarten mit den Bildern sehen. So erfuhr ich, wo Sie waren, schrieb mir sogar heimlich Ihre Adresse auf.«

Sie verwandelte sich in meiner Phantasie in ein kleines Schulmädchen, das verschämt die Augen niederschlug, mit den Händen sich wand und den niedergeschlagenen Blick verstohlen zu mir hob. Doch Gül erzählte dies alles mit einer Natürlichkeit, dass die Schülerin vor meinem geistigen Auge kaum einen Augenblick verweilte. Ich nahm ihre einzelnen Worte nicht mehr wahr.

»Ich habe mir in den Kopf gesetzt, nach der Schule auch nach Deutschland zu gehen, Sie dort zu finden und Sie nie wieder aus dem Auge zu verlieren.«

Diese Worte wühlten mich wie ein Wirbelwind auf. Ich schnappte nur noch wenige Sätze auf.

Sie sei mit der Schule fertig geworden. Da habe bereits der Strom von Gastarbeitern eingesetzt. Sie sei jedoch zum Studium gegangen. Schnurstracks in meine Stadt. Dort habe sie mich nun zum ersten Mal auf einer Versammlung gesehen. Bei mir sei eine blonde Frau gewesen. Sie habe auch unsere Trauringe gesehen. Sie sei von dort weggegangen und habe nie mehr nach mir gesucht. Das hieß jedoch nicht, dass sie auch nie mehr an mich dachte.

Sie entfernte sich in der Geschichte von mir, so kam ich auch wieder zu mir und hörte ihr wieder richtig zu.

»Ich war zu Tode enttäuscht. Meine Seele zappelte. Ich hätte damals leicht eine Dummheit begehen können. Habe ich auch begangen. Ich heiratete Herbert, ohne lange zu überlegen. Er hatte sich schon lange für mich interessiert, war also wenigstens nicht der Erstbeste. Er hatte damals als junger Ingenieur bei der Bundespost angefangen. Ich hingegen gab mein Studium auf. Ich möchte das nicht meiner damaligen Enttäuschung zuschreiben. Vielleicht hat auch sie eine Rolle gespielt. Aber ich fand, nachdem ich die Sprache gelernt hatte, eine Stelle und begann zu arbeiten. Damals kamen immer mehr Arbeiter aus Anatolien. Für sie wurden Beratungsstellen eingerichtet. Ich ging zur Arbeiterwohlfahrt und wurde Beraterin. Ich hätte eigentlich auch die Sprache weiterlernen sollen, aber bei der Aufnahmeprüfung für die Stelle schnitt ich als Beste ab und wurde sofort eingestellt. Über ein Formular bei der Einstellung ärgere ich mich heute noch, heute mehr als damals, da ich inzwischen weiß, dass es NATO-Zwecken diente. Damals hatte ich mit der Politik nicht im Entferntesten zu tun. Und mit dem Formular wollten sie feststellen, ob die Angestellte politisch unbedenklich ist. Heute weiß ich, dass es nichts nützte. Die leitenden Stellen besetzten in den folgenden Jahren türkische Stalinisten, die sich jahrzehntelang als Sozialdemokraten tarnten, die angeblich Freiheit und Demokratie in der Türkei anstrebten.«

Ich verlor den Faden, aber diesmal, weil ich von diesen Begriffen nicht die leiseste Ahnung hatte. Ich konnte mir nichts darunter vorstellen. Ich konnte keine Zusammenhänge herstellen. Ich sammelte mich und strengte mich an, sie zu verstehen.

»Ich mochte meine Arbeit und klammerte mich an sie. Aber das ist so eine Arbeit, die ohne Politik nicht geht. Sie politisierte auch mich mit der Zeit. Ich bin froh darüber. Nur so konnte ich auch die Fremdenfeindlichkeit in Deutschland und die historischen und politischen Zusammenhänge des faschistischen Terrors hier verstehen. Deshalb ärgere ich mich umso mehr über die Regierung, die mit ihrer Politik den faschistischen Terror begünstigt. Ich hasse die Faschisten, die mein Land in Blut ertränken, aber ich kann dagegen nichts tun. Wenn ich im Urlaub hier bin, halte ich den Mund, so schwer es mir auch fällt. Ich muss mich etwas entspannen, mich seelisch erholen. Das brauche ich nach elf Monaten Arbeit. Andere retten ihre Haut nicht einmal im Urlaub aus dem Morast der Politik. Im Gegenteil, manch einer benuzt die freie Zeit für intensive ideologische Schulung und Aktivität. Das ist doch kein Leben. Verlogen obendrein. Die Politik sollte ein Mittel fürs Leben sein und nicht Lebensinhalt. Sonst dörrt das Leben aus und verarmt. Ich setze mich lieber mit einem Buch in den Garten und lese.«

Ohne die inneren Zusammenhänge in ihrer Erzählung zu verstehen, begann in mir ein Bild von ihr zu entstehen, das mich immer stärker anzog. Sie erzählte von alten Spannungen so entspannt, dass ich annahm, sie bräuchte mich dafür als Zuhörer.

»Meine Arbeit und meine Heirat halfen nicht, die Unruhe in mir zu stillen. Ich gewöhnte mich an sie und vergaß sie zeitweilig bei der Arbeit, wenn ich einfache Menschen beraten konnte. Aber die Ehe mit Herbert erreichte nur das Gegenteil. Zu Hause wuchs meine Anspannung.«

Die Laube draußen und der Schatten der Terrasse drückten auf mich, als erstickte ich. Ich wollte an die frische Luft, ans Licht und in die Sonne gehen.

»Ob Sommer, ob Winter, hier ist ein Zufluchtsort vor der Welt, ein Versteck«, sagte sie. »Deshalb liebe ich dieses Haus sehr. Hier schütze ich mich im Sommer gegen die sengende Hitze, im Winter gegen den nassen Frost. Aber jetzt fühle ich mich so glücklich, dass ich den Schutz dieses Raums nicht brauche. Was halten Sie davon, in den Garten zu gehen? Ich möchte den Himmel und das Meer sehen. Ich möchte ihr Türkisblau in mich hineinziehen.«

Wir traten hinaus. Von der Steinterrasse führten auf beiden Seiten ein paar Stufen hinab. Wir stiegen zwischen den Bäumen hinunter ans Ufer. Der Garten grenzte ans Meer. Vor uns erstreckte sich eine dunstige Fläche, die den Blick zum gegenüberliegenden Ufer nicht freigab.

Dann erzählte sie von der besonderen Bindung ihres Vaters an dieses alte Haus. Solange er lebe, könne niemand mit dem Haus etwas anstellen.

»Ich selbst würde es unter keinen Umständen erlauben, dieses Haus abzureißen. In Deutschland sehen wir, wie solche Häuser geschützt werden. Sie werden saniert und bekommen eine moderne Wohnqualität. Für später schwebt mir auch so etwas vor, aber nicht, solange mein Vater hier lebt. Ich werde aber niemals zulassen, dass man auf seinem Grundstück einen von diesen Betonklötzen hinstellt. Diese Stadt ist voll von ihnen. Sie verachten das Leben, in ihnen kann der Mensch keine

Persönlichkeit haben. Sie machen den Menschen zum Sklaven, die Menschen vereinsamen in ihnen. Ich werde diesen Garten und diese Bäume schützen, koste es, was es wolle. Hier habe ich ein Stück Natur und das Gefühl der Freiheit. Hier finde ich meinen Frieden.«

Der Garten war zwischen den hohen, hässlichen, grautristen Betonwänden der Wohnhäuser auf beiden Seiten eingezwängt.

»Ich will sie«, sagte sie, auf die Betonwände zeigend, »mit Efeu bewachsen lassen, um den Garten vor dieser Hässlichkeit zu bewahren. Dafür muss ich aber länger hier leben. Wenn ich einmal mit meiner Arbeit in Deutschland fertig bin, dann werde ich hier leben und viel unternehmen. Ich fürchte aber, dass es noch eine Weile dauert. Es sei denn, ein lieber Mensch, jemand, den ich liebe, reißt mich von der Arbeit los ...«

Sie schwieg. Als ich ihr in die Augen sehen wollte, flüchtete sie mit ihrem Blick. Dann wandte sie die Augen mit einem mädchenhaften Lächeln doch wieder mir zu.

Ich genoss diese Augen und zog ihre grün gesprenkelten Strahlen in mich ein. Ich hatte das Gefühl, die ganze Welt in mich aufzunehmen.

Gül war eine Welt. Ich konnte sie früher beim besten Willen nicht gekannt haben. Das hätte ich doch gemerkt. Entweder träumte sie und bildete sie sich alles ein, oder sie verwechselte mich mit jemand anders.

Nein, sie konnte mich mit niemandem verwechselt haben. War das Eifersucht, dieses Gefühl gegenüber den Gedanken einer Verwechslung? In mir fühlte ich so etwas wie Geburtswehen einer neuen Empfindung.

»Was halten Sie davon, heute Abend auszugehen?«, fragte Gül mich in meine Gedanken hinein.

Ich konnte nichts sagen, da mein Blick an der Fensterscheibe des Wohnzimmers haftete. Güls Vater stand da mit zwei Polizisten, die Waffen in den Händen hielten. Ich fühlte, wie ich erblasste, und fühlte plötzlich, wie meine Gesichtszüge vor Schreck entgleisten. Als die drei aus dem Saal heraustraten, lief Gül auf sie zu.

»Vater, was ist los? Was ist passiert?«

Ich stand wie festgenagelt. Die frische Brise trug klare Worte an mein Ohr.

»Sie suchen jemanden.«

»Wen suchen sie?«, fragte sie, immer noch erstaunt. »Außer uns beiden ist niemand hier. Mein Freund und ich …«

»Heißt er Orhan?«, fragte einer der Polizisten.

»Ja, Orhan, was soll das?«

»Wir müssen ihn mitnehmen, gegen ihn liegt eine Anzeige vor.«

»Was für eine Anzeige? Mit welchem Recht dringen Sie in unser Haus ein und wollen unseren Gast mitnehmen?« Gül wurde widerspenstig. »Was für eine Anzeige, wer soll ihn angezeigt haben? Niemand weiß doch, dass er hier ist.«

»Das geht Sie nichts an, Sie müssen auch mitkommen, weil Sie ihn in Ihrem Haus beherbergen. Sie müssen Rechenschaft darüber ablegen.«

»Gül, verstehst du das? Was passiert hier?« Aus dem kantigen Alten klang beinahe eine Fistelstimme. »Kannst du mir erklären, was hier los ist?«

»Ich weiß es auch nicht, liebster Vater, aber ich ahne etwas. Ich erinnere mich an den hasserfüllten Blick des Bauunternehmers, mit dem er unseren Gast ansah.«

»Kommen Sie jetzt beide mit und lassen Sie uns nicht Gewalt anwenden.«

»Sie haben schon Gewalt angewendet, indem Sie in dieses Haus eingedrungen sind. Was ist das sonst, wenn keine Gewalt?«

»Und jetzt bitten wir die gnädige Frau um einen Gegenbesuch!«, wurde einer der Polizisten ironisch.

»Das ist Beamtenbeleidigung«, blieb der zweite todernst, »das wird nicht ohne Folgen bleiben.«

»Orhan«, wandte sich Gül zu mir, »wir wollten sowieso ausgehen. Nun wollen die Herren uns ausführen. Lass uns gehen.«

Sie stand bei mir. Beide Polizisten richteten ihre Pistolen auf mich.

»Wie wäre es, wenn sie die Dinger wegsteckten?«, sagte Gül.

Ich bewunderte ihren Mut.

»Erst müssen wir die Handschellen anlegen«, sagte einer von ihnen. Der andere legte sie mir auch an, ehe ich mich versah.

Sie wollten Gül und mich abführen. Güls Vater sagte: »Ich komme mit« und zog sich schnell um.

20

Der Bauunternehmer Muzaffer hatte mich bei der Polizei angezeigt. Er kannte die Polizisten persönlich.

›In Güls Haus wohnt ein Anarchist. Er war erst kürzlich verhaftet worden, ist daher der Polizei bekannt.‹

Diesmal bewahrte mich Gül vor einem längeren Polizeigewahrsam.

»Er ist ein bekannter Mikroelektronikfachmann in Europa. Er ist in sein Land gekommen, um Urlaub zu machen und nicht ständig in Polizeigewahrsam genommen zu werden. Er hat mit eurer Politik gar nichts zu tun. Wenn diese Schandtat nicht sofort beendet wird, dann wird ein großer Skandal beginnen, fürchte ich … Wenn das einmal in Deutschland bekannt wird … Außerdem werden auch eure Minister nicht sehr angetan sein von eurer Tat … Ich kenne viele von ihnen von ihren Reisen nach Deutschland, ich kenne auch den Ministerpräsidenten persönlich … Ich werde ihnen sofort Telegramme schicken und diesen Skandal der Presse mitteilen. Andere Länder überhäufen ihre Fachleute mit Ehrungen. Hier müssen sie solche Schandtaten erfahren. Das ist ja schlimmer als in einer Bananenrepublik …«

Diesmal ließ mich eine ganz bewusst empfundene Angst innerlich beben. Ich fürchtete nicht um mich, sondern um Gül, die wild gestikulierend herumschrie und sich selber der Gefahr aussetzte. Ich gab keinen Laut von mir. Mich fragte sowieso niemand.

Güls gewagtes Reden zeigte Wirkung. Sie verlangten meinen Ausweis. Sie blätterten die Seiten um und um und betrachteten sie lange, als untersuchten sie etwas. Dabei schien es, als regte sich ein Zweifel, ja fast eine Angst auch bei ihnen. Dann reichten sie mir meinen Ausweis zurück.

»Sie können vorerst gehen«, sagte der Kommissar. »Aber wir gehen dieser Anzeige noch auf den Grund. Glauben Sie ja nicht, uns zu entkommen, wenn wir das geringste Beweismittel finden. Sie können sich verstecken, wo Sie wollen, wir finden Sie überall, als hätten wir Sie mit eigener Hand dorthin gebracht.«

Diese Worte des Kommissars hatten anscheinend den Polizisten ermutigt, den der Bauunternehmer wohl persönlich kannte.

»Wenn wir Sie suchen und nicht zu Hause finden, dann werden Sie nicht einmal mehr die Ruinen des Hauses dort sehen«, sagte er. »Die Bruchbude stört sowieso die Schönheit des Küstenstreifens.«

Da war auch Gül auf einmal sprachlos, und wir verließen die Wache, ohne etwas zu sagen. Auf der Straße erst stieg ihr das Blut in den Kopf. Plötzlich begann sie mitten auf der Straße laut zu schreien und mit den Füßen zu trampeln. Alles hätte sie von dem Bauunternehmer erwartet, aber diese Anzeige sei für sie unfassbar.

»Wenn der Schuft sich noch einmal bei mir zeigt«, wurde auch Güls Vater wütend, »zeige ich ihm, was Sache ist. Ich werde den Kerl gehörig herunterputzen. Es reicht nicht, dass er selber kommt, er schickt uns auch noch die Polizei ins Haus.«

Ich konnte den alten Mann kaum wieder erkennen. Das Verhalten des Bauunternehmers brachte ihn erst jetzt so richtig auf die Palme.

Nachdem ihre Wut etwas abgekühlt war, erinnerte sich Gül an ihren Vorschlag auszugehen. Nach allem, was passiert war, wollte sie erst recht irgendwohin gehen, wo sie ihre Wut und ihren Ärger ablassen konnte. Sie lud auch ihren Vater ein mitzukommen, aber in einem Ton, als stritte sie sich mit ihm. Sie wollte diesen Abend unter allen Umständen schön verbringen und ihn nicht dem Schuft von einem Bauunternehmer und den Polizisten, die sich zu seinem Werkzeug machten, opfern.

»Ich habe ein Leben lang auf diesen Augenblick gewartet. Meinetwegen kann die Welt untergehen. Es muss sein, was sein muss, wenn der Augenblick dafür gekommen ist. Jetzt erst recht. Keine Macht wird es verhindern.«

Ihr Vater konnte nicht mitgehen.

»Geht und amüsiert euch«, sagte er. »Aber bleibt nicht bis zur Sperrstunde aus. Heute ist ein merkwürdiger Tag. Er riecht sonderbar. Geht in ein gutes Lokal, esst und trinkt, amüsiert euch, aber übertreibt nicht, schäumt nicht über.«

Der alte Mann überraschte mich erneut. Seine Worte klangen geheimnisvoll. Er ahnte es wohl.

»Nehmt meine Worte als eine geheime Botschaft und folgt ihnen, lasst den heutigen Tag ohne weitere Vorkommnisse ausklingen. Eine Stimme in mir zelebriert wie ein Prediger, dass ich nach Hause zu gehen habe. Sie sagt, dieses Haus, das man abzureißen trachtet, ist dein Tempel, den du hüten sollst. Meine Füße wollen auch schon nach Hause …«

Gül wollte ihm nicht widersprechen und gab ihm ein Abschiedsküsschen auf die Wange. Er ging. Dann trafen sich Güls und mein Blick wie auf Knopfdruck. Wir lächelten. Das war sonderbar.

Die Schatten wurden schon länger. Der Abend brach mit

dem sich allmählich herabsinkenden Himmel ein. Es war, als würden die Stimmen leiser. An den Gassenöffnungen strich der Nachmittagswind *Imbat* angenehm über mein Gesicht. Ich fühlte mich bei Gül sicher geborgen.

Sobald wir die Hafenpromenade erreicht hatten, lag die Bucht vor uns. Die Sonne begann am Horizont feuerrot ins Meer zu tauchen.

»Ich hätte jetzt gern ein Gläschen Raki«, sagte Gül.

Die Hafenkneipen hatten ihre Tische auf den breiten Gehsteig gestellt, den Steinboden mit Wasser bespritzt. Sie hatten mit dem Verschwinden der Sonne auch die über den Gehsteig gespannten Markisen weggeräumt. Die Tische, auf denen schmale Rakigläser und umgedrehte weiße Teller standen, waren noch fast alle leer.

Wir suchten uns ein Lokal mit dem besten Blick auf die Bucht aus und setzten uns an einen Tisch. An zwei anderen Tischen saßen schon Männer, tranken und plauderten. Sie schienen hier den Tag zu vergessen.

Zum Raki bekamen wir einen großen ovalen Teller voll Ruccola, Radieschen, Tomaten und Gurken in Scheiben und Schafskäse. Wir stießen an. Als die langen, schlanken Gläser aneinander klebten, sahen wir uns wortlos an.

Von einem Burschen, der mit einem Tablett auf der Handfläche an den Tischen der Kneipen entlangschlenderte, verlangten wir Mandelkerne auf Eis. Auf der gegenüberliegenden Seite der Bucht brannten immer mehr Lichter und machten unseren Platz anheimelnd. Nach jedem Blickkontakt griffen unsere Hände nach den Gläsern.

»Du scheinst ein Raki-Kenner zu sein«, sagte Gül.

Duzte sie mich zum ersten Mal? Vielleicht merkte ich es unter der entspannenden Einwirkung von Raki zum ersten Mal. Und ihr Du glitt mir wie Eisraki hinunter.

»Du versetzt deinen Raki nicht mit Wasser«, fügte sie hinzu. »Du trinkst ihn wie Atatürk, der ein großer Kenner auch des Rakitrinkens war. Und das gefällt mir.«

Das Wort *deinen* aus Güls Mund spürte ich im Hals wie eine Angel, die jedoch nicht wehtat. Es kam mir vor, als wäre ich besessen von dem Wunsch, an diesem Haken zu hängen.

Mit diesem Haken also im Hals versuchte ich meine Technik zu erklären, ein Schlückchen Raki mit einem Schlückchen Wasser erst am Gaumen zu einem besonderen Genuss zu mischen.

Das Wort Genuss schien mir den Kopf zu verdrehen. Hatte ich schon zu viel getrunken? Aber wir waren noch beim ersten Glas. Nicht Raki, sondern Gül verdrehte mir den Kopf, ihre Blicke, ihr Duft, ihre ganze Welt verdrehten mir den Kopf. Die Welt war eine Gül, eine vollblättrige, in Wellen Duft ausstoßende Rose …

»Ich wollte so gern zurück«, sagte sie.

Gül wollte zurück, aber wohin? Ich verstand ihren Wunsch nicht. Sie sprach von Rückkehr. Dieser Gedanke war mir fern und fremd. Er beunruhigte mich sogar, wollte sie sich schon von mir losreißen? Als wollten andere Gül, die mir gegenübersaß, aus meiner Hand verschlingen, wie das Meer die Sonne verschlang.

Sie war ganz in Gedanken versunken, und ihre Augen schimmerten in der Nacht, als wären sie feuchter als sonst.

»Die Fremde hat mich zu angespannt gemacht«, sagte sie. »Ich spüre in der Seele das Bedürfnis, mich zu erfrischen. Ich meine, meine Jahre in Deutschland waren zu trocken, zu dürr. Sie vergingen mit ständigem Suchen, aber ich denke, vor der Ächtung der Fremden und vor den Leiden der Menschen, die bei mir Hilfe suchten, konnte ich mich nicht finden und verlor auch noch den letzten Rest meines Selbst.«

Güls Worte versetzten mich in Staunen. So hatte ich sie nicht eingeschätzt. Ich kannte bisher nur die selbstbewusste Gül, die vor Leben strotzte, wenn sie sagte: »Die Welt ist eine Rose.« Sie selbst war eine Welt voll Freude und Fröhlichkeit.

Das war wohl die Legende von dem Abend, die seit frühester Menschheit erzählt wurde. Es hieß nämlich, der Abend treibe das Bedürfnis an Liebe und Zuneigung auf den Gipfel. Wie im Märchen erlebte ich auch das Dichterwort ›*immer diese Abende, ach*‹, in Gül verkörpert.

»Die Fremde brandmarkte mich, meine Empfindungen verkrusteten.« Gül sprach ganz versunken. »Jedes Mal im Urlaub hat mich diese Stadt erfrischt. Sie hat mir neue Kraft gegeben. Ich habe ihre Sprache getankt, ihren Markt und Basar, ihre Sonne und ihr Meer, ihre Moscheen und Brunnen, aber das reichte nie für ein ganzes Jahr. Denn das Jahr eines Fremdlings ist voll von Verachtung und Ungerechtigkeit, von Ellbogenstößen, von Verwaisung und Vereinsamung. Dafür reicht das Seelentanken eines Monats nicht aus. Allmählich habe ich das Gefühl, meine Identität einzubüßen.«

Um Güls Ausdrucksweise zu folgen, reichte nun auch die Abendstimmung nicht mehr. So drückte sie sich aus. Sie büßte etwas ein, was mir unbekannt war.

»Und dies hat mir am meisten zu schaffen gemacht«, sagte sie weiter, nach einem kräftigen Schluck Raki. Sie war nicht aufzuhalten. »Die schmerzlichste Reue setzte ein. Ich konnte es nicht aushalten in der Wohnung, in den vier Wänden. Ich musste raus, den ganzen Tag schon hatte ich mich im Büro mit den Menschen beschäftigt.

Wenn ich von der Arbeit nach Hause kam, hing ich mit Auge und Ohr am Telefon. Es war mein einziger Retter, wenn es klingelte oder ich den Hörer abnahm und eine Nummer wählte. Mich zog es hinaus, irgendwohin, wo ich mit anderen zusammen ein Glas trinken und mich unterhalten konnte, ehe ich völlig erschöpft in einen tiefen Schlaf fiel.

Die Morgen waren nicht so schlimm. Allein schon der frisch aufgebrühte Tee rettete den Tagesanfang. Danach kam die Arbeit, und ich vergaß und verlor mich unter Menschen.«

Gül machte eine Pause und blickte mich an. Jetzt kam meine schwere Stunde, dachte ich. Sie erwartete bestimmt, dass ich einen Kommentar zu ihrer Geschichte abgab. Aber mir fiel kein einziges Wort ein.

Sie sah mich an, als ob sie sagen wollte: »Jetzt bist du an der Reihe, deine Geschichte zum Besten zu geben.« Wenn ich doch nur eine gehabt hätte, die ich auch hätte erzählen können. Alles, was ich vielleicht hätte erzählen können, war mein Besuch bei Süleyman und die Zeit in der Kaserne, an die ich mich aber kaum mehr erinnern konnte. Das waren wohl kaum erzählbare Geschichten. Und die Tage hier in dieser Stadt? Sie wiederholten sich praktisch. Und heute bei ihr und mit ihr erlebten wir alles wieder. Sollte ich ihr vielleicht von meinem Busnachbarn erzählen? Ich war aber kein Darsteller, um ihn nachzuspielen. Während ich mich mit diesen Gedanken wand, kam wieder Gül zu Hilfe.

»Ist es nicht merkwürdig? Jetzt und hier fühle ich mich pudelwohl. Ich meine, nicht nur an diesem Abend. In dieser Stadt brauche ich keine Menschen, keine Ereignisse, um mich abzulenken. Jetzt sitze ich mit dir zusammen, das ist sehr schön. Aber auch in unserem Garten, mit meinem Buch, sitze ich behaglich und entspannt. Ich brauche keine Trauermiene, ich brauche auch keine Maske des Lachens, die meine Gesichtsmuskeln anspannt. Ich muss auch niemanden zum Lachen bringen. Das Meer, die Brise, Nacht und Sterne, die Ampeln, die wie eine Pergola über uns brennen, flößen mir Behaglichkeit und Freiheit ein. Nur eine einzige Unruhe in mir trübt diese Freude. Manchmal rede ich mir ein, das müsse sein, damit ich die Wirklichkeit nicht aus den Augen verliere und mein Glück seine Wirklichkeit nicht einbüßt. Die Ereignisse heute haben einen ziemlich großen Schatten über den schönen Tag geworfen. Aber das gehört dazu. Es ist das Salz, das das Meer erst zum Meer macht. In meinem Glück brauche ich ein Kneifen im Fleisch, um zu fühlen, dass ich lebe und nicht träume.«

Güls Worte trugen eine Mischung aus Freude und Betrübnis, aus Glück und Trauer. Mir ging auf, dass das Glück, das ich bei ihr zu empfinden glaubte, auch kein schlichter Zustand war. Die Welt war eine Rose. Sie hatte eine intensive Farbe und einen intensiven Duft. Ich fasste ihren Stängel, um an ihr zu riechen, doch an ihrem Dorn blutete mein Finger. Mit der Wirklichkeit des Schmerzes und des Blutes nahm ich Gül, die Rose, und das Glück wahr.

Das Glück war der flüchtige, eigentlich nicht existente Moment zwischen den Augenblicken des Vorher und des Nachher. Zwischen dem Dorn und dem Blut waren die blutrote Farbe und der betörende Duft der Rose mit ihren ineinander gefalteten Blättern.

In dieser Erfahrung glaubte ich auch mein Ich zu ahnen, als ein Zustand zwischen zwei Zuständen, also eigentlich gar kein Zustand, sondern so etwas wie eine Membran. Es musste zwischen zwei Zuständen stehen, zwischen einer Vergangenheit und einer Zukunft. Es konnte nur durch diese Zustände davor und danach existieren. Ich konnte mir beide noch ganz schwach vorstellen.

Orhan half mir dabei und jetzt auch Gül. Einen Augenblick lang wollte sich mir die Frage aufdrängen, ob Orhan oder Gül für mich der bessere Ausbilder sei. Aber ich verjagte die alberne Frage schnell. Mir gefiel eher der Gedanke, dass Orhan mir eine Vergangenheit und Gül eine Zukunft formte. Stand ich als durchlässige Scheidewand zwischen Orhan und Gül?

Gül rief den Ober, bestellte gegrillten Fisch. Goldbrasse.

»Goldbrasse ist der andere Name meiner gesammelten Sehnsüchte. Sie verkörpert für mich das Glück. Ich sehne den Urlaub herbei, um reichlich Goldbrasse zu essen. Kurz vor dem Urlaub habe ich immer Alpträume, dass ich nicht fahren kann. Vater mahnt mich immer, dass nicht der Sommer, sondern der Herbst Fischzeit ist und der Fisch im Sommer einfach zu teuer, doch er weiß nicht, dass man nicht nach dem Preis fragt, wenn man Hoffnungen, Träume und Glück braucht.«

Eine Frau, die an unseren Tisch trat, unterbrach Gül. Ich sah zu ihr hinauf, sie war weder jung noch alt. Die Umhänge, die sie trug, waren weder Schleier noch Kleid; die Farbe ihres

Gesichts und ihrer Hände war weder weiß noch schwarz. Ihre Sprache war weder die unsere noch eine andere. Ihre Haltung war weder gerade noch gebückt, sie sah weder rein noch unrein aus.

»Wahrsagerin, lasst eure Zukunft wahrsagen, ich les euer Schicksal, das auf die Stirn geschrieben ist«, sagte sie. Mir sagte das nichts.

Einer solchen Person begegnete ich zum ersten Mal. Bei Gül schien es nicht so zu sein. Sie war interessiert, sie war neugierig und vergnügt zugleich. Die Tiefe, zusammengesetzt aus innerer Ruhe und Betrübnis, war aus ihren Blicken verflogen, ihre Augen schienen einen lebensfrohen Glanz zu streuen.

»Kannst du lesen und schreiben?«, fragte Gül.

»Freilich kann ich lesen, freilich kann ich lesen, was im Herzen steht geschrieben, was auf der Stirn steht geschrieben.«

»Kannst du auch die Zeitung lesen?«

»Was ist schon die Zeitung, Zeitung ist nicht nötig für mich, ich weiß, was in der Zeitung steht, sogar bevor die Zeitung es schreibt.«

»Wie machst du das?«

»Ich weiß es einfach.«

»Können sie denn je gleich sein, die wissend und die unwissend sind?«, richtete sich Gül an mich und lächelte dabei schelmisch.

Was wollte sie eigentlich sagen? Hatte sie es ernst gemeint oder Spaß gemacht? Warum redete sie unentwegt mit dieser Frau? Und wer war diese Frau?

»Wie sagst du wahr?«

»Einmalig, mich nennt man die Wahrsagerin Selisch. Mein Ruf ist weit verbreitet. Noch nach zehn Jahren finden die Leute mich wieder, und sie sagen, deine Prophezeiung hat sich bewahrheitet, Schwester Selisch. Einer lacht, einer weint, einer ist jünger geworden, einer älter, ich erkenne sie nicht wieder, aber sie kennen mich. Eines Tages kommen sie und finden mich irgendwo.«

»Auf welche Art sagst du wahr, wollte ich wissen, liest du im Kaffeesatz, oder liest du aus der Hand?«

»Ich lese Kaffeesatz, ich lese aus der Hand, ich lese aus Saubohnen, ich lese aus dem Wasserglas, ich lese auf viele Arten.«

»Dann kannst du ja einmal diesem Herrn hier wahrsagen.«

»Für den Herrn sage ich wahr, für die Dame sage ich wahr.«

»Also los, fang bei dem Herrn an!«

»Ich sag ihm wahr mit Saubohnen, aber es muss sich lohnen.«

Sie steckte die Hand durch einen Schlitz an ihrem Umhang. Sie stieß ein paar Mal tief hinein und holte eine Hand voll getrocknete Saubohnen heraus, die sie mir in die Hand drückte. Sie schob Teller und Besteck auf dem Tisch beiseite und machte etwas Platz.

»Streu mal, mein Herr, hier die Saubohnen!«, sagte sie.

Ich verstand nichts, sah zuerst die Frau an, dann Hilfe suchend Gül. Gül lachte plötzlich über mich.

»Du sollst die Saubohnen auf den Tisch streuen«, erklärte sie.

Das tat ich. Die Frau fasste mit beiden Händen den Tisch an den Rändern und beugte sich tief darüber. Sie glich einem pechschwarzen, riesengroßen, Furcht erregenden Huhn, das auf dem Tisch brütete.

Sie murmelte eine Zeit lang, als spräche sie Zauberformeln, dann pustete sie über den Tisch. Sie fixierte mich und riss die Lider auf, als würden ihr die Augäpfel herausspringen.

»So was hab ich noch nie gesehn«, sprach sie. »Zum ersten Mal in meinem Leben seh ich so was. Auch für Babys und kleine Kinder hab ich wahrgesagt, aber so etwas noch nie gesehn. Soll ich sagen, du bist noch gar nicht geboren? Ich weiß nicht. Vierzig Jahre bin ich Wahrsagerin, so 'nen dunklen Hintergrund hab ich noch nie gehabt. Noch nie stand ich machtlos da, ohne die Vergangenheit des Menschen lesen zu können. Aber du hast einfach keine Vergangenheit. Wo deine Vergangenheit sein soll, dort ist ein dunkler Vorhang, sonst gar nichts. Was deine Lage betrifft und deine Zukunft, da ist viel zu sagen. Aber auf deinen Wegen sind Steine und Dornen, sind Hindernisse. Eines nach dem andern wirst du überwinden. Deine Füße schwellen an, bekommen Blasen, sie bluten, aber du überwindest alle. Auf deinem Weg begegnest du einer Schönen …«

Unauffällig glitt der Blick der Frau an dieser Stelle zu Gül. Aber sie fuhr fort, als wäre nichts.

»Das Dunkel der nicht vorhandenen Vergangenheit und die Drangsal des leidvollen Zustands öffnen sich am Ende der Wege zu einer hellen, frohen Zukunft. Denn jene Schöne ist bei dir. Du erlebst eine große Liebe, so groß wie in Märchen, in Romanen. Am Anfang bist du umstellt von Menschen, die dir diese Liebe nicht gönnen. Es stößt dir viel zu, du erleidest viel Kummer. Aber du gibst nicht auf, vergisst alles so schnell, als wäre nichts gewesen, du gehst unbekümmert und sorglos weiter auf deinem Weg, schau genau hier, hier wartet ein großes Glück auf dich, du bekommst ein Vermögen. Geldsorgen hast du sowieso keine, aber du bekommst noch mehr Geld, so viel, wie du niemals brauchst, du schwimmst darin, aber du machst jene Schöne, die dir das Liebesglück schenkt, auch glücklich, in jeder Hinsicht. Du siehst aus wie ein Erfinder, wie ein Entdecker. Du erfindest etwas sehr Wertvolles, etwas sehr Nützliches. Deine Entdeckung kann man mit keinem Geld, mit keinem Preis ermessen. Wie das Erdöl unter der Erde lässt sie dir unaufhörlich Vermögen zufließen. Aber bis du diesen Punkt erreicht hast, musst du durch viele Engen hindurchgehen. Da ist eine dunkle Gestalt, die dir jene Schöne abspenstig machen will. Er ist reich wie Krösus, aber er hat es nicht auf dein Geld, sondern auf deine Geliebte abgesehen. Weil er sie aber nicht verführen kann, gerät er aus dem Häuschen. Er will es dir heimzahlen, lässt nichts unversucht. Da du nicht vorsichtig genug bist, bekommst du viele Schwierigkeiten. Diese dunkle Person nutzt deine Ehrlichkeit und Naivität aus.«

»Und das alles liest du aus den Saubohnen?«, fragte Gül.

»Jede dieser Saubohnen ist eine Welt. Lass dich nicht täuschen vom Äußeren einer Saubohne.«

Die Welt war eine Rose. Für diese Frau war die Welt eine Saubohne. Wer wusste schon, was die Welt noch alles war?

Wahrsagen war also so etwas wie eine Märchenerzählung. Wem nutzte es? Wenn es niemandem schadete, lag darin wohl sein Nutzen.

»Lass mich auch der schönen Dame wahrsagen«, sagte die Frau zu Gül.

Gül brach jäh in ein Gelächter aus. Was war an dem Satz der Frau so zum Lachen?

»Was bist du für eine Wahrsagerin?«, sagte Gül. »Weißt nicht einmal, wem du gerade wahrgesagt hast!«

»Warum sollte ich es nicht wissen, natürlich habe ich diesem Herrn wahrgesagt«, versuchte sich die Selisch zu wehren.

»Wüsste ich nicht, dass deine Wahrsagung eintrifft, dann würde ich schlicht sagen, du verstehst überhaupt nichts vom Wahrsagen«, provozierte Gül sie weiter. »Anscheinend ist das Wahrsagen kompliziert. Du sagst wahr, deine Zunge spricht die Wahrheit, aber du selbst verstehst nicht, was du sagst. Dein Kopf kann nicht fassen, was deine Zunge spricht. Deine Zunge ist weise, dein Hirn ist ein Klumpen. Deine Zunge ist vollendet gereift, dein Kopf ist versteift.«

»Was sagst du da, junge Dame, du redest ja selbst wie eine Wahrsagerin, bist du vielleicht von unserem Beruf?«

»Glaub es ruhig, wenn du willst. Wer, denkst du wohl, ist die Schöne, die in deiner Wahrsagung vorkommt?«

»Du junge Frau, ich gebe es auf, ich kann dir nicht beikommen, du hast mich fertig gemacht«, sagte sie, klaubte die Saubohnen vom Tisch, steckte die Hand in den Schlitz des an ihr herunterhängenden Gewands und verstaute die Saubohnen.

Gül holte Geld heraus für Selisch. Diese gab ihrer Freude darüber mit einem Wortschwafel aus Dankes- und Gebetsfloskeln Ausdruck. Sie zog weiter.

Es war nicht viel Zeit verstrichen inzwischen, als wir ein

Dröhnen hörten, das in Wellen herannahte. Zunächst kümmerten wir uns nicht darum, dann wurde Gül durch das Gedröhne beunruhigt, das ständig wuchs und näher kam.

»Was ist los? Es hört sich an wie eine Demonstration«, sagte sie. Ich konnte weder dem Dröhnen noch den Worten Güls einen Sinn abgewinnen.

»Was soll das für eine Demonstration sein um diese Zeit?«, fragte Gül eher mit einem ängstlichen Zögern in der Stimme als mit Neugier.

Je näher das Gedröhne kam, desto deutlicher war zu vernehmen, dass es die skandierte Formel *Allahu ekber*, ›Gott ist groß‹, sein musste.

»Anscheinend die Fundamentalisten«, vermutete Gül. »Um diese Zeit und ausgerechnet hier ... Was suchen die auf der Hafenpromenade? Wie kann man es ihnen erlauben? Sie brauchen doch keine Erlaubnis von der eigenen Macht, um zu demonstrieren ...«

Güls Worte hörten sich wie ein Streitgespräch zweier Personen an. Die eine Ansicht rückte sie mit der anderen zurecht, sie beantwortete und kritisierte sie.

Unterdessen sahen wir die Spitze des Demonstrationszugs. Fahnen mit Rot und Grün wurden geschwenkt, Transparente mit arabischer und lateinischer Schrift mitgeführt und den immer wieder anhebenden Nieder-Rufen folgten in Wellen wie ein Donnern im Chor die Rufe *Allahu ekber*.

»Die sind verrückt«, entfuhr es Gül.

»Nieder mit den Ungläubigen, nieder mit den Gottlosen, nieder ...!«

Mit den nicht enden wollenden Nieder-Rufen wurden die Tische und Stühle der Lokale auf dem breiten Gehsteig der Hafenpromenade umgestoßen, und die Gäste, Frauen und Männer, rannten panikartig weg. Schaufenster wurden mit Steinen und Stockschlägen demoliert. Frauen, die ärmellose Kleidung trugen und nicht wegrennen konnten, wurden geschlagen, drangsaliert und bespuckt.

Dann verharrte die Menge zwischendurch immer wieder und grölte im Chor die Formel *Gott ist groß*. Nach jedem *Allahu ekber* setzte sie sich wieder mit Nieder-Rufen in Bewegung. In die Nieder-Rufe mischten sich auch Wir-wollen-Rufe.

»Wir wollen die Scharia! Wir wollen den Kalifen! Nieder ...«

»Das sind Räudige«, sagte Gül und stand auf, ehe die Menge unser Lokal erreichte. Ich folgte ihr. Wir waren nicht in der Lage, die Rechnung zu verlangen. Eigentlich bemühten sich auch die Bediensteten nun hastig, die Tische und Stühle ins Lokal hineinzutragen und die Rollläden herunterzulassen. Doch selbst geschlossene Läden wurden mit Steinen beworfen, mit Stöcken geschlagen und heruntergerissen.

Wir rannten weg und drehten dabei den Kopf immer wieder nach hinten. Wir rannten beinahe um unser Leben.

Ums nackte Überleben, dieses Gefühl erlebte ich zum ersten Mal. Und ich erlebte diese neue Empfindung bei Gül und mit Gül. Sie hatte mir wohl das Gefühl vermittelt zu leben. Wie hätte sonst jemand das Gefühl ›Ums-Leben-Rennen‹ gekannt, wenn er nicht lebte?

Das Dröhnen entfernte sich allmählich, ließ aber nicht nach, obgleich wir rastlos rannten. Uns schlich ein Ungeheuer mit einer immer heiserer werdenden Stimme hinterher.

Erst als wir vor der Tür von Güls Haus standen, konnten wir der reglosen Stille der Nacht und der Pracht des Sternenhimmels gewahr werden. Eine Weile standen wir einfach so und lauschten der Nacht.

Die Welt ist eine Rose, still und friedlich.

Gül öffnete die Tür. Ich wollte mich verabschieden. Da sagte sie:

»Möchtest du etwas hereinkommen? Mein Vater schläft um diese Stunde noch nicht. Beim Schlafengehen macht er das Licht nicht aus, wenn ich außer Haus bin.«

Aber das Haus lag in tiefer Dunkelheit. Ihre Stimme war scheu und suchte eine Zuflucht. Sie machte alle Lichter an und suchte nach ihrem Vater. Während sie von einem Zimmer zum anderen lief, wurde sie immer blasser. Schließlich stand sie niedergeschlagen, wie eine leere Hülle, vor mir.

»Er ist nicht da«, sagte sie. »Mein Vater ist nicht da!«

Ich nahm Gül spontan in die Arme, damit sie nicht zusammensackte. Ich drückte Gül fest an mich und küsste sie auf die Stirn und auf ihre Wangen. Über ihre Wangen liefen Tränen. Die sonst so selbstbewusste Gül, die sich mit der Welt gleichsetzte, war im Kern ihres Wesens ein weiches Kind, das Zuflucht suchte in den Armen eines Menschen, der nach sich selbst suchte.

»So sollte ich also in deine Arme kommen«, flüsterte sie in ihr leises Schluchzen. »Ein Leben lang habe ich darauf gewartet. Aber deine Umarmung kam nicht aus Liebe, sondern aus Mitleid. In deinen Armen zu liegen beruhigt mich jedoch, zerstreut die Angst in mir, die Angst um meinen Vater. Wir wollen gemeinsam auf ihn warten. Wenn es sein muss, werden wir gemeinsam nach ihm suchen und ihn finden. Das gibt mir Mut und Kraft, das gibt mir Vertrauen.«

Die letzten Worte sprach sie, während sie ihr Gesicht fest gegen mein Gesicht drückte. Als sie »Vertrauen« sagte, fühlte ich den Atem, den sie dabei ausstieß, in meinen Lungen. Ein schauderhaft schönes Zucken durchströmte mich. Ihre Lippen pressten sich auf meine Lippen.

Durch das Klopfen an der Tür kamen wir zu uns. Zögernd machten wir beide gleichzeitig einige Schritte auf die Tür zu. Wir hielten inne und horchten. Es klopfte noch einmal an der Tür. Das war ein beinahe sanftes Klopfen. Daraus Mut schöpfend, fragte Gül:

»Wer ist da?«

Ihre Stimme zitterte wie ein Rosenblatt im Wind.

»Ich bin es, Gül Hanim, deine Nachbarin Hatce«, tuschelte eine Frauenstimme. Es war eine betagte Frauenstimme. Gül öffnete mit einer Zurückhaltung, die ich bei ihr das erste Mal beobachtete.

Die Frau, alt, wie ich sie mir vorgestellt hatte, linste in die Gasse und schlich durch den Türspalt herein.

»Sie haben deinen Vater an der Straßenecke geschlagen, meine Tochter«, sagte sie im Flüsterton. »Gott strafe sie, vier gottlose Strolche, vier finstere Kerle haben den armen Mann mit Fäusten und Tritten geschlagen, dann wie einen leeren Sack am Boden liegen lassen. Gott breche ihnen die Hände und Füße. Der arme Mann lag blutüberströmt da. Nicht ein einziger Gottesfürchtiger eilte zu Hilfe herbei. Alle versteckten sich hinter ihren Vorhängen, hinter ihren Fensterläden.«

»Warum, aber warum?«, winselte Gül.

»Was heißt da warum, meine Tochter. Ich wollte anfangs auch wie dein Vater Widerstand leisten. Aber hat mich, die arme alte Frau, überhaupt jemand angehört? Vor dem Bauunternehmer stellte sich mein eigener Sohn gegen mich. ›Mutter, lass dieses altmodische Denken, das alte Haus soll abgerissen und ein neues hochgezogen werden, dann findest du deine Ruhe, wir auch‹, hat er gesagt. ›Wenn der Bauunternehmer es nicht abreißt, wird es eines Tages über deinem Kopf einstürzen‹, hat er gesagt. Soll's doch einstürzen! Bis ich sterbe, fasst ihr mein Haus nicht an! Nach meinem Tod macht, was ihr wollt, habe ich gesagt. Das ist die Erinnerung an meinen Seligen; ich kam in dieses Haus als Braut, in diesem Haus habe ich euch geboren, aufgezogen, in diesem Haus habe ich ein Leben verbracht mit glücklichen und bitteren Erlebnissen. Gott weiß, wie viel Zeit mir noch bleibt! Habt nur etwas Geduld, habe ich ihm gesagt. Lasst mich erst einmal sterben, dann macht, was ihr wollt, habe ich gesagt. Aber wer hört schon auf mich! Er war hartnäckig, schließlich hat er mich doch erweicht, ich habe nachgegeben. Ich habe halt ein Mutterherz, ich sah, wie der Junge nach einer Neubauwohnung lechzte. Jetzt ist er wunschlos glücklich. In einer Wohnung leben wir, manchmal muss ich das gemeine Mispelgesicht der Schwiegertochter ertragen, aber mein Sohn bemüht sich, zwischen uns zu vermitteln. Und für drei weitere Wohnungen, die wir fürs Grundstück vom Bauunternehmer bekommen haben, streicht er die Mieten ein.«

Erstaunlich, wie die alte Frau ohne Punkt und Komma reden konnte.

»Gut, aber was ist dann mit meinem Vater passiert?«, fragte Gül, verärgert darüber, dass die Frau ihre eigene Geschichte so breit trat.

»Ja, das wollte ich dir doch gerade sagen, meine Tochter«, nahm die Frau das Wort wieder. »Die finsteren Strolche schlugen auf den armen Mann ein und bläuten ihm gleichzeitig ein: ›Das soll dir eine Lektion sein! Wenn du weiter deine Unterschrift verweigerst, werden wir das Haus anzünden! Du wirst schon sehen!‹ So sagten sie.«

»Das ist auch die Tat des Bauunternehmers Muzaffer«, sagte Gül. »Man hat mich vor ihm gewarnt, aber ich habe es nicht ernst genommen. Dieser Mann ist der Chef der Baumafia in der Stadt, haben sie gesagt. Er soll mit den rechtsradikalen Gewalttätern zusammenarbeiten. Aber er wird nicht bekommen, was er will. Gut, aber was ist mit meinem Vater, wo ist er jetzt?«

»Etwa eine halbe Stunde lang lag er da, wo er zusammengebrochen war. Wie ein Toter. Ich nahm nicht an, dass er noch lebte. Dann kam ein Wagen und nahm ihn mit. Als sie ihn in den Wagen hoben, sah ich, wie er sich bewegte. Er war Gott sei Dank nicht tot. Ich weiß nicht, wohin sie ihn gebracht haben, vielleicht ins Krankenhaus, vielleicht woandershin. Sie brachten ihn weg, aber wohin, frag mich nicht danach, das weiß nur Gott.«

»Bestimmt haben sie ihn ins Krankenhaus eingeliefert«, mutmaßte Gül weinerlich. »Sein Tod nützt ihnen nichts, sie brauchen seine Unterschrift, damit sie auch hier ein Spekulationshochhaus errichten können. Ich muss sofort ins Krankenhaus gehen, ich muss meinen Vater finden.«

Sie schlug die Tür zu und schoss hinaus. Ich rannte, um sie einzuholen. Die Nachbarin, die vor der Tür stehen geblieben war, starrte hinter uns her. Und bald verschwamm sie in der Dunkelheit.

Gül dachte laut darüber nach, dass ihr Vater bestimmt ins Staatliche Krankenhaus eingeliefert wurde. Sie hoffte es, flehte laut Gott darum an. Aber zugleich fürchtete sie sich vor dieser Möglichkeit. Sie wollte, dass auch ich ihre Furcht, ihre Hoffnung und ihr Flehen hörte.

Sie hatte sich nicht einmal nach hinten umgesehen. Sie wusste vielleicht gar nicht, dass ich hinter ihr herrannte. Sie wusste es nicht, aber sie erwartete es von mir. So gesehen wusste sie es sehr wohl. Hätte sie sonst so laut geredet? Was hätte ich denn anderes tun sollen in so einer Lage, wenn nicht mit ihr gehen?

»Sie haben das ganze Krankenhaus in der Hand«, sagte sie im Selbstgespräch. »Alle wissen es, alle reden darüber, ein offenes Geheimnis. Sie haben es in der Hand, vom Hausmeister bis zur Oberschwester, vom Koch bis zum Oberarzt. Die Patienten sollen bei der Einlieferung in zwei Gruppen eingeteilt werden, die von uns und die anderen. Die eigenen Leute sollen gute Pflege bekommen. Und den anderen kann nicht einmal Gott helfen. Wer nicht ihr Gesinnungsgenosse und kein Mitglied in ihren Organisationen ist, gefährdet durch die Einlieferung eher sein Leben, als dass er auf Genesung hoffen könnte. Vor allem, wenn sie jemanden ihren Feind nennen, dann gnade ihm in der Tat Gott. Als Kranker oder Verwundeter eingeliefert, stirbt er, ›konnte nicht gerettet werden‹, heißt es dann.«

Sie lief so, mit sich selbst redend. Fast spürte ich den Luftzug durch ihr Rennen. Sie sprach zwar nicht unverständlich, aber ich suchte nach Gründen für ihre Worte. Ich wollte den Sinn begreifen. Aber ich brachte es nicht fertig, den Mund aufzumachen und sie zu fragen, während ich ihr nachrannte.

Im Staatlichen Krankenhaus wollte man uns zuerst nicht reinlassen. »Es ist keine Besuchszeit«, sagten sie. Sie sahen nicht einmal in der Kartei den Namen des Mannes nach. Aber

Gül bestand so lange hartnäckig darauf, bis sie erreichte, was sie wollte.

Zwischendurch wandte sie sich an mich und sagte:

»Wenn ich nicht so viele Jahre im Ausland gelebt hätte, hätte ich schon längst die Segel gestrichen und aufgegeben.«

Während sie nach ihrem Vater suchte, dachte ich über ihre Worte nach. Sie hatte im Ausland gelernt, ihr Recht zu suchen. Deshalb widerstand sie Ungerechtigkeit. Ich konnte sie gut verstehen und fand das richtig. Die Worte und das Verhalten ihres Gegenübers dagegen waren für mich unverständlich. War ich auf einmal parteiisch geworden?

Manchmal stand eine Leere vor meinen Augen wie ein sinnloses Bild. Diesen Eindruck machten sie auf mich, als sie Gül und mich gleich duzten. Sobald sie merkten, dass sie mit Gül auf diese Weise nicht fertig werden konnten, sie auf ihre Worte nicht hörte, wandten sie sich an mich, nicht Hilfe ersuchend, nein, in einem Befehlston: »Bring die Frau weg von hier, bevor was passiert.«

Wie kamen sie denn überhaupt darauf, dass ich in der Lage war, Gül fortzubringen oder sie zum Schweigen zu bringen?

Als ich nicht reagierte, fassten sie Gül am Arm und stießen sie zur Tür. Da begriff ich auch, warum sie von mir verlangten, Gül gut zuzureden. In ihren Vorstellungen hatte ein Mann sich gegen die Frau durchzusetzen und ihr Handeln zu bestimmen. Da war ich froh über mein Unvermögen.

Zugleich fühlte ich mich gekreuzigt am Widerspruch zwischen dem aussichtslosen Kampf Güls und meiner Genugtuung über meine aussichtslose Lage.

Ich konnte nicht unterscheiden, ob er ein junger Arzt war oder ein jung gebliebener. Als er vorbeikam, schaltete er sich in die Auseinandersetzung Güls mit den Angestellten des Krankenhauses ein. In diesem Augenblick löste ich mich aus den Gedanken, in die ich schon wieder versunken war.

Ich merkte seine Vorsicht, aber irgendetwas unterschied ihn auch von den anderen. Seine Worte und Gesten verrieten Reife und Selbstbewusstsein. Wie Tag und Nacht unterschied er sich von den anderen Angestellten. Verglichen mit der Grobheit und Wildheit der anderen, flößte die kultivierte Feinheit seines Sprechens und Benehmens Vertrauen und Vergnügen ein.

Nachdem er die Worte Güls angehört hatte, sagte er, dass er gerade bei ihrem Vater gewesen sei, ihm die notwendige Pflege habe zukommen lassen und nun nichts mehr zu tun sei, als zu warten. Trotz grober Drohungen der anderen bot er Gül an, ihren Vater zu sehen. Zwar könne sie nicht mit ihm sprechen, da ihr Vater in einer tiefen Bewusstlosigkeit liege, aber sie könne ihn trotzdem sehen, wenn sie wolle.

Gül weinte wieder. Der Arzt nahm sie am Arm und führte sie. Ich hörte, wie die anderen Bediensteten hinter dem Arzt redeten, etwa so: »Auch dir wird schon deine Eigenmächtigkeit ausgetrieben! Warte nur, du wirst bald auch erledigt! Der Hund, dem die Stunde geschlagen hat, pisst an die Moscheemauer!«

Ich folgte dem Arzt und Gül, ohne über das Warum und Wieso nachzudenken. Während ich durch lange Gänge lief und Treppen hinaufging, überfiel mich das Gefühl, mich von der vertrauten Welt und vom vertrauten Leben immer weiter zu entfernen. Ein scharfer, undefinierbarer Geruch stach mit ganzer Intensität in meine Nase. Aber immerhin erlebte ich dabei die satte Befriedigung, einen Geruch wahrnehmen zu können.

Ich ging vorbei an Menschen, menschenähnlichen Gestalten, die sich in ihren Pyjamas auf Krücken fortbewegten. Manchen waren die Beine amputiert, anderen Hände und Arme bandagiert oder die Köpfe verbunden worden. Manche konnten nur gebückt gehen, wieder andere sich gar nicht rühren. Manche waren nur Haut und Knochen und sahen wie Gespenster aus. Immer fehlte irgendein Glied, war irgendetwas verkrüppelt oder verkrümmt.

Die Krankenpfleger und die Bediensteten sahen auch nicht besser aus. Die Frauen schlampig, die Männer dreckig, mit

Visagen, die mindestens seit zwei Wochen nicht rasiert worden waren. Sie schlenderten mit Nachttöpfen, Urinflaschen und vor Eiter triefenden Verbänden in der Hand hin und her. In den Ecken wimmelte es von Spinnen, der Boden und die Wände hatten vor Dreck die eigene Farbe längst verloren, waren wie geschwärzt. Durch die Fenster konnte man vor Schmutz nicht hinaussehen.

Während ich durch diese erschreckende Welt ging, fiel mir Süleyman ein. Ich erinnerte mich an den Ort, an dem ich ihn besucht hatte. Die Bilder von dort glitten vor meinem geistigen Auge vorüber. Um der Welt hier zu entfliehen, war ich wohl geistig dorthin geflüchtet. Ich musste flüchten; unter diesem inneren Zwang setzte sich mein Gedächtnis in Gang, mein Erinnerungsvermögen war wie eine Rosenknospe aufgegangen. Diese Welt, in die ich hineingeraten war, war kaum zu ertragen. Die Welt von Süleyman war demgegenüber fast ein Paradies. Vielleicht seihte der Filter der Erinnerungen verklärte Bilder ab.

Der Arzt und Gül kamen zur Tür eines Saales. Als der Arzt die Tür öffnete, war ich auch schon bei ihnen. Vermutlich hier bemerkte mich der Arzt zum ersten Mal. Hier entsann sich Gül wieder meiner, als sie mich vor sich gewahrte. Sie stellte mich dem Arzt vor.

Beim Betreten des Saals sah ich sechs Betten an der einen Wand und sechs Betten an der anderen. In jedem Bett lagen irgendwelche Gestalten. In einem Bett sah ich sogar zwei Patienten. Wenn ich gekonnt hätte, wäre ich auf dem Absatz wieder umgekehrt und aus diesem Saal geflüchtet.

Angesichts des intensiven Gestanks nach Eiter, Urin und Fäkalien hier verwandelte sich der Geruch in den Gängen in den eines Blumengartens. Ich konnte mich nicht einmal mehr darüber freuen, Gerüche wahrzunehmen und sie zu unterscheiden.

Sie standen vor einem Bettgestell. Im Bett lag Güls Vater. Es war schwer zu entscheiden, ob er noch am Leben war. Sein in Bandagen verschwundenes Gesicht machte den Eindruck einer Mumie.

»Ich nehme ihn sofort mit«, sagte Gül dem Arzt. Er starrte sie verwundert an. »An einen anderen Ort«, erklärte sie daraufhin, »in eine Privatklinik, ins französische oder deutsche Krankenhaus.«

Der Arzt meinte, dass der Patient wenigstens diese Nacht in diesem Bett bleiben müsste. Weil er in einem schweren Koma liege und in Lebensgefahr sei, begründete er, wäre ein Transport sehr gefährlich, aber er verstünde das Ansinnen Güls, sie sollte sich keine Gedanken darüber machen, er wolle sich persönlich um den Patienten kümmern.

»Er wird überleben, nicht wahr?«

Mit dieser Frage konfrontiert, musste der Arzt Gül eine Weile anstarren. Sein Schweigen erklärte viel mehr, als wenn er gesprochen hätte. Güls Ton flehte ihn fast an, als sie die Frage wiederholte:

»Er wird doch überleben, nicht wahr, Herr Doktor?«

»Unsere Aufgabe ist es, ihn am Leben zu erhalten«, sagte er. »Uns darum zu bemühen, auch die geringste Hoffnung zu nähren. Die andere Wirklichkeit in unserem Beruf sind jedoch Fälle, bei denen keine auch noch so große Bemühung und Anstrengung ein gutes Ergebnis bringt.«

Der Arzt sagte das wie ein Soldat, der sich ergab, oder wie ein Sportler, der die Niederlage eingestand.

»Jeder, der zu uns kommt, erwartet von uns ein Wunder. Er erwartet, dass wir das Unheilbare heilen. Die Menschen haben Recht mit ihrer Erwartung. Das bringt unser Beruf mit sich, in dieser Erwartung liegt unsere Existenzberechtigung: Leiden zu lindern, Wunden zu heilen, Kranke wieder gesund zu machen, für die Fortdauer des Lebens und der Gesundheit zu sorgen. Weil die Erwartungen hoch sind, erleiden wir viele Niederlagen, bereiten auch viele Enttäuschungen. So ist es nun einmal, manchmal ist eine Enttäuschung eine zu viel. Sehen Sie, jeden Tag verlassen mindestens zehn Leichen dieses

Gebäude. Das bedeutet jeden Tag zehn Niederlagen, die an uns hängen. Neunzig Leben, die Sie retten, fallen zehn Toten gegenüber nicht auf. Jeder Tod trübt jeden Erfolg, macht ihn unsichtbar. Leider nehmen in letzter Zeit angesichts der schlimmen Zeiten unsere Misserfolge zu. Die Ereignisse schießen längst über den Rahmen natürlicher Krankheiten und unvorhersehbarer Unfälle hinaus, sie ergeben ein Milieu der Gewalt. An manchen Tagen kommen mehr Tote als Kranke und Verletzte hierher. Dagegen Erfolg zu haben ist einem Arzt nicht vergönnt. Sie verstehen, was ich meine.

Ich langweile Sie, aber stellen Sie sich vor, als Arzt in diesem Krankenhaus habe ich das Bedürfnis, der Angehörigen eines Patienten mein Herz einmal auszuschütten. Trotzdem ... Vertrauen Sie mir ... Ich tue alles, was in meiner Macht steht. Sobald er transportfähig wird, können Sie ihn bringen, wohin Sie wollen. In einer Privatklinik wird er bestimmt besser behandelt.«

Als der Arzt mit seinen Ausführungen am Ende war, glitt sein Blick zu Güls Vater. Plötzlich wurde er von einem großen Schrecken ergriffen, als verwandelten sich seine Worte in riesige Felsen und überschütteten ihn als Felslawine.

Er prüfte den Puls des alten Mannes. Er presste das Ohr auf seine Brust. Schließlich fiel ihm ein, sein Stethoskop an die Ohren zu setzen. Er horchte nach Lebenszeichen bei Güls Vater.

Es war nichts mehr zu machen. Güls Vater konnte aus dem Koma nicht mehr gerettet werden.

21

Ich brachte Gül nach Hause. Brachte ich sie wirklich? Ich, der ich immer begleitet, geführt, eingewiesen worden war, lieh zum ersten Mal jemandem mein Auge und mein Ohr, passte auf ihn auf, beschützte ihn vor Finsternis, vor Straßenlaternen, vor den Schatten der Passanten, vor den Scheinwerfern und Fahrzeugen, vor Bordsteinen. Zum ersten Mal hatte ich mich von der Selbstsuche befreit und mich einem anderen Menschen gewidmet.

Selbstfindung und Selbstbewusstsein bedeuteten jedoch kein Glück und keine innere Freiheit. Das musste ich in jener Nacht auf einmal begreifen. Es war ein angespannter und unruhiger Zustand, es war ein zweifelhafter Zustand, zugleich aber ein bannender und leidenschaftlicher. Und ich begriff auch, dass man Zweifel, Leidenschaft und innere Unruhe genießen konnte.

Ich konnte die ganze Nacht nicht schlafen. Meine Augen blieben in der Dunkelheit ständig aufgerissen und starrten die Decke an. Eine Wandschrift schlich sich in meine Vorstellung und trieb mich um. Als ich sie in der Stadt gesehen und gelesen hatte, konnte ich damit nichts anfangen. Der Zeitpunkt dieser Schrift schien in dieser Nacht, als ich auf dem Rücken lag, gekommen zu sein. Sie drängte sich mir lange Zeit in den Sinn:

»Um deine Ketten zu spüren, musst du dich bewegen.«

Wie lange schon bemühte ich mich darum, die Fähigkeit zu erlangen, mich zu bewegen, mich bewusst zu bewegen, mich selber zu steuern. Ich suchte nach mir, nach meinem Selbst. Und bei der geringsten Bewegung ging mir ein Licht auf, wie fest und wie schwer die Ketten an mir lagen.

Dies war nur der erste Schritt einer selbst gesteuerten Bewegung. Schon beim ersten Schritt mit so viel Pein, so viel Unruhe, dass ich gleichzeitig gegen den sich aufdrängenden Gedanken an Aufgabe zu kämpfen hatte.

Wie hätte ich darauf verzichten können? Denn zugleich wuchs der Wunsch in mir ins Unermessliche, all meine Ketten und all meine Fesseln zu erfahren. Und der erste Schritt deutete schon auf einen langen, vielleicht endlosen Marsch hin, vor dem es mir graute. So lag ich die ganze Nacht und stierte hin- und hergerissen in die Dunkelheit. Wie eine ständig wachsende Last drückte der Zwang auf mir, mich zu entscheiden. Dann drängte sich die Umarmung Güls in meine Vorstellung.

»Der Preis dafür, dich in meinen Armen zu halten und in deinen Armen zu liegen, war ein Leben«, sagte Gül. »Um dich zu bekommen, sollte ich also meinen Vater verlieren. Der Tod meines Vaters war also der Preis für dich ... Was kann ich dafür?«

Sie umarmte mich und küsste mich überall. Dann hielt sie inne und ließ ihren Tränen freien Lauf.

Draußen war eine Nacht mit Mond und Sternen. Die Flügel der Glastür zum Garten standen offen. Das Zirpen der Grillen, das Rauschen des Meeres und das Rascheln der Blätter drangen herein.

Wir standen auf und gingen hinaus in den Garten. Wir richteten den Blick starr aufs Meer. Dann betrachteten wir die Lichter am gegenüberliegenden Ufer der Bucht, lauschten lange der Stille und der Tiefe der Nacht. Güls Kopf lag die ganze Zeit an meiner Brust. Ihr Bedürfnis nach Trost strömte in mein Herz. Ich spürte ihre Trauer, aber auch das Zittern, das Zucken ihrer Liebe, die eingezwängt war zwischen Schmerz und Glück.

22

Als die Sonne fast den Zenit erreicht hatte, klopfte es an der Tür. Ich eilte hin und sah, als ich sie aufmachte, meinen Vater und den kleinen Orhan vor mir stehen. Mir verschlug es die Sprache. Auf einmal wurde mir klar, dass ich die ganze Nacht weggeblieben war, ohne meinen Eltern Bescheid zu geben. Stotternd lispelte ich einige Worte. Das reichte kaum, den Zorn meines Vaters abzukühlen.

»Du hättest doch wenigstens einmal anrufen können«, sagte er, »wenn du schon nachts nicht nach Hause kommen wolltest.«

Seine Stimme war nicht laut, aber der Ton durchbohrte schmerzhaft mein Ohr.

»Deine Mutter hat die ganze Nacht auf dich gewartet. Sie hat kein Auge zugemacht. Ihre Augen sind ganz entzündet.

Nicht zu fassen, nachdem uns schon so viel zugestoßen ist. Ich verstehe dich, bei Gott, nicht. Du bist ein ganz sonderbarer Mensch geworden. Ich wollte mit dir sowieso mal zu einem Hodscha gehen. Er muss einmal aus dem Koran lesen und den heiligen Atem über dich blasen, damit die Dämonen in dir ausgetrieben werden. Bestimmt haben sich böse Geister in deine Hülle eingeschlichen.

Für deine Mutter wollte der Morgen nicht kommen. Ich ging mit dem ersten Morgengrauen, Orhan aufzusuchen. Ich habe mir die Füße wund gelaufen, bis ich den Jungen fand. Dass du uns das in unserem Alter noch bescherst. Ich bin froh, dass Orhan wusste, wo du warst. Ich bin froh, dass wir dich hier auch gefunden haben. Sonst hätte ich keine Kraft mehr weiterzusuchen.«

Erst als ich ihm sagte: »Güls Vater ist heute Nacht gestorben«, schien mein Vater sich zu beruhigen. Kaum hörbar und mit einer Geste, als schaute er zu ihr hinüber, aber ohne Gül richtig anzusehen, flüsterte er ein: »Herzliches Beileid, meine Tochter.«

Ich sagte, unter den Umständen hätte ich nicht daran gedacht, ihn zu benachrichtigen, und bat ihn um Entschuldigung.

Sein Schweigen war drückend. Während er schwieg, gewann allmählich ein Mann in meinem Gedächtnis Gestalt, der nicht so alt war, aber mein Vater sein musste.

Das war ein Mann, der niemals einer Frau in die Augen schauen konnte und der, sobald er in diese Verlegenheit kam, den Blick sofort zur Seite drehte oder zu Boden richtete, aber hinter ihnen herstierte, bemüht darum, es sich nicht anmerken zu lassen.

Mein Vater kümmerte sich später sehr um die Beerdigung von Güls Vater. Er arrangierte das Totengebet in der Moschee und den Geistlichen für die Trauerfeier, der am zugeschütteten Grab laut Koranverse rezitierte. Da lernte ich auch einen anderen Beruf kennen, den ich bis dahin nicht kannte. Irgendwelche komischen Gestalten, Frauen, Halbwüchsige, verkauften in billigen Plastikkrügen Wasser. Wir schütteten es aufs frische Grab, damit es dem Toten unter der Erde nicht dürstete.

Gül erwärmte sich dann so für meinen Vater, dass sie ihn schließlich Vater zu nennen begann.

»Einen Vater habe ich verloren, einen Vater habe ich gewonnen, keine Lage im Leben ist ganz hoffnungslos, ganz aussichtslos.« So und dergleichen mehr redete sie.

In jenen Tagen ließ ich Gül nie allein. Mitunter blieb sie bei uns. Gül veränderte meine Mutter in unglaublicher Weise. Meine Mutter war fast nicht wieder zu erkennen. Sie redete Gül gleich mit »meine Tochter« an. Sie war wie wieder aufgerichtet. Sie begann, an ihren Besuchstagen wieder zu Nachbarinnen zu gehen.

Sie hatte sich von ihnen zurückgezogen, die die Rede immer wieder auf ihren Sohn gelenkt und gestichelt hatten:

»Du hast ihn mit tausend Mühen aufgezogen, ihn erwachsen gemacht, und was hat er dir angetan, er hat sich eine Heidin zur Frau genommen.«

Nun kehrte sie wieder zu ihrem Kreis zurück, nachdem sie Gül kennen gelernt hatte, als wäre gar nichts passiert und ihr Sohn wäre die gleiche Person wie vor der Ausreise nach Deutschland und als hätte sie nun für ihren Sohn eine Braut ausgeguckt. Als hätte sie ein Rosenblatt als Braut ausgeguckt, die Gül hieß. Sie strotzte vor Stolz.

Nach einigen Frauentreffen kam sie eines Tages mit einer Frage zu mir, die sie dort aufgeschnappt hatte. Eigentlich hatte ich bis dahin immer den Eindruck, sie würde sich vornehm zurückhalten, dieses Thema möglichst vermeiden. Aber eines Tages ließ sie die Katze aus dem Sack. Ihre Stimme war langsam und bedeutungsschwer.

»Um Gül zur Frau zu nehmen, musst du dich doch auch amtlich scheiden lassen, oder hast du das schon erledigt, ehe du kamst, mein schöner Sohn?«

Ich wusste nicht, was ich sagen sollte. Zwischen uns entwickelte sich ein Dialogspiel, dessen ungeschriebene Regel es war, über ein Thema zu sprechen, ohne es direkt zu nennen. Das Spiel endete mit einem Vorwurf:

»Das gibt es doch nicht. Man kann vergessen, aber kann man denn so rasch und so spurlos vergessen? Schließlich war sie deine eheliche Frau. Wie hieß sie noch mal? Maria?«

Der Vorwurf bedeutete, gegen die Spielregel zu verstoßen. Sie sprach das Thema direkt an. Ich hatte das Spiel verloren.

Was hieß sich scheiden lassen? Ich hatte nie darüber nachgedacht. Plötzlich konfrontierte mich meine Mutter mit einer Vergangenheit, die einen Namen hatte. Ich stand zwischen ihr und einem zukunftsträchtigen Jetzt mit Namen Gül. Ich konnte mich in dieser Lage nicht zurechtfinden. Ich konnte nicht aus ihr heraus.

Gerade war ich dabei, mich an dieses Jetzt mit dem Namen Gül zu gewöhnen, da mischte sich eine Vergangenheit ein, die auch einen Namen hatte. Ich war im Begriff, mich so an Gül zu gewöhnen, dass sie mit meinem Leben und meiner Welt identisch wurde. Aber die Gewöhnung an das Jetzt erschwerte die Auflösung der Vergangenheit. Einmal mehr machte ich die Erfahrung, keine zwei Prozesse zeitgleich durchschreiten zu können. Was war der Fehler? Für diese mir ganz und gar entrückte Vergangenheit konnte ich nichts. Sollte ich bedauern, Gül kennen gelernt zu haben?

Ich war vollkommen verwirrt. Eine Zeit lang sollte ich Einkehr halten bei mir, mit mir ins Reine kommen und dann nach einer Entscheidung suchen, wenn sie sich in dieser Selbstabrechnung unausweichlich erweisen sollte.

23

Ich blickte durch die Öffnung in den Innenraum eines Ofens und dachte an das Höllenfeuer. Auf beiden Seiten des Innenraums loderten Holzscheite. Der Bäcker schob mit seiner langen Holzschaufel die Sesamkringel auf den mit Ziegelsteinen ausgelegten Boden des großen Ofens und holte die knusprig gebackenen heraus.

Der Morgen war nocht nicht angebrochen, der Horizont noch nicht gerötet. Wir waren in tiefer Finsternis hierher gekommen. Obwohl kaum eine halbe Stunde seitdem verstrichen war, hatte die Finsternis sich aufzulösen begonnen.

Gegenüber der Brotbäckerei am Marktplatz waren der große Maulbeerbaum und die Platanen vom laut zwitschernden Vogelvolk besiedelt. Doch die kleinen und großen Sesamkringelverkäufer, die sich in und vor der Bäckerei drängten und die ofenfrischen Sesamkringel sorgfältig in ihre Körbe und Glaskästen einreihten und die Körbe mit einem Tuch zudeckten, damit die Wärme lange erhalten blieb, sie hatten außer für ihr eigenes Gezwitscher für nichts ein Ohr, sahen nicht zum leer gefegten Marktplatz hinüber, dessen große Bäume wie tiefdunkle Schatten aussahen, und sie kümmerten sich nicht um das morgendliche Vogelfest auf den Zweigen.

Sie waren aus halbem Schlaf aufgestanden und zur Bäckerei gerannt, um sich als Erste anzustellen. Sie fieberten dem Wunsch entgegen, die Sesamkringel als Erste in die Stadt zu bringen und sie noch ofenfrisch zu verkaufen. Während sie warteten, plauderten sie miteinander und fanden für Meister Sabri, der mit der Holzschaufel in der Hand an der Ofenöffnung stand, freundliche Worte, erzählten von ihren lustigen, sonderbaren und schlechten Erlebnissen beim Verkauf, darauf bedacht, dabei ja keine Berufsgeheimnisse zu verraten.

Unter ihnen waren Schüler wie Orhan, Kinder armer Familien, die die Schule nach der vierten, fünften Klasse verlassen hatten, und auch ergraute Männer, die schon seit vierzig Jahren mit dem Verkauf von Sesamkringeln ihren Lebensunterhalt verdienten. Wenn man sich diese Männer anschaute, konnte man in ihren eingesunkenen, von Furchen und Falten gezeichneten, gebirgigen Gesichtern, an ihren Augen, die sich fremdartig in diese Gesichter einnisteten, die jüngste Geschichte dieser Bäckerei, dieses Marktplatzes, dieses Stadtviertels, dieser Stadt und dieses Landes ablesen.

Orhan flüsterte mir ins Ohr. Der Sesamkringelverkäufer neben uns, dessen mindestens eine Woche alten grauen Bartstoppeln wie Stacheln abstanden, heiße Mustafa. »Er mag mich, aber ärgert sich gleichzeitig über mich«, erzählte Orhan.

Ich sah ihm ins Gesicht, in seine Augen, von einem tiefen Faltennetz eingefangen, deren blauer Glanz verflogen und getrübt war. In ihnen erblickte ich die konzentrierte Zusammenfassung der Vergangenheit und merkwürdigerweise auch die Zukunft dieser Menschen und dieses Landes.

Er bemerkte mein Interesse. Er hatte auch schon gesehen, dass ich in Orhans Begleitung gekommen war und mit dem

Sesamkringelverkauf und mit den Verkäufern nichts gemein hatte.

»Sie zeugen und zeugen und lassen ihre Bastarde hinaus in die Welt«, murmelte er für sich, aber so, dass ich ihn hören konnte. Seine Stimme war heiser, von undefinierbarer Klangfarbe. Und diese Stimme konnte nur zu diesen Augen gehören, nur in diesem Mann Unterschlupf finden.

»Wenn sie für sie nicht sorgen können, wenn sie sie nicht satt machen können, warum schaffen sie sie dann an?«, grummelte er weiter.

Er meinte wohl Orhan und andere Schüler und kleine Buben, die vielleicht nicht so arm waren. Der taube Mustafa, Sesamkringelverkäufer seit vierzig Jahren, ein Meister dieses Geschäfts, konnte es einfach nicht verdauen, dass Kinder, gerade die Schulkinder mit erwerbstätigen Eltern, Sesamkringel verkauften. Gegen sie richtete er seine Wut. Er hatte gewollt, dass ich seine Wut erfuhr, die in den Kindern auf die Eltern zielte, die Eltern treffen sollte. Diese Wut war nicht gegen Waisenkinder oder gegen die Kinder armer, arbeitsloser Eltern gerichtet, auch nicht gegen diejenigen, die aus Not die Schule abbrechen und irgendwie ihr Brot verdienen mussten.

Er drückte sich nicht so aus, aber in den Furchen seines Gesichts, das der Erde glich, war eine Art Güte, eine Art Verständnis abgelagert und eingenistet. Ich konnte es in seinem Gesicht ablesen. Er war kein Schurke, kein Bösewicht, sonst hätte er nicht ein Leben lang nur Sesamkringel verkauft. Aber besonders jetzt, bei den sich von Tag zu Tag verschlechternden Absatzbedingungen, hasste er innerlich die unnötige Konkurrenz durch diese Lausbuben und äußerte seine Wut gegen sie frei von der Leber weg.

In diesem Stadtteil, ja in dieser Stadt, in der es ohnehin mehr als genug arme Leute gab, verkauften in den Schulferien Kinder, manche sogar in aller Herrgottsfrühe bis zum Schulbeginn, unter ihnen auch Kinder von Familien, die täglich ihren Tisch decken konnten, Sesamkringel und machten anderen Konkurrenz, die darauf angewiesen waren. Und natürlich konnten sie, indem sie zwanzig, dreißig Ringe in den Korb warfen, mit der Behändigkeit der Zehn- und Zwölfjährigen viel schneller rennen als Mustafa und die anderen alten Wölfe, alle Gassen und Straßen abklappern und ihre Waren als Erste abstoßen.

»Gestern waren sie in einer halben Stunde alle«, sagte ein Kind, »in einer Gasse waren sie schon ausverkauft. Ich habe einmal ausgerufen, da gingen gleich drei Türen auf. Drei Stück an der einen, fünf an der anderen haben sie gekauft.«

»Gestern musste ich mich ziemlich abmühen. Und den einen, der übrig blieb, habe ich schließlich selbst gegessen.«

»Du nimmst fünfzig Stück, ich nur dreißig. Aber gestern hätte ich auch fünfzig Stück leicht verkauft.«

»Ich war in Gassen, die ich gar nicht kannte.«

»Es ist nicht mehr das, was es einmal war«, meinte ein unrasierter Verkäufer mittleren Alters.

Sabri, der am Backofen stand, und Salih, der den Teig anrührte und knetete, machten Witze unter der Gürtellinie und lachten darüber. Salih hatte nur ein Netzunterhemd an. Seine Wimpern und Augenbrauen waren mehlweiß. Er schielte leicht. Er knetete den Teig mit den Fäusten und setzte hin und wieder auch die nackten Ellbogen ein. Er nahm davon ein größeres, rundes Stück ab, rollte es lustvoll länglich etwas aus und kniff davon Teile ab, als fasste er Mädchenbrüste an. Ich wäre nicht auf so etwas gekommen, wenn er nicht selbst diesen Ausdruck in den Mund genommen hätte. Er hielt ein Stück zu Sabri hoch und verglich es mit einer Mädchenbrust. Sie lachten.

Diese Teigstücke rollte er mit beiden Handflächen ziemlich dünn und lang aus, dann verband er die beiden Enden zu einem Ring, wie eben Sesamkringel auszusehen hatten. Ehe er das Teigstück so ausrollte, schmierte er darauf etwas Sesamöl und warf die fertigen Teigringe in eine Schüssel mit Sesamkörnern und ließ beide Seiten voll mit Sesam kleben. Die fertigen

Ringe schob Sabri dann auf seiner Holzschaufel in den Backofen. Er tat all dies so schnell, dass die Augen den Bewegungen der Hände kaum folgen konnten.

Ich fragte Orhan, wie viele Sesamkringel diese Bäckerei jeden Morgen backte. Er konnte keine genaue Zahl nennen. Er peilte die wartenden und die schon gegangenen Verkäufer über den Daumen. Es kamen über vierzig heraus. Wir errechneten insgesamt rund zweitausend Sesamkringel.

»Aber nach den Sesamkringeln backt man hier Brot«, wandte Orhan ein. Am Nachmittag würde die Bäckerei Mandelmakronen und süßes Mehlgebäck backen und den ganzen Tag die Essen, die aus allen umliegenden Wohnvierteln in Töpfen oder auf Blechtabletts gebracht würden, im Backofen kochen.

»Die länglich aufgeschlitzten und gefüllten Auberginen meiner Mutter schmecken besonders gut«, sagte Orhan. »Eines Tages habe ich das ungegarte Essen auf einem Blechtablett zum Backofen gebracht. Eine Stunde später wollte ich es abholen. Meister Sabri reichte mir das leere Tablett. Es war Geld darauf. Du kannst dir mein Staunen vorstellen. ›Was ist los, Sabri Abi?‹, fragte ich. ›Das Essen ist leider verbrannt‹, sagte er. ›Ich habe das Tablett leider hinter einem Holzscheit nicht gesehen und vergessen‹, fügte er hinzu. Als ihm das einfiel, war es schon zu spät. ›Es tut mir Leid, Orhan, es ist nun mal passiert, und ich bin schuld daran. Die Entschädigung liegt auf dem Tablett‹, entschuldigte er sich. Es war bestimmt mehr Geld auf dem Tablett, als meine Mutter ausgegeben hatte. Fast hätte ich mich dem Schicksal gebeugt und die Bäckerei verlassen, als mir Salih aus dem halbdunklen Hintergrund schmatzend zurief: ›Kann passieren, Orhan, irren ist menschlich.‹ Erst da bemerkte ich Salih und seinen Gehilfen. Sie saßen an dem Tisch hinten und aßen mit großem Appetit. Ich sah scharf hin, auf den Tellern waren die gegarten Auberginen. Meister Sabri übersieht nicht einmal einen kleinen Sesamkringel, geschweige denn die Auberginen meiner Mutter. Es war Mittag, sie hatten Hunger und wählten aus dem Angebot im Ofen das Beste für sich aus. So einfach war das. Das hat mich damals furchtbar geärgert, aber heute lache ich darüber.«

Wir lächelten. Es war der Augenblick, seine Mutter zu loben.

»Mindestens hundert Töpfe täglich werden hierher zum Kochen gebracht«, sagte er, »aber schon beim ersten Blick erkennt man den wunderbaren Geschmack der Auberginen meiner Mutter. Ich hätte an ihrer Stelle sicher dasselbe gemacht.«

Ich wollte mir das Gesicht von Orhans Mutter vorstellen, aber in meiner Einbildung stellte sich das Gesicht meiner Mutter ein.

»Ich hatte Angst, mit dem leeren Tablett nach Hause zu gehen«, erwiderte Orhan auf meine Frage. »Aber was sollte ich machen, natürlich gab ich die Lüge von Meister Sabri weiter. Meine Mutter ärgerte sich trotzdem grau und schwarz über ihn. Sie hatte sich so große Mühe gegeben, und nun kam Luft statt Auberginen auf dem Tablett zurück. Kennst du den Ausdruck *Glotzspeise*? Auf dem Tablett war also Glotzspeise. Sie steckte das Geld achtlos in die Tasche. Das war aber anständig von Meister Sabri, wenigstens das Entgelt dafür reichlich zu geben. An dem Mittag briet meine Mutter Spiegeleier, weil ich sie mochte, und es gab danach die Sesamsüßspeise *Helva* mit frischem Weißbrot. Ich hätte dabei die Auberginen ganz und gar vergessen, wenn nicht das griesgrämige Gesicht meiner Mutter ständig über dem Tisch geschwebt hätte.«

Es gebe viele solch lustiger Geschichten in dieser Bäckerei. Wenn Meister Sabri einmal zu erzählen begänne, was er alles gesehen und erlebt hätte, wäre das Zuhören, besonders in den Winternächten am Ofen, ein großes Vergnügen.

»Nur einmal passierte etwas Schlimmes«, erzählte Orhan weiter, während er noch wartete, an die Reihe zu kommen. »Beim Teigkneter Salih arbeitete einmal ein Geselle, den ich kannte. Wenn du ihm begegnest, dann kannst du deinen Tag vergessen. Er war einer von der üblen Sorte und hatte immer ein Gesicht wie Dauerregenwetter. Er machte sich an kleine Buben heran, die Sesamkringel verkauften. Ich hatte mich von Anfang an unbewusst von ihm fern gehalten, weil ich ihn einfach nicht mochte. Eines Abends verführte er einen kleinen Jungen und schloss ihn in der Bäckerei ein. Der Bub kam dann heulend nach Hause und erzählte seiner Mutter, was passiert war. Der arme Junge hatte keinen Vater. Seine Mutter rannte sofort zur Polizei. Die Polizisten kamen in die Bäckerei und zerrten den Halunken in Unterwäsche von seinem Schlaflager hoch und führten ihn ab. Ich erzählte das nie zu Hause. Sonst hätten mich meine Eltern niemals mehr in die Bäckerei geschickt.«

Jeder, der Sesamkringel in den Korb gelegt hatte, nahm den Henkel in den Arm und machte sich auf den Weg zu seinem allmorgendlichen Abenteuer. Der eine bog nach rechts ab, als er die Bäckerei verließ, der andere nach links, wieder andere gingen geradeaus über den Marktplatz und tauchten ab in eine der drei Gassen am Ende des Platzes. Unvermittelt begann in meinem Kopf ein Ratespiel, welchen Weg wohl Orhan nehmen würde.

Hinter jedem Einzelnen, nachdem er in eine Gasse abgebogen und dem Blick entschwunden war, stiegen Rufe wie »Sesamkringel, ofenfrische Sesamkringel, warme Sesamkringel« hoch, als wären Vögel in die Luft aufgeflattert. Den Sesamkringelverkäufer kennzeichnete eine ihm eigene markante Stimme. Die eine schweifte als Spatz durch die Lüfte, die andere als Kanarienvogel, die nächste als Krähe …

Nach dem tauben Mustafa war nun Orhan an der Reihe. Der taube Mustafa hatte zwei Glaskästen, deren Griffe, Winkelbleche, weiße und gelbe Metallteile jeden Tag mit einer Glanzflüssigkeit poliert wurden. Sie hatten oben zwei Glasdeckel, die von außen nach der Mitte hin hochgingen bis zum dicken metallischen Henkelbogen. Orhan kannte diesen altgedienten Kringelverkäufer Mustafa sehr gut, daher hatte er geseufzt, als er in die Bäckerei gekommen und ihn schon dort gesehen hatte. Also war er heute zu spät dran.

Jetzt begriff ich sein Seufzen. Denn der taube Mustafa hatte in einen Glaskasten hundert und in den anderen ebenso hundert, insgesamt genau zweihundert Sesamkringel gefüllt. Diese Auszahl hätte gereicht, fünf von den anderen Verkäufern zu bedienen. Wer daher in der Reihe nach Mustafa stand, musste ihn für fünf zählen.

Neben den üblichen Ringkringeln hatte Mustafa auch je zehn oder zwanzig von der *Taube* genannten Sorte und den anderen Kringelsorten genommen. Fünf kleine Verkäufer wären leichter als ein Mustafa zu verkraften. Mustafas riesenhafte, raue Gestalt, die einem tauben Felsen glich, wuchs zu Recht in den Augen der hinter ihm stehenden kleinen Kringelverkäufer ins Unvorstellbare.

Orhan steckte dreißig Sesamkringel in seinen Tragekorb und zählte das Geld in die Hand von Sabri. Dann legte er ein sauberes, vier Mal gefaltetes Tuch ordentlich darauf, damit ihre Wärme nicht zu schnell verflog, hakte seinen Arm unter den Henkel und machte sich auf den Weg.

Heute Morgen war es für ihn ein besonderes Abenteuer. Denn ich ging neben ihm her, nach dem langen Warten in der Bäckerei, dieser sonderlichen Welt. Mir wurde die große Bedeutung des Interesses und Vertrauens klar, dass Orhan mich mitnahm.

Als wir vereinbart hatten, heute Morgen zusammen in die Bäckerei zu gehen und seine Runde durch die Gassen gemeinsam zu machen, hatte ich die Bedeutung dieses liebevollen Vertrauens noch nicht in diesem Ausmaß gekannt. Ich hatte nicht das Bedürfnis gehabt, darüber nachzudenken.

24

Als wir die Bäckerei verlassen hatten, bogen wir nach rechts ab. Neben der Moschee gingen wir gleich in die Gasse, die wieder nach rechts abbog. Nach der Moschee warf Orhan den Kopf in den Nacken und rief:

»Schön warme Kringel!«

Ich verstand diese Worte als eine schöne Botschaft für einen neuen, hoffnungsvollen Morgen, die als Zeichen der lebensfrohen Begeisterung Orhans in die Welt, den aufwachenden Menschen gesandt wurde. Mit den Vögeln hatte diese Stimme nichts gemein. Es war ein richtiges Glückszeichen:

»Steht auf, ihr schönen Menschen, hier habe ich euch Sesamkringel fürs Frühstück gebracht, lasst euren Tee ziehen, deckt euren Tisch mit Oliven und Käse und kauft eure warmen, ofenfrischen Sesamkringel bei mir, macht ein schönes, genüssliches, lustvolles Frühstück, dann fangt euren Tag an, diesen schönen Tag, ihr schönen Menschen, ihr lieben Menschen …«

Das, stellte ich mir vor, drückte der Ausruf »Schön warme Kringel!« aus und übermittelte eine hoffnungsfrohe Botschaft für die Menschen in ihren Häusern, bereitete sie auf einen neuen, schönen Tag vor.

Wir gingen.

»Eigentlich mag mich der taube Mustafa«, sagte Orhan unvermittelt. »Er kennt auch meine Eltern, er mag sie sogar. Er hat es niemals ausgesprochen, aber ich weiß es, ich verstehe es, wenn ich in seine Augen sehe, er hat mich gern. Als ich noch ein Baby war, ging er immer an unserer Tür vorbei.«

Orhan tauchte in eine alte, ferne Welt hinein.

»Seine heisere Stimme klang in meinem kindlichen Ohr wie Musik. Ich rannte sofort zur Tür, kaufte einen Sesamkringel. Meine Mutter gab ihm dann das Geld dafür. Ich brauchte meine Mutter nicht zu fragen. So haben wir uns kennengelernt.

Später, als ich mit der Schule begann, sah ich ihn vor dem Schuleingang. Er setzte seine Glaskästen hin und wartete auf seine kleinen Kunden. Mit meinem Taschengeld kaufte ich jeden Tag bei ihm einen Sesamkringel, knabberte an ihm entweder in der Pause oder nach der Schule auf dem Weg nach Hause. Durch ihn kam ich auf die Idee, selber Sesamkringel zu verkaufen. Er war eines der ersten Vorbilder, die sich mir einprägten. Deshalb eröffnete ich eines Tages, es war noch in der ersten Klasse unmittelbar vor dem Ferienbeginn, meiner Mutter den Wunsch, Sesamkringel zu verkaufen. Zuerst schenkte sie mir keine Beachtung, aber als ich darauf beharrte, fragte sie meinen Vater um Rat. Als mein Vater dann nicht einmal den Mund aufmachte, drückte mir Mutter das Kaufgeld für zwanzig Sesamkringel in die Hand. Am ersten Tag sollte ich zwanzig Stück kaufen und verkaufen. Schon am Abend stellte ich meinen Korb mit dem Tuch neben der Tür bereit. Die ganze Nacht konnte ich vor Aufregung kaum schlafen. Jedes Mal wenn ich einschlief, träumte ich davon, wie ich mit dem Tragekorb am Arm in verschiedenen Stimmlagen ausrief und Sesamkringel verkaufte. Mal öffneten sich bei einem Ruf alle Türen und Fenster, erschienen Frauen und Kinder und verlangten Sesamkringel, und der Korb war bald ausverkauft, und ich musste vielen Kunden sagen: ›Ich bedaure, nichts mehr da.‹ In einem anderen Traum ging ich wie in einer toten Gasse, in einer Gespensterstadt herum. Wenn ich meine Ware anpreisen wollte, versagte mir die Stimme, keine Tür öffnete sich, noch verlangte ein Mensch von einem Fenster aus nach meinen Sesamkringeln, sie wurden kalt, trocken und steinhart, nicht ein einziges Stück konnte ich verkaufen. Das Grundkapital, das mir Mutter geliehen hatte, ging verloren. Mit Schreck fuhr ich aus dem Schlaf hoch und merkte, dass alles nur ein Traum war, entspannte mich vor Freude, und alle Angst und Anspannung war verflogen. Beinahe schon um Mitternacht wachte ich auf, als ich zum ersten Mal mit dem Sesamkringelverkauf begann. Ich war ordentlich vorbereitet.

Ich machte nicht den leisesten Lärm im Haus, um niemanden zu wecken. Ich nahm das Geld und den Korb und ging hinaus in die dunklen, leeren Gassen. Als ich vor der Bäckerei ankam, hatten Meister Sabri, Meister Salih und sein Geselle, die ich bis dahin nur aus der Entfernung gekannt hatte, wenn ich den Topf oder das Blechtablett meiner Mutter zum Kochen brachte, gerade erst damit begonnen, Sesamkringel zu machen, und noch war kein einziger Kringelverkäufer da. Sie begrüßten mich freundlich als einen neuen Verkäufer.

Tagelang, wochenlang habe ich mir die größte Mühe gegeben, um dem tauben Mustafa mit dem Kringelkorb in meiner Hand nicht zu begegnen. Ich ging ihm immer aus dem Weg. Morgens ging ich entweder lange vor ihm zur Bäckerei, oder ich kam, nachdem er schon seine Ware abgeholt hatte. Und wenn ich seine Stimme über zwei Gassen hinweg vernahm, entfernte ich mich aus dem Viertel wie auf der Flucht. Am Ende der Ferien, als die Schule wieder begann, wollte ich nicht mehr aufhören, Sesamkringel zu verkaufen. Während die anderen Kinder noch schliefen, stand ich auf und kam schon zurück, wenn sie sich für die Schule vorbereiteten und frühstückten. Ich hatte längst alle dreißig Sesamkringel verkauft. Zu Hause nahm ich meinen Schulranzen, den ich am Abend bereits vorbereitet hatte, legte den weißen Schulkragen um und rannte zur Schule. Als der taube Mustafa merkte, dass ich keinen Sesamkringel mehr bei ihm kaufte, stierte er beim Eingang vor der Schule in meine Augen. Ich dachte, dass er mich beobachtete. Seine Blicke verstörten und betrübten mich zugleich. Ich glaubte, dass seine Blicke wie zwei hellgraue Tropfen sich in Traurigkeit verwandelten, weil ich bei ihm keinen Sesamkringel mehr kaufte. In mir wuchs das Gefühl, seinen Lebensunterhalt gemindert zu haben, obwohl es klar war, dass ein einziger Sesamkringel bei ihm nicht ins Gewicht fiel. Wenn ich zur Schule ging und von der Schule kam, achtete ich darauf, mich unter die Schüler zu mischen, um nicht gesehen zu werden. Ich flüchtete regelrecht vor seinen

Blicken, vor seinen stets zusammengekniffenen, von Falten umlagerten Augen. Vor seinen grauen Augen, die zu seinen Haaren, seinem mehrere Tage alten grauen Bart passten.

Nachdem ich monatelang vor ihm geflohen war, begegneten wir uns eines Tages ganz überraschend. Als ich mit dem Korb an ihm vorbeiging, als hätte ich ihn nicht gesehen, verstand er, warum ich bei ihm keinen Sesamkringel mehr kaufte. Er hatte das Geheimnis erfahren und das Rätsel endlich gelöst. Danach warf er mir immer zornige Blicke zu, wenn ich in seine Nähe kam. Mit der Zeit wurde ich abgebrüht, machte mir nichts mehr daraus. Ich war zum Konkurrenten des dienstältesten, des geschicktesten und des berühmtesten Sesamkringelverkäufers der Stadt geworden. Dieser Gedanke machte mich stolz, lagerte jedoch zugleich einen bitteren Bodensatz in mir ab. Seit jenem Tag änderte sich an diesem Zustand nichts. Aber als er heute Morgen dich bei mir sah und seine Bemerkungen machte, setzte mir dieser bittere Bodensatz noch schwerer, noch stärker zu.«

Orhan erzählte, pries aber währenddessen auch immer wieder seine Ware lauthals an:

»Kauft Sesamkringel, warme Sesamkringel, direkt aus dem Backofen …!«

Einem Kind, das in einer Haustür erschien, verkaufte er die ersten Stücke. So machte er die erste Einnahme des Tages. Er ließ das Geld, das er von dem Kind bekam, auf die Erde fallen, dann bückte er sich und nahm es wieder, strich mit den Münzen in der Hand über sein Gesicht und sprach dabei die Formel:

»Den Anfang machst du, den Segen schenke Gott!«

Ich verfolgte ihn mit offenem Mund und fragte mich, was dieser Junge eigentlich tat. Als dann in einer Haustür eine Frau »Kringelverkäufer, komm!« rief und drei Sesamkringel kaufte, warf Orhan mir einen Seitenblick zu. Damit wollte er mir seine Geschicklichkeit als Kringelverkäufer voller Stolz beweisen.

»Dieser Frau gebe ich jeden Morgen drei Stück. Sie hat zwei Kinder, ein Mädchen, einen Jungen. Sie sind noch klein, gehen noch nicht zur Schule, und das dritte kauft sie für sich. Selbst an Sonntagen isst ihr Mann keinen Sesamkringel. Er sieht verflucht streng aus, stellt gerne seinen Schneid zur Schau, er ist ein gut aussehender Mann. Die Frau ist ein Mädchen dieses Viertels; woher der Mann kommt, weiß ich nicht. Als sie geheiratet haben, zogen sie in dieses Haus ein«, erzählte Orhan die Geschichte seiner Kundin.

Das war für mich die Gelegenheit, ihn wegen des Geldes des ersten Kunden anzusprechen, das mich die ganze Zeit beschäftigte. Er lächelte etwas verlegen.

»Die erste Einnahme des Tages ist sehr wichtig. Das ist seit Jahrhunderten erprobt. Beim allerersten Verkauf des Tages bringt das Geld mancher Kunden so viel Glück, dass ich danach alle Waren sehr schnell verkaufe. Bei anderen Kunden ist das erste Geld jedoch das reinste Pech. Danach muss ich mich den ganzen Tag abrackern. Oft bleibt noch am Abend etwas übrig. Dann habe ich auch gar keine Lust, den Rest selber zu essen. Ich verteile die Kringel am Abend unter den Nachbarkindern kostenlos, sonst werden sie am nächsten Tag alt und hart. Die Kinder freuen sich wenigstens. Ich weiß aus Erfahrung, dass das erste Geld aus der Hand eines Kindes das meiste Glück bringt. An der Spitze der Glückskunden kommen also Kinder, dann weißbärtige, fromme Alte, die den Namen Gottes immer im Mund führen. Ihr Geld als erste Einnahme des Tages ist sehr segensreich. Es gibt aber auch nörgelnde und fratzige Menschen. Wenn man das vorher ahnen könnte, würde ich mit denen das erste Geschäft des Tages vermeiden, aber man kennt sie ja nicht im Voraus. Sonst würde ich ihnen die Ware sogar kostenlos lassen, um ja nicht ihr Geld zu berühren. Aber ich bin heute viel erfahrener, in vielen Fällen sehe ich auf den ersten Blick, ob der Kunde ein Segen bringender Mensch ist oder nicht. Es gibt natürlich auch Reinfälle, aber man wird in diesem Beruf mit der Zeit ein richtiger Menschenkenner. Außerdem kenne ich inzwischen einige Leute. Ehe ich etwas verkauft habe, gehe ich nicht an ihren Türen vorbei und rufe dort nicht aus.«

Während er erzählte, dachte ich darüber nach, ob mein Geld als erste Einnahme einem Geschäftsmann wohl Glück brachte.

»Nicht nur der erste Kunde«, erzählte Orhan weiter, »sondern auch der Tag ist sehr wichtig. Es kommt sehr auf den Tag an. Es gibt Tage, Gott sei Dank, nicht so viele, da kannst du auf einen Kunden, der Glück bringt, lange warten. Durch die Bank sind es solche Leute mit keinem guten Omen. An so einem Tag ist das Geschäft einfach schlecht. Es kommt alles so, wie mir auf der Stirn geschrieben steht. Da kannst du nichts ändern. Gott sei Dank weiß der Mensch nichts davon, was auf seiner Stirn geschrieben steht. Du erfährst es erst im Leben. Das ist das Gute am Schicksal. Und so bleibt das Leben immer ein Abenteuer.«

Dabei sah er mir in die Augen und sagte selbstbewusst, als hätte ich mich mit ihm auf eine Diskussion eingelassen und als wollte er mich mit einem unerschütterlichen Beweis schließlich matt setzen:

»Für mich habe ich sogar den Beweis für die Existenz der Vorherbestimmung auf unserer Stirn entdeckt.«

Eigentlich hörte ich ihm nur zu. Weder hatte ich eine Frage an ihn gerichtet noch ihm widersprochen. Da er mich jedoch so bestimmt und herausfordernd ansah, musste ich ihn fragen:

»Was für einen Beweis hast du entdeckt?«

»Es gibt doch Sterne, die Millionen von Jahren von unserer Welt entfernt sind«, begann er mit seinem Schulwissen zu erzählen. »Und wir empfangen von diesen Sternen nur das Licht, das Millionen Jahre nach seiner Ausstrahlung unsere Erde erreichen kann. Aber manche dieser Sterne sind inzwischen längst erloschen, nicht wahr? Also, es gibt sowohl Licht als auch wieder nicht. Sowohl leuchten sie, als auch sind sie erloschen. Sowohl leben sie, als auch sind sie tot. Wenn wir ihr Licht empfangen, erleben wir sowohl ihre Millionen von Jahren alte Vergangenheit als auch ihre Gegenwart, als auch wissen wir um ihre Zukunft, um ihre Vorherbestimmung, das heißt, wir kennen ihren lichtlosen, erloschenen Zustand, ihren Tod als ihren jetzigen Zustand. Stimmt es, ist es nicht so, hab ich nicht Recht?«

Er richtete den Blick wieder auf mich. Ich wusste nicht, was ich sagen sollte. »So muss es sein«, rutschte es mir nur heraus. Aber angesichts dieser Logik, die mit ihrer Absurdität mich staunen ließ, vermochte ich nichts zu sagen.

Nach einigem Hin und Her des Nachdenkens stellte er noch die Frage:

»Vergisst man vielleicht wirklich alles, wenn man lange Jahre im Ausland lebt? Aber du hast die Sprache nicht verlernt. Zwar bist du manchmal zögerlich, als suchtest du nach Wörtern, und manchmal sprichst du eine uralte Sprache, aber du hast die Sprache nicht verlernt.«

Ich war mir jedoch nicht klar, ob ich die Sprache nicht verlernt hatte oder sie erst mühsam erlernte, seitdem ich hier war. Da ich schwieg, beantwortete er nun meine Frage:

»Wenn ich meine erste Einnahme habe, lasse ich dieses Geld auf die Erde fallen. Denn ich wünsche, dass es so fruchtbar sei wie die Erde. Dann streiche ich meinen Bart damit, dabei sage ich innerlich, es soll so viel werden wie meine Barthaare.«

Nachdem er »streiche ich meinen Bart damit« gesagt hatte, hielt er an. Er sah mir ins Gesicht, als erwartete er meinen Einwand, dass er doch noch keinen Bartwuchs hätte. Ich sagte nichts. Er sagte aber mit den Augen: ›Noch nicht, aber er wird schon bald wachsen.‹

»Deine Geldbörse ist sehr schön«, sagte ich.

»Das ist eine sehr alte Geldbörse«, entgegnete er. »Ich hatte sie auf dem Flohmarkt entdeckt. Sie gefiel mir sehr gut, also habe ich sie gekauft. Meine Mutter hat sie gewaschen, sie wurde vollkommen sauber.«

Da fiel mein Blick auf eine blaue Perle an der Geldbörse.

»Ach die«, lachte er. »Meine Mutter nähte, nachdem sie sie gewaschen hatte, eine blaue Perle an, damit kein böser Blick meine Börse und mein Geld trifft.«

Zwischendurch rief er immer wieder »Sesamkringel!« aus. Ich merkte erst recht spät, dass seine Schritte sichtlich langsamer wurden, als wir uns einer verzierten Eisentür näherten. Er konnte irgendwie nicht an der Tür vorbeigehen, nach zwei Schritten auf die Tür zu drehte er wieder um. Den Blick auf die Tür geheftet, rief er: »Ofenfrische Sesamkringel, warme Sesamkringel!« Er rief die üblichen Sprüche, doch er strengte sich an, seine Stimme besonders rührend klingen zu lassen.

Die Ölfarbe auf der doppelflügligen, verzierten Eisentür blätterte stellenweise ab. Dennoch war zu erkennen, dass sie, als sie neu gewesen war, ein Zeichen für den Reichtum des Besitzers darstellte. Dahinter war ein Garten, hinter dem verzierten Eisengitter hatte die Tür zwei schwenkbare Flügel. Der eine war auf, so dass durch diesen Flügel der Garten und in seiner Mitte ein Springbrunnen zu sehen waren. Als hätte dieser Garten den blendenden Glanz einer Vergangenheit eingemottet und bis auf den heutigen Tag überliefert.

Orhan hatte mich vergessen und sich voll auf die Tür konzentriert. Erst viel später nahm er mich wieder wahr. Er spürte das Bedürfnis einer Rechtfertigung, als wäre er auf frischer Tat ertappt worden.

»Früher war das eine sehr reiche Familie gewesen, die hier wohnt«, sagte er. »Sie sind immer noch reich, aber da sie eine alteingesessene und würdige Familie sind, haben sie die Wege der Neureichen für sich verachtet, wie eben jeder Bauer, jeder Kleinstädter, der in die Stadt zieht und hier Geld macht. Sie kommen immer noch mit ihrem alten Vermögen aus. Heute haben sie mich sicher nicht gehört.«

Danach schrie er lauter, dabei um eine anziehende Tonlage bemüht:

»Ganz warm, ofenfrisch, Sesamkringel!«

Dann glitt sein Blick wieder zu mir.

»Vier Töchter haben sie«, erklärte er fast flüsternd. »Alle sind sehr schön, aber am schönsten ist die jüngste …«

»Bitt'sch …«, verschlug es Orhan die Stimme, während er auf die Eisentür zulief. Die Tür wurde geöffnet, und ein blondes, anziehendes, freundliches Mädchen, ungefähr in Orhans Alter, war in der Tür erschienen, unterm T-Shirt der junge, sprießende Busen. Orhan hatte sich dem Mädchen zugewandt, ohne darauf zu warten, gerufen zu werden. Sein ganzer Zustand verriet, dass seine Füße selbstvergessen, wie von selbst, liefen. Sein Geist war blockiert. Seine Sinne übten sich in einem stillen Aufstand.

Das Mädchen dagegen verlangte selbstbewusst und unbekümmert fünf Sesamkringel. Es war wohl ein Rede- und Informationsfluss zwischen den beiden, der jedoch jenseits des Verlangens ablief. Der eine wusste nicht, wohin mit Händen und Füßen vor lauter Aufregung, die andere, wohl noch ein kleines Mädchen, verriet keinerlei Gefühle, verbarg sie mit angeborener Fähigkeit meisterhaft. Es schien Orhan gar nicht anzusehen, ja, es spielte sogar eine gewisse Brummigkeit, um ernst zu erscheinen. Doch dieses Spiel hatte nichts anderes zur Folge, als ihre Liebenswürdigkeit und ihre rosa Farbe zu mehren.

Sie gab ihm das Geld. Als Orhan das Wechselgeld zurückgab, langte das Mädchen kaum hin, öffnete kaum ihre Hand, und im gleichen Augenblick war ihr Köpfchen gleichgültig zur Seite gewandt, um ins Haus zu gehen. Nachdem die Tür zugeschlagen war, starrte Orhan verwundert seine eigene Hand an. Einen Augenblick lang konnte er sich nicht von der Stelle rühren. Als er sich dann umdrehte und lief, sah er so aus, als beschimpfte er die Hemmung, die ihn blockiert hatte. Als jammerte er über die einmal mehr vertane Gelegenheit, den Augenblick der Begegnung mit vollem Bewusstsein zu genießen. Aber plötzlich bemühte er sich, sich zusammenzureißen, mir seine Gefühle nicht zu verraten.

»Hat sie keinen Namen?«, fragte ich, als er wieder bei mir war. Er starrte mir ins Gesicht. »Deine Kundin«, sagte ich. »Ein guter Verkäufer sollte doch seine besten Kunden mit Namen kennen, oder?«

Er schwieg. Er hatte sich längst ausgeliefert. Dessen war er sich auch bewusst. Er wandte sein Gesicht, das in der Frische des frühen Morgens rosa angelaufen war, dem Kringelkorb zu und sagte in einem kaum hörbaren Ton: »Gülce« – kleine Rose.

Dieser Name traf mich an einer verborgenen Stelle. Warum, in welchem Zusammenhang konnte mich ein Wort, das mir zugeflüstert worden war, ein Name, so heftig treffen und mich zugleich in einen Zustand versetzen, als wäre ich von tausendundeinem Splitter überschüttet? Das Wort bedeutete »Röschen«, also Knospe. Nun war Orhan dran, sich siegessicher zu fühlen. Er hatte mit einem Blick meine Wunden erkannt.

»Du bist irgendwie sonderbar«, bohrte er nach. »Du siehst traurig aus. Morgentraurigkeit ist sehr eigentümlich, sie setzt einem besonders zu. Sie breitet sich auf den ganzen Tag aus.« Dann fragte er mit einem bedeutungsvollen Seitenblick: »Wie geht's Gül Abla?«

Wir gingen eine steile Gasse hinauf, ich trug alle Rosen und Knospen der Welt auf meinem Rücken. Orhan bot immer wieder seine Sesamkringel an, verkaufte den Menschen, die in den Haustüren erschienen und ihn riefen, Sesamkringel und sprach dabei mit mir.

»Keine Ahnung, ich habe sie lange nicht gesehen«, sagte ich.

Er sah mich wie bei einer Vernehmung an. Er wusste, dass ich Gül nicht deswegen traf, um mich selbst zu finden, sein Blick verriet sein Wissen, und dennoch sah er mich an, als wüsste er gar nichts.

Ich sah Gül nicht, um mich selbst zu finden, doch seitdem ich sie nicht gesehen hatte, verlor ich mich immer mehr in einem unbeschreiblichen Meer von Taubheiten. Ich spürte den steilen Weg. Die innere Leichtigkeit war verflogen. Die alte Burg, der wir uns den steilen Weg hinauf näherten, wurde in meinen Augen immer mehr zu einer uneinnehmbaren Festung. Je näher man der Burg kam, umso kleiner und hüttenhafter wurden die Häuser.

»Ich mag Gül Abla«, sagte er wieder so, aus heiterem Himmel.

Die baufälligen Häuser schritten noch schiefer, aus aller Form geraten, noch verbeulter und eingedrückter, noch erbärmlicher und elender auf mich zu, ich wurde zwischen ihnen eingezwängt. Ich wurde immer stärker zerquetscht. Mein Schmerz wuchs so stark, dass ich ihn nicht mehr empfand.

»Eine sehr angenehme Abla«, sagte er dann. Also nannte er sie seine ältere Schwester.

Der Grund all meiner Bedrückung, meiner Betrübnis, meines Kummers und Schmerzes, meiner Verdehnungen und Verkrümmungen lag scheinbar in diesen Worten. Was bedeuteten denn diese Worte, die so sebstverständlich dem Mund des Kindes Orhan entschlüpften?

»Du scheinst sehr durcheinander zu sein, ich hätte dich nicht so eingeschätzt«, sagte er und fragte: »Hast du was?«

Meine Schritte wurden immer schwerer und langsamer.

»Natürlich bist du nicht gewöhnt, so einen steilen Weg hinaufzusteigen«, versuchte er meine Verlegenheit zu verdecken. »Lass uns etwas Luft holen, und wenn du willst, können wir auf der Stelle umkehren und nach Hause gehen. Wir können uns ein gutes Frühstück machen, dann kannst du dich ausruhen und erholen.«

»Nein, nein«, ächzte ich nur.

»Ich bin an diese Wege gewöhnt«, sagte er dann, nicht ohne den Glanz von Stolz in der Stimme. »Diese engen und steilen, schiefen und krummen Gassen sind meine Gassen, diese Gassen haben mich aufgezogen. Zwischen diesen Gassen und mir gibt es ein Seelenband. Deshalb machen mich diese Gassen nie müde, so steil und aufsteigend sie auch sein mögen.«

Aus dem Mund Orhans sprachen Unbekümmertheit, Verwegenheit und der Schneid der frühen Jugend, zugleich aber Weisheit und Reife. Ich vermutete, dass die Lebenserfahrung dieser Gassen und Häuser und der Menschen sich in ihnen widerspiegelte als Reife, Weisheit und Mündigkeit. Sicher war es auch bei anderen Kindern so, die wie Orhan hier in diesen Gegenden aufwuchsen. Daher waren sie Kinder und Erwachsene zugleich, mit ihrer äußeren Erscheinung wie mit ihrer inneren Welt.

»Anstelle dieser Hütten, dieser Bruchbuden, die du da siehst, sollen hier früher Saubohnenäcker, Gemüsegärten, Melonenfelder und Olivenhaine gestanden haben«, erzählte Orhan. »Übrig geblieben sind nur mehr einige Tannen innerhalb der Burg. Die Saubohnen von der Burg wurden von den Händlern als Balsambohnen angepriesen und hatten einen zuckersüßen Geschmack. Ich habe das natürlich nicht selbst erlebt, aber meine Eltern oder ältere Bekannte erzählen seufzend davon. Alte Leute lieben das Vergangene und die Vergangenheit geradezu. Ob ich mich unter der Last der Alltagssorgen wohl auch nach den heutigen Tagen sehnen und sie verklären werde wie sie, wenn ich einmal alt bin?«

›Da habe ich auch keine Erfahrung‹, dachte ich. Aber ich scheute mich, ihm zu antworten. Ich hatte Scheu davor, von ihm vernommen zu werden. Was hieß das, ich hätte keine Erfahrung? Wenn er so gefragt hätte, was hätte ich ihm dann geantwortet?

Klar doch, ich war ja ein Kind wie er. Mein Aussehen war zwar immerhin stattlich zu nennen. Ich erfuhr doch dauernd von vielen, die mein Alter rieten, dass ich wie ein Mann in mittlerem Alter aussah. Wahrhaftig, wie stark waren doch die Menschen hier von der Neugier getrieben, das Alter anderer zu erfragen oder zu erraten. Und um sich dann einander wie verabredet gegenseitig zu bestätigen, dass man doch sein Alter gar nicht erraten hätte.

Woher sollte ich wissen, woran sollte ich erkennen, ob ich

jung oder alt war, ob ich Lebenserfahrung besaß oder nicht. Ein bisschen Erfahrung hatte sich angesammelt, dachte ich, ich merkte das, wenn Erinnerungsfetzen sich in meinem Kopf regten.

Als Orhan erzählte, dass hier überall Saubohnenäcker gestanden hätten, erinnerte ich mich an Gül, an ihr Haus, unsere Unterhaltung dort und an die Kindheitsgeschichten, die sie erzählt hatte. Mir schien, es hätte nicht Orhan, sondern Gül gesprochen.

Gül hatte mir also keine unbekannten Geschichten, keine Geschichten aus ihrer Phantasie erzählt. Die Saubohnenäcker waren also wahr. Früher hatten hier Saubohnenäcker gestanden. Und Gül hatte sie also als Kind gesehen. Sie hatte mich gesehen, dort, in den Saubohnenäckern, unter den Ölbäumen. Wie sollte ich da Orhan sagen, keine Ahnung von alledem zu haben? Würde er das glauben? Wer würde denn so etwas glauben, außer mir?

Glaubte ich es eigentlich? Meine Zweifel wuchsen, mit meinen Zweifeln auch meine Beunruhigung. Die Beunruhigung, mein Leben ohne Erinnerungen zu wissen, die Beunruhigung der Geschichtslosigkeit, keine Vergangenheit zu haben, trotz des Lebens. Die Beunruhigung über das Zusammensuchen und Steinchen um Steinchen ein Ich zusammenzusetzen.

Ich sammelte Gischt als milchweiße Blüten.

Als wir die Burg erreichten, kletterten wir noch auf die höchste Stelle, ich, ohne einen Mucks von mir zu geben, selbst den Atem fast anhaltend, seitdem Orhan mir die Umkehr angeboten hatte, in der Annahme, ich schaffte es doch nicht. Vielleicht war es banal, mit einem Schuljungen zu wetteifern, um meine Jugendlichkeit unter Beweis zu stellen. Als wir auf der Burg standen, waren in Orhans Korb nur noch ein paar Sesamkringel übrig. Er hatte mir seine Kunst vorgeführt. Deshalb war er gesprächig und froh gelaunt.

Wir standen vor den Ruinen der Festung und des Burgturms. An den nicht so stark ruinierten Stellen erkannte man die ursprüngliche Pracht der Burg. Einer der Türme war restauriert, eine Treppe führte hinauf zu einem Aussichtsplatz. Orhan merkte, wie mein Blick zu den Treppen schweifte, und bot an:

»Wenn du willst, steigen wir hinauf.«

Ich nickte. Er ging vor, ich folgte ihm hinauf auf den Burgturm. Im Osten tauchte die Sonne den ganzen Horizont in purpurne Flammen. Kein Gefährt und kein Mensch war von hier zu sehen. Zu beiden Seiten erstreckten sich endlos die rot geziegelten Dächer, und außer verstreuten Bäumen und einigen Vögeln da und dort war nichts zu sehen.

Und im Westen, in der Richtung, aus der wir die Burg bestiegen hatten, die Bucht, das Meer, das einen blauen Fuß vorschob, den blauen, frierenden Fuß der Amazone, der Gründerin dieser Stadt.

Ich wandte mich nach Osten, die runde, knallrote, riesige Sonnenscheibe, die nun auf der Horizontlinie saß, wollte den blauen Fuß der Amazone, der hinter mir blieb, sanft anwärmen.

Da saß nun die Sonne auf der Horizontlinie, wie neugeboren und mit dem Morgen gewaschen. Sie erinnerte sich meiner, der ich aus dem Morgengrauen in den Tag trat. Sie wollte ihre Umlaufbahn am Himmelsbogen durchwandern, ich den Tag. Dann wieder mussten Orhan und ich der einbrechenden Dunkelheit weichen, die die Wanderwege verschlucken, die gelebten Augenblicke löschen, das Gedächtnis in ein schwarzes Blatt verwandeln wollte. Alles würde dann aufhören.

Würde auch Gül auf dem schwarzen Blatt aus meinem Gedächtnis verschwinden? Oder würde in meinem Gedächtnis eine Riesenrose erblühen, mein ganzes Gedächtnis einnehmen? Würden mein Gedächtnis und mein Wesen aus einer einzigen Rose bestehen?

»Du bist in Gedanken versunken, Bruder. Von hier aus den Sonnenaufgang zu betrachten ist wunderschön«, sagte er.

»Auch am Sonnenuntergang kann man sich von hier aus nicht satt sehen. Wenn du willst, können wir auch einmal am Abend hier hinaufsteigen. Noch besser ist es, wenn du eines Abends zusammen mit Gül Abla im Burgrestaurant zu Abend isst, gegenüber dem Sonnenuntergang. Am schönsten wäre es so, das würde auch Gül Abla sehr gefallen.«

»Wie alt mag diese Burg wohl sein?«, versuchte er gleich, das Thema zu wechseln.

Ich sah ins Burginnere. Wenn man ausgrübe, wer weiß, wie viele Schichten ans Tageslicht träten? Wie viele Stadtsiedlungen, Schicht für Schicht, würden an den Tag kommen? Stiegen die jetzt in den übereinander lagernden Schichten zu Staub gewordenen Menschen vor Tausenden von Jahren auch auf die Festungsmauern, um den Sonnenauf- und -untergang zu beobachten? Oder war die Festung für sie bloß ein Schutzwall und sonst nichts? Wer waren ihre Feinde, gegen wen wehrten sie sich?

Ich trat jäh in den Bann des aufsteigenden Helios. Von welcher Vergangenheit kommt er, und in welche Zukunft eilt mit seinem goldenen Wagen der Sohn des Hyperion und der Theia? Oder war er der Herrscher einer unabänderlichen, unvergänglich verharrenden Zeit wie die der Rinderherde der Hesperiden?

»Du hast es wohl nicht gewusst?«, holte mich Orhan wieder aus der Versunkenheit. »Eigentlich kann man es auch gar nicht wissen. Keiner kennt die genaue Geschichte dieser Stadt. In der Schule haben wir sie behandelt. Hier hat man schon viertausend Jahre vor Christus gesiedelt. Wie viele leben wohl heute in dieser Stadt, die Abkömmlinge der Menschen sind, die vier Jahrtausende vor Christus hier gelebt haben? Manchmal, meist im Geschichtsunterricht, kommen mir solche Fragen in den Sinn.«

Orhan bewies sich einmal mehr als eingefleischter Bürger dieser Stadt. Er hatte sie noch nie verlassen. Er war noch jung, würde sicher noch viele andere Städte und Länder sehen. Ob dann seine Gefühle für diese Stadt sich relativieren oder noch weiter verklären würden?

Er erzählte viele Geschichten und Legenden dieser Stadt, die er in der Schule gelernt hatte. Weil gerade die Legenden so prägnant waren, dass sie mich seitdem als Gedächtnisübung immer wieder reizten.

Diese Stadt war ein sehr altes Zentrum der Kultur und Zivilisation, in dem die Beziehungen zwischen Hethitern und Ioniern sehr intensiv gewesen waren. Ihr natürlicher Hafen machte sie zugleich für Tausende von Jahren zu einem Handelszentrum. Sie wurde 600 vor Christus von den Lydiern besetzt, ausgeplündert und dem Erdboden gleichgemacht. Dann lebte sie lange Zeit als unbedeutendes Städtchen mit einigen tausend Seelen im Burginnern, bis schließlich Alexander der Große die Stadt in ihrer alten Pracht und Bedeutung wieder errichtete.

Als Alexander hierher kam, ging er einmal auf die Jagd. Über Stock und Stein gewandert, fiel er erschöpft hin. Er schlief unter einer Eiche. Im Traum erschienen ihm zwei Feen. Sie verlangten von ihm, dort, wo er gerade schlief, eine Stadt zu errichten. Als Alexander wieder aufwachte, versammelte er die Menschen der Burg und erzählte ihnen seinen Traum. Die Bürger fragten Apollon um Rat, ob der Traum für sie Gutes oder Böses bedeutete. Der Seher des Apollontempels in Klares sprach:

»Die Siedler jenseits des Flusses Meles, zum Saume des Berges Pagos hin, werden dreifach, vierfach glücklicher ...«

Daraufhin gingen die Menschen aus der Burg hinaus und gründeten die Stadt neu.

Als Orhan diese Legende erzählte, drehte ich mich auf der Stelle um die eigene Achse. Nicht nur jenseits von Meles, sondern auch diesseits von ihm, nicht nur am Saume von Pagos, sondern auch auf seinem Rücken und auf seinem Hügel, nicht nur diesseits der Bucht, sondern auch jenseits von ihr, nicht nur auf einem, sondern nunmehr auf sieben Hügeln ausgedehnt, gealtert, lag eine brummende und dröhnende Stadt da, als könnte sie sich nicht von der Stelle rühren.

Wievielfach glücklicher waren die Menschen hier? Ob sie überhaupt noch glücklich waren? Diese Frage Orhan zu stellen war müßig.

Die Kinder waren in so einem gemäßigten Klima sicher auch ohne Decke und ohne Dach über dem Kopf stets glücklich. Denn auch wenn sie kein Brot hätten, wenn es in der Stadt fast nichts mehr gäbe, würden vor ihnen, je weiter sie die Stadt hinter sich ließen, Felder und Wiesen mit Kaninchen und Wachteln, mit Maulbeer-, Apfel-, Birn-, Aprikosen-, Pfirsich-, Pflaumen-, Mandel- und Orangenbäumen, mit Sträuchern von Beeren und Melonen auftauchen und Süßwasserquellen sprudeln.

In diesem milden Klima, auf dieser reich mit Wasser gesegneten fruchtbaren Erde, in diesen Ebenen, die sich zwischen dem Meer und den Bergen erstreckten, starben die Kinder nicht an Hunger, so schlecht auch die soziale Ordnung sein mochte.

Und warum sollte ich ein Kind nach dem Glück der Erwachsenen fragen? Wenn die Erwachsenen hier unglücklich waren, dann hatten sie es versäumt, ihr Glück eigenhändig aufzubauen.

Ich blickte zu den Hängen von Pagos. Ich machte die Agora aus, sah dort einige Ruinen. Bestand das Zentrum der Kultur nur aus diesen Überresten?, schlich mir eine Frage in den Sinn. Ich fragte Orhan nicht danach.

Seit einiger Zeit beharrte er darauf, mich zum Kulturpark zu führen. Gewiss gehörte auch eine grüne Parkanlage zur Kultur einer Stadt. Von hier oben zeigte er mir mit dem Finger ein grünes Gelände da unten, einen großen Flecken, der sich wie eine grüne Lunge in die sich ausdehnende, ausgestreckt daliegende Stadt einnistete. Von so weit oben konnte man auch die vielen Bauten erkennen, die sich klammheimlich in dieses grüne Gelände hineingestohlen hatten. Ich fragte Orhan nach ihnen.

»Ausstellungshallen«, antwortete er. »Früher gab es dort nicht so viele Bauten, aber von Jahr zu Jahr werden es mehr.«

»Dann ersticken sie, töten sie das Grüne«, sagte ich.

Er sah mich mit verständnislosem Blick an. Hieß nicht weniger Grün gerade in dieser Region auch weniger Glück? Das brauchte man nicht aus den Schulbüchern zu lernen, dafür war auch keine Lebenserfahrung nötig. Die Tiere waren von Geburt an mit Grün glücklich, die Menschen auch, und dann mit Blau, mit dem blauen Himmel und mit dem blauen Wasser. Aber die Lebenserfahrung lehrte, dass sich der blaue Himmel und das blaue Meer dort in Wüste verwandelten, wo das Grün verbraucht wurde.

War Gül mein Grün? Diese Frage stellte sich mir, wieder ohne anzuklopfen. Die Sonne war inzwischen ein Stück gestiegen. Mit dem fragenden Ausdruck auf dem Gesicht und mit dem Gedanken an Gül stieg ich die Treppen des Burgturms wieder hinunter.

Nach der Verkaufsrunde mit Sesamkringeln wollten wir bei Orhan zu Hause frühstücken. Unterwegs waren wir auch an seinem Haus vorbeigekommen, unten am Hang von Pagos, in einer der verwinkelten Gassen, in denen die schiefen und schrägen ein- und zweistöckigen Häuser noch nicht durch Betonbauten ersetzt worden waren, wo die holprige Wärme der mit Kopfsteinen ausgelegten Gassen durch Teer noch nicht ausgetrieben worden war.

Wir gingen bergab. In den Gassen waren schon Menschen zu sehen: Kinder, Hausfrauen, die Wasser holten an der Gassenkreuzung, schreiende Obst- und Gemüsehändler mit ihren von Eseln oder Gäulen gezogenen Karren, Milchmänner mit ihren großen Milchkannen, Verkäufer von kandierten Äpfeln und Lollis.

Ein Kind näherte sich uns und fragte: »Gibt es Sesamkringel, Abi?«

»Ich hab noch zwei«, antwortete Orhan.

Das Kind gab Orhan das Geld und nahm die letzten zwei Kringel. Orhans Gesicht hellte sich noch mehr auf.

Wir stiegen hinab, und abwärts ging es wirklich ohne Mühe. Meine Füße schritten von allein, als wären mir innere Flügel gewachsen.

Vor einer grün angestrichenen und angestaubten ebenerdigen Tür, durch die man nur eintreten konnte, wenn man den Kopf beugte, standen einige Leute. An diesem Bild war eigentlich nichts Außergewöhnliches, nur standen sie schattenhaft still, und die Frauen trugen alle Kopftücher. Manche versuchten ihre Tränen zu verstecken.

»Ich glaube, in diesem Haus gibt es einen Todesfall«, sagte Orhan. Das war also das unsichtbare Außergewöhnliche. Auf die Menschen vor der Tür senkte sich die Farbe des Todes herab.

Orhan ging zu einem kleinen Mädchen. Er flüsterte ihm etwas zu. Der Opa der Familie war gestorben.

»Allah segne den Seligen«, sagte Orhan.

Ich wusste nicht, warum, meine Lippen bewegten sich lautlos, als wollten sie diesen Spruch nachsagen. Orhan sah die Bewegung meiner Lippen. Er las sie ab wie ein Taubstummer und wendete dann zufrieden den Kopf. Gut, dass sich die Lippen bewegten. Nach einem uralten Instinkt, unabhängig vom Willen, als wollten sie die Worte Orhans nachsprechen.

»Er war ein Opa«, sagte Orhan. »Jetzt erinnere ich mich an ihn. Er hatte einen weißen, bauschigen Schnurrbart und weißes Haar. Er hatte graue Augenbrauen wie Quasten. Ich denke über sein Alter nach, aber ich kann es nicht schätzen«, erzählte er.

Wir waren am Trauerhaus vorbeigegangen und in eine andere Gasse eingebogen. Am oberen Ende der Gasse lag ein Grundstück auf einer Anhöhe. Mitten darauf stand ein großer, viereckiger weißer Felsen. An ihm standen zwei junge Männer. Einer hatte einen Vollbart, der andere einen Schnurrbart, der an beiden Enden herabhing. Der mit dem Vollbart beobachtete uns, einen Fuß am Felsen und den Ellbogen auf sein Knie gestützt. Er pfiff.

»Orhan, kommt doch mal her«, rief er dann.

Orhan und ich sahen uns an.

»Lass uns hingehen«, sagte er dann und fügte hinzu, als wollte er mich beruhigen: »Ist nichts …«

Wir gingen zu dem Grundstück neben einem einstöckigen Haus, dessen rote Ziegel fast auf der gleichen Höhe waren wie die Umgebung, als wäre das Haus mit der Zeit allmählich in der Erde versunken.

»Orhan, willst du uns nicht bekannt machen?«, fragte der Vollbärtige in einem scharfen Befehlston. Er klang nicht gespielt. Der Ton strahlte Selbstvertrauen aus.

»Mein Bruder«, sagte Orhan. »Er lebt im Ausland. Er ist zu Besuch hier. Ich habe ihm den Sonnenaufgang auf der Burg gezeigt.«

»Du hast einen romantischen Bruder«, sagte der mit dem herabhängenden Schnurrbart.

»Wir wussten nicht, dass du auch einen großen Bruder hast«, sprach der Vollbärtige im Ton einer Vernehmung.

»Deine Eltern waren wohl noch Kinder, als sie ihn zeugten«, mischte sich der mit dem Schnurrbart ein.

»Er ist mir so wie ein Bruder«, sagte Orhan kleinlaut, die Segel gestrichen.

»Weißt du nicht, dass Fremde ohne Erlaubnis diese Gegend nicht betreten dürfen? Wenn er ein Spion der Faschisten ist? Sollen wir dir verbieten, hier Sesamkringel zu verkaufen?«

»Ich habe einen Fehler gemacht, Kerim Abi. Ohne vorher um Erlaubnis zu fragen, bringe ich niemanden mehr hierher«, entschuldigte er sich. »Aber ihr braucht ihm nicht zu misstrauen. Mein Bruder ist so furchtlos, dass er die Faschisten bei der Polizei angezeigt hat.«

»Faschisten bei der faschistischen Polizei angezeigt?«, machte sich der Schnurrbärtige lustig.

»Okay, du kannst gehen, er kommt mit uns«, sagte der Vollbärtige. An seinem Reden und Benehmen konnte man erkennen, dass er der Mächtigere von den beiden war.

»Aber …«, versuchte Orhan zu widersprechen, doch sie schickten ihn weg. »Wir haben noch nicht einmal gefrühstückt, wir wollten gerade nach Hause gehen und frühstücken«, stotterte er herum. »Er findet den Weg nicht«, meinte er dann.

»Wie gut«, sagte der Vollbärtige, »wir wollten auch gerade frühstücken, er kann mit uns frühstücken, ist das nichts?«

Als ich zu dem Felsen trat, band mir der mit dem herabhängenden Schnurrbart eine schwarze Augenbinde um. Mein Tag verfinsterte sich jäh. Ich war vollkommen blind.

»Es ist besser, wenn du den Weg nicht siehst«, sagte der Schnurrbärtige. Er hatte eine hohe Stimme. Man konnte ihn mit dem anderen unmöglich verwechseln. Er fasste mich am Arm, wir gingen.

Zum ersten Mal versuchte ich mit verbundenen Augen die Richtung zu erkennen. Eigentlich war es für mich erfreulich, dass die Wahrnehmung nicht ausfiel, wenn die Augen geschlossen waren. Wenn ich es richtig wahrnahm, gingen wir hinter das kleine Grundstück. Ich hatte vorher schon gefühlt, dass ein mickriger, unebener Pfad zwischen zwei niedrigen Häusern hinunterführte. Vermutlich gingen wir auf diesem Pfad über einige Stufen aus Erde und Stein. Als wir zwischen die Ecken der beiden Häuser kamen, ließ mich mein Bewacher vor, ohne meinen Arm loszulassen. In dem engen Durchgang konnte man nur einzeln gehen. Daran erkannte ich mit verbundenen Augen den Durchgang, den ich vorher gesehen hatte. Danach allerdings war es mir unmöglich, die Richtung auszumachen. Immer wieder, alle paar Schritte, bogen wir nach rechts und nach links ab. Dann traten wir über eine Schwelle, gingen einige Stufen hinab und kamen in einen Raum. Sie nahmen mir die Augenbinde ab.

Hier waren zwei ineinander übergehende Räume. In dem einen standen Betten, in dem anderen, wo wir standen, waren ein Tisch und Stühle. An den Wänden hingen Fahnen und Plakate mit roten und gelben Sternen darauf und mit vollbärtigen Männerköpfen und Sprüchen. Auf manchen Bildern hielten die bärtigen Männer auch Gewehre in der Hand. Es waren Bilder, die im Freien, in einer gebirgigen Gegend, aufgenommen worden waren. An der Vorderseite ihrer Mützen und Helme steckten Sterne.

Auf den Schriften an den Wänden war von Krieg, vom Pfad, von der Befreiung die Rede, das Wort Revolution kam häufig vor.

Am Tisch saß jemand, der mit seinem schwarzen Vollbart den Köpfen auf den Plakaten ähnlich sah, und den die anderen mit Kommandant ansprachen. Als sie mir die Augenbinde abgenommen hatten, stand er auf.

»Wir haben Tee und Milch, was trinkst du?«, fragte er mich.

Ich verstand seine Frage als Einladung zum Frühstück.

»Tee«, sagte ich.

Einer der Leute, ebenso schnurrbärtig, ging. Kurz darauf kam dieser mit zwei Mädchen zurück. Sie trugen Tabletts in ihren Händen. Darauf gab es alles: Tee, Milch, Butter, Käse, Oliven, Honig, Marmelade, Eier … Zwar hatten die Mädchen die Tabletts hereingetragen und anscheinend alles, was darauf stand, selbst vorbereitet, doch die Jeans an ihren Beinen, ihre Halstücher und ihr ganzes Benehmen wollten nur demonstrieren, dass ihr Bewusstsein dem der Männer hier in nichts nachstand und sie hier gleiche Aufgaben und Funktionen wahrnahmen.

Auf dem Tisch des Kommandanten wurde das Frühstück angerichtet, und alle Anwesenden setzten sich gleichzeitig um den Tisch. Ehe ich an meinem Teegläschen nippte, hatte ich wie von selbst den Zuckerwürfel angeknabbert. Das fiel dem Kommandanten auf.

»Bist du aus unserer Region?«, fragte er. »Wir haben uns hier daran gewöhnt, den Zucker in die Tasse zu tun und umzurühren. Wir haben uns dieser Stadt angepasst, aber du trinkst den Tee mit angeknabbertem Zucker im Mund.«

»Eigentlich trinke ich ihn ohne Zucker«, sagte ich. »Ich lernte diese Art, den Tee zu trinken, von einem Bekannten aus Erzurum, vielmehr war er ein Bekannter von Orhan. Mir schmeckt der Tee so besser.«

»Sag mal, während wir uns hier anpassen, nehmen andere unsere Bräuche an. Das ist auch schön. Das Ziel der Revolution ist ja auch, in Zukunft aus verschiedenen Kulturen und Bräuchen zu einer proletarischen Synthese zu gelangen.«

Sie sprachen wiederum eine andere Sprache. Kein Tag verging, ohne dass ich einer anderen Sprache gegenüberstand. Allmählich schien ich etwas zu begreifen. Alle sprachen hier miteinander, als hätten sie alle dieselbe Sprache. Doch Auseinandersetzungen, Streitereien, Kämpfe und Morde nahmen dabei kein Ende. Zu diesem Zweck schien jeder seine Sprache zu erfinden. Jeder misstraute dem anderen, jeder beschimpfte hinterrücks den anderen, wenn er ihm auch ins Gesicht lachte. Keiner gönnte keinem etwas, keiner hatte Nachsicht mit keinem. Die Beziehungen beruhten auf irgendwelchen gegenseitigen Interessen. Der gegenseitige Argwohn hatte die gegenseitige Angst zur Folge. Und daraus entstand eine gegenseitige Feindschaft auf Tod und Verderben.

Ich begann auch, die Sprache so zu verwenden, wie ich sie hörte. Ich neigte wohl zu Verallgemeinerungen wie »jeder mit jedem« oder »keiner mit keinem« ... Eine eigene Sprache daraus zu erfinden oder zu entwickeln, daran konnte ich natürlich nicht denken. Ich war froh, wenn ich dem gesprochenen Wort hier folgen konnte.

Gewiss hatten sie auch schönere Beziehungen miteinander. Aber diese wurden verborgen, als wären sie Schandtaten. Sie wollten sie nicht zeigen, nicht auffallen.

Auf der einen Seite brodelte diese Gesellschaft, vielmehr ein Teil von ihr, und der andere, weitaus größere Teil glomm unter der brodelnden Oberfläche als Glut weiter. Die Oberfläche beherrschte jedoch den Eindruck. Um die Mehrheit unter der Oberfläche schien sich niemand zu kümmern. Ich erinnerte mich, wie Menschen hier auf ihre Söhne, Brüder und Männer warteten, die irgendwo in diesem großen Land ihren Militärdienst taten.

Ich schien es doch allmählich zu begreifen: Die Menschen sprachen miteinander, oder sie taten so, sie verständigten sich, oder sie taten so, aber sie kochten in gegenseitigem Argwohn, Hass und in Feindseligkeiten. Der einen Sprache lagen also unterschiedliche Sprachen wie im alten Babylon zugrunde.

So blieb mir auch nichts anderes übrig, kaum in die Sprache eines Menschen eingedrungen, als angesichts der völlig unterschiedlichen Sprache eines anderen Gesprächspartners mit dem Hineinhören wieder von vorne anzufangen.

Ich musste jedes Mal zum Anfang meiner Suche zurückkehren, zum Anfang meines Selbst, das hieß zum Nullpunkt.

Was in diesem Raum, der einem kleinen Stabsquartier glich, beim Frühstück gesprochen wurde, war immer schwerer zu verfolgen und schließlich unmöglich. Ich konnte nur herausbekommen, dass diese Menschen mich von irgendwoher kannten. Das jüngere der beiden Mädchen behauptete, ich wäre ein Schulfreund seines Vaters gewesen. Aber nach der Grundschule hätten sich unsere Wege getrennt. Sein Vater wäre beim Großvater, dem Verzinner, in die Lehre gegangen. In diesem Regime würde dem Kind einer armen Familie – es hatte dies anders ausgedrückt, ja, es hatte »proletarisch« gesagt – keine Chance gegeben. Und sein Vater wäre schließlich, eben als Sohn des Verzinners, Arbeiter geworden. Und da ich anscheinend die Gelegenheit bekommen hätte, auch noch in Europa – wie hatte sie gemeint? Im Zentrum des Imperialismus – studieren zu können, so wäre jeder Argwohn gegen mich angebracht. Doch würde der Sumpf allen solchen Argwohns bald ausgetrocknet werden. Wenn die Revolution – ja, es hatte Revolution gesagt – abgeschlossen sei, würde die Macht auch in ihre Hände gelangen, sie würden die Gesellschaftsordnung von Grund auf verändern, auf den Kopf stellen. Ja, es hatte oft den Ausdruck Revolution gebraucht, das prägte sich mir ins Gedächtnis ein.

Der, den sie Kommandant nannten, brachte schließlich das Mädchen zum Schweigen. Er hatte es nicht wie ein Vater oder älterer Bruder, nicht mit einem strengen Befehl oder mit einer vornehmen Bitte gemacht, sondern auf eine ganz andere Art hatte er dem Mädchen das Wort genommen. Ich konnte mich an den Ausdruck überhaupt nicht erinnern, dessen er sich dabei bedient hatte.

Das wäre kein Thema, fügte er dann hinzu. »Außerdem haben wir keinerlei Beweis für deine Beschuldigung gegen unseren Gast«, sagte er. Im Gegenteil, ihn hätten seine Kenntnisse über mich Vertrauen fassen lassen. Und jetzt wären wir eigentlich auch nur deshalb zusammengekommen.

Meine Verwunderung wurde ab da zu einer Lawine. Den Fall vom Barbier Ali im gedeckten Basar erzählte mir dann der Kommandant. Er führte insbesondere die Vorkommnisse an dem Ort, wohin ich abgeführt worden war, und die Vernehmungen bis in die kleinste Einzelheit aus, als wäre er dabei gewesen. Während ich ihm zuhörte, bekam ich sonderbar gemischte Gefühle.

Zunächst war ich darüber verwundert, wie und woher der Kommandant das alles wusste. Von wem hatte er es erfahren? Aber konnte denn ein Dritter Erfahrenes so detailgetreu wiedergeben? Das wunderte mich sehr, aber ich dachte nicht weiter darüber nach. Denn die Erzählung des Kommandanten ließ mich all jene Ereignisse Schritt für Schritt von neuem erleben.

Ich kam zum ersten Mal in die Lage, früher Erfahrenes wieder zu erleben, als würde es zum ersten Mal geschehen. Ich wusste nicht, wie meine daraus entstandenen Gefühle einordnen. Konnte man ein Erlebnis mehr als einmal erleben? Konnte das Erlebte wiederholt werden? Ich fühlte, wie ein kalter Schauer durch mich hindurchzog, als ich alles wieder erlebte.

Beim ersten Erleben hatte ich mich eigentlich gleichgültig verhalten. Mir war es so gegangen, als hätte ich den persönlichen Bezug des Ereignisses zu mir erst gar nicht wahrgenommen. Mein ganzes Wesen war vom Mord an dem Barbier Ali eingefangen gewesen, jegliches Benehmen hatte unter dem Eindruck dieses Mordes gestanden, nicht außerhalb meines Willens, doch mein Wille war Gefangener des Ereignisses geworden.

Als ich es durch die Erzählung des Kommandanten wieder erlebte, war das Verbrechen wie erkaltet und hatte sich von mir entfernt. Mein eigenes Wesen, meine eigenen Erlebnisse waren in den Mittelpunkt gerückt. Schreck und Schmerz meiner Erlebnisse traten physisch und psychisch mit ihrer ganzen Nacktheit und Intensität zum ersten Mal gerade jetzt in Erscheinung.

Das war eine völlig neue Erfahrung für mich. Die Erinnerung an ein Erlebnis, an ein Ereignis, es durch eine Erzählung in Erinnerung zu rufen und dadurch wieder zu erleben, konnte also viel intensiver und viel schrecklicher sein.

Ich wurde bleich, und Schweißperlen traten auf meine Stirn. Der Kommandant stand plötzlich auf.

»Was hast du, fühlst du dich nicht gut?« Er geriet in Aufregung.

Einer der Leute im Raum – ich konnte nicht unterscheiden, wer es war, ich konnte nicht einmal unterscheiden, ob es eine weibliche oder männliche Stimme war – sagte:

»Der Mann ist kreidebleich geworden.«

Ich konnte dem Kommandanten nicht antworten. Die Mädchen holten Kölnischwasser mit Zitronenduft und frisches Wasser. Der Kommandant rieb meine Schläfen und Oberarme mit Kölnischwasser. Er gab mir ein Glas kühles Wasser zu trinken. Langsam kam ich wieder zu mir. Ich bat um Nachsicht, dass ich sie aufgeregt hatte.

»Ich habe nichts, nichts Wichtiges«, hauchte ich. »Ich gewöhne mich erst allmählich ans Klima hier, manchmal gerät hier mein Kreislauf durcheinander«, versuchte ich zu erklären.

»Kann schon passieren ...«

»So etwas kommt und geht ...«

»Was haben wir alles schon gesehen ...«

»Es gibt keine Revolution ohne Opfer ...«

Die Stimmen klangen durcheinander. So fand auch das Frühstück ein Ende.

Mit mir hätten sie eigentlich nur reden wollen, damit ich vom Ausland her zur Revolution beitrüge. Aber sie könnten mit mir darüber auch ein anderes Mal reden. Doch morgen müsste ich unbedingt zu einer Fabrik außerhalb der Stadt kommen. Ich sollte eine solche Gelegenheit nicht auslassen. So etwas gäbe es nicht immer. Ich könnte ein konkretes revolutionäres Erlebnis mitbekommen. Orhan wüsste darüber Bescheid. Er könnte mich mitnehmen und dorthin bringen. Sie wollten Orhan anweisen. Der Faschismus würde unbedingt besiegt ...

Da fiel ich nun in ein richtiges Labyrinth hinein. Es war ein gläsernes Labyrinth. Ich versuchte, einen Weg herauszufinden und mich zu befreien. Ich stieß meinen Kopf, mein Gesicht, die Augen und die Nase gegen unsichtbare Glaswände. Überall bekam ich blaue und braune Flecken.

Ich musste vorher wahrhaftig nicht gelebt haben, oder ich musste in solch einem abgeschlossenen Glashaus gelebt haben, dass ich gar keine Ahnung vom Leben draußen hatte bekommen können. Sonst hätten sich die Welt und das Leben draußen nicht so plötzlich verändern können.

Eine andere Möglichkeit wäre allerdings, an einem anderen Ort und unter ganz anderen äußeren Bedingungen gelebt zu haben, deren ich mich nun nicht mehr entsinnen konnte, und dann daraus jählings hier in Erscheinung getreten zu sein.

Diese Frage würde ich ohnehin nicht lösen können, nur wie würde ich nun mit dieser Umgebung, mit dem Leben, das sie mir unentwegt zuschneiderte, mit irgendwelchen Aufgaben und Aufträgen fertig werden? Wie würde ich da zurechtkommen, wie mich aus ihren Fängen befreien?

Wenn ich doch wüsste, in welchem Glashaus ich früher gelebt habe oder wo und wie man dorthin ging, wie der Weg dorthin war, würde ich vielleicht versuchen, mich aus diesem Lebenskreis zurückzuziehen. Ich besaß jedoch keinerlei Anhaltspunkte, und mein Gedanke stützte sich auf kein konkretes, festes Fundament, er war nur eine Vorstellung.

Der Kommandant kümmerte sich um meinen Zustand und fragte, ob ich alleine gehen könnte. Wenn ich wollte, würde er mir auch einen Begleiter mitgeben. Aber die Betonung in seiner Stimme verstand ich so, als zöge er vor, wenn ich allein ginge.

Als ich hinaustrat, banden sie mir die Augen nicht zu. Aber mein erster Begleiter brachte mich zusammen mit einem zweiten bis zum Weg. Diesmal gingen wir jedoch nicht hinauf in die Richtung, woher wir gekommen waren, sondern bergab und kamen in einer anderen Gasse an. Dort ließen sie mich.

»Wenn du so gehst, kommst du raus«, sagten sie und zeigten mir die Richtung.

Ich würde diese Gasse unmöglich wieder finden können, diese eine Gasse unter den verwinkelten, engen Gassen dieses Viertels mit seinen für mich voneinander nicht unterscheidbaren Häusern, die einem Labyrinth glichen.

Hatten sie mir ihr Vertrauen bezeugt, indem sie mir die Augen diesmal nicht zubanden? Oder wussten sie ohnehin, dass ich den Weg zurück nie im Leben wieder finden könnte?

Anscheinend war die Frage der Augenbinde keine Vertrauensfrage. Zugegeben, dieser Gedanke machte mich ein bisschen traurig. Immerhin war ich gekränkt durch die Annahme, dass diese Menschen, die sich gerne als stark aufspielten, im Grunde jedoch, nach meiner Ahnung, sehr schwach waren, zu mir doch kein Vertrauen gefasst hatten. Noch eine für mich neue Empfindung! Wer wusste schon, was ich hier alles noch erleben und welche neuen Gedanken und Gefühle ich erfahren sollte?

Unterdessen war ich, unablässig bergab rennend, aus den verwinkelten Gassen auf der ebenen Straße unten angekommen. Ich war beim Kaffeehaus angekommen, wo ich die erste Verabredung mit Orhan gehabt hatte. Die Kenntnis des Standorts peitschte den Willen in mir auf.

Im Garten des Kaffeehauses saß wieder Orhans Mathematiklehrer. Es schien, als hätte sich seit meiner Verabredung mit Orhan in diesem Kaffeehaus nichts geändert. Er sog an seiner Wasserpfeife, dabei bekam sein Doppelkinn Falten. Das Mundstück des Schlauchs steckte ständig im Mund, er nahm es nie heraus, aber zog nicht immer daran. Er behielt es im Mund; wenn er ab und zu den Rauch einsog, war dies durch das Blubbern des Gemischs aus Luft und Rauch im Wasser ersichtlich.

Ich stand einfach da und war in den Anblick der Wasserpfeife versunken. Eigentlich war ich dort stehen geblieben, um meine Richtung festzustellen.

Raschen Schrittes ging ich weiter. Durch belebte Straßen zog ich mit einer Geschwindigkeit, die alle Erscheinungen in einen sich dahinziehenden Farbstreifen auflöste.

Ohne die inzwischen verstrichene Zeit wahrzunehmen, stand ich vor der Tür von Gül. Ich klingelte. Die Tür wurde aufgemacht. Gül stand vor mir. Ich setzte den Fuß über die Schwelle. Die Tür ging hinter mir zu. Wir fielen uns in die Arme.

25

Aus den Türen und Fenstern der Fabrik hingen Fahnen, an die Wänden waren Transparente mit Slogans gespannt.

»Die Arbeiter haben die Fabrik besetzt«, sagte Gül. »Hoffentlich ist das nicht wieder eine Aktion nur um der Aktion willen«, fuhr sie fort.

Die Ausdrücke »besetzen« und »Aktion« sagten mir nichts.

»Wir können zusammen hingehen und sehen, was passiert«, hatte Gül gesagt, nachdem ich ihr von meinen Erlebnissen berichtet hatte.

Sie schien nicht sonderlich verwundert, und so konnten sich die Wogen in mir auch leichter glätten.

»Politische Gruppierungen und sektenartige Parteien«, erzählte sie, »schmieden angeblich revolutionäre Pläne, ohne die Betroffenen zu fragen. Sozusagen machen sie die Rechnung ohne den Wirt. Sie geben an, das Land von Imperialisten zu befreien. Sie treten immer wieder in Aktion und demonstrieren. Durch sie gleicht das tägliche Leben dem Streit der Blinden, dem Schimpfen von Tauben. Und alles spielt sich auf dem Rücken der einfachen Bürger ab. Bewaffnete Gruppierungen schaden dabei nur der Bevölkerung, die sie angeblich befreien wollen. Diese Splittergruppen kennen einander nicht, geschweige denn koordinieren ihre Ziele miteinander. Alle sagen dasselbe, aber alle sind auch untereinander verfeindet.«

Aus Güls Erzählung malte ich mir ein heilloses Chaos aus. Was sie erzählte und was ich sah, stand außerhalb meiner Lebenserfahrung.

»Man kann das psychologisch erklären«, sagte Gül. »Menschen mit schwacher Persönlichkeit versuchen über andere Macht und Befehlsgewalt zu gewinnen. Dafür schrecken sie nicht einmal vor Mord und Totschlag zurück. Sie unterdrücken und töten Menschen und kommen sich stark vor.

Das verwechseln sie mit starker Persönlichkeit. Sie ahnen dabei nicht, dass andere Macht- und Gewaltzentren im Hintergrund sie als Handlanger vorschieben. Sie benutzen solche Tauben und Blinden als Provokateure für eigene Interessen.«

Güls Worte prallten wie akustische Wellen in einer fremden Sprache schmerzlich gegen mein Trommelfell.

»Es gibt eigentlich nur eine realistische Möglichkeit des Wechsels und der Veränderung, eine realistische Alternative zu dieser Gesellschaftsordnung«, erzählte sie weiter. Es gäbe eine fortschrittliche Massenpartei, sie hätte einen charismatischen Vorsitzenden. Sie nannte zwar auch seinen Namen, aber ich konnte ihn nicht behalten. Überhaupt verschwanden Namen so schnell wieder, wie ich sie hörte, ohne in mein Gedächtnis eindringen zu können.

»Die Hoffnung«, nannte ihn Gül, »die Hoffnung des Volkes und des Landes.«

Mir schien, als triebe Gül selbst in einem Strom, während sie so sprach. Sie schien zugleich für manche Namen engagiert. Ich spürte jedoch, dass die Bande zu Namen und Ereignissen, mit denen sie innigst verbunden zu sein schien, verglichen mit denen, die sie zu mir, zu meinem Namen hatte, schwach blieben. Dieser Eindruck beseitigte alle Widersprüche, die immer wieder aufkamen, und freute mich insgeheim.

Das Wort Liebe war mächtiger als alle anderen Ausdrücke. Dies weckte in mir die unbändige Neugier, ob es noch stärkere Worte gab für andere Gefühle oder Gedanken. So wuchs trotz allen Unbehagens und täglich neuer Widersprüche und Enttäuschungen die Lebensfreude in mir, die manchmal zum Überschwang geriet. Ich wollte erleben, was ich noch nicht gelebt hatte, sehen, was ich noch nicht gesehen, hören, was ich noch nicht gehört, und wissen, was ich noch nicht gewusst hatte.

Dann erlosch dieser Wunsch jäh in mir. Ein Pessimismus beschlich mich. Jede Lebensfreude verflog. Das Feuer der

Begeisterung verwandelte sich in einen schweren Sumpf des Unbehagens.

Orhan war schon da und freute sich wie ein Kind, als er uns sah.

»Ich habe dich überall gesucht«, sagte er. Sorge und warme Symphatie mischten sich in seiner Stimme, die zugleich Abbitte leisten wollte.

»Allmählich glaube ich, dir stößt alles meinetwegen zu.«

›Mit dir hat das alles gar nichts zu tun, ich lerne das Leben hier kennen, und du hilfst mir dabei‹, ging es mir durch den Kopf. Ich sagte jedoch nichts, strich ihm lächelnd über den Rücken.

»Ich komme nicht hinter eure geheimnisvolle Freundschaft«, sagte Gül. »Vielleicht werde ich sie eines Tages ergründen. Manchmal kommt ihr mir vor wie eine Person, dieselbe Person als Kind und als Erwachsener. Manchmal denke ich, ihr seid nicht nur Namensvettern, sondern die Vergangenheit und die Gegenwart derselben Person. Vielleicht täusche ich mich, aber auch du siehst in Orhan unbewusst deine Kindheit. Vielleicht übt dieses Gefühl auf euch gegenseitig eine starke Anziehung aus. Wenn ihr beide keine Männer wärt, wäre ich auf diese Beziehung sehr eifersüchtig.«

Dann lachte Gül, Rosen blühten in ihrem Lachen auf. Sie umrankten die ganze Umgebung. Die Fabrik, die Menschen im Fabrikhof, in den Fenstern der Fabrik, die Transparente und Schriften an den Wänden, die Erde und der Himmel waren in ein Meer von Rosen getaucht, alles und alle waren aus Rosen.

Auf einmal brachen in diese Welt aus Rosen, die in Güls Lachen erblühte, rasselnd und ratternd gepanzerte Fahrzeuge, Polizisten und Soldaten ein. Alle Rosen verwelkten und verschwanden.

»Was ist los, was passiert?«, fragte ich verwundert.

»Sicherheitskräfte«, sagte Orhan kurz.

»Es kommt, wie es kommt«, kommentierte Gül.

»Sie beziehen Stellung, verbarrikadieren sich«, sagte Orhan. »Sie umstellen die Fabrik. Es wird wieder etwas Schlimmes passieren …«

Schlimme Dinge hatten hier gerade nichts zu suchen, denn Gül war bei mir.

»Und wo sind die Leute, die mich hierher bestellt haben?«, fragte ich. »Wo ist der Kommandant? Seine Freunde …?«

»Sie sind drinnen, in der Fabrik«, sagte Orhan. »Sie sind die Anführer des Streiks.«

»Habe ich's nicht gesagt?«, verzog Gül das Gesicht.

Irgendwelche Abenteurer, die mit der Arbeiterschaft nichts zu tun hätten, würden sie provozieren. Was hätten sie denn jetzt in der besetzten Fabrik verloren? Sie würden Revolution spielen und dafür die Arbeiter missbrauchen. Sie würden den gesellschaftlichen Frieden stören.

Auf einmal umzingelten uns Polizisten mit Waffen in den Händen.

»Mürbeteigpasteten, ofenwarme Pasteten, Pasteten mit Käsefüllung, Pasteten! Darf ich Ihnen welche geben, die Herren?«, rief Orhan und pries seine Pasteten an. Er zog sich dafür den Zorn eines Polizisten zu.

»Hau bloß ab, du Bastard!«

Orhan machte sich aus dem Staub. Mich und Gül dagegen führten sie ab. Gül, außer sich, stellte erregt Fragen, erzählte ihnen irgendetwas, aber niemand hörte ihr zu. Warum sie denn uns mitnähmen, wir hätten nur zugeschaut, wir wären sowieso nicht von hier, wir arbeiteten im Ausland und machten gerade Urlaub hier, was weiß ich noch alles, sie erzählte viel.

Sie steckten uns in einen Wagen, der dort stand. Vom Wagen aus konnten wir die Operation verfolgen. Auch die Gespräche über Funk waren zu hören. Wir erfuhren aus den Funksprüchen, dass die Anarchisten umstellt wären und die Operation, die Fabrikbesetzung zu beenden, angelaufen wäre.

Was wir über den Funk hörten und was wir draußen sahen, ergänzte sich wie die Bilder eines Films und der Ton dazu. Waffen schossen, das Gelände erstickte in Rauch und Staub. Wie die Menschen hin und her stoben, sah wie ein langsam vorgeführter Film im Nebel aus. Von Zeit zu Zeit waren schreckliche Schreie zu hören. Innerhalb des Drahtzauns um den Fabrikhof beschossen sich gegenseitig bewaffnete Menschen. Er war in ein Schlachtfeld verwandelt.

Das war es also, was sie Krieg nannten, dachte ich. Auf einer Tragbahre brachten sie einen verwundeten Polizisten zu dem Krankenwagen neben uns. Funksprüche redeten von Toten in der Fabrik. Das war ein Bild, das ich mir nie hätte ausdenken, in meiner Einbildung niemals hätte vorstellen können. Ich hätte mir nicht denken können, unmittelbar nach der Erfahrung und dem Genuss des Liebesgefühls einem Krieg beizuwohnen, wenn auch nur als Zuschauer. Und ich hätte nicht begreifen können, wie furchtbar das war.

Ich hatte Gül und die Liebe vergessen. Da gewahrte ich, wie sie neben mir wie Espenlaub zitterte. Sie schien mich auch zu vergessen. Ich wollte meine Hand auf ihre Schulter legen, da wütete der Mann, der vorne saß und uns im Rückspiegel beobachtete, mit einem Ausdruck, den ich bis dahin noch nie gehört hatte:

»Der Dienstwagen des Staates ist kein Puff!«

Gül schob meine Hand von ihrer Schulter weg und erstarrte vor Entsetzen. Ich erkannte, dass der Krieg keinen Raum für die Liebe ließ. Ich dachte: Können die Liebe und der Krieg neben- und ineinander im Menschen leben? Wenn eine dieser Kräfte wirklich war, müsste doch die andere nur Phantasie sein. Oder bildeten sie eine Ganzheit, waren sie Teile eines Widerspruchs, der jeden meiner Widerstände brach?

Während die Kämpfe noch andauerten, brachten sie uns weg. Nach der Feststellung unserer Personalien und nach Vernehmungen ließen sie Gül gehen. Zwar wollte sie mich dort nicht allein lassen, aber sie hatte keine andere Wahl. Sie musste gehen, um uns nicht weiter ins Unglück zu stürzen. Beim Gehen sagte sie, sie hätte sich nur gebeugt, um mich zu retten.

»Ich gehe jetzt, aber ich komme wieder, ich werde dich rausholen«, sagte sie. »Wenn es sein muss, werde ich die Welt einstürzen, um dich hier herauszuholen.«

Gram und Lächeln mischten sich in ihrem Blick. Ich sah sie zum ersten Mal in diesem Zustand, der Betrübnis ausstrahlte. Es war eine unvorstellbare Schönheit, zugleich jedoch ein Mitleid erregender Zustand. Als sie ging, tat sie mir erst recht Leid. Ich blieb zwar zurück in Gewahrsam, ihr Abschiedsblick machte mich jedoch unfähig, an mich zu denken. Sie hätten mir hier alles antun können. Aber nichts hätte so schlimm und so schrecklich sein können wie das Brandmal, das dadurch in mich eingebrannt würde, einen geliebten Menschen hier zurückzulassen und gehen zu müssen. Deshalb war Gül zu bemitleiden und nicht ich. Sie ging nicht in die Freiheit hinaus, sondern in eine schlimmere Gefangenschaft.

Nein, Gül war nicht zu bemitleiden, sondern nur zu lieben.

26

Ich sagte alles aus, was ich wusste, was ich gesehen und erlebt hatte. Nicht aus Furcht, geschlagen zu werden. Ich hatte nichts, was ich nicht hätte aussagen können. Es stellte sich sowieso heraus, dass die Vernehmenden alles besser wussten, was ich gesehen und erlebt hatte. Trotzdem ließen sie nichts unversucht, um aus mir das herauszupressen, was sie noch als verborgen vermuteten. Meine Kraft, mein Stehvermögen sanken auf den Nullpunkt. Alle Sinne wurden von mir abgerissen. Ich konnte nicht einmal den geringsten Schmerz empfinden. Nur noch meine Körperzellen hatten eine Empfindung von Prellungen und Verwundungen. Und die Polizisten strengten sich immer noch an, um es herauszuholen, was sie am tiefsten und verborgensten Ort von mir verheimlicht glaubten.

Der Grund, Gül zu entlassen und mich zurückzubehalten, seien meine Vorstrafen. Zumindest das konnte ich erfahren. Ich sei schon mal eingeliefert worden, hätte aber, obwohl sie mich gewarnt hätten, nicht aufgehört, »Scheiße zu löffeln«. Aber sie wüssten schon, wie sie mich davon abbringen könnten.

Sie fragten mich aus, weshalb ich auf die Burg gestiegen wäre, was ich im Gebiet und im Lager der Anarchisten gesucht hätte. Sie meinten wohl den Kommandanten und seine Kumpel. Aber woher wussten sie, dass ich dort gewesen war? So wie der Kommandant über meine Verhaftung und alles, was mir zugestoßen war, bis in die letzte Einzelheit genau informiert war, kannten sie nun hier alle Einzelheiten des Ortes, wohin ich mit verbundenen Augen geführt worden war.

Warum hätte man dort nicht einmal nach meinem Ausweis gefragt? Das war die Frage, die sie mir unentwegt und immer wieder zuschlagend stellten. Woher sollte ich wissen, warum der Kommandant und seine Leute meinen Ausweis nicht kontrollierten? Wenn ich gewusst hätte, dass man mich mit dieser Frage konfrontieren würde und dass mir deshalb das alles zustoßen sollte, hätte ich selber den Ausweis vorgelegt und kontrollieren lassen. Die Anarchisten würden selbst die eigenen Mitglieder ohne Ausweiskontrolle nicht hineinlassen. Da sie es nicht für notwendig erachtet hätten, sich den meinen vorzeigen zu lassen, müsste ich eine sehr wichtige Stellung in der Organisation innehaben. Möglicherweise wäre ich der Kopf dieser Anarchisten, dieser Vaterlandsverräter im Ausland. Wenn ich es nicht zugeben wollte, wüssten sie schon, wie sie mich zum Reden brächten. Und wenn ich auch nicht redete, wüssten sie, wie sie die Wahrheit ans Licht holen könnten. Aber dann möge mir Gott gnädig sein. Glaubte ich denn tatsächlich, dass sie in dem Land, wo ich arbeitete, keinen Nachrichtendienst hätten? Am besten sollte ich alles anständig singen und so die eigene Haut retten. Sonst müsste ich wissen, was mich erwartete, bis sie es durch eigene Untersuchungen herausgefunden hätten. Was sie bisher getan hätten, das sei noch gar nichts. Das sei erst der Anfang.

Eigentlich sagte ich alles, was ich wusste, zum wiederholten Male. Ich erzählte alles, was im Raum des Kommandanten gesprochen worden war. Ich hatte doch nichts zu verheimlichen, ich hatte doch mit der Organisation des Kommandanten nicht im Entferntesten zu tun. Ich war sowieso weit davon entfernt, zu begreifen, was da vor sich ging.

Einverstanden, wenn dem so wäre, was hätte ich dann am Ort der gewaltsamen Besetzung gesucht? Ich erzählte, wie es dazu gekommen war. Doch sie glaubten mir nicht.

»Du bist das Gehirn der Aktion«, sagten sie.

Und das konnte ich wiederum nicht verstehen. Ich wäre solch ein Schlitzohr, solch ein Schlaumeier, dass ich mich einfach mitten ins Herz des Aktionsgeländes hingestellt hätte, um keinen Verdacht auf mich zu ziehen. Ich hätte den ahnungslosen, neugierigen Zuschauer gespielt und vor Ort die Aktion geleitet. Auf so etwas würden sie nicht hereinfallen. Hielte ich sie denn für so dumm? Sie seien schließlich keine Idioten! Sie würden solche Tricks kennen. Jetzt sollte ich ihnen alles erklären und gestehen, der Kopf der Bande zu sein. Erst dann könnte ich von dieser Vernehmung und auch sonst von allem befreit werden.

»Alles stimmt bis hin zum letzten Buchstaben, was er erzählt. Aber sie können natürlich in Chiffren gesprochen haben«, flüsterte einer im Raum.

Dann begannen sie, das Gespräch beim Kommandanten Wort für Wort zu wiederholen und zu fragen, was die einzelnen Worte eigentlich bedeuteten. Genau da ging mir das Sprechvermögen vollends verloren. Da ich doch auch nie gelernt hatte, dass Worte außer ihrer eigenen Bedeutung auch einen anderen Sinn haben könnten. Meine grauen Zellen, zuständig fürs Verstehen, schwärzten sich.

Die Vernehmung musste unterbrochen worden sein. Als ich wieder zu mir kam, saß ich in einem anderen Raum in einem Ledersessel. Die Person, die hinter dem protzigen Amtstisch saß, hatte ich nie vorher gesehen. Ich brauchte nicht lange, um zu begreifen, dass er über denen stand, die ich bislang gesehen hatte. Im Raum war noch jemand. Er saß in dem Sessel mir gegenüber. Er könnte der Stellvertreter des am Tisch sitzenden Herrn sein. Dieser fragte mich in höflicher Manier, was ich über die Fabrikbesetzung dächte, die ich gesehen hätte.

»Die Gewalt des Krieges vernichtet die Liebe«, stammelte ich. Ich hätte zwar vorher oft den Ausdruck Krieg gehört, doch zum ersten Mal während dieser Besetzung habe ich mir eine konkrete Vorstellung darüber bilden können, was er eigentlich sei, sagte ich.

Eigentlich hatte ich auch die Liebe ziemlich neu kennen gelernt, angesichts der Macht der Liebe war mein Wesen angenehm umweht. Ich dachte darüber nach, ob diejenigen Menschen Kriege vom Zaun brachen, die nie Liebe empfanden.

Die beiden Männer im Raum sahen einander an. Der am Schreibtisch saß, fragte: »Also Sie verurteilen die Besetzung?«

Ich gestand, unter *verurteilen* mir nichts Konkretes vorstellen zu können, drückte aber mein Bedauern darüber aus, dass jener junge Kommandant sich zu einer Besetzung hatte hinreißen lassen.

»Ich hatte zwar seine Reden und sein Gebaren nicht recht verstehen können, aber ich denke, er sah wie ein guter Mensch aus«, sagte ich. »Ich hätte mir für ihn gewünscht, dass er mehr von der Macht der Liebe besessen wäre«, fügte ich dann hinzu.

Ich erzählte ihnen, auf der Suche nach meinem Selbst sehr widersprüchliche Begebenheiten erlebt zu haben. Meine Befindlichkeit schaukele oft auf stürmischer See.

Wie viel von meinem Selbst ich schon gefunden hätte und wie lange ich meine Suche noch fortzusetzen gedächte, fragte der Mann, der mir gegenübersaß, mit einem verschmitzten Lächeln.

Ich wusste aber die Antwort darauf nicht. Wenn ich die Hälfte schon gefunden hätte, gäbe es die andere Hälfte wirklich auch, würde ich sie finden können? Wann würde ich sie gefunden haben? Würde die andere Hälfte der ersten gleichen? Wären denn Liebe und Krieg die Hälften eines Ganzen? Wie könnte ich sonst diesen Widerspruch erklären?

Während ich sprach, schwiegen sie, sahen einander an und schüttelten ab und zu den Kopf. Schließlich stand der Mann am Tisch auf, sagte: »Schizophren!« und trat aus dem Raum. Der andere stand ebenfalls auf und führte mich ab.

In einem anderen Raum vernahm mich jemand in einem weißen Kittel, den sie mit Doktor ansprachen. Er stellte mir Fragen wie einem Kind. Das störte mich aber weiter nicht. Ich verstand seine Fragen gut und beantwortete sie. Vielleicht erkannte er mit einem Blick meinen geistigen Zustand, schließlich war er Doktor. Äußerlich war ich ein Erwachsener, aber mein Gedächtnis glich schon dem eines Kindes, das noch am Anfang seiner Lebensgeschichte stand.

Der Doktor machte sich Notizen, danach behielten sie mich nicht länger dort. Nach einer längeren Fahrt brachten sie mich an einen Ort, der mir vertraut war, obwohl ich den Weg dorthin nicht kannte.

Das war der Ort, an dem ich Süleyman aufgesucht hatte. Dass ich mich daran erinnern konnte, machte mich glücklich, ich war stolz auf mein Gedächtnis. Vielleicht rührte dieses Glücksgefühl auch von der Erwartung, dort Süleyman sehen zu können. Ich freute mich sehr darüber, zu dem Ort gekommen zu sein, wo Süleyman war. Ich fragte die Leute, denen ich dort begegnete, gleich nach ihm.

»Suchst du nach dem Sultan Süleyman oder dem Propheten Süleyman?«, fragten sie zurück.

»Nein doch, er sucht bestimmt nach Süleyman dem Prächtigen«, warf ein anderer ein, und alle lachten lauthals.

Wer waren sie, Sultan Süleyman, Prophet Süleyman, Süleyman der Prächtige? Sie nannten auch andere Süleymans. Waren dies neue Rufnamen Süleymans, seine Pseudonyme oder seine neuen Identitäten?

»Ihr Diener, Süleyman der Prächtige«, streckte einer mit traurigem Blick die Hand aus.

»Ich bin Schah Süleyman«, streckte ein anderer mir die Hand hin, der ein Wackelkopf war. Sein Kopf schaukelte ständig hin und her.

»Küss mir die Hand, mein Sohn, ich bin euer Sultan Süleyman«, reichte mir wieder ein anderer die Hand. Er war gar nicht alt, aber ließ mich die Hand küssen und an die Stirn führen, wie dies üblich war aus Ehrerbietung für ältere Personen.

»Gottes Segen mit dir, deine Zunge, die Gottes Namen führt, möge sich lösen gleich einer Nachtigall, wenn du mich erkannt haben solltest, ich bin der Prophet unter den Süleymans«, sprach ein schmächtiger, hinkender Mann.

»Bist du vielleicht der miese Süleyman?«, fragte mich jemand.

Ich war sprachlos. Nach einer Weile stotterte ich, nicht ich hieße Süleyman, sondern mein Freund.

»Er sieht aus wie Fatih der Eroberer«, piepste ein komischer Kauz.

»He, ich bin doch Fatih der Eroberer, Mann, zügle deine Zunge!«, schalt einer diesen aus und führte die Blume in seiner Hand an die Nase. Es war eine welke Blume.

»Vielleicht ist er Napoleon«, mischte sich ein Untersetzter in die Debatte ein, der ohne Haare, dafür mit einem ergrauten, langen Bart lustig aussah.

»Gut, dass Napoleon nicht hier ist«, kicherte ein Langer mit ausgefallenen Vorderzähnen. »Sonst hätte er hier jetzt gehörig eingeheizt. Kann es denn zwei Napoleons geben?«

So zog sich die Unterhaltung hin. Alle versammelten sich um mich. Man hatte meine Kleidung noch nicht gewechselt. Manche fassten meine Jacke am Kragen oder Zipfel und rieben den Stoff zwischen den Fingern, als prüften sie seine Qualität. Dann spitzten sie den Mund und rissen die Augen auf, so als hätte der Stoff ihnen gut gefallen. Sie nickten zustimmend.

Eine Schwester riss mich aus ihrer Mitte und setzte so dem Palaver und Herumfummeln an meinem Körper ein Ende. Die Schwester führte mich in einen Raum, wo sie mir die besondere Kleidung dieser Anstalt aushändigte. Es waren eine helle Khaki-Hose mit breiten Rohrbeinen und ein zu breites Oberteil aus demselben dünnen Stoff, das weder Jacke noch Hemd war. Hier trugen alle das Gleiche, mit Ausnahme der Angestellten.

Diese waren Schwestern, Krankenpfleger, Wächter, Ärzte und ähnliche Angestellte. Sie waren anders angezogen. Die Dame, die sich als Schwester Nesrin vorstellte und mir meine Kleidung aushändigte, nahm alles in Verwahrung, was ich auszog. Sie schien mir eine gute Person zu sein.

»Wo kann ich Süleyman finden?«, fragte ich sie.

Sie hätten mich auch im Revier Süleymans einquartiert, dort hätte ich genügend Gelegenheit, Süleyman zu sehen, war die Auskunft.

Darüber freute ich mich sehr.

27

Ich war durch dieses Gelände mit Baumbestand gegangen, als ich Süleyman das erste Mal besucht hatte. Nun ging ich dort an der Seite von Schwester Nesrin und trug die hier übliche Kleidung. Frauen und Männer, die wie Eremiten unter den Bäumen Selbstgespräche führten und schlenderten, interessierten sich diesmal überhaupt nicht für mich.

Die Hitze war auch im Schatten der Bäume zu spüren. Kein Lüftchen wehte. Selbst die dünnen Kleider klebten auf meiner

Haut. Nur die Zikaden schienen die Nachmittagshitze zu genießen, in der sich kein Blatt rührte. Ihre unaufhörlichen Gesänge füllten den starren Luftraum zwischen den Ästen und der Erde.

Kam diese Musik, die Himmel und Erde verkratzte, von den Zikaden, die sich auf den Ästen unsichtbar festkrallten, oder von den Menschen, die für sich herumstanden oder verstreut unter den Bäumen schlenderten, sich mit ihrem Äußeren der Erde anpassten? Es schien, als schlüpften die Zikaden aus diesen Menschen, die wie Heuschrecken übers Gelände verstreut waren.

Während wir den Zikaden in den Menschen lauschten, erreichten wir die große Eisentür. Die Spähklappe wurde aufgemacht. Der Wächter sah uns, öffnete die Tür einen Spalt und ließ Schwester Nesrin und mich herein.

Der Hof sah genauso aus, wie ich ihn am Tag meines ersten Besuchs verlassen hatte. Die Menschen schlenderten allein, in Grüppchen zu zweit oder zu dritt im Hof von einem Ende zum anderen auf und ab. Eine andere Gruppe spielte mit den Schwestern und anderen Diensttuenden Volleyball. Manche hockten vor der Außenwand des Gebäudes oder vor der Mauer um den Hof und dösten im Schatten oder in der Sonne.

Es war ein Ereignis für sich, wie Süleymans und mein Blick sich trafen. Zuerst fiel sein Blick ganz zufällig auf mich. Wenn mein Blick nicht gleich beim Eintreten nach ihm gesucht hätte, wäre vielleicht auch sein Blick nicht zufällig auf mich gefallen. Wie er zu mir blickte, so drehte er im gleichen Augenblick den Kopf wieder weg. Da verharrte sein Kopf abgewandt.

Ich wußte nicht, wie lange er so erstarrt blieb. Wie in Zeitlupe drehte er dann den Kopf wieder in meine Richtung zurück. Bis sein Blick mich erneut erfasste und sein Kopf wieder wie versteinert wirkte. Dabei waren seine Augen völlig aufgerissen. Seine ganze Sehkraft hatte er auf mir gesammelt. Er musterte mich lange. Er traute seinen Augen nicht. Dann kam er mit kleinen Schritten auf mich zu. Zwei Schritte vor mir blieb er stehen. Mein Kostüm hatte ihn sichtlich verstört.

»Süleyman!«, sagte ich.

»Orhan!«, hauchte er.

Wir umarmten uns. Da wir uns endlos festzuhalten schienen, trennte uns Schwester Nesrin schließlich. Alle hatten uns inzwischen umringt und schauten zu.

Necmi Bey, Macit Bey und alle anderen waren da. Sie waren viel verwunderter als Süleyman, mich in diesen Klamotten vor sich zu sehen. Sie konnten es nicht begreifen. Bei unserer ersten Begegnung hatten sie mir in ihren Köpfen einen anderen Platz zugewiesen. Nun mussten sie mich in ihre eigene Zunft einweisen. Und das war für sie sichtbar schwer.

Süleyman dagegen benahm sich, als hätte er mich schon lange hier erwartet und nun endlich wieder gesehen. Er war von einem Freudentaumel ergriffen. Erst mit der Zeit sollte ich verstehen, dass seine Freude verschiedene Ursachen hatte.

Der erste Grund: Er brauchte im Revier einen neuen Menschen, wer er auch sein mochte. Einer der Insassen, dem er einen Buchstaben seiner Geheimformel gegeben hatte, war gestorben. Sein Platz in der Formel war frei geworden, es entstand eine Lücke, die er schleunigst schließen musste. Ich löste dieses Problem. Süleyman zögerte zwar, mich mit diesem Buchstaben zu nennen, aber er hatte keine andere Möglichkeit. Er fand für sich einen Ausweg. Ich sollte zwei Namen haben. Ich behielt neben dem frei gewordenen Buchstaben auch meinen eigenen Namen. Süleyman rief mich mit dem Doppelnamen, meinem Namen fügte er immer jenen Buchstaben hinzu.

Süleyman erzählte mir das Schicksal des verstorbenen Insassen. Der Mann solle Selbstmord begangen haben. Als sie eines Morgens aufgewacht seien, hätten sie ihn an den Eisenstangen des Fensters erhängt vorgefunden.

Ich wollte sein Problem erfahren.

»Der Mensch hat kein anderes Problem außer sich selbst«, sagte Süleyman. Das war die Erklärung für mein zunehmendes Gefühl, dass meine Sorgen von Tag zu Tag wuchsen. Je mehr ich mich erkannte, desto größer schienen mir auch die Probleme, die ich allerdings den Erlebnissen mit anderen anlastete. Süleymans Worte, das Problem sei der Mensch selbst, fielen wie ein Blitz in dieses diffuse Gefühl.

Ich sollte meine Begegnung mit Süleyman nutzen und von seiner Lebensweisheit lernen. Denn mir wurde immer klarer, dass der Mensch nichts anderes war als die Summe seiner Lebenserfahrungen. Lebenserfahrungen machte er aber nicht mutterseelenallein, sondern eben mit anderen Menschen, wie Süleyman. Sie öffneten und erweiterten den Horizont, sie bereicherten den Menschen. Nicht nur jene übrigens, denen ich unmittelbar begegnete. Zu meinen Lebenserfahrungen gesellten sich die Lebenserfahrungen und der geistige Horizont von Menschen, die früher gelebt und Werke geschaffen hatten, vorausgesetzt, ich begegnete ihnen, ich meine, diesen Werken und den Menschen in ihnen. Unter den Menschen, denen ich unmittelbar begegnete, zog mich aber Süleyman am stärksten in seinen Bann, jedenfalls bisher.

Und Gül?

Wer stellte mir jetzt diese Frage, wer wollte mich wieder verunsichern?

Die Erfahrungen anderer eröffneten mir eine Geschichte, die immer weiter zurückreichte als die eigene. Die Antwort auf die Frage jedoch, ob ich je meine eigene Geschichte in den Griff bekommen würde, ob ich meiner Vergangenheit habhaft würde, entglitt mir unentwegt.

Ich wollte mit Süleyman als Erstes über die Zubetonierung und Verwüstung diskutieren. Gleichzeitig fragte ich mich, warum gerade dieses Thema? Ich wollte mit ihm nicht über meine Verhaftungen und Vernehmungen sprechen, nicht über Orhan und Gül, nicht über andere Menschen, die ich kennen gelernt hatte, andere Erlebnisse, nicht über Vögel und Käfer, nicht über den Sonnenhimmel und das blaue Meer, sondern über die hoch aufragenden Betonwälder, die Betonabgründe und die Betonwüsten, die auf meinen Rundgängen in der Stadt überall meinen Horizont, meinen Sichtkreis, meinen Himmel beengten, mit einer unbeweglichen, schwer lagernden, verschmutzten und erstickenden Masse Luft in den Betonschluchten, die mich benommen machte.

Später stellte ich diese Frage auch Süleyman.

»Das ist vollkommen natürlich«, sagte Süleyman. »In beiden, in Mensch und Natur, steckt der Impuls zur Veränderung. Wenn die Veränderung verhindert ist, staut sich die Energie dieses Impulses und explodiert eines Tages. Vor allem wenn die Energie bewusst oder unbewusst in die Gegenrichtung des Impulses kanalisiert wird.«

Ich sah ihn verdutzt an. Er hatte sicher etwas Wahres gesagt; nur ich konnte seinen Worten keinen Sinn entnehmen.

»Mit anderen Worten«, erklärte er dann, »was du beobachtest, ist eine natürliche Folge der verkehrten Kanalisierung des Bevölkerungswachstums, der Wanderungsbewegung vom Land in die Städte und des Fortschritts durch falsche Projekte. Aber das ist eine Übergangsphase, ein vorübergehender Zustand. Denn auch der negative Energiestau durch falsche Projekte und Praktiken wird den natürlichen Veränderungswillen des Menschen erst recht aktivieren. Schließlich wird der Stau explodieren, und alle Fehler mit ihren Folgen werden weggefegt sein.«

Mal konnte ich ihm folgen, dann glitten seine Worte wieder an mir ab. Er war in Fahrt gekommen, sah mich dabei kaum noch, obwohl er mir ins Gesicht sprach.

»Dennoch – trotz Austrocknung und Verwüstung der Umwelt, trotz Degeneration der Städte zu Siedlungen für irrwitzige Dämonen, trotz noch schlimmerer Folgen für Luft und Wasser, für Umwelt und Natur durch falsche Industrialisierungspolitik ist die Katastrophe hier noch keine richtige Katastrophe.«

Süleyman, ein Apostel der Technologie und des naturwissenschaftlichen Fortschritts, verwunderte mich mit seinen

Ausführungen. Er schloss sich quasi den Thesen der Protestler an. Jedenfalls verstand ich ihn so, wenn ich ihn überhaupt verstand.

»Nein«, sagte er, »du denkst schon richtig. Aber es gibt keinen Widerspruch in meinen Worten. Ich quengele nicht. Seit der Schöpfung bedient sich der Mensch eines Werkzeugs. Ohne Technik und Wissenschaft gibt es keine menschliche Existenz. Es gibt dabei Phasen mit Sprüngen, die wir Revolution nennen, etwa die Erfindung des Rads, der Dampfmaschine, der Glühbirne, die Entwicklung der Atomenergie, der Raumfahrt und der Mikroprozessoren. Das waren qualitative Sprünge, aber kein Sprung ohne Akkumulation. Und Akkumulationen sind nur durch permanente Entwicklung möglich. Aber ...«

Süleyman hielt inne, um mich auf seine eigentliche These zu sammeln.

»Sein und Nichtsein sind eine Zwillingswahrheit. Plus und minus, positiv und negativ, nützlich und schädlich sind Zwillingswahrheiten. Werkzeug und Gerät, technische und wissenschaftliche Erfindungen und Entdeckungen, die ganze Entwicklung der Zivilisation, sie haben alle immer zwei Pole. Der erste Mensch, der das Steinwerkzeug herstellte, erlegte damit Tiere und tötete damit Menschen. Der erste Mensch, der das Feuer machte, vernichtete mit dem Feuer auch Menschen, Tiere, Pflanzen und das, was Menschen selber herstellten. Der erste Mensch, der ein Metallwerkzeug machte, stellte damit tödliche Waffen her. Er unterwarf mit Waffen und Werkzeugen andere Menschen und seine Umwelt. Die Folgen menschlicher Erfindungen waren nützlich und schädlich zugleich.«

»Aber«, wandte ich ein, »überwiegen heute nicht die schädlichen Folgen, indem sie Luft, Wasser und Erde verschmutzen und vernichten?«

»Das gehört dazu, ohne Pest und Epidemien wären keine Impfstoffe entwickelt worden. Ohne Krankheit keine Gesundheit, ohne Tod kein Leben.«

Er hielt inne, richtete den Blick direkt in meine Augen und sagte nach einer Weile: »Aber das ist keine absolute Logik. Gewiss«, sagte er zur Relativierung seiner Worte von vorhin, »man kann nicht so lange warten, bis das Wasser sich nicht mehr regenerieren, die Luft nicht weiter eingeatmet werden, der Baum nicht mehr weiter leben kann. Die Umweltverschmutzung beeinträchtigt heute das Leben bereits im Mutterleib. Babys kommen mit unbekannten Krankheiten zur Welt. Dem Pferd wird Fleisch, dem Hund wird Gras vorgesetzt. Nuklearbomben bedrohen den Fortbestand des menschlichen Lebens, wenn man sich nicht rechtzeitig besinnt. Die Pest von heute und morgen wird der Pest der Vergangenheit nicht ähneln. Ein Bruchteil des Vernichtungspotentials reicht aus, um das Leben mit Stumpf und Stiel auszurotten. Als genügten Atom-, Wasserstoff- und Neutronenbomben immer noch nicht, entwickelt man neue Laserwaffen und Waffensysteme für den Weltraum. Der Mensch erkannte bisher seine verheerenden Fehler, ehe es zu spät war. Ich möchte hoffen, dass er auch in Zukunft diese Einsicht behält.«

»Aber wie soll er von seinem Fehler ablassen, wenn er sich einmal in den Teufelskreis einschleust, wenn er einmal begonnen hat, die endlose Spirale hochzuschrauben?«

Diese Frage stellte sich Süleyman selber, als hätte er sich zweigeteilt und würde mit sich selbst diskutieren. Ich sprach ihm die Frage nach: »Ja, wie kann er von seinen Fehlern umkehren?« Dabei merkte ich, dass mir kein Ton herauskam. Ich musste die Frage in Gedanken wiederholt haben.

»Wiederum nur durch den Höchststand, den er in Wissenschaft und Technik erreicht«, beantwortete Süleyman die Frage. »Ich denke, eine viel größere Gefahr als das vorhandene Vernichtungspotential wäre, das Rad der Entwicklung zurückdrehen zu wollen. Das ist ohnehin nicht möglich. Wenn es das Atom gibt, dann existiert es immer, wenn es den Laser gibt, dann existiert er immer. Auf Mikroprozessoren verzichten zu wollen kommt einem Selbstmord gleich.«

Süleyman prüfte meine Reaktion und stellte nichts als stumpfes Dreinschauen fest. Dann nahm er einen neuen Anlauf, mir die Dinge verständlich zu machen.

»Wenn der Schwefel oder das Benzin die Umwelt tötet, dann brauchen wir einfach nur die Kohle zu entschwefeln und bleifreies Benzin herzustellen. Gegen vernichtende Waffensysteme oder giftige Dünger kann das Gegengift also nicht in der Reprimitivierung liegen. Nur diejenigen, die ihre Schäfchen im Trockenen haben, können auf so einen Slogan wie ›Zurück zur Natur!‹ kommen. Selbstverständlich folgen sie ihrer eigenen Losung nicht. Sie möchten damit nur die anderen primitiv halten und weiter beherrschen.«

Süleyman konnte wie gedruckt sprechen, ohne zu stottern oder zu stammeln. Inzwischen hatten sich auch Necmi Bey und Macit Bey dazugesellt und hörten Süleyman aufmerksam zu. Macit Bey, der Physikprofessor, machte den Mund nicht auf, bestätigte jedoch mit ständigem Kopfnicken Süleyman, die Brille mit einem starken Gestell und mit dicken Gläsern auf die Mitte der Nase gerutscht. Keiner zweifelte an seiner Weisheit. Das angewachsene Auditorium beflügelte Süleyman.

»Das Vernichtungspotential aus Wissenschaft und Technik kann man durch keinen weiteren Schritt beseitigen. Jede weitere Entwicklung in Wissenschaft und Technik wird den Begriff Vernichtung immer beinhalten. Solange es das Leben gibt, so lange gibt es auch die Gefahr für die Existenz. Aber es wäre kein Problem, eine konkrete Gefahr aus einer weiteren wissenschaftlichen und technischen Entwicklung eben durch diese Entwicklung selbst in den Griff zu bekommen.«

»Süleyman, das ist doch nicht unser Problem«, gab Necmi Bey, der Gymnasialdirektor, zu bedenken. »Wir sprechen von Problemen, die andere in die Welt setzen. Wir haben doch keine Technik und Wissenschaft ...«

»Das ist eine ganz andere Frage«, sagte Süleyman. »Hätten wir doch lieber eine entwickelte Wissenschaft und Technik, und als Folge davon wären doch die Probleme Europas, Amerikas und Japans auch unsere Probleme. Das Problem bei uns ist, dass wir bereits ohne Technologie die Meere töten, die Umwelt vergiften und die Städte verwüsten. Das ist ein viel größeres Problem als das der entwickelten Länder. Früher konnten entwickelte Länder durch Eroberungszüge größer und stärker werden. Solange das Osmanische Reich aufstieg, konnte es auf allen Gebieten stark sein. Weil es in Wissenschaft und Technik, in Staatswesen und Gesellschaftsordnung, in Kunst und Geist stark war, konnte es ständig wachsen.«

»Vor allem im Militärwesen«, unterbrach ihn Macit Bey.

Süleyman schüttelte den Kopf.

»Das Militär ist das Ergebnis«, widersprach er. »Man kann nicht militärisch stark sein, ohne auf allen Gebieten entwickelt zu sein. Heute sind die militärisch stärksten Länder doch technologisch die am weitesten entwickelten Länder. Wie dem auch sei«, sprach Süleyman und wollte an seine letzten Gedanken anknüpfen. Heute brauche man für Eroberungszüge keine Armeen. Technologisch hoch entwickelte Länder hätten bereits die technologisch schwachen unter sich aufgeteilt. Wer trotzdem militärische Gewalt einsetze, erlebe früher oder später ein Desaster wie Amerika in Vietnam.

Als Süleyman eine Atempause einlegte, schwiegen wir alle. Necmi Bey und Macit Bey hätten gern etwas gesagt, aber was blieb da noch zu sagen? Was mich betraf: Süleymans Worte flossen beinahe durch einen Trichter in mein Ohr. Solche Gedankengänge waren mir neu. Oder überhaupt Gedankengänge?

»Deshalb beschäftigt mich diese Erkenntnis seit meinem Studium«, schien Süleyman den Kreis wieder zu schließen. »Jedes Naturgesetz, das man entdeckt und erkennt, ist göttlich einfach. Das Größte und das Mächtigste im Universum ist zugleich das Einfachste. Ich will auch durch den einfachsten Schritt den allergrößten Sprung schaffen. Ich möchte das Perpetuum mobile der Energie erfinden. Ich möchte das einfachste Verfahren für Kernfusion entdecken, die unschädlichste und unerschöpflichste aller Energiequellen. Ich will in die Thermosflasche Wasser füllen und es in Energie verwandeln. Verrückt, nicht ...?«

Bei dem Wort »verrückt« bekam er eine Zungenstarre. Wir sahen einander verblüfft an. War Süleyman verrückt, waren wir verrückt oder die da draußen, die uns hier einsperrten? Wer war nackt, der König oder das Volk?

»Natürlich geht es nicht mit einer Thermosflasche, das wissen wir, die wir hier sind«, setzte Süleyman wieder an, als hätte er meine Gedanken gelesen. »Ich werde das Problem mit einer Apparatur lösen, die so klein, so leicht und so einfach ist wie eine Thermosflasche. Aus diesem Grund sind mir alle auf der Spur, alle verfolgen mich. Vor allem die äußeren Feinde. Hier zu sein ist mein einziger Ausweg. Hier, in den Kern dieses durch mehrere hintereinander liegende Ringe gestützten Walls, in dieses Bollwerk, kann niemand eindringen.«

Süleymans Blick schweifte über den Hof und blieb am eisernen Tor hängen. Die Stille schien endlos. Fast im Flüsterton sprach er dann wie für sich:

»Ich will daher nicht entlassen werden. Dort draußen sind alle hinter meinem Geheimnis her, das die Welt total verändern wird. Es wird die Natur und die Menschen retten.«

»Aber wo sind die Leute bei uns, die sich das zunutze machen werden?«, seufzte Macit Bey. »Du bist ein moderner Diogenes, vernünftige Regierende sind wie auf dem Mars. Du kannst dich verstecken und dein Geheimnis schützen, wie du willst, letztendlich werden wieder nur Fremde deine Erfindung ausnutzen. So viele gut ausgebildete Leute arbeiten im Ausland, in technologisch fortgeschrittenen Ländern. Warum nutzen wir sie nicht hier?«

Das Selbstvertrauen auf Süleymans Gesicht entschwand wie das Licht. Man sah ihm an, wie es in ihm bebte. Er wusste schon, weshalb er bei unserem ersten Gespräch von Dr. Schenk und Dr. Lütze gesprochen hatte. Er wollte ihnen, nur ihnen seine Formel anvertrauen. Dann gab ihm Necmi Bey den Rest.

»Sieh dich an, Süleyman«, sagte er. »Sieh Orhan Bey! Was sucht ihr hier, ihr bedeutenden Wissenschaftler und Technologiespezialisten? Kannst du mir sagen, was Menschen wie ihr hier suchen?«

Süleyman stand auf und ging hinein. Er legte sich auf seine Pritsche.

28

Ich gewöhnte mich immer mehr an den Ort. Mein Tag teilte sich in unabänderliche Abschnitte ein. Die Zeiten fürs Aufstehen, für die Mahlzeiten, für den Hofgang und fürs Schlafen waren festgelegt. Ein Grund für die Gewöhnung lag vielleicht in diesen festen Zeiten.

Ich dachte über die wenigen bisher hier zugebrachten Tage nach. Eine Erfahrung ließ mich staunen. Wenn der Mensch zu bestimmten Zeiten des Tages immer denselben Beschäftigungen nachging, so bekam er bald das Gefühl, seit Jahren schon jeden Morgen um dieselbe Zeit aufzustehen, um dieselbe Zeit zu essen, um dieselbe Zeit immer dieselben Handlungen auszuführen und schließlich um dieselbe Zeit sich schlafen zu legen. Eigentlich war ich erst drei Tage hier.

Wie rasch gewöhnte ich mich ein, wie leicht passte ich mich doch hier an. Als hätte ich hier meine Augen zur Welt geöffnet, als würde ich keinen anderen Ort als den hier, kein anderes Leben als das hier, keine anderen Menschen als die hier kennen.

Oder lag der Grund für die rasche Gewöhnung vielleicht darin, dass ich hier mehr Ruhe hatte als vorher? Was war aber Ruhe? Suchte der Mensch wirklich nach Ruhe?

Draußen hatte ich manchmal Sprüche gehört wie: »Unsere Ruhe ist dahin«, »Unsere Ruhe ist gestört«, »Uns ist keine Ruhe mehr vergönnt«, »Es gibt keine Ruhe und Ordnung mehr«, »Früher hatten wir wenigstens unsere Ruhe«, »Sie lassen uns nicht in Ruhe«, »Wo finde ich denn Ruhe?«.

Gab es wirklich Ruhe und Behaglichkeit? Fand ich hier meine Ruhe? Ließ man mich hier in Ruhe? Keine Ahnung. Hier redete uns niemand rein. Hier hatte niemand Streit miteinander. Vielleicht war eines wichtig. Jeder konnte alles, was er wollte, laut und offen sagen. Die Angestellten hier, Ärzte und Schwestern, machten sich aus unseren Äußerungen nichts, sie überhörten sie, oder sie lächelten einfach über Dinge, die draußen schiefe Blicke auf einen lenken oder sogar zu Verhaftungen führen konnten. Vermutlich aus diesem Grund ertappte ich mich öfters dabei, dass ich wie Gül dachte, sonderbarerweise wie sie laut nachdachte:

›Warum bekämpfen die Regierenden nicht entschieden die bewaffneten Gewalttäter? Warum zeigen sie dem Terror gegenüber keine Haltung? Warum werden die Mörder nicht gefasst?‹

Ich ertappte mich bei diesen Selbstgesprächen, sah mich vor Schreck um und schwieg. Aber nichts von dem, was ich redete, hatte hier einen Sinn. So begann ich an mir selbst zu zweifeln. Hier gab es weder Gewalt noch Terror, noch Mord und Totschlag. Nicht einmal ein Taschenmesser besaß hier jemand. Unser Besteck war aus Holz. Auf dem Tisch sah ich bisher kein einziges Messer. Wahrhaftig, warum servierten sie uns hier Holzbestecke?

Ich dachte immer wieder laut nach, wenn ich im Hof auf und ab ging. Ich dachte über eine vollkommen andere Welt nach.

›Was wollen sie von den Arbeitern? Was wollen sie von den Intellektuellen? Warum gibt es so viele arbeitslose Menschen? Warum steigen die Haushaltskosten von Tag zu Tag? Warum wird jeder, der anders denkt, des Kommunismus bezichtigt? Warum werden nicht die eigentlichen Anarchisten und die

Gewalttäter mit ihren Waffen in der Hand gefasst und verhaftet, sondern nur diejenigen, die ihre nicht genehme Meinung äußern? Warum sind ihre Meinungen verhasst, obwohl sie richtig zu sein scheinen?‹

Wieder ertappte ich mich auf frischer Tat. Ich sah mich ängstlich um und schwieg. Eigentlich war meine Umgebung angenehm, voll harmloser, lieber Menschen. Niemand fügte dem anderen Schaden zu, und keiner zertrat eine Ameise. Keine Spur von all dem laut Gedachten. Als spräche Gül mir aus dem Mund. Ich war in Gül verwandelt. Sobald es mir bewusst wurde, trat meine Zungenstarre ein.

Nur das Leben war wichtig, das Leben an sich. Ich merkte, wie das Leben in mir wuchs und Gestalt annahm, je mehr ich mich von allen Seiten wahrnahm. Es ging mir immer wieder wie ein Blitz auf, dass ich immer nur das Leben meinte, wenn ich wie eben »ich« sagte. Überall, wo ich mich gerade befand, spürte ich, wie meine Bande zum Leben sich festigten. Dieses Gefühl wurde hier besonders stark.

Die Sonne passte nicht in mich, der blaue Himmel, den die Sonne hell beleuchtete, passte nicht in mich, die Luft passte nicht in mich, die Baumkronen, die von jenseits der Hofmauer herüberragten, und das Grün passten nicht in mich hinein. Zikadengesänge passten nicht in mich hinein. Der Hofgarten passte nicht in mich hinein, meine Freunde, ihr Auf- und Abtrippeln, ihre Selbstgespräche, ihr Schwenken der Arme, ihr Paffen, ihr jähes, unbegründetes, lautes und stilles Lachen passten nicht in mich hinein. Was für ein wunderbarer, schöner Tag! Es lebe der Tag, es lebe das Leben!

Daran, dass er kam, konnte man erkennen, dass dieser kommende Tag kein gewöhnlicher Tag war. Am Nachmittag zog der Wärter an der eisernen Tür den Klappenriegel für den Spion auf und blickte nach draußen. Dann öffnete sich quietschend ein Flügel der großen eisernen Tür. Das Quietschen ließ uns alle, den Blick dorthin gewandt, an unseren Plätzen verharren. Oder es kam mir so vor. Da ich selbst meine Blicke wie gebannt dorthin wandte und unverwandt starrte, glaubte ich, dass es allen so ging.

Eine wunderschöne Frau trat herein, mit einem breitrandigen Hut, der wie ein Strohhut aussah, aber sein Gewebe war viel feiner, aus einem anderen Material, mit einer großen Sonnenbrille, mit dünnen, hohen Absätzen, einem piekfeinen, wallenden Seidenkleid in der Farbe getrockneter Rosenblüten.

Wieder geschah etwas Unbeschreibliches in mir, das ich nie zuvor erlebt hatte. Einerseits war ich wie von einem Kopfschuss getroffen, andererseits, obwohl äußerlich nichts zu merken war, bebte ich von den Haaren bis zu den Zehennägeln fürchterlich in meinem Innern, und gleichzeitig durchströmten heiße Blutwallungen meinen Körper von einem Ende zum anderen.

Es war Gül. Ich rannte zu ihr hin. Wir fielen uns in die Arme.

Die Schachtel mit Baklava, süßen Pasteten, und die Zigaretten, die Gül mitbrachte, gab ich Necmi. Er führte mit diesen Mitbringseln alle Freunde, die dastanden und uns beobachteten, in eine ferne Ecke.

Gül und ich, wir setzten uns auf die Bank vor der Mauer. Ich rief Süleyman zu uns, der etwas abseits von der Menge um Necmi dastand. Ich stellte ihn Gül vor.

»Mein bester Freund«, sagte ich zu Gül gewandt.

Ich wusste nicht, wie ich ihm Gül vorstellen sollte. Ich konnte nichts über die Lippen bringen. Mein Schweigen zog sich hin und wurde Gül gegenüber peinlich. Dann sagte ich auf einmal:

»Gül.« Weiter sagte ich: »Die Welt ist eine Rose.«

Gül lachte.

»Angenehm«, sagte Süleyman mit einer vornehmen Zurückhaltung. Nachdem er Gül die Hand gereicht hatte, zog er sich zurück, um uns nicht zu belästigen. Er ging zu der Menge um Necmi.

»Mein Kostüm stört mich sehr, aber ich habe mich unfreiwillig so angezogen, weil ich einen Termin beim Direktor dieser Anstalt hatte«, erklärte Gül. »Bist du überrascht?«, fragte sie dann.

»Ich habe mich gefreut«, antwortete ich. »Du hast mir die ganze Welt gebracht, du hast mir Welten geschenkt, du hast mir Freude gemacht. Ich hätte mir nicht vorstellen können, dass die Freude bei einem Menschen die Gelenke so lockern und ihn so beflügeln kann.«

»Doch ich hatte keine Zeit, mich zu freuen«, sagte Gül. »Nicht einmal zu leben, fand ich Zeit. Oder um mit Goethe zu sprechen: Nach der Trennung von dir lebte ich die intensivsten Tage meines Lebens, das mir bisher schon so viel Verzweiflung, so viel Hilflosigkeit, so viel Ausweglosigkeit bescherte. Ja, ärgere dich nur und stoße unaufhörlich Verwünschungen aus! Etwas Besseres wirst du niemals sehen. Denn Trost ist ein unsinniges Wort. Wer nicht in Hoffnungslosigkeit fallen kann, der braucht gar nicht erst zu leben. Ich kann dir die Ausmaße meiner Hofnungslosigkeit nicht beschreiben. So groß war sie, so notwendig mein Leben. Es waren zwei verschiedene Welten, entweder ohne dich zu sein, bevor ich dich fand, oder dich zu vermissen, nachdem ich dich gefunden hatte. Zwischen beiden gab es einen Abgrund. Ohne dich zu sein, bevor ich dich fand, war gar kein Begriff. Was es bedeutet, ohne dich zu sein, begriff ich erst, nachdem ich dich gefunden hatte. Ohne dich zu sein, war Gül-losigkeit, ohne dich zu sein, bedeutete die Welt-losigkeit. Und die Weltlosigkeit kann ich weder erklären noch beschreiben. Verglichen mit der Weltlosigkeit ist selbst eine finstere Welt ein Paradies. Einmal musste ich es erleben, noch einmal kann ich nicht ohne Welt sein, lieber sterbe ich.«

Sie sei beim Direktor gewesen, wollte mich hier herausholen, sagte Gül. Sie berichtete über ihr Gespräch mit dem Direktor in allen Einzelheiten. Während sie erzählte, versank ich in andere Gedanken: ›Ohne Gül zu sein ist schlimm, aber auch, diesen Hort verlassen zu müssen. Süleyman und alle anderen Freunde zu verlassen und sich unter die unzähligen Verrückten draußen zu mischen. Meine innere Ruhe, meinen inneren Frieden und meine innere Zufriedenheit zu verlieren. Der Direktor wäre doch ein wunderbarer Mensch, wenn er mich hierließe und gleichzeitig Gül aufnähme …‹

Während ich an all das dachte, konnte ich kaum vernehmen, was Gül erzählte. Sie schwieg auf einmal, starrte mich mit nichts sagenden Blicken an. Sie hatte mir angemerkt, wie ich sie seit Minuten anstierte, ohne ein einziges Wort von ihr zu hören. Sie sah mich mit leeren Augen an. Hätte sie sich doch über mich geärgert, statt Mitleid mit mir zu haben, dachte ich. Sie lächelte, als hätte sie meine Gedanken gelesen. Sie erzählte.

Meine Eltern wären gerne mitgekommen. Orhan habe auch darauf bestanden mitzukommen. Gestern Abend seien sie in einem Hotel abgestiegen. Sie habe ihnen gesagt, zuerst allein zu gehen und die Lage zu erkunden, und sie hätten nur geschwiegen. Beim ersten Besuch habe sie mit mir ganz allein sein, sich an mich satt sehen, sich ausgiebig mit mir unterhalten wollen. Und sie würde sie morgen zu mir schicken. Sie würde aber morgen nicht mitkommen. Sie könnte jetzt keinen Dritten neben uns ertragen. Wenn es sich auch um meine Eltern oder selbst um Orhan handelte, sollte niemand anderer dabei sein, wenn wir zusammen wären. Gewiss würde sich diese ihre nervöse Leidenschaft wieder legen, wenn sie mich erst hier herausgeholt hätte. Deshalb würde sie morgen die anderen zu mir schicken, und sie selbst würde den Direktor noch mal aufsuchen.

Ich kannte dieses merkwürdige Gefühl in mir noch nicht. Mit Gül zusammen zu sein, das hatte in mir irgendwelche verborgenen Saiten angespannt, zugleich senkte sich eine angenehme Entspannung auf mich. Die Anspannung und die Entspannung lebte ich im selben Augenblick, und diese Erfahrung war auch für mich neu.

Über eine Stunde blieb Gül hier. Ihre Verabschiedung im Hof glich einem Freudenfest. Wir standen von der Sitzbank auf und gingen langsam auf das eiserne Tor zu, dabei sprach sie. Alle paar Schritte hielt sie an, um ihren Worten Nachdruck zu verleihen. Alle Freunde, die uns hatten aufstehen sehen, begannen sich um uns zu versammeln. Sie blieben still, um uns nicht zu stören, da Gül noch mit mir sprach.

Als Gül wahrnahm, dass wir umringt wurden, sprach sie lachend zu den Versammelten:

»Auf Wiedersehen, leben Sie wohl!«

Sie wollte ihnen winken und sich verabschieden. Aber ermutigt durch ihre Worte, engten die Freunde den Ring um uns ein und begannen, einer nach dem anderen, Gül zur Verabschiedung die Hand zu drücken.

»Vielen Dank, Schwägerin!«

»Danke schön für Baklava und Zigaretten, Schwägerin!«

»Du hast uns geehrt, Schwägerin. Vergiss nicht Orhan Abi und uns!«

»Wir wollen auch eure Hochzeitsbaklava essen, Schwägerin.«

Was noch alles riefen sie zu. Als Gül das Wort Hochzeitsbaklava hörte, lief ihr Gesicht rot an, sie blühte Rot in Rot auf. Ich kannte sie nicht so, so rot hatte ich sie noch nie gesehen. Was war da wohl zu erröten? Hatten die Freunde etwas Unanständiges gesagt? Hatte ein Lobeswort Gül so eingeschüchtert? Was war der Grund dafür?

Beifall klatschend und unter Zurufen wie »lebe lang«, »bleib gesund«, »auf Wiedersehen«, »komm wieder«, verabschiedeten sie Gül. Als der Flügel des eisernen Tores hinter ihr zuschnappte, löste sich die Menge vor dem Tor im Hof in Grüppchen zu zweit oder zu dritt auf und verteilte sich murmelnd in alle Richtungen.

Süleyman kam zu mir. Wir schlenderten durch den Hof.

»Ich beglückwünsche dich«, sagte er.

Ich sah ihn an.

»Gül ist eine Welt, ich beglückwünsche dich zu ihr«, sagte er. »Gül ist eine wunderbare Welt, Gül ist ein Leben, ein wunderschönes Leben. Ich verstehe etwas von Menschen. Klammere dich fest an ihr, es kann sein, dass du nie mehr im Leben einer Frau wie Gül begegnest. Umklammere Gül mit vier Händen fest und lass sie nie wieder los, niemals, auch wenn ihre Dornen deine Hände und dein Gesicht blutig schürfen sollten. Ich bin bis heute keiner anderen Frau begegnet, die ein so lichtes Gesicht hat, deren Augen selbst hinter der Sonnenbrille so tief und so klar sind. Licht, Tiefe und Klarheit, das ist alles bei einem gutmütigen, wahrhaftigen, intelligenten und schönen Menschen. Diese Eigenschaften kommen sehr selten bei einem Menschen zusammen. Ich beglückwünsche dich, mein Lieber. Gül liebt dich, sie liebt dich sehr. An ihrem Schritt, an jeder ihrer Bewegungen, an jedem ihrer Worte kann man das erkennen. Gül liebt dich sehr. Du sollst sie auch sehr lieben. Und finde so das größtmögliche, das erhabenste Glück, das dieses Leben und diese Welt einem Menschen je bieten können. Wenn du einmal ein solches Glück erlebt hast, dann kannst du sagen, du hast gelebt.«

Süleyman sprach in einem Ton, als vertraute er mir ein noch viel größeres und wichtigeres Geheimnis an als seine geheime Fusionsformel.

»Verzeih«, sagte er dann, »ich mische mich in dein Privatleben ein. Aber als dein Freund wollte ich dein Augenmerk auf das einmalige Glück lenken. Gewiss, du hast es selbst längst eingesehen, aber ein böser Zweifel in mir konnte mich doch nicht davon zurückhalten, auch einmal darauf hinzuweisen. Verzeih, mein Freund, verzeihe mir.«

An diesem Tag ging mir der Ausdruck Liebe nicht aus dem Sinn. Gül gravierte sich in meinem Gedächtnis ein, Blatt um Blatt, in allen Farben, in allen Arten und Sorten. Rote Rosen blühten auf in meinem Gedächtnis, rosa, gelbe, weiße Rosen. Mein Gedächtnis wurde ein Rosengedächtnis. Meine Einbildung war voll rosaroter Rosen.

Zur Schlafenszeit legte ich mich auf meine Pritsche. Meine Augen schlossen sich, meine Lider waren schwere, weiße Rosen. Meine Träume waren rote Rosen, meine Träume waren gelbe Rosen. Ich sank in einen tiefen Schlaf. Ich war erschöpft von Gül.

29

Meine Eltern und Orhan kamen am nächsten Tag. Sie brachten Süßspeisen und Zigaretten mit. In Orhans Schachtel waren Mehlmakronen. Wieder übernahm Necmi die Austeilung. Die Augen meiner Mutter glichen zwei Quellen. Mein Vater bewegte seine Lippen, über die jedoch nicht einmal ein Flüsterton kam.

Wir umarmten uns, redeten kein Wort. Als ich meine Mutter umarmte, begannen ihre Tränen einen Wimmerton von sich zu geben. »Mein Sohn, mein Herz, mein Kind, mein Lamm, mein Seelenband …«, reihte sie aneinander.

Sie freute sich über unser Wiedersehen, gleichzeitig war sie offensichtlich traurig über meinen Zustand. Ich versuchte sie zu beruhigen, dass mir nichts Schlimmes zugestoßen sei. Ich lächelte unentwegt. Die Backenmuskeln taten mir weh. Ich erzählte, dass es mir gut ginge und ich hier gute Freunde hätte. Da fiel mein Blick auf Süleyman, den ich als Rettungsanker in dieser Lage anrief, und stellte ihn meiner Mutter vor:

»Mein bester Freund Süleyman.«

Süleyman küsste Mutter und Vater die Hand. Er legte Mutter die Hand auf die Schulter und sprach auf sie ein.

»Warum weinst du denn, liebe Tante? Dein Sohn und ich befinden uns hier am sichersten und ruhigsten Ort der Welt«, erklärte er. »Hier herein kann keine Kugel fliegen, keine Polizei kommen. Hier kann sich der Mensch ausruhen und entspannen. Hier kann er denken und große Erfindungen machen«, sagte er.

Als Beispiel zeigte er auf sich. Er erzählte, seine Erfindung, die er hier vollendet und gehütet habe, werde die Welt von Grund auf verändern. Die Augen meiner Mutter hörten auf zu sprudeln, obwohl ihre Wangen nass und rötlich blieben.

Dann wandte sich Süleyman an Orhan und gab ihm einen Zettel.

»Heb ihn gut auf«, beschwörte er ihn. »Dieser Zettel wird, wenn es so weit ist, deinen Namen weltweit verbreiten«, sagte er. »Einstein wird, mit dir verglichen, wie eine Wasserlache neben dem Ozean bleiben«, sagte er. »Verkaufst du sie?«, fragte er unvermittelt und aß ein Stück von den Mehlmakronen, die Orhan mitgebracht hatte. »Sehr gut«, schmatzte er dann, »deine Makronen sind ausgezeichnet, erstklassig. Ein Junge wie du verkauft sowieso die besten Makronen, er ist der Beste in der Schule, er wird auch die größte Erfindung machen. Hüte diesen Zettel wie deinen Augapfel. Wenn die Zeit reif ist, lies und lerne, was darauf geschrieben steht. Und wende es bestens an.«

Ich hatte Süleyman von Orhan erzählt. Ich hatte erzählt, was für ein fleißiger, begabter und fähiger Junge er war. Ich hatte gesagt, dass in ihm ein guter Naturwissenschaftler steckte, wenn er die Chance hätte zu studieren.

Süleyman hatte mir damals aufmerksam zugehört. Ohne etwas zu sagen, war er in Gedanken versunken gewesen. Jetzt verstand ich, in welche. Er vertraute seine große Erfindung, die er vor aller Welt versteckte, sein größtes Geheimnis, seine Formel der kalten Fusion nach einem so einfachen Verfahren wie Teebrühen, auf einem kleinen Zettel Orhan an. Und nachdem er ihm den Zettel gegeben hatte, war er erleichtert, als wäre er von einer Weltenlast befreit, als hätte er eine schwere Kiepe vom Rücken abgeworfen. Ich hatte Süleyman noch nie so befreit gesehen. War es das Geheimnis, war es sein Wissen, das ihn so bedrückt hatte? Offensichtlich war es ein geheimes

Wissen und ein wissendes Geheimnis. Sein Inneres hatte einen Buckel unter dieser Last, die er überall mit sich herumschleppen musste. Nun war er frei davon.

Orhan war zunächst sehr verwundert, dann hatte er sich aber rasch gesammelt, den Zettel von Süleyman mit dem Ernst eines großen Mannes entgegengenommen, ihn auseinander gefaltet und lange gemustert und danach wieder mit großer Sorgfalt zusammengefaltet und in seine Tasche gesteckt. Dass seine Verwirrung nicht lange anhielt und er sich sofort wieder zusammennahm, zeigte, dass er vorher schon gewusst hatte, wohin er ging. Vielleicht hatte er mit Gül und meinen Eltern darüber gesprochen, wohin sie gehen wollten, um was für einen Ort es sich handelte und aus welchem Grund die Menschen dort waren. Er wusste um die Art Menschen hier. In sein Mitleid war auch Neugier gemischt. Sein Herz hatte auf dem Weg hierher geklopft. Er war zu Tode erschrocken gewesen, als die hier Einsitzenden wie Eremiten hinter jedem Baum hervortraten. Als er durch das eiserne Tor eintrat, schwirrten in seinem Kopf keine Gedanken, sondern Wolken. Erst nachdem er mich umarmt und mit mir zu sprechen begonnen hatte, vertrieben allmählich seine Gedanken und Gefühle die Wolken im Kopf.

Orhan erzählte, er gehe wie gewohnt seinen Geschäften nach, sei zwar zufrieden, jedoch seien die Ferien ihm zu lang geworden.

»Ich sehne den ersten Schultag nach den Ferien herbei«, sagte er. Ich kannte kein anderes Kind, das die Schule so gern hatte.

»Du verstehst mich doch, Abi?«, fragte er. »Geschäfte zu betreiben, Geld zu verdienen, Straßen und Plätze zu durchmessen, die Menschen zu beobachten, was sie machen, was sie lieben, worüber sie sich ärgern, wie sie Geld verdienen, weshalb sie miteinander streiten, das alles zu beobachten und mitzuerleben ist schön und gut, aber eine Begeisterung, ein Antrieb will viel mehr erfahren und viel mehr wissen. Was ich alles so sehe, davon lerne ich auch viel, aber um es besser zu verstehen, aus meinen Erlebnissen und Erfahrungen Schlüsse zu ziehen, zu neuen Gedanken und Taten zu gelangen, werde ich innerlich zu mehr Wissen getrieben. Deshalb will ich in die Schule. Ich liebe meine Lehrer. Ich liebe meine Schulfreunde. Natürlich sind manche faul und frech. Manche können mich nicht leiden, sind selbstgefällig und streitsüchtig. Manch einer ist ein Lügner. Aber ich liebe alle. Ich liebe unser Schulgebäude, die Korridore und Klassenzimmer darin, die Fenster und Bänke, alles, alles ... Ich liebe den Schulhof, den Teich, die Bäume, die Blumen. Ich kann es kaum erwarten, dass die Schule wieder beginnt. Ich fühle mich immer geringer, je länger die Trennung von der Schule andauert. Ich denke, ich bin erst in der Schule ich selbst. Da blühe ich auf. In der Schule fühle ich mich frei. Mit wachsendem Wissen wächst meine Freiheit. Ich wachse mit der Freiheit auf. Verstehst du mich, Abi?

Seit ich dich nicht mehr sehen kann, wächst auch die Sommerleere, die Sommerlangeweile in mir. So kannte ich mich nicht, ich bin beinahe traurig, seit du fort bist. Wenn ich zum Himmel schaue, ist er nicht mehr so hell und leuchtend blau. Er senkt sich auf mich herab und bedrückt mich. In der Stadt kommen mir die Räume zwischen den Gebäuden verengt vor. Die Gebäude bedrängen mich. Und das Meer? Wenn ich aufs Meer schaue, kommt mir die große Bucht wie zu einem kleinen Baggersee geschrumpft vor. Ich sehe keine Offenheit, keine Weite mehr. Das Meer erfüllt mich nicht mehr mit Ruhe. Am liebsten rede ich von Zeit zu Zeit mit einem Baum. In einem Park, in den engen Gassen der Altstadt, auf einem Ausgrabungsgelände, zum Beispiel in der alten Agora, lehne ich mich gegen einen mächtigen Baum und beginne mit ihm ein Zwiegespräch. Mit einer Eiche, am liebsten mit einem Zürgelbaum. In den letzten Tagen jedoch ist mir nicht danach zumute. Ich denke auch, kein Baum hat Lust, sich mit einem lustlosen Jungen zu unterhalten. So geht es auch den Vögeln. Die Turteltauben hatten immer gerne gegurrt zu mir. Mit den

Spatzen war gut zu spaßen, wir hatten aus einem sicheren Abstand einander einzelne Worte zugeworfen. Ich konnte mit dem Maulesel des Milchmanns, dem Esel des Gemüsehändlers und dem Gaul des Kutschers reden, wann immer es mir beliebte. Aber in den letzten Tagen habe ich auf gar nichts Lust. Die Schule kommt mir ständig in den Sinn. Ich sehne mich nach ihren schattigen Bäumen, nach den Marmortreppen.

Weißt du, Abi, deshalb drehe ich in den letzten Tagen meine Runden immer in der Umgebung der Schule. Gebannt sehe ich zum Schulhof. Durch den Gitterzaun und über die Mauer schaue ich minutenlang zum Schulgebäude. Das schadet natürlich dem Geschäft. In der Gegend dort kaufen die Leute keine Sesamkringel, keine Mehlmakronen oder Pasteten. Dort wohnen Reiche, die Damen und Herren und die Müttersöhnchen dort kaufen natürlich nichts von einem Straßenverkäufer. Deshalb verlängern sich meine Runden mindestens um eine Stunde. Und das macht mich natürlich auch traurig. Das Geschäft macht Spaß, wenn es gut läuft. Wenn Geschäfte langsam gehen und der Verkauf stockt und die Ware liegen bleibt, das macht bestimmt keinen Spaß. Ein gut gehender Handel lässt auch andere Dinge vergessen. Die Kunst ist, das, was du einkaufst, sofort mit Gewinn weiterzuverkaufen und es zu vergessen. Was liegen bleibt, kratzt dir die Augen aus, es ist ein Dorn im Auge und macht dich unruhig. Du kannst es nicht vergessen. Wenn du beim Handel deine Ware nicht rasch vergessen kannst, dann verstehst du von der Kunst des Geschäfts nicht viel.«

Ich murmelte die Worte Orhans vor mich hin, als ich im Hof meine Runden drehte, nachdem der Besuch wieder gegangen war. Er überraschte mich von neuem. Unter der kindlichen Hülle verbarg sich ein weiser Mensch wie Süleyman. Seine Lippen rührten sich, aber aus seinem Mund sprach der Weise in ihm. Wie konnte ein Kind solche Gedankenketten bilden? Wie konnte ein Kind wie er so urteilen? Orhan war nicht nur mein Namensvetter, zugleich war er mir geistig sogar überlegen. Ich kam mir ihm gegenüber wie ein Kind vor.

Während wir über Gott und die Welt sprachen, hatten sich meine Eltern nicht eingemischt. Ein warmer Strom in meinem Brustkorb und an meinem Hals hatte mich getrieben, meine Mutter mit den Armen ganz fest zu umschließen. Wir hatten uns angesehen und angelächelt. Das Lächeln meiner Mutter war das schönste Lächeln der Welt. Ihre Augen leuchteten feucht. In dem Augenblick überschnitten sich Lachen und Weinen.

Nie konnte ein reines Lachen so schön sein, und nie konnte ein reines Weinen so schön sein. Das Schönste war der Bruchteil des Augenblicks, in dem eine Vermischung geschah. Die Mischung von Eigenschaften befruchtete und bereicherte alles. So war es auch in der Natur. Die flache Landschaft war erst durch Wälder, Flüsse und Seen schön. Steile, gebirgige Gegenden hatten Almen, Täler und fruchtbare Hänge. Die Wüste hatte Oasen und Nächte, ihre eigene Flora und Fauna.

War es nicht auch mit mir so? Wer war schon absolut er selbst? Wer hatte ein absolut eigenes Ich? Eindrücke, Einflüsse von außen und von anderen führten zu unserer Ich-Mischung. Und wenn sie, die Eindrücke und Einflüsse, gegen die angeborene Natur, gegen die Veranlagung verstießen? Dann gab es Abstöße. Das Ich stieß dann die Eltern und Geschwister ab, die Gesellschaft und den Staat, Ideen und Gedanken. Jeder empfing aus dem Universum und aus der Welt unterschiedliche Zeichen und Impulse, die er in seine Ich-Natur aufnahm oder die er abstieß. War deshalb jedes Ich, jeder Mensch anders? Wie anders war ich?

Diese Gedanken verflogen ebenso jäh, wie sie gekommen waren. Als das große eiserne Tor sich öffnete, trat Gül herein. Mit ihrem Erscheinen erstarrten alle Regungen und Bewegungen im Hof. Alles Atmen und Reden war wie abgeschnitten. Als hätte der Hof eine luftleere, akustisch dichte Glasglocke übergestülpt bekommen. Das ganze Dasein im Hof sammelte sich zu einem Brennpunkt in der Erscheinung einer schönen Frau.

Gül schien nicht sonderlich gut aufgelegt. Sie sagte schonend, es gebe Hindernisse für meine Entlassung. Ich fühlte mich irgendwie befriedigt darüber. Bei meinem ersten Besuch hier war mir der Direktor nicht wie jemand vorgekommen, der die hier einmal einquartierten Menschen gern wieder entließ. Ihm kam es darauf an, die Mannschaft durch Neuzugänge zu stärken. Er hatte mich auch gleich dabehalten wollen, weil ich mich für Süleyman einsetzte. Damals war mir der Gedanke absolut fremd gewesen, Süleyman hier Gesellschaft zu leisten. Heute löste Güls Versuch, mich hier rauszuholen, gemischte Gefühle in mir aus.

Ich sollte vielleicht hier bleiben, vielleicht noch eine Weile, redete ich mir ein. Andererseits fürchtete ich mich vor einer längeren Trennung von Gül. Der Gedanke brachte mich aus dem Gleichgewicht. Es könnte Gül verdrießen, mich öfter zu besuchen. Dabei beschlich mich die Angst, dass sie mich nach einigen Besuchen verdrossen verlassen könnte. Ihre Urlaubstage waren sowieso gezählt. Bald musste sie zu ihrer Arbeit zurück. Ich würde sie dann mindestens ein Jahr lang, bis zu ihrem nächsten Urlaub, nicht wieder sehen. Würde sie mich nicht vergessen, wenn sie ein Jahr von mir wegbliebe?

Diese Frage beschämte mich. Ihre Worte kreisten mir im Kopf. Es bestand gar kein Grund dafür, nicht an sie zu glauben. Sie hatte schließlich ein Leben lang auf mich gewartet. Könnte sie denn nicht noch ein Jahr, noch ein Leben warten, wenn es sein müsste? Natürlich könnte sie warten, denn Gül war stark.

Eigentlich hätte ich vor meinen eigenen Unzulänglichkeiten Angst haben müssen. Ich konnte mir vorstellen, schon in wenigen Tagen, geschweige denn in einem Jahr, meine Vergangenheit vor der Einweisung hier vollkommen zu vergessen und mir eine neue Identität zuzulegen. Ich kaute auf den Worten, in Wahrheit schreckte ich vor der Möglichkeit zurück, Gül zu vergessen, wenn wir uns eine Zeit lang nicht sähen. Das wäre weiter nicht schlimm, wenn es nicht zugleich bedeuten würde, dass ich mein mühsam und langsam in Erscheinung tretendes Ich wieder verlieren könnte. Denn erst Güls Ausstrahlung ließ mich erscheinen. Gül zu vergessen hieße, meine Welt zu verlieren.

Während ich mit Gül sprach, hatte Süleyman meine Eltern und Orhan zur Seite genommen und ihnen unentwegt etwas erzählt. Gewiss versuchte er sie davon zu überzeugen, wir genössen hier die größte Sicherheit. Er erzählte bestimmt, dass kein Feind und kein Spion so viele Sicherheitsriegel überwinden, uns im sichersten Kern der Anstalt erreichen und uns schaden könnte. Auf solche Beteuerungen hin sah ich in meiner Einbildung die Blicke der Meinigen, die sie ungläubig und mitleidig auf sein Gesicht richteten.

Als Gül mich schließlich umarmte und sich verabschiedete, sagte sie:

»Mach dir keine Sorgen, es dauert höchstens noch einige Tage, bis du rauskommst. Immerhin müssen einige bürokratische Dinge abgewickelt werden.«

Vielleicht um den Direktor in Schutz zu nehmen oder aber mich zu trösten und mir Hoffnung zu geben, fügte sie hinzu:

»Die Sache liegt nicht allein in der Hand des Direktors. Aber ich werde selbst die Genehmigung einholen, zumindest werde ich sie beschleunigen, mach dir keine Sorgen.«

Mit meiner Mutter und meinem Vater umarmten wir uns zum Abschied. Die Augen meiner Mutter waren voll Wasser.

»Pass auf dich auf, mein Sohn«, kam es heiser aus ihrem Mund.

»Wir wollen doch unsere Stadtrundgänge zu Ende führen, nicht wahr, Abi?«, fragte Orhan. »Komm bald raus«, fügte er hinzu.

Der Flügel des eisernen Tores fiel hinter ihnen zu. Es war mir dabei zumute, als ginge das schwere Tor meines Herzens langsam zu. Drinnen war es splitternackt und leer.

Im ummauerten Hof war ich mutterseelenallein.

30

Die Tage vergingen, und ich hatte mich hier gänzlich eingelebt. Güls Bemühungen waren ergebnislos geblieben. Ihr Urlaub war abgelaufen, sie hatte ihn zwei Mal mit einem ärztlichen Attest verlängert, schließlich aber zu ihrer Arbeit zurückkehren müssen. Am Tag ihres Abflugs war sie ein letztes Mal zu mir gekommen. Sie hatte gesagt, sie werde für eine kurze Zeit zurückgehen, sie wolle sehr bald wiederkommen, um mich hier rauszuholen.

Sie wollte zurückfahren, Beurlaubung beantragen und wiederkommen. Sie beteuerte immer wieder, unter allen Umständen bald wiederzukommen, auch wenn sie ihre Arbeit aufkündigen müsste. Vermutlich dachte sie, ich hätte Angst, dass sie nie mehr zurückkäme.

Immer wenn ich Gül sah, entflammte meine Leidenschaft für sie, doch je mehr meine Tage hier sich mehrten, desto weniger kam sie mir in den Sinn, desto seltener sehnte ich mich nach ihr, als würde ich sie vergessen, solange ich sie nicht sah, und die Staubschichten des Vergessens legten sich immer dicker auf Gül in meinem Gedächtnis.

Süleyman musste diesen Seelenzustand bei mir bemerkt haben, so dass er täglich dieses Thema anschnitt, als wollte er verhindern, dass ich Gül vergaß. Das Gespräch darüber verlief jedoch immer einseitig. Ich machte den Mund nie auf. Und ich hörte Süleyman kaum zu, wenn er immer wieder auf dieses Thema zu sprechen kam. Er versuchte hartnäckig, mich aufzurütteln, als strengte er sich an, um jemanden nicht einschlafen zu lassen, der draußen im Frost liegen geblieben wäre und erfrieren würde, wenn er einschliefe. Oder als wollte er einen Schwerverwundeten wach halten, damit er nicht wegstürbe.

Eigentlich lebte ich hier ganz zufrieden vor mich hin. Das Leben verlief reibungs- und widerspruchslos, und das genügte mir. Mir kam nie der Gedanke in den Sinn, ob es jenseits dieses Hofes einen Ort gab, wenn Süleyman nicht von Gül sprach.

Nachdem Gül zu ihrer Arbeit zurückgekehrt war, waren auch die Tage draußen und mein Leben vor meiner Einweisung aus meinem Gedächtnis wie weggekratzt. Eines Tages, nachdem auch Süleyman längst aufgegeben hatte, von ihr zu reden, erlebte ich Gül unerwartet als ein bis dahin ungekanntes Beben. Sie war doch nicht aus meinem Gedächtnis ausradiert worden.

Ein Flügel des eisernen Hoftors ging quietschend auf. Als plötzlich Gül vor mir stand, verschleierten sich meine Augen. Güls Bild vor mir verschwamm und war jäh von einer dicken Staubwolke verschluckt. Der in meinem Kopf, in meinem Gedächtnis aufgetürmte Staubberg begann wie eine fürchterliche Lawine zu rutschen. Es schmerzte unerträglich. Dieser Bergrutsch erschütterte mich nachhaltig. Dann kam da und dort die Oberfläche meines Gedächtnisses stückweise zum Vorschein.

Ich konnte Güls Gesicht durch Rauch und Staub allmählich erkennen. Als ich sie in ihrer vollen Gestalt luftklar wahrnahm, lagen wir uns schon in den Armen. In diesem Moment erkannte ich mit letzter Gewissheit, dass ich ohne Gül nicht sein konnte. All der Trost von wegen Vergessen und neuer Identität entpuppte sich auf einmal als unwahr. Ich spürte, wie mein weicher Kern beinahe reißend zu Gül hingezerrt wurde. Der Schmerz des ersten Augenblicks verwandelte sich in einen unerklärlichen Genuss.

Ich fürchtete mich vor dem Augenblick, da die Besuchszeit zu Ende ging und Gül mich hier wieder zurückließ. Ich kannte die Todesangst nur vom Hörensagen und nahm sie nie ernst. In diesem Augenblick fürchtete ich nicht den Tod, sondern ein Leben ohne Gül.

»Diese wenigen Wochen ohne dich waren für mich ein Dahinsiechen«, sagte Gül. »Wie hatte ich nur so viele Jahre ohne dich leben können? Wie hatte ich die Distanz wahren können, die mich von dir trennte? Wie konnte ich meine Reizbarkeit zähmen und einer sanften Stute gleichen? Ich erstickte in der Stille ohne dich. Ich wollte es dir nicht sagen, aber ich bin gar nicht wegen der Arbeit zurückgegangen. Ich musste Dokumente besorgen für deine Entlassung. Wenn ich mir nicht ständig geschworen hätte, dich hier rauszuholen und nie wieder aus der Hand zu geben, hätte ich keinen Augenblick dort bleiben können. Ich wäre auf der Stelle umgekehrt.«

Ich sog ihre Worte auf und brachte als Erwiderung hauchend über die Lippen: »Ich möchte auch mit dir gehen.«

Sie nahm mich in die Arme. »Ich lasse dich unter keinen Umständen hier zurück.«

Aber sie habe die Angelegenheit in der Hauptstadt auf höchster Ebene zu lösen. Sie habe hier mit den Kleinkalibrigen, die sich im Spiegelkabinett gerne als Riesen sähen, genug Zeit verloren. Je kleinkalibriger ein Zuständiger sei, desto schwieriger sei es, zu ihm vorgelassen zu werden. Freilich gelte dies nicht für junge Leute. Bei der Zunft der Bürokraten wüchsen die Komplexe mit steigendem Alter. Wenn Gleichaltrige auf der Karriereleiter nach oben kletterten und einen hinter sich ließen, man sogar von Jüngeren überholt würde, das nähre die Komplexe. So einer redete sich ein, ihm geschähe Unrecht. So sei er von Groll und Rachsucht erfüllt denen gegenüber, die ihn überholten. Um seine kleinkarierte Seele zu befriedigen, lege er anderen, die um seinen Dienst bäten, Schwierigkeiten in den Weg und genieße es, sie zu quälen.

Das alles interessierte mich nicht. Aber Gül erzählte diese Dinge im Zusammenhang mit meiner verzögerten Entlassung. Sie wollte in die Hauptstadt zum Ministerium gehen.

Ich wusste, dass man mit dem hiesigen Direktor nichts erreichen konnte. Ich hätte es Gül gleich am Anfang sagen können. Als der Mann mich wieder vor sich sah, behauptete er ohne Hemmungen, der größte Spezialist seines Gebiets auf der Welt zu sein. Er hatte sogar mit den Worten: »Hatte ich dir nicht gleich beim ersten Mal gesagt, ich kann dich hier behalten?« seine Behauptung durch mich bestätigen lassen wollen.

Mit dem Stadtdirektor für Gesundheit sei das Problem auch nicht zu lösen gewesen. Es wäre schon möglich gewesen, aber ... Güls Offenheit und Aufrichtigkeit hatte mich von Anfang an an sie gefesselt. Aber er habe sie auf eklige Weise »angebaggert«. Genau so drückte Gül sich aus.

»Wenn ich noch einen Augenblick länger bei ihm geblieben wäre, hätte ich ihm sicher eine runtergehauen, dann hätte ich in der Tinte gesessen«, erzählte sie. Kein Problem, habe der Mann gesagt, es genüge, sich für den Abend zu verabreden. Gül habe diesem Angebot einfach den Rücken gekehrt und den Raum verlassen.

Gül berichtete auch von ihrer Arbeit. Sie wollte aber nicht von sich erzählen. Die Lage der Menschen dort hätte sie bekümmert. Die Arbeitslosigkeit hätte weiter zugenommen, davon wären vor allem die Ausländer, insbesondere unsere Landsleute betroffen.

»Der beste Ausländer ist der, der in seine Heimat zurückgeht!« Dieser Satz ginge als Parole um. An Wände und Mauern wären verächtliche Losungen gekritzelt. Ausländer würden mit den Worten beschimpft wie: »Geh doch dorthin, woher du gekommen bist, du Schmarotzer!« Geschweige denn, dass ihnen eine neue Arbeitschance geboten würde.

An den Tagen, an denen sie gearbeitet hätte, hätten sich verzweifelte Menschen vor ihrem Büro um Hilfe angestellt. Einem Arbeiter hätte man samt Familie die Wohnung gekündigt, weil er seine Arbeit verloren hätte. Einen Verzweifelten, der Antrag auf Sozialhilfe gestellt hätte, hätte man aufgefordert, innerhalb von vier Wochen das Land zu verlassen. Der Mann habe vierzehn Jahre ununterbrochen in dem Land gearbeitet. Ein anderer Fall, der ihr das Herz zerrissen hätte, sei gewesen, dass zwei Schwestern von dreizehn, vierzehn Jahren, die dort geboren worden und aufgewachsen wären und dort noch zur Schule gingen, mit einem Hilferuf zu ihr gekommen wären.

»In meinem ganzen Berufsleben war noch nie ein Kind mit einem Hilferuf zu mir gekommen«, sagte Gül. Das habe sie innerlich zermürbt. Der Vater der Mädchen hätte seine Arbeit verloren und seit einem Jahr keine neue finden können. Ihre Mutter wäre Hausfrau. An zwei Abenden ginge sie irgendwohin zum Putzen. ›Wir gehen auch mit unserer Mutter, helfen ihr, damit sie mit dem Putzen schnell fertig ist und nach Hause kommt‹, hätten die Mädchen erzählt. Sie liebten ihre Schule, Lehrer und Klassenkameraden, sie liebten ihre Fächer. Sie wären gut in der Schule und glücklich. Ihre Lehrer hätten den Eltern empfohlen, die Mädchen Abitur machen zu lassen, damit sie studieren könnten, weil sie eben gute Schülerinnen wären.

»Sie sprachen deutsch mit mir«, sagte Gül. »Ihre Muttersprache konnten sie nicht gut genug, wie die meisten der jungen Generation.«

Dann schwieg sie lange, ehe sie sich korrigierte: »Eigentlich ist Deutsch ihre Sprache, und das konnten sie ausgezeichnet.« Sie seien dort geboren worden und dort aufgewachsen. Die Sprache der Eltern sprächen sie nur notdürftig.

Der Vater der beiden Mädchen hätte einen Antrag auf Rückerstattung seiner Sozialversicherungsbeiträge gestellt. Das wäre möglich im Falle einer endgültigen Rückkehr. Er hätte seine Absicht auch der Schulleitung mitgeteilt und die Schulentlassungsscheine abgeholt. Er hätte außerdem die Familie beim Einwohnermeldeamt abgemeldet, seine Arbeits- und Aufenthaltserlaubnis annullieren lassen.

Die Mädchen hätten verzweifelt geheult, sie wollten ihre Schule nicht verlassen. Sie hätten gesagt, die Sprache dort in der Türkei beherrschten sie nicht, die dort notwendigen Fächer hätten sie nicht gelernt, dort hätten sie keine Freunde und würden die Lehrer nicht kennen.

Der Vater aber hätte entschieden, so viel Schule reiche für Mädchen. Das sei sogar zu viel Schule für Mädchen, hätte er gesagt, hier sei Schule zur Sitte geworden, bei uns würden

Mädchen in diesem Alter verheiratet, sie gründeten mit Anstand eine Familie, so hätte er sich geäußert.

Die Mädchen hätten daraufhin aufgeschluchzt. Sie hätte sie wie eigene Kinder unter ihre Fittiche genommen. Sie hätte sie getröstet, mit ihrem Vater zu reden und ihn zu überzeugen. Sie hätte auch mit ihm ein ernstes Wort gesprochen, aber da wäre nichts zu machen gewesen. Nicht die Entscheidung des Vaters hätte sie in jenem Augenblick niedergedrückt, auch nicht, dass die Kinder mit den Eltern in die Heimat zurückzukehren hätten. Sondern die verzweifelte Lage der Mädchen hätte sie innerlich zerstört, als sie vor ihr gestanden hätten. Sie habe ihnen nicht helfen können.

»Ich weiß nicht, ob ich wieder dorthin zurück will«, sagte sie dann unvermittelt. »Die Ungerechtigkeiten schreien zum Himmel, die Probleme der Menschen sind berghoch. Weil man diese Menschen angeblich nicht länger braucht, werden sie ständig mit den Ellenbogen geschubst, sie werden so verachtet und erniedrigt, dass ich nicht weiß, ob es sich mit meiner Menschenwürde vereinbaren lässt, als eine von ihnen wieder dorthin zurückzugehen«, zweifelte sie.

Sie redete, als fragte sie mich. Da sie genau wusste, dass ich dazu gar nichts zu sagen hatte, beantwortete sie auch die eigenen Fragen.

»Ich bin eine von ihnen, aber ich bin jemand, den die Menschen in ihrer Verzweiflung brauchen, von dem sie sich Hilfe erhoffen. In dieser Lage kann ich sie nicht verlassen. Das hieße für mich Flucht. Aber meine Lage ist ebenso verzweifelt. Ich kann ohne dich nirgends mehr hingehen. Ich glaube, ich muss zurück, aber nur mit dir.«

Wir unterhielten uns ausgiebig. Und zum ersten Mal, seitdem ich mich kenne, wollte ich durch ein Gespräch das Zusammensein mit einem Menschen in die Länge ziehen.

Ich ahnte, dass sie aufstehen, mich umarmen und sich mit schönen Worten verabschieden wollte. Vor diesem Augenblick hatte ich Angst. Um ihn zu verhindern, redete und fragte ich, wenn sie schwieg. Ich zwang sie, immer von neuem zu reden. Und wenn mir nichts einfiel, erzählte ich ihr von unserem Leben und von meinen Freunden hier, von den Besuchern und was wir täglich so machten.

In der Tat bemühte ich mich zu erzählen, denn die Worte musste ich mir selbst einzeln aus der Nase ziehen. Ich wiederholte mich ständig. An jenem Tag begriff ich die Tugend der Wiederholung. So konnte ich sie, trotz ihres mehrmaligen Versuchs aufzustehen, zurückhalten. Da stieß Süleyman zu uns. Er genierte sich ein wenig.

»Gül Hanim, bitte bringen Sie Orhan von hier weg«, platzte er mit zittriger Stimme heraus. »Nehmen Sie ihn von hier weg und lassen Sie ihn nie wieder los. Wenigstens Orhan soll erfahren, was Glück in dieser Welt ist.«

Seine Zunge war auf einmal gelöst. Er begeisterte sich, als erzählte er von seiner geheimen Formel und wie sie die Welt und das Leben gründlich verändern würde.

»Hier ist kein Ort für ihn. Hier ist ein Ort für mich. Ich habe ein Geheimnis zu wahren, das ich niemandem preisgeben kann. Ich kann es am besten hier bewahren. Sonst hätte ich mich auch bemüht, von hier wegzukommen. Für Orhan hat es aber keinen Nutzen, hier zu bleiben. Sehen Sie, jeden Tag kommen Besucher hierher. Für die einen sind es die Eltern, für die anderen Geschwister und Freunde, für den einen kommt seine Frau, für den anderen ein Verwandter. Und warum kommen sie? Natürlich haben manche von ihnen Hintergedanken. Sie haben vielleicht Erbschaftsinteressen und wollen die Menschen hier hinters Licht führen und hereinlegen. Sie lachen einem ins Gesicht. Wenn sie damit nicht zum Ziel kommen, legen sie mit ihren Drohungen los. Aber solche Besucher sind Ausnahmen. Hier sind kaum wohlhabende Menschen, die Hab und Gut oder Aktien und Geld auf der Bank besitzen. Was sucht ein wohlhabender Mensch hier, nicht wahr? Wenn es sein muss, geht er in eine Privatklinik oder zur Behandlung nach Europa.

Eltern besuchen ihren Sohn, weil sie ihn lieben. Geschwister kommen aus Liebe zu ihrem Bruder. Niemand zwingt sie. Daher kommen die meisten Angehörigen sowieso nicht. Wer nicht aus Liebe kommt, kommt gar nicht. Orhan hatte mich auch besucht. Er kam als mein Freund. Er suchte bei mir keine Vorteile. Er kam nicht, um mir meine geheime Formel zu entlocken. Kein einziges Wörtchen sprach er davon. Wenn er es gewollt hätte, wäre er eigentlich die einzige Person meines Vertrauens. So habe ich sie einem Kind anvertraut, das sein Namensvetter ist, das er so wie sich selbst gern hat. Ich habe gespürt, dass Orhan in diesem Kind seine eigene Kindheit und Jugend sieht. Beide sind Orhan. Ich habe zwischen ihnen keinen Unterschied gesehen.

Es gibt Frauen, die seit Jahren Woche für Woche ihren Mann hier besuchen. Andere gehen, nachdem ihre Männer hier eingeliefert worden sind, zum ersten Mal in ihrem Leben außer Haus einer Arbeit nach, jedweder Arbeit, um ihr tägliches Brot zu verdienen, ihre Kinder und den Mann hier zu versorgen. Warum machen sie das? Niemand zwingt sie dazu. Wenn sie wollten, könnten sie sich scheiden lassen, einen anderen heiraten und es sich bequem machen. Sie kommen aber an jedem Besuchstag hierher, selbst wenn sie fiebrig krank sind, weil sie sich sagen, mein Mann erwartet mich heute, wenn ich nicht gehe, dann wird er traurig sein. Sie tragen die Last der ganzen Welt auf ihrem Rücken, um ihre Männer ja nicht zu kränken. Sie wissen, hier zu sein ist für jeden Kränkung genug. Sie kommen also aus Liebe zu ihrem Menschen hierher. Warum sollten sie sonst kommen?

Verzeiht, ich schwätze zu viel. Jetzt komme ich auch schon zum Schluss. Lange Rede, kurzer Sinn: Ich bin Zeuge der tiefen, selbstlosen Liebe zwischen euch. Ich verstehe etwas von Menschen und vom Leben. Ihr selbst seid euch dessen nicht voll bewusst.«

»Sie haben Recht, mit Ausnahme der letzten Feststellung«, entgegnete Gül.

Für Gül konnte Süleymans Unterstellung gewiss nicht zutreffen. Ich dagegen war mir bis zu diesem Tag dieses Banns nicht voll bewusst gewesen. Dann wurde ich auf einmal so aufgerüttelt, und mir wurde klar, dass ich nie mehr ohne Gül sein konnte.

»Deshalb«, wollte Süleyman zum Schluss kommen, »nehmen Sie Orhan mit. Ich möchte nicht, dass er auch nur einen Augenblick länger hier weilt. Obgleich das für mich ein Verlust sein wird. Aber sein Glück ist bei Ihnen. Und Ihr Glück ist bei ihm.«

Gül stand entschlossen auf. Sie drückte Süleyman fest die Hand und sagte: »Das nächste Mal werde ich nur kommen, um Orhan mitzunehmen.«

»Sie werden damit auch mich retten«, meinte Süleyman. »Ich werde wie befreit sein von der Last jenes Geheimnisses auf mir. Sie werden mein Herz beflügeln. Lassen Sie sich ja nicht viel Zeit, um wiederzukommen.«

»Machen Sie sich keine Sorgen«, erwiderte Gül. »In ein paar Tagen werde ich wiederkommen und Orhan mitnehmen.«

Diese Worte stimmten Süleyman fast glücklicher als mich. Aus seinem ganzen Wesen strahlte ein zufriedenes Lächeln. In allen Poren spürte er ein Wohlgefühl.

Ich umschloss Gül ganz fest. Bis sich dann der Flügel des eisernen Tores öffnete und wieder zufiel, sah ich nicht in ihre Richtung. Ich konnte es nicht.

31

Wenn ich mit niemandem sprach und nichts dachte, hockte ich vor der Hofmauer und beobachtete stundenlang dieses kurze, fadenfeine stängelige gelbe Blümchen mit fünf winzigen Blüten auf diesem dürren, trockenen und steinharten

Boden. Ich wollte die Aufmerksamkeit der anderen nicht auf das Blümchen lenken. Deshalb verdeckte ich es mit meinem Körper, wenn ich davor hockte. Diese winzige, kraftlose Blume wurde zur Riesenfreude und einzigen Hoffnung im Hof. Wenn ich sie beobachtete, vergaß ich alles um mich herum, selbst mich.

Zwei Tage später kam Gül wahrhaftig in Begleitung eines Angestellten, um mich abzuholen. Es war eine sentimentale Abschiedszeremonie, wie ich mich von Süleyman und den anderen Freunden trennte. Als Süleyman mich umarmte, wurden seine Augen ganz feucht.

»Komm nie wieder hier vorbei! Selbst um mich zu besuchen, komm niemals wieder hierher. Geh dorthin, wo Gül ist, verlasse sie keinen Augenblick und sei bei ihr glücklich«, sagte er leise. »Grüß den kleinen Orhan von mir; er kann mich gerne besuchen«, fügte er hinzu. »Ich würde gern mit ihm sprechen, ich würde ihm all meine Geheimnisse anvertrauen.«

Necmi, Macit und alle anderen Freunde umarmten wir einzeln, und falls wir noch gegenseitige Ansprüche gehabt und in der Schuld eines anderen gestanden hätten, erließen wir sie einander, diesseits und jenseits. Auf diese Weise Abschied zu nehmen, das lernte ich in der Anstalt. Fast bei jedem Abschied der Besucher fiel der Spruch von beiden Seiten.

Nicht nur Süleyman, Necmi und Macit wurden die Augen feucht, auch mir rannen zwei riesige Perlen über die Wangen. In der Nasenscheide spürte ich ein gallenbitteres Brennen. Ich konnte kaum sprechen. Jedem Einzelnen sagte ich mit heiserer Stimme:

»Leb wohl, verzeih, wenn ich dir Unrecht getan habe.«

Nachdem ich auch die Bediensteten zum Abschied umarmt hatte, gingen wir – Gül, der Beauftragte, der mit ihr gekommen war, und ich voran und die ganzen Freunde hinter uns her – auf das eiserne Tor zu. Auf einmal blieb ich stehen. Mein Blick war auf die kleine, zarte Blume gefallen. Sie schien mir noch kleiner und zärtlicher und trauriger. Ich kam mir wie ein Verräter vor.

Unter den historischen Platanen der Moscheebrunnenanlage, versunken in Auslagen mit Blumen, Setzlingen, Stecklingen, Blumenzwiebeln und Samen, erschien die kleine, traurige Blume in meinem dürren Gedächtnis wieder. Mein Vater zerrte mich in den Vorraum der Moschee, als stellte er mich in einen Glaskasten. Er ging vor. Am Ende des verglasten, langen Vorraums blieb er vor einer Tür stehen, die einen Spalt offen war. Er klopfte an, und wir traten hinein. Wir fanden uns vor einem bärtigen Mann in einem seidenartigen schwarzen Talar und mit einem mächtigen Turban, der aus weißen und grünen Stoffen gewickelt war.

»Küss dem Mufti Efendi die Hand, mein Sohn!«, wies mich mein Vater an.

Warum waren wir hierher gekommen? Was wollten wir von diesem Mann in der größten Moschee der Stadt? Obgleich wesentlich älter als Mufti Efendi, ergriff mein Vater sofort seine Hand und küsste sie. Ich machte es ihm nach. Noch ehe ich über die Fragen in meinem Kopf nachdenken konnte, begann mein Vater wie aufgezogen zu reden, was ich von ihm nicht gewohnt war.

Üblich war es wohl, den Hodscha oder den Imam, in diesem Falle das geistliche Oberhaupt der Stadt, bei Dingen des täglichen Lebens und deren Vereinbarkeit mit den religiösen Vorschriften um Rat zu fragen. Ich hatte meinen Vater zu Hause immer wieder sagen hören: »Das weiß der Mufti Efendi. Das müssen wir den Mufti Efendi fragen.«

Manchmal sagte er auch: »Ich habe mich einmal bei Mufti Efendi erkundigt, er hat gesagt …« In so einem Fall war das Problem für ihn mit letzter Sicherheit geklärt.

Ich nahm an, dass er jetzt wieder so ein Problem hatte, mit dem er nicht allein fertig wurde. Aber warum nahm er mich mit? Seine Worte verrieten den Grund.

»Mufti Efendi, das ist mein Sohn, er küsst dir die Hände«,

sagte er. Ohne mich anzusehen oder auf mich zu zeigen, deutete er mit einem Seitenblick und einer kaum wahrnehmbaren Handbewegung an, von wem hier die Rede war. »Ich hatte dir von ihm berichtet«, fuhr er fort. »Mein Sohn lebt im Ausland. Ich hatte dich vor Jahren einmal gefragt, ob es mit dem Buch vereinbar ist, dass er zu den Christen geht, dort studiert, arbeitet und lebt. Du hattest gesagt, es sei damit vereinbar, solange er die Gebote unserer Religion erfülle. Trotzdem weiß ich nicht, ob es gut war, ihn dorthin zu schicken. Ich glaube, man hat ihn dort verändert. Wenn nicht die Luft dort, so muss doch das Wasser ihn beeinflusst haben. In ihren Schulen geben sie vor, ihm etwas beizubringen, aber in Wirklichkeit verführen sie ihn unterschwellig. Sie blenden seine Augen mit dem Scheinsegen dieser Welt, bieten ihm Frauen, Geld, kurzum, sie lassen ihm keine Ruhe. Allah sei gelobt, er ist als Frucht eines frommen Vaters und einer frommen Mutter erschaffen worden. Und bis er fortging, wurde er auch fromm erzogen. Und doch, als er wie ein Vogel aus unserer Hand fortflog und sich in dem fremden, ungläubigen Land niedersetzte, blieb uns gar nichts mehr auszurichten.«

»Ist die Lage so schlimm?«, fragte der Mufti im Flüsterton. Nach den einleitenden Worten meines Vaters würdigte er mich nicht einmal eines Seitenblicks. Auf meinen Vater gerichtet, verurteilte sein Blick ihn schon fast.

»Nicht ganz so, wie du befürchtest, Mufti Efendi«, lenkte mein Vater ein, von seinem Blick eingeschüchtert. »Aber in ihm haben sich böse Geister, die Dschinns, niedergelassen. Jetzt scheinen sie ihn wieder verlassen zu haben. Aber wenn sie sich einmal daran gewöhnt haben, dann schweifen sie nach Belieben herum, kommen wieder nach Belieben und hausen im Körper des Menschen.«

»Schwöre deiner Sünde ab, Murat Efendi«, mahnte der Mufti. »Schwöre tausendfach ab, an so etwas glaubt man nicht in unserer Religion. Was Allah will, das lässt er geschehen.«

Mein Vater erzählte mit einer mitleidigen Stimme von der Anstalt mit dem Hof, wo ich einquartiert gewesen war und was mir alles zugestoßen war.

»Wir sind Unwissende, Mufti Efendi, vergib mir«, entschuldigte er sich dann.

»Allah allein vergibt, Allah allein erbarmt sich. Allah vergebe dir deine Sünden.«

»Amen. Allen seinen sündigen Untertanen«, murmelte mein Vater. Dann sah er mich schief an und grollte: »Sag Amen!«

Ich flüsterte: »Amen!« Ich begriff nicht, was da geredet wurde.

Mein Vater sagte, der Gedanke daran, dass er damit gesündigt hätte, mich unter die Ungläubigen zu schicken, wäre ihm zu seinem Kerbela, zur Hölle auf Erden, geworden. »Ich konnte ihm kein Vater sein, ihn nicht zurückholen«, beichtete er.

»Viele unserer Glaubensgenossen fahren dorthin«, sagte Mufti Efendi. »Wo dein Brot ist, dort ist dein heiliges Land. Jeder Fleck dieser Erde ist Allahs Erde. Jedes Geschöpf findet seine Nahrung auf dieser Erde. Die Nahrung des Vogels ist im Sommer in dem einen Land, im Winter in einem anderen. Und auch die Nahrung des Menschen kann überall sein. Wo Allah einem Menschen sein Brot gibt, dorthin geht er. Wo Allah einem Menschen sein Wissen gibt, dorthin geht er. Daran ist nichts Verwerfliches. Es ist keine Sünde, für den Erwerb von Brot und Wissen irgendwohin zu gehen, im Gegenteil.«

»Aber er hat es nicht bei Brot und Wissen belassen«, wollte mein Vater sich eher rechtfertigen als mich beschuldigen. »Wenn er es bei Brot und Wissen belassen hätte, wäre ich aller Sorgen ledig, da könnte er sein Leben lang bleiben, wo er will. Aber er hat dort auch noch geheiratet.«

»Heiraten und eine Familie gründen und das Menschengeschlecht fortpflanzen, das ist ein Gebot Allahs für seine Untertanen«, unterbrach der Mufti meinen Vater.

Das Gespräch drohte sich zu einer Auseinandersetzung zu entwickeln. Doch mein Vater schwieg ehrerbietig, immer wenn der Mufti zu reden begann. Der Mufti schien jedoch kein Freund von vielen Worten zu sein, er sprach kurz und bündig. Wenn er ausgesprochen hatte, was er zu sagen hatte, ergriff mein Vater von neuem das Wort. Er verstieg sich darin, den Mufti unbedingt von einer Sache überzeugen zu wollen.

»Mufti Efendi, gewiss haben wir alle unsere Familie gegründet, um Allahs Gebot zu erfüllen. Wir haben Allah inständig gebeten, uns Kinder zu schenken. Allah sei gelobt, er hat unsere Gebete erhört. Doch unser einziger Sohn ging fort und heiratete eine Frau, die uns keine Glaubensschwester ist.«

»Wenn er selber die Gebote unserer Religion einhält, wird auch sein Harem früher oder später davon beeinflusst werden. Es ist keine Sünde, eine Fremde zu heiraten, es sei denn, er selber erfüllt seine religiösen Pflichten nicht. Wenn er seinem Harem nacheifert, statt ihm ein Vorbild zu sein, dann könnte er gesündigt haben.«

»Mufti Efendi, ich suche Rat und Hilfe bei dir. Du sagst, er könnte gesündigt haben. Verzeihung, selbstverständlich liegt es mir fern, an deinem hohen Wissen zu zweifeln.«

»Ich verstehe dich, Murat Efendi, aber Sünde und Sühne liegen in Allahs Ermessen. Wir Untertanen können nicht wissen, wer sündigt und wer ein geliebtes Geschöpf Allahs ist.«

»Wenn er nicht gesündigt hätte, würde denn seine Seele so beunruhigt sein können, Mufti Efendi?«

»Das Leben wird nicht von Sünden und guten Taten ergründet. Natürlich gibt es für den Menschen Sünde und Wohltat. Aber es gibt auch andere Fügungen des Lebens. Auch der geliebteste Untertan Gottes kann krank werden oder in Not geraten. Wichtig ist, dass der Mensch seinen Glauben an Allah, an sein Diesseits und Jenseits nicht verliert. Jeder Zustand des Menschen hat nach Allahs Ratschlag sein Gutes.«

»Schön und gut, aber was soll ich machen, Mufti Efendi?«

»Bete zu Allah!«

»Wenn du ihn wenigstens einmal mit deinem heiligen Atem behauchten könntest, denn auch deshalb habe ich meinen Sohn mitgebracht.«

»Gibt es denn solche abergläubischen Vorstellungen in unserer Religion, Murat Efendi?«

»Ich meine, Mufti Efendi, vielleicht ein paar Verse, wenn du ein paar Verse über seinem Kopf rezitieren würdest ...«

»Die Verse bei deinen Gebeten fünf Mal am Tag genügen, Murat Efendi. Ich will auch für dich beten.«

Während dieses ganzen Gesprächs war ich wie in Luft aufgelöst und entschwunden. Keiner von beiden sprach mich an, richtete eine einzige Frage an mich. Sie sprachen miteinander, als ob das Ganze mich überhaupt nichts anginge. Eigentlich hörte und beobachtete ich sie wie durch Äther. Für einen, der sich wie in Luft aufgelöst fühlte, war es natürlich unmöglich, den Mund aufzumachen und ein Wort zu sagen.

Schließlich fasste mein Vater mit dem Gebaren eines Verzweifelten mit beiden Händen die Hand des Muftis und küsste sie.

»Allah vergelte es dir, Mufti Efendi, vergib mir«, sagte er dabei.

Er tat dann so, als wandte er sich zu mir, und ließ den ganzen Zorn seiner Unzufriedenheit an mir ab:

»Los, küss die Hand des Mufti Efendi!«

Ich ergriff die Hand und küsste sie.

Wir traten hinaus, aber wie wir den Raum verließen und den verglasten Raum passierten, wurde ich nicht gewahr. Als wir an die frische Luft kamen, fühlte ich wieder meine Hülle. Mit ungläubigen Augen blickte ich auf meine Hände und Füße. Als ich den Staub auf meinen Schuhen sah, wollte ich mich an einen Schuhputzer in der Nähe wenden. Prompt steckte ich Vaters Rüffel ein.

Ob es denn jetzt Zeit sei, Schuhe putzen zu lassen? Sei ich wirklich so senil geworden, oder spielte ich ihm den Senilen vor?

Er sagte diese Worte und schwieg, als bestrafte er sich selbst für seine Worte. Als hätte er seine Zunge auf einen Metzgerklotz ausgestreckt und hingelegt, dann die schärfste Axt ergriffen und die Zunge auf dem Klotz abgehauen.

Ich ging zwei Schritte hinter meinem Vater her.

»Diese jungen Muftis und Imams sind nicht zu verstehen«, sagte er mit einer versöhnlichen Stimme, mit der er mir vielleicht sein Herz ausschütten wollte und mir den Eindruck vermittelte, dass es eigentlich nicht um mich ging.

»Wie soll man nicht unsere alten, guten Imams vermissen, aber sie sind leider ausgestorben. Wie tief war doch ihre Wissenschaft. Auf Anhieb konnten sie den Grund und die Lösung allen Übels nach dem heiligen Buch und nach den Versen sagen. Es gibt nur noch einen Vertreter dieses alten Geschlechts der Hodschas. Doch seine Moschee ist mir zu weit. Sie liegt in unserem früheren Stadtviertel. Man nennt ihn den bärtigen Hodscha. Du kennst ihn doch, nicht wahr?«

Ich antwortete nicht.

»In seiner Jugend hatte er einen schwarzen, dichten Bartwuchs, deshalb gab man ihm den Spitznamen *Sakal Hoca*, Bart-Hodscha.«

Ich hörte dieser Geschichte wie einem Märchen zu. Woher sollte ich ihn kennen? Kaum drei Tage Vergangenheit hatte ich hier erst. Mein Vater erzählte munter weiter:

»Nachdem er unserer Moschee zugeteilt worden war, verbreitete sich sein Ruf in Windeseile. Der Balkon der Moschee, der den Frauen vorbehalten war, quoll über von Frauen des Viertels. Nicht nur von Frauen unseres Viertels, sondern auch aus anderen Vierteln. Selbst deine Mutter wurde zu einer Moscheebesucherin, einem Stammgast. Alle Frauen gingen in die Moschee, da wollte sie natürlich nicht nachstehen.

Unter den Frauen begann ein Wettrennen um die erste Reihe vor der Käfigwand des Balkons, um durchs Gitterwerk das Gesicht des Hodschas zu sehen. Auf einmal war das einzige Thema der Türplaudereien und der Hausbesuche der Frauen nur noch der bärtige Hodscha. Die einen brüsteten sich, das

Gesicht des bärtigen Hodschas gesehen zu haben. O mein Gott, was für ein lichtes Antlitz, schwärmten sie. Die anderen nannten den bärtigen Hodscha ganz offen eine männliche Schönheit.

Was die einen offenbarten, war die Meinung aller. Keine hätte sich sonst je erlaubt, über einen anderen Mann so offen zu reden. Wenn eine Frau es doch getan hätte, wäre ihr Ruf im Viertel sofort ruiniert gewesen. Unvorstellbare Gerüchte wären über sie in Umlauf gesetzt worden. Sie wäre als leichtes Mädchen und Hure verschrien gewesen.

Doch alle Frauen wetteiferten, die schönsten, die angenehmsten Worte über den bärtigen Hodscha zum Besten zu geben. Die Frauen begannen dann, ihre angeblich kranken Kinder zum bärtigen Hodscha zu bringen, damit er über ihren Köpfen die Verse rezitierte und seinen heiligen Atem hauchte. Der wahre Grund war jedoch, sein Gesicht zu sehen, seine Hand zu fassen und zu küssen. Wer keine Kinder hatte oder nur solche, die kerngesund oder schon erwachsen waren, wurde selber scheinkrank. Unter den Frauen des Viertels brach plötzlich eine richtige Epidemie aus. Jede wurde krank und beschwor, nur der Atem des bärtigen Hodschas könne ihr helfen.

Glaub ja nicht, dass deine Mutter diesen Frauen nachgestanden hat. Ich musste auch deine Mutter mehrmals zum bärtigen Hodscha bringen, ich will sagen drei Mal, du kannst annehmen fünf Mal.

Wer vom bärtigen Hodscha die Rezitation erhielt und seinen warmen Atem am Gesicht und Kopf spürte, der wurde auf der Stelle wieder gesund. So verbreitete sich der Ruf von der heilenden Kraft des Atems des bärtigen Hodschas auch in den entferntesten Stadtteilen, sein Ruf passte nicht zwischen Himmel und Erde, die Spatzen riefen ihn von den Dächern, die Wölfe heulten ihn aus den Wäldern. Es gab keine Krankheit und kein Gebrechen, die sein Odem nicht heilen konnte. Er heilte so viele Kranke, dass zu den Fällen, die belegt waren, noch viel mehr hinzugedichtet und Legenden in Umlauf gesetzt wurden.

Früher gab es sehr viele Hodschas von dieser Sorte. Die alten Hodschas waren nicht so oberflächlich und atemlos wie die heutigen. Ach, wo sind jene alten Hodschas heute noch? Allein der Bart-Hodscha blieb übrig. Der Mensch kann mit seinem bisschen Verstand die Geheimnisse des Großen Allah nicht ergründen, diesseits und jenseits gibt es nichts, was nicht in seiner Allmacht steht. Der Bart-Hodscha ist nur ein Mittel und ein Werkzeug Allahs. Um die Frauen in die Moschee zu locken. Und er hat sie auch gelockt. Neben seiner Jugend und Schönheit gab ihm Allah eine solch wunderbare Stimme, dass Quellen vor ihrer Schönheit erstarren und nicht mehr sprudeln, wenn er aus dem Koran rezitiert. Er liest so wunderschön, so harmonisch und so rührend, dass allen Frauen die Tränen fließen, wenn er aus dem Koran rezitiert. Und wenn er den Lobgesang auf die Geburt des Propheten liest, da fällt selbst die hartherzigste Frau vor Rührung in Ohnmacht.

Nachdem der bärtige Hodscha unserer Moschee zugeteilt worden war, nahmen die Seelenmessen für den Propheten auf einmal zu. Wer eine Geburt oder einen Todesfall hatte, wer eine Hochzeit oder ein Beschneidungsfest abhielt, wer ein Gelöbnis ablegte oder wem ein Wunsch in Erfüllung ging, der ließ zu Hause oder in der Moschee eine Messe mit dem Lobgesang auf den Propheten abhalten. Auch die Gründe für solche Messen nahmen derart zu, dass sie dann auch bei Versetzungen in die nächsthöhere Schulklasse oder bei gut gehenden Geschäften des Mannes, beim Umzug in eine neue Wohnung oder beim Bauen eines Eigenheims abgehalten wurden.

Der bärtige Hodscha erlebte kaum noch einen Tag, an dem er nicht eine Messe mit Lobgesang auf die Geburt des Propheten las. Bei jeder Messe kamen die Frauen zusammen, kochten Grießspeise oder Krapfen in Sirup getränkt, bereiteten Sorbets und sonstige Süßigkeiten, aßen und schwatzten miteinander, lästerten und ließen die Gerüchteküche brodeln. Sie hörten dem bärtigen Hodscha hingerissen zu und weinten dabei aus tiefster Seele.«

Mein Vater musste noch einmal seufzen, dass unsere jetzige Wohnung nicht in der Nähe der alten Moschee läge, so dass er seit Jahren den bärtigen Hodscha nicht mehr hatte hören können. Er sagte, dass dessen Ruf nach wie vor weit verbreitet sei. Dann rüttelte er wie abgebremst und wandte sich zu mir.

»Warum gehen wir eigentlich nicht zum bärtigen Hodscha?«, fragte er, selbst überrascht. »Warum sind wir eigentlich nicht gleich zu ihm gegangen und geben uns mit diesem Grünschnabel von einem Mufti ab? Natürlich, Mufti ist Mufti, wir lassen es auch ihm gegenüber an Ehrerbietung nicht fehlen. Aber komm, mein Sohn!«

Als wir in der Moschee des bärtigen Hodschas ankamen, war gerade Gebetszeit.

»Lass uns schnell die Waschung vornehmen«, sagte mein Vater bei der Brunnenanlage im Moscheehof.

Er zog die Schuhe und Socken aus. Er steckte die Füße in Holzschlappen. Ich machte ihm alles nach. Er zog die Jacke aus und hängte sie über die Schulter. Ich trug keine Jacke. Er krempelte die Ärmel des Hemdes um und schob sie hoch über die Ellbogen. Mein Hemd war kurzärmelig. Er hockte sich vor einen freien Wasserhahn und begann mit der rituellen Waschung.

Der Wasserhahn neben ihm war schon besetzt. Ich blieb stehen. Ich fühlte eine Bedrückung. Denn ich konnte die rituelle Waschung nicht nachmachen. Aber mit äußerster Aufmerksamkeit verfolgte ich bei ihm die einzelnen Schritte der Waschung, strengte mich nach Kräften an, um mir die richtige Reihenfolge genau einzuprägen.

Als der Mann neben meinem Vater fertig war und aufstand, blieb ich sozusagen in der Luft hängen. Wenn ich mich vor dem frei gewordenen Hahn hingehockt und mit der Waschung begonnen hätte, hätte ich die Bewegungen meines Vaters verpasst. Und wenn ich die Bewegungen, die ich im Gedächtnis zu behalten versuchte, nicht gleich nachmachte, hätte ich sie bestimmt wieder vergessen.

Ich hockte vor dem Hahn, ohne meine Augen vom Vater abzuwenden. Zum ersten Mal wagte ich den Versuch, zwei verschiedene Handlungen in mein Gedächtnis einzuprägen.

Ich wusch die rechte Hand drei Mal. Mein Vater rieb mit der nassen Hand seinen Kopf ab. Ich wusch meine linke Hand drei Mal, während mein Vater mit den kleinen Fingern die Ohren reinigte und sich gleichzeitig mit den Daumen hinter den Ohren rieb. Ich führte mit der Hand drei Mal Wasser zum Mund und gurgelte. Der Hals wurde gereinigt. Nachdem mein Vater mit den Handrücken den Nacken abgewischt hatte, wusch er den rechten Fuß. Drei Mal zog ich Wasser in die Nase und schnäuzte mich. Mein Vater wusch den linken Fuß und die Zehen. Mit beiden Händen patschte ich das Wasser drei Mal aufs Gesicht und rieb es ab. Ich beobachtete, wie mein Vater ein Taschentuch aus der Tasche zog. Ich wusch den rechten Arm drei Mal bis zum Ellbogen. Mein Vater trocknete sich mit dem Taschentuch ab. Ich wusch den linken Arm drei Mal bis zum Ellbogen. Mein Vater hatte sich abgetrocknet und faltete das Taschentuch wieder zusammen. Jetzt war die Reihe an mir, den Kopf mit der nassen Hand abzureiben. Ich rieb ab, wusch die Ohren, wischte mit den Handrücken den Nacken ab, die Füße kamen an die Reihe. Als ich auch mit dem Füßewaschen so weit fertig war, tat ich innerlich einen tiefen Seufzer. Ich hatte erfolgreich bestanden.

Es war alles wie unter einem unsichtbaren Druck geschehen, aber nun abgeschlossen. Unterdessen beobachtete mich mein Vater zwischendurch mit einem Seitenblick. Unaufhörlich hatten sich seine Lippen bewegt, seit Beginn der rituellen Waschung hatte er ununterbrochen Gebete gemurmelt. Ich jedoch konnte unmöglich auch noch die Lippen bewegen, geschweige denn gleichzeitig richtig beten. Ich kannte auch gar keine Gebetsformel. Erst nachdem ich den linken Fuß gewaschen hatte und von dem Zwang der Nachwaschung befreit worden war, begann auch ich die Lippen zu bewegen.

Während ich die Lippen bewegte, suchte ich meine Taschen ab. Ich dachte nicht darüber nach, was ich suchte, also konnte ich auch nichts finden. Nicht nur, was ich suchte, sondern ich konnte in den Taschen gar nichts finden. Ich sah mich verwirrt um. Mein Vater wusste eher als ich, was ich gesucht hatte. Er reichte mir sein nasses Taschentuch, mit dem er sich bereits abgetrocknet hatte.

»Wisch dich ab!«, sagte er.

Ich nahm das Taschentuch, versuchte damit Hände und Gesicht abzutrocknen. Dann faltete ich es wieder zusammen und gab es ihm zurück. Danach steuerten wir auf den Eingang der Moschee zu. An der Türschwelle zogen wir die Schuhe aus. Mein Vater nahm seine Schuhe, die Sohlen aufeinander gesetzt, in die Hand. Ich machte es ihm nach. Hinter meinem Vater betrat ich die Moschee. Mir kam die Frage in den Sinn, warum wir die Schuhe nicht draußen vor der Tür gelassen hatten? Mein Vater stellte sie auf den breiten Fenstersims mit dem dicken Eisengitter neben andere Schuhe. Ich auch.

»Draußen werden sie geklaut«, murmelte er in diesem Augenblick.

Was wollten denn die Diebe mit den alten Schuhen anfangen? Mein Vater wusste sicher etwas, was ich nicht wusste. Eigentlich sah ich auch kaum jemanden ohne Schuhwerk auf den Straßen.

Mein Vater schritt quer durch die Reihen und ging ganz nach vorn. Dass er dabei die Leute störte, konnte ich an ihren schiefen Blicken erkennen. Ich folgte ihm durch den Zwischenraum, den er in die Reihen riss. Gleich in die erste Reihe hinter dem Hodscha quetschte er sich rein, obwohl dort kein Platz war. Ich stellte mich neben ihn. Aber ich blieb zwischen den Schultern meines Vaters und des Mannes auf der anderen Seite eingezwängt.

Mit den Daumen der mit der Innenseite nach vorne geöffneten Hände berührte mein Vater die Ohrläppchen, murmelte irgendwas und begann mit dem Gebet. Dann legte er die Hände auf dem Bauch aufeinander, die rechte Hand auf die linke. Er stützte die Hände auf die Knie und bückte sich, den Oberkörper parallel zum Boden. Er richtete sich wieder auf und ließ die Hände an den Seiten herabhängen. Er ging auf die Knie und legte die Stirn auf den Boden. Dann hob er den Kopf hoch und setzte sich. Wieder legte er die Stirn auf den Teppich. Stand auf. Dabei bewegte er die Lippen und murmelte ununterbrochen Gebete.

Meine Augen wurden müde. Ich verfolgte mit Seitenblicken meinen Vater und wiederholte seine Bewegungen. Verband mich eine Ähnlichkeit mit meinem Vater? Sollte denn das Gebet, das wir in dieser Moschee verrichteten, nicht das Mindeste an Gemeinsamkeit sein? fragte ich mich. Doch ich konnte mich nicht entsinnen, in irgendeiner Phase je so etwas von meinem Vater gelernt zu haben. Hatte ich es doch und dann wieder alles verlernt und vergessen? Ich musste in einer früheren Zeit, an die ich mich nicht mehr erinnern konnte, eine Persönlichkeit erhalten haben, um die Bande zu meinem Vater wieder vergessen und verlieren zu können.

Wie könnte jedoch eine gewonnene Persönlichkeit wieder verloren gehen? Was müsste der Mensch erlebt haben, womit müsste er kollidiert sein, was für einen Schock müsste er erlitten haben, um seine Persönlichkeit und sein Bewusstsein zu verlieren? Ich besaß doch keine solche Vergangenheit. Ich vermutete, keine zu besitzen, da nicht die leiseste Spur davon in meinem Gedächtnis war. Konnten Spuren verwischen und abflachen wie die Inschriften und Steinstatuen durch Witterung? Ich konnte doch keine solch lange Vergangenheit haben. Aber musste sie denn so furchtbar lange sein?

Worte aus meinen Unterhaltungen mit Süleyman tröpfelten aus meinem Gedächtnis. Die Luftverschmutzung und der saure Regen zerfraßen Steinstatuen, die jahrtausendelang der

Zeit getrotzt hatten. Mund, Nase, Augen und Haare der Menschenstatuen wurden von der Witterung und vom Regen heimtückisch weggefressen. Menschenkörper verwandelten sich in gestaltlose, blanke Steinblöcke.

Worüber alles dachte ich nach, während ich betete? Mein Vater beendete einen Abschnitt des Gebets und blieb sitzen. Rundherum richteten sich Einzelne noch auf und bückten sich, sie beugten die Knie und knieten nieder, kauerten sich hin und gingen vornüber auf die Stirn.

Dann stand der Hodscha vor uns auf und begann in einer Sprache, die ich nicht verstand, laut zu rezitieren. In seiner Stimme lag eher die Betonung eines Aufrufs als die Tonlage einer Rezitation. In der Moschee entfesselte er eine Unruhe. Die Betenden saßen, standen auf und füllten die Reihen schnurgerade und ganz dicht. Von der Kuppeldecke bis zu den Teppichen auf dem Boden verharrte auf einmal alles, eine große Stille machte sich breit, füllte den ganzen Innenraum der Moschee aus.

Auf Anleitung des Hodschas begannen sich Hunderte von Menschen in langen, vollen Reihen wie ein einziger Körper, wie aus einem Mund zu bewegen. Die Bewegungen dieses Riesenkörpers folgten auf die Sekunde denen des Hodschas vorne und seinen Worten. Unter der Kuppel war alles derart von einem Atem und einer Stimme angefüllt, dass ich mich einen Augenblick lang ganz vergaß und als Teil dieses Ganzen empfand.

Der Hodscha stand mit seinem schwarzen Talar und weißen Turban vor mir. Ich sah ihn von hinten, und da ich sein Gesicht nicht erkennen konnte, verpasste ich ihm aufgrund der Erzählungen meines Vaters ein Gesicht in meiner Einbildung. Ich vertraute den erdachten Gesichtern so sehr, dass in mir keine Neugier wach wurde, sein Gesicht tatsächlich zu sehen.

Nachdem wir in der Sitzstellung mit dem Kopf rechts und links gegrüßt und damit das Gebet beendet hatten, gaben das unruhige Aufstehen und das plötzliche Drängen zur Tür der heiligen Atmosphäre wieder Leben und Lebenswirklichkeit. Während sich alle der Tür oder den Abstellplätzen mit den Schuhen zuwandten, um dann wieder der täglichen Arbeit nachzugehen, schlurfte mein Vater zum Hodscha. Ich hinter ihm her. Er nahm die Hand des Hodschas zwischen seine Hände und drückte sie fest.

»Nanu, Murat Efendi, welcher Wind hat dich in die Moschee dieses armen Hodschas getrieben, hoffentlich ein guter?«

»Bei Allah bist du reich, lieber Hodscha«, sagte mein Vater. »Küsse dem Hodscha Efendi die Hand«, wies er dann mich an.

Ich beugte mich und küsste die Hand.

»Hast du meinen Sohn wieder erkannt, Hodscha?«, fragte er. Ich konnte nicht unterscheiden, ob Freude oder Scham in seiner Stimme lag.

»Dieser große Herr ist also der Sohn von Murat Efendi, ist es so? Ich kenne den Sohn Murat Efendis, aber aus der Zeit, als er in der Tat noch ein kleiner Sohn gewesen war; er war ein kleines und kluges Kind. Dann seid ihr auf einmal weg gewesen. Man müsste ein Gesetz erlassen, dass die Alteingesessenen ihr Stadtviertel nicht für immer verlassen dürfen. Durch Umzüge nimmt die Geschichte und die Tradition eines Stadtviertels Schaden.«

»Du hast Recht, lieber Hodscha.«

»Wie geht es dir, mein Sohn?«, wandte er sich zu mir. »Allahs Segen möge dich begleiten, da du und dein Vater mich mit eurem Besuch erfreut habt. Deinen Vater habe ich auch schon seit Jahren nicht mehr gesehen, aber er kommt wenigstens alle heiligen Zeiten einmal vorbei, wenn es ihm plötzlich in den Sinn kommt. Aber nachdem ihr von hier weggezogen wart, habe ich dein Gesicht nie mehr vor Augen bekommen. Nur wenn ich dir tief in die Augen und in deine Gesichtszüge schaue, dann ersteht der kluge Lausbub von einst vor meinen

Augen wieder auf. Wie hieß doch noch mal jener Feuerfunke, wie war doch sein Name? Mein Gedächtnis ist auch nicht mehr das, was es mal war, ich bin alt geworden.«

»Orhan.«

»Ja, richtig, Orhan, wie konnte ich mich daran nicht erinnern, natürlich, Orhan.«

»Wir sind deiner Güte anheim gegeben, lieber Hodscha«, überraschte mein Vater den Hodscha.

Er stierte mit aufgerissenen Augen meinen Vater an.

»Wir haben beim Mufti Hilfe erhofft, aber vergeblich. Warum man diese jungen Burschen zum Mufti ernennt, ehe sie reif dafür sind, um das zu verstehen, ist mein Verstand nicht reif genug. Wenn wir so belesene und reife Hodschas wie dich haben, dann verstehe einer, wer diese Grünschnäbel zum Mufti ernennt. Wozu das gut sein soll.«

»Allah weiß es, Murat Efendi, Allah weiß es.«

»Gewiss, Er weiß es.«

»Er weiß, dass sich die Politik in diese Angelegenheiten eingemischt hat. Deshalb kümmere ich mich nicht darum, stehe in meiner Ecke und beobachte alles von ferne. Na, was ist denn los, was habt ihr auf dem Herzen, was führt euch zum Mufti und nun zu mir?«

»Wie soll ich es sagen, Hodscha Efendi? Der Grund dafür ist dieser Sohn, der nun vor dir steht. Ich hatte dir einmal davon erzählt, vielleicht hast du es wieder vergessen. Wir hatten diesen jungen Mann nach dem Abitur ins Ausland, nach Europa geschickt, damit er dort studiert und ein anständiger Mann wird. Wenn ich sage, ›wir hatten ihn geschickt‹, meine ich, du weißt, er war in der Schule glänzend, alles hat er selber verdient und verwirklicht. Und wir haben ihm als Vater und Mutter unseren Segen nicht verweigert, weil wir dachten, es wäre eine glückliche Fügung, eine Chance, die Allah uns gibt.«

»Das ist ein zweischneidiges Messer, Murat Efendi, Vergleiche hinken nicht, ich sage, ein zweischneidiges Messer. Wenn du die eine Schneide gegen den Feind richtest, sticht die andere Schneide gegen dich. Wenn man sich die Wissenschaften aneignen und einen Beruf erlernen will, verblenden sie den Menschen und entreißen ihn seinen Wurzeln; sie rauben ihm seine Religion und seinen Glauben, seine Sitten und Traditionen.«

Mein Vater wandte sich zu mir.

»Siehst du, Hodscha Efendi hat unsere Sorge sofort erkannt«, sagte er. Nicht zuletzt durch die Verklärung im Gebet schien er nun gänzlich erleichtert.

»Wenn man eine so tiefe Weisheit hat, dann braucht man ihm nicht alles zwei Mal sagen«, wandte er sich wieder zu Hodscha. »Um auch diesen unseren Sohn uns zu entreißen, haben sie nichts, gar nichts unversucht gelassen. Dort haben sie ihn schwach gemacht und mit einer Frau namens Maria verheiratet. Das war der Grund, warum er uns jahrelang nicht besuchen kam. Er konnte seine Heimat nicht wieder sehen. Doch jetzt hat er Mut gefasst und ist gekommen, und zwar allein. Er hat seinen verkürzten Militärdienst am Vaterland erfüllt, wofür wir Allah danken, und zugleich haben wir unseren Sohn wieder gefunden. Seine Mutter hatte vor Sehnsucht nach ihm geschmachtet. Wir glaubten mit der Zeit, wir hätten eigentlich gar keinen Sohn, sondern bildeten uns ihn nur ein, und hatten dann Sehnsucht nach unserem Sohn in der Einbildung. Er blieb uns so fern, so viele Jahre. Gelobt sei der Allmächtige, er brachte uns schließlich wieder zusammen.«

»Deine täglichen Gebete wurden erhört und belohnt«, sagte der Hodscha.

»Wir haben unsere Hoffnung auf unseren Schöpfer nie aufgegeben. Und nun ist es, genau so, wie wir es uns gewünscht hatten, er riss seinen Kragen dort los und kam allein.«

»Und was ist mit Kind und Kegel?«, wollte Hodscha neugierig wissen.

»Wenn Allah seinem Untertan ein Leid gibt, gibt er ihm auch die heilende Salbe mit. Ihnen wurde kein Kind geschenkt. Siehst du die Allmacht Allahs? Er hat ihn also nur einmal prüfen und dann wieder befreien wollen. Er hat ihnen keine Kinder gegeben, damit diese nicht elend verkommen.«

»Dann meine Glückwünsche, Murat Efendi.«

»Allah vergelt's dir, lieber Hodscha, aber wir haben einen Kummer. Lässt denn eine fremde Frau den Mann so leicht wieder los, den sie einmal in die Fänge bekommen hat? Offenkundig hat sie ihn so verhext, dass sich böse Geister in seiner leiblichen Hülle einquartiert haben, und sie wollen seinen Leib nicht wieder verlassen. Wir sind zu machtlos, um sie zu vertreiben. Unsere ganze Hoffnung bist du, Hodscha Efendi. Deine Weisheit ist tief, dein Atem ist stark. Alle wissen das weit und breit. Wenn du willst, kannst du dieses Kind retten. Du kannst ihm seine Seelenruhe zurückgeben und ihn uns von neuem schenken.«

»Nur der allmächtige Allah schenkt und vergibt. Wir können allenfalls ein Mittel für Ihn sein. Aber wenn wir unseren Sohn mit Gottes Hilfe einmal angehaucht haben, dann können weder böse Geister seinen Körper behausen noch Dschinns. Was diese bis auf den Tod fürchten, ist Allahs Wort. Kommt, lasst uns hier niederknien, und ich rezitiere die Verse.«

»Ja, ich sag's immer, das ist unser Sakal Hodscha. Ich habe es immer schon gewusst, es gibt weit und breit keinen besseren und größeren Hodscha in diesem Land.«

Der Hodscha begab sich in eine Ecke neben der Kanzel. Mein Vater und ich folgten ihm. Alle knieten wir auf dem Teppich nieder. Der Hodscha nahm mich vor sich. Er schloss die Lider und begann murmelnd zu rezitieren. Und ich stierte den Hodscha an. In dem Augenblick bemerkte ich zum ersten Mal, dass Sakal Hodschas Haar und Bart ergraut waren. Er hatte nichts oder nichts mehr gemein mit dem von meinem Vater beschriebenen Hodscha, der Frauen aller sieben Stadtviertel in seinen Bann und damit in die Moschee gezogen hatte.

Nur seine Stimme kam mir vor, als wäre sie nie gealtert. Wie kam ich zu dieser Annahme? Ich sah Sakal Hodscha zum ersten Mal, seine Stimme hörte ich zum ersten Mal. Ich kannte die frühere Stimme nicht, von der mein Vater schwärmte.

Wenn es so etwas wie das Altern gäbe, dann könnte das nur die Beschreibung der Veränderung oder des Verhältnisses zwischen zwei Zuständen bedeuten. Es müsste keine Alterung eines einzigen Zustands geben. Ich sah Sakal Hodscha in seinem jetzigen Zustand, und so, wie er jetzt war, lernte ich ihn kennen. Einen anderen Zustand von ihm kannte ich nicht.

Ich kannte auch keinen anderen Zustand von mir. Daher ließen mich die Geschichten um mich herum über meine angebliche Vergangenheit nicht einmal staunen. Um staunen zu können, müsste ich mir die Erzählungen zu Eigen machen. Ich müsste mir die Zustände, die in meinem Gedächtnis keine Lebensspur hinterlassen hatten, deren ich mich nicht entsinnen konnte, zumindest aneignen, um über das Erzählte staunen zu können. Kam es davon, dass ich selbst Orhan, der noch ein Schüler war, von Zeit zu Zeit älter, erfahrener und weiser fand als mich selbst?

Der Bart-Hodscha rezitierte mit geschlossenen Augen. Ich hätte gern seine Augen gesehen. Eine Neugier wuchs in mir. Aber er dachte nicht daran, die Augen zu öffnen. Am Ende der Rezitation rieb er mit beiden Handflächen das Gesicht von oben nach unten ganz fest ab. Er öffnete die Augen und blies mir ins Gesicht.

Das waren also die Augen, auf die ich neugierig war. Sie waren klein und flau, doch in ihrer Tiefe war ein winziger blitzender Glanz. Sie waren schwarz und braun meliert. Die Müdigkeit dessen, der unablässig die gleiche Tätigkeit eintönig ausführte, hatte sich in ihnen niedergeschlagen, aber jener winzige blitzende Glanz widerstand beharrlich der Mattigkeit.

Als er mit zusammengekniffenen Augen im Rhythmus des Herzschlags oder des Ein- und Ausatmens hin und her schwankend rezitierte, empfand ich, wie alle Lasten nach und nach von mir abfielen und ich mich in eine völlig leere Leichtigkeit verwandelte. Als er mir am Ende der Rezitation seinen Atem ins Gesicht blies, erfüllte Gül jäh die Leere in mir, mein blankes Ich. Ich war nicht mehr leer und schwerelos, aber eine befriedigte Schwere aus Gül erfüllte mich. Es war, als schwirrten Rosenblätter in mir, schwere Rosen hingen an ihren Zweigen. Es wurde ein rastloses Ich, das sich nach Gül sehnte. Augenblicklich und auf der Stelle wollte ich Gül sehen und sie in die Arme schließen.

Ich konnte wie im Traum oder in Trance wahrnehmen, wie ich dem Sakal Hodscha die Hand küsste, wie mein Vater bei der Verabschiedung dem Sakal Hodscha Geld in die Hand steckte und die Worte, die sie austauschten.

Wir nahmen unsere Schuhe und verließen die Moschee. Machten uns auf den Weg nach Hause.

32

Marmorsäulen, manche waren umgefallen, andere standen. Marmorstatuen, dicke Mauern, Mauerreste. Zwischen den Mauern Acker-, Kaktus-, Stacheldisteln, tausenderlei wilde Pflanzen, Blumen und da und dort vereinzelt Bäume. Die Stadtruine lehnte sich an einen Hang, als schmiegte sie sich an den Berg und als wollte sie in den Berg hinein verschwinden.

Der Berg war mit Macchia bedeckt, einige schmächtige Bäume ragten hervor. Das klare, helle Himmelblau, das dunkle Olivgrün des Berges, das erdgraue Weiß der Ruinen und die gelbgrüne Ebene, die sich vor der Ruinenstadt erstreckte, und die glänzend orangefarbene Sonne oben bildeten ein großes Landschaftsgemälde, das zugleich mit Bedrückung und Freude erfüllte.

Orhan führte uns hierher. Als Vater und ich nach Hause kamen, warteten Gül und Orhan auf mich. Als ich beim Betreten des Hauses Gül erblickte, lösten sich alle Widerstände in mir, alle Anspannung in ein süßes Nichts auf. Ich vergaß Mutter, Vater und Orhan und nahm Gül fest in die Arme. Sie fest umschlungen haltend, beroch ich ihr Gesicht und ihr Haar, küsste jeden Fleck ihres Gesichts und jede Strähne ihres Haares. Als wir einander losließen, war niemand mehr bei uns. Alle waren in das andere Zimmer gegangen und hatten uns allein gelassen. Meine Mutter mochte Gül wohl auch. Mein Vater zeigte ihr auch ein besonderes Interesse, ein väterlich warmes Interesse. Er sagte zu ihr »meine Tochter« oder »Gül, meine Tochter«.

Orhans Vorschlag kam uns eigentlich gar nicht gelegen. Aber mussten denn die Worte, die zu sagen waren, die Gedanken, die einem einfielen, die Luftschlösser, die man baute, die Träume, die Taten und Handlungen, die ausgeführt wurden, immer gelegen kommen, durften sie nicht auch ungelegen kommen? Und wenn sie gelegen kommen mussten, wer bestimmte eigentlich, was gelegen war und was nicht? Vielleicht kam uns alles, nachdem es passiert war, geordnet und gelegen vor.

»Ich möchte euch zu einem interessanten Ort führen«, sagte Orhan. Er nannte den Namen des Ortes.

Gül freute sich darüber. Der Ort, den Orhan zu besichtigen vorschlug, war ein Touristenziel.

»Es wäre sehr schön, durch dich könnte ich es schließlich auch sehen, Orhan«, freute sie sich.

Man müsste, so sagte sie, den Menschen im Rahmen eines Besichtigungsprogramms ihre Heimat zeigen, bevor man sie ins Ausland ließe. Man dürfte diejenigen, die die Schönheiten, Reichtümer, die Sehenswürdigkeiten, die Natur und die Geschichte ihres eigenen Landes nicht kennen würden, nicht ins Ausland schicken.

Derlei sagte Gül. Offenbar war sie von Orhans Vorschlag so begeistert, dass sie ebenso aufgeregt redete. Dabei spielten sicherlich manche ihrer Erlebnisse und Fragen, mit denen sie im Ausland konfrontiert worden war, auch eine Rolle. Doch mich begeisterte dieser Vorschlag nicht sonderlich. Vielleicht weil ich keine Erlebnisse und Erfahrungen wie Gül hatte, vielleicht weil ich außer dieser Stadt, die ich ganz allmählich kennen zu lernen begann, sonst keinen Ort in der Heimat kannte. Zwar musste ich, nach Aussagen Güls, meiner Mutter und meines Vaters, früher auch andere Orte gesehen haben, aber entweder stellten sie sich eine andere Person vor, wenn sie mich ansahen und mit mir redeten, oder ich kam von neuem auf die Welt, weil ich die eigene Vergangenheit vergessen und sie aus meinem Gedächtnis vollkommen ausradiert hatte.

Orhan hatte diesen Vorschlag aus heiterem Himmel gemacht, da er kürzlich mit seiner Klasse dorthin gegangen war und in den letzten Tagen an nichts anderes mehr dachte als an die Schule.

»Als du in der Schule warst, habt ihr auch einen Ausflug dorthin gemacht, mein Sohn«, sagte meine Mutter. »Hast du es vergessen? Mir kommt es vor, als wäre es erst gestern gewesen«, unterstrich sie. »Weißt du noch, ich hatte dir einen Vesperbeutel mitgegeben. Ich hatte Kartoffeln und Eier gekocht, Käse, Brot, Tomaten und Gurken mitgegeben. Am Vorabend hatte ich Fleischklößchen gebraten. Und dein Vater hatte dir Taschengeld gegeben. ›Damit kaufst du dir was zu trinken‹, hatte er gesagt. Am Abend, nachdem du zurückgekommen warst, hatte er dich gefragt, was du getrunken hättest. Als du ›Essigwasser von eingelegten Gurken‹ geantwortet hattest, war er wütend geworden. ›Dieses Kind hat gar keinen Verstand, mit Essigwasser ätzt er seine Lungen. Andere löschen ihren Durst mit Wasser und Ayran, und er verbrennt seine Lungen mit Essigwasser …‹ Das waren seine Worte.«

Gül, meine Muter, mein Vater und Orhan lachten über diese Erinnerung. Im Angesicht dieses Bildes lachte ich mit. War ich jenes Kind? Ich wusste es nicht.

Ich hatte es irgendwo gehört. Es fiel mir im Zusammenhang mit dieser Schulgeschichte ein. Ich hatte es von einem Mann gehört. Wer er war, wo und weshalb er diese Geschichte erzählte, wusste ich nicht. Er hatte erzählt, bei manchen Menschen lebten die Hüllen weiter, während ihre Seele starb. Das passierte oft. Und bei anderen Menschen starben die Hüllen, während die Seelen weiterlebten. Da die Seele ohne Hülle und die Hülle ohne Seele nicht leben könnte, würde eine Seele, deren Hülle starb, in eine lebende Hülle, deren Seele starb, eintreten. Auf einmal sähest du die Seele eines frommen Menschen, wenn sein Leib starb, in die Hülle eines Mörders, eines Verbrechers schleichen. Der Mörder verwandelte sich auf einmal in einen ganz anderen, sanften, guten Menschen. Das war die Allmacht Gottes. Oder in die Hülle eines Kindes trat plötzlich die Seele einer gesetzten, ernsten Person, oder in die Hülle eines ausgewachsenen, großen Mannes, dessen Seele starb, kam die Seele eines Kindes, eines Säuglings hinein, dessen Leib starb. Manchmal könnte sich die Seele einer Frau im Leib eines Mannes niederlassen und umgekehrt. Menschen, die man Hermaphroditen nannte, wären bestimmt solche Personen. Wieso fiel mir diese Geschichte ein?

»Vor 2700 Jahren wurde diese Stadt gegründet«, erklärte Orhan. »In kurzer Zeit entstand hier ein Handels- und Kulturzentrum. Die Stämme aus Hellas besetzten damals das Land und kolonisierten es. Als die Stadt eine bedeutende Metropole wurde, wurde sie einige Male auch von den Persern erobert, die sie aber jedes Mal wieder aufgeben mußten. Der ägyptische Pharao hatte auch ein Auge auf die Stadt geworfen und beherrschte sie für einige Zeit. Natürlich wurde die Stadt jedes Mal zerstört und wieder aufgebaut.«

Orhan gab das, was er vor kurzem beim Schulausflug aufgeschnappt hatte, zum Besten, und das befriedigte ihn sichtlich. Ich wollte lieber ohne sein Dozieren durch die Ruinen wandeln, aber Gül war begierig auf sein Schulwissen.

»Alexander der Große befreite sie aus der Hand der Perser, als er bei seinem Ägyptenfeldzug hier vorbeikam, und baute sie von neuem auf. Aber das dauerte nicht lange. Dann begehrten die Römer diese Stadt und eroberten sie. Sie machten sie zur Hauptstadt ihrer asiatischen Provinzen. Die eigentliche Blütezeit der Stadt fiel auch in diese römische Phase. All diese Gebäude, die wir sehen, die herrliche Bibliothek, diese kilometerlange Marmorstraße, wurden damals gebaut.«

In den Bäumen sangen dröhnend Zikaden. Eine Eidechse kroch auf eine der zweitausend Jahre alten Mauern und begann sich dort zu sonnen. Eine Heuschrecke sprang aus dem allmählich vertrocknenden Gebüsch. Ein Heer von Ameisen transportierte in einer unfassbaren Ordnung und hastig irgendwelche toten Insekten als Wintervorrat in ihre Höhlen. Schließlich standen wir auf und zwischen diesen Steinen, die älter waren als zwei Jahrtausende.

Von fern brandeten unverständliche Laute an mein Ohr. Sie waren wie Stimmen, die aus der Zeit von vor zwei Jahrtausenden widerhallten. Sie waren nur akustische Wellen aus der Ferne. Ich dachte, ich hätte sie vielleicht verstehen können, wenn ich mich ihnen genähert hätte. Die Melodie klang irgendwie vertraut.

Das Leben ging weiter, wenn auch die Bauten, Säulen und Steine umgefallen waren. Wir waren da, die anderen Menschen waren da, Ameisen, Eidechsen, Heuschrecken, Zikaden, verschiedene Disteln, Blumen und Gebüsch. Das Leben kümmerte sich nicht um die Geschichte, das Leben kümmerte sich um nichts außer um das Leben an sich. Ich lebte jetzt auch hier, Gül und Orhan waren bei mir. Aber in meinem Kopf staubte und rauchte es. Orhan schied mich von Gül und entfernte mich von ihr. Unter einem Erdhaufen wurde ich begraben, zwischen Marmorruinen eingezwängt, und ich verfiel in eine unerträgliche Bedrückung. Als hätte ich in der Zeit von vor zwei Jahrtausenden gelebt. Als wären Gül und Orhan und all die anderen Menschen gekommen, um meine Ruinen zu besichtigen, um mich zu besuchen.

Von den Wehen der schwangeren Frauen hatte ich gehört. Das wusste ich. Nun spürte ich die Wehen des Gebärenden. Es schien, als sollte ich in die Zeit von vor zweitausend Jahren geboren werden. Was für eine Drangsal, was für eine bedrückende, schwere Geburt war doch meine Geburt im Altertum. Ich konnte nicht auf die Welt kommen. Wenn ich doch der Welt von vor zwei Jahrtausenden die Augen öffnen und entbunden werden könnte.

War das denn die Möglichkeit! Ich, der ich kaum mehr als ein paar Tage Vergangenheit hatte oder sich eben seiner Vergangenheit nicht entsinnen konnte, erfühlte nun die Wehen der Geschichte einer zweitausend Jahre alten Vergangenheit. Und ich empfand, ich erfühlte es in seiner ganzen Wirklichkeit, vor zweitausend Jahren hier in dieser Stadt geboren worden zu sein, hier gelebt zu haben.

Ich trage ein weißes Gewand, um mich junge, schöne Frauen mit nackten Schultern. In dem Eckhaus wohnt eine Wahrsagerin. Kommandanten, Führer, Soldaten, junge Männer, Mädchen stehen vor dem Haus an, wollen von der Wahrsagerin ihr Schicksal, ihre Zukunft erfahren. Mich interessiert meine Zukunft nicht. Auf der geraden, langen Marmorstraße schlendere ich mit einer Frau, der Schönsten unter den Schönen, eine Schulter nackt, an meiner Seite auf und ab, die linke Hand lege ich auf meinen Rücken, die rechte Hand fährt entweder ans Kinn, oder ich lasse sie hängen und schwenke sie. Ich erzähle etwas, wir lachen. Wie sehr jene schöne Frau Gül ähnlich sieht.

»Ooh«, platzte Gül in meine Phantasie hinein.

»Das ist das große Amphitheater«, erklärte Orhan. »Dieses Theater fasst vierundzwanzigtausend Zuschauer. Wenn ihr wollt, steigt auf die oberste Stufe, und ich erläutere es von der Bühne da unten«, sagte er und fügte hinzu: »Wie ich jetzt spreche, so werde ich auch sprechen, wenn ihr ganz oben seid. Ich werde nicht lauter reden. Auch in der obersten Reihe werdet ihr mich mindestens so gut hören wie jetzt.«

›Das gibt es nicht‹, dachte ich für mich. Aber ich folgte Gül auf dem Fuß, die schon die ersten Stufen hinaufkletterte. Ich wurde schnell müde. Ich drehte mich um und sah, dass wir kaum die halbe Höhe erreicht hatten. Orhan stand unten mitten auf der Bühne.

»Du musst noch weiter hinauf!«, sagte er. Seine Stimme hallte in meinem Ohr.

Ich drosselte meine Geschwindigkeit. Nunmehr konnte ich nur noch weiterklettern, indem ich mich bei jedem Schritt auf die Knie stützte. Gül ging voran und schien gar nicht müde zu werden. Warum wurde ich dann so schnell müde? Ich sah und erkletterte zum ersten Mal solch steile Stufen.

Als ich mit Orhan zusammen auf die Burg hinaufgelaufen war, hatte ich nicht einmal gemerkt, dass der Weg steil war. Hier jedoch drückten die Stufen auf mich, je höher ich stieg.

Nachdem ich auf der höchsten Stufe angekommen war, sackte ich einfach hin. Gül setzte sich zu mir und legte die Hand auf meine Schulter. Unten sah Orhan winzig klein aus.

»Hört ihr mich?«, fragte er.

Seine Stimme klang so natürlich, als stünde er neben uns.

»Deine Stimme kommt sehr gut«, erwiderte Gül.

Orhan begann zu erzählen, als spielte er unten auf der Bühne, er machte jedoch keine großen Bewegungen.

»Damals spielten auf dieser Bühne nur Männer«, setzte er an. »Die Frauenrollen spielten auch Männer, in Frauengewändern und mit Frauenmasken. Es gab nicht nur für Frauenrollen Masken, sondern für alle möglichen Rollen. Die Masken wurden aus Gold- und Silberblättern hergestellt, weil sie leicht und weich waren. Aber es gab auch Masken aus Bronze oder Holz. In die Augen mancher Masken wurden zum Beispiel Smaragde eingesetzt. Später wurden die Gold- und Silbermasken und die Edelsteine geraubt, nur einige bronzene Masken überdauerten als Beispiele bis in unsere Tage. Sie befinden sich im Museum.«

Meine Blicke schweiften über die Mauern des Theaters und versanken in den weiten Hügeln, Hängen und Tälern. Meine Augen blieben geöffnet, jedoch die Hügel, Hänge und Täler, die sich endlos hinzogen, wurden verwischt. Vor mir sah ich jetzt vor meinem geistigen Auge einen Darsteller mit einer goldenen Maske und darauf Augen aus Smaragden, ich hörte seine Stimme:

»Ich bringe dem Gott der Götter aus Dankbarkeit für die außergewöhnliche Kraft, die er mir geschenkt hat, ein unerhörtes Opfer dar. Von heute an bin ich der stärkste, der schnellste, der mutigste und zäheste Athlet des ganzen Landes. In allen Disziplinen habe ich meine Mitstreiter besiegt und bin immer Erster geworden. Und mein Votivgeschenk für den Gott der Götter wird ebenso prunkvoll sein wie meine Siege. Mein Geschenk wird ein Opferaltar sein. Ich werde für den Bau des Opferaltars die bedeutendsten Baumeister des Landes beauftragen. Es wird der mächtigste, der ansehnlichste und der schönste Opferaltar sein, der je gebaut worden ist.«

Und der Gott der Götter donnerte:

»Wer bist du denn eigentlich, dass du mir einen Opferaltar schenkst? Ein namenloser Niemand, ein Nichts. Du bist nicht einmal ein Sklave. Verschwinde, ehe dein Votivgeschenk auf deinem Kopf zerschellt. Sonst wird mein Zorn mächtig sein!«

Ich sah hinunter auf die Bühne. Orhan spielte einen seiner Lehrer. Gül lachte über die Imitation und klatschte Beifall. Sie merkte, dass ich zuschaute.

»Kannst du dir vorstellen«, fragte sie, »wie viele Menschen vor zweitausend Jahren in dieser Stadt lebten? Sagen wir, hunderttausend, höchstens zweihunderttausend. Und ein Theater für vierundzwanzigtausend Menschen. Wenn es leer bleiben musste, hätten sie es nicht so groß erbaut. Wie viele Menschen leben heute auf der Erde? Vielleicht das Tausendfache von damals, vielleicht noch mehr. Aber hast du je von einem Theater für vierundzwanzigtausend Menschen heute irgendwo auf der Welt gehört? Ich nicht. Vergiss die vierundzwanzigtausend, hast du von einem Theater gehört für zehn- oder fünftausend Zuschauer? Nein, es gibt heute Theaterhäuser höchstens für tausend oder zweitausend Menschen. Hunderttausende von Theatern, ja sogar Millionen von Theatern sind heute in den Wohnungen, die Fernseher. Werden von uns in zweitausend Jahren die Fernseher übrig bleiben? Vielleicht die Ruinen der Fernsehtürme, die Mauerreste der Fernsehstudios?«

»Es gibt da Stadien«, warf Orhan von unten ein. »Es gibt Stadien für hunderttausend und mehr Zuschauer. Das größte Theater heute ist der Fußball.«

»Früher gab es auch Stadien, früher wurde auch Sport getrieben«, rief Gül einwendend hinunter. »Daneben gab es trotzdem solche riesigen Theater. Theater war als gesellschaftliches und kulturelles Ereignis ein Teil des Lebens. Die Menschen hätten sich kein Leben ohne Theater vorstellen können.«

Wir holten Orhan von der Bühne und verließen das Theater. Wir besichtigten die anderen Ruinen. Fast in jeder Ruine, die wir betraten, waren Gruppen von Menschen, die den Ausführungen eines Fachmanns zuhörten und dabei die Köpfe hoben und die Blicke über die Ruinen schweifen ließen.

So war es im Badehaus, im Versammlungsgebäude der Volksvertreter, in der Bibliothek, im Freudenhaus und an den Brunnenanlagen …

»Reiseführer zu sein ist nichts für mich«, sagte Orhan.

»Warum sollte es nichts für dich sein?«, fragte ich. »Wenn du es gelernt hast, was du erzählen sollst, kannst du es durchaus machen.«

Das Problem sei nicht, sich das Wissen anzueignen und es wiederzugeben. Aber gerade dies passe ihm nicht. Er sei kein Büffler und Nachplapperer. Er wolle selber kreativ sein, die Tätigkeit des Reiseführers sei nichts anders, als eben durch Wiederholung sich selber zu verbrauchen. Erfinden und Erschaffen dagegen würden ständig erneuern, sowohl den Menschen als auch die Welt. Und gerade aus diesem Grund könne er nicht akzeptieren, was Gül Abla gesagt hätte. Sein Lehrer habe eher Recht. Heute würde und könnte niemand auf den elektrischen Strom verzichten und zur Öllampe zurückkehren. Selbst Gül Abla würde das nicht wollen, und selbst wenn sie es wollte, könnte sie es nicht machen.

»Gut, aber Sesamkringel, Pasteten oder Mehlmakronen zu verkaufen, das ist auch nicht kreativer als der Beruf des Reiseführers«, wandte ich ein. Ich musste über meine Worte staunen. Denn ich merkte plötzlich, dass ich mich auf ein Streitgespräch einließ.

»Nicht ganz«, widersprach Orhan. »Reiseführer zu sein bedeutet vor allem jedes Mal eine neue Abhängigkeit von den Menschen der Reisegruppe. Ob du willst oder nicht, du hast ihre Launen zu ertragen. Ihr Belächeln, ihre dummen Fragen, ihre Fangfragen, um sich aufzuspielen, musst du hinnehmen. Sie werden murren und knurren, dass du zu wenig oder zu viel redest. Sie werden finden, dass du dies unnötig erklärt hast, dafür jenes überhaupt nicht. Das Verkaufen von Sesamkringeln und Mehlmakronen ist damit nicht zu vergleichen, wer sie will, zahlt und kauft, wer sie nicht will, braucht nicht zu kaufen. Wer kauft, soll lange leben, wer nicht kauft, soll auch lange leben. Aber du brauchst niemandes Launen zu ertragen. Dann kann ich gehen und verkaufen, wo ich will, niemand schreibt mir vor, dahin oder dorthin zu gehen. Niemand kann mir reinreden. Ich mag diese Freiheit. Ich muss frei sein, meinetwegen soll ich dabei weniger verdienen.«

Seine Erklärung überzeugte mich. Ich an seiner Stelle hätte dasselbe gewollt. Ich hätte mich bemüht, unter niemandes Joch zu geraten. Doch Gül musste ihm widersprechen.

»Was du erzählst, ist freie Marktwirtschaft. Und in der freien Marktwirtschaft ist abhängiges Arbeiten unausweichlich«, meinte sie. »Es ist nicht nur eine unausweichliche Folge, sondern wenn einer wie du in einer Gesellschaft der freien Marktwirtschaft ein freier Unternehmer ist, sind tausend Leute Arbeiter, Angestellte, kurzum Abhängige. Was sagst du dazu? Darf man die Freiheit von tausend Menschen der Freiheit eines Einzelnen opfern?«

Orhan hatte einen solchen Vorwurf nicht erwartet. Er lachte hilflos.

»Jeder soll die Arbeit machen, die er gerne macht, sage ich«, verteidigte er sich. »Wer will, kann freiberuflich arbeiten, wer will, kann bei anderen arbeiten, und wer will, kann als Reiseführer arbeiten. Wenn du die Wahrheit wissen willst, ich kaufe ja auch erst in der Bäckerei von Meister Hasan, was ich anschließend verkaufe. Also bin ich von ihm abhängig. Ich habe nichts gegen eine solche Abhängigkeit. Denn niemand genügt sich selbst hundertprozentig. Das erlebe ich am ehesten in der Schule. Nein, nein, ich will nicht die Behauptung aufstellen, dass man ohne Lehrer nichts lernen kann. Sind denn die Erkenntnisse, die wir in den Büchern lernen, nicht die Erkenntnisse von Menschen, die Jahrhunderte und Jahrtausende vor uns gelebt haben, die uns überliefert worden sind? Erkenntnisse, die sich durch die Jahrhunderte angesammelt und uns heute erreicht haben.

Wir sind in der Schule eben von dem Wissen der Menschen abhängig, die vor Jahrtausenden in einer Stadt wie dieser gelebt haben. Sollen wir es nicht lernen, weil wir von ihnen abhängig sind? Sollen wir nicht zur Schule gehen? Kann man denn von null und nichts etwas lernen, ohne das Wissen derjenigen Menschen, die vor uns gelebt haben, und ohne das Wissen der älteren Generationen von heute? Wie großartig ist diese Abhängigkeit! Im Grunde streiten wir ganz grundlos«, machte Orhan abrupt Schluss. Dann fiel ihm aber noch etwas ein: »Als Reiseführer muss man Fremdsprachen beherrschen. Ich kann sowieso keine Fremdsprache richtig.«

»Lernt ihr in der Schule keine?«, wollte Gül wissen.

»Natürlich lernen wir eine, aber ...«

»Du hast Recht«, ergänzte Gül Orhans Worte. »In der Schule kann man eine Fremdsprache nicht lernen. Man könnte sie natürlich lernen, aber mit dem Fremdsprachenunterricht in unseren Schulen ist es ein Ding der Unmöglichkeit. Ich konnte sie auch nur lernen, nachdem ich ins Ausland gegangen war und dort lange Jahre gelebt hatte. Als ich das erste Mal dorthin ging, war mir zumute wie einem Fisch an Land. Die Schulkenntnisse nützten mir überhaupt nichts. Eigentlich hatte ich sogar gute Noten. Aber dort fühlte ich mich trotzdem ganz nackt. Vielleicht erfährt man die Bedeutung einer Fremdsprache erst durch eigenes Erlebnis im Ausland. Sonst nimmt man sie nicht so wichtig.«

Wir befanden uns in der Ruine des römischen Badehauses. Dort sahen wir eine Besuchergruppe. Der Reiseführer erklärte in einer Fremdsprache. Die Menschen in der Gruppe unterhielten sich in derselben Sprache. Das war nicht unsere Sprache, es kam mir jedoch so vor, als könnte ich sie verstehen. Ich konnte die Ausdrücke in meinem Geist nicht einordnen, jedoch drangen undeutliche Bilder in meine Vorstellung, während der Reiseführer und die Besucher sprachen. Ich fühlte mich wie mitten in einer Nebellandschaft.

»Die sind von uns«, meinte Gül. »Überall auf der Welt begegnest du unseren Leuten. Sie sind die neuen Herren der Welt. Wenn man Geld hat, wird man Herr und Pascha. Wenn sie mit Geld in der Tasche in fremde Länder gehen, kommen sie sich wie die Größten und Mächtigsten vor. Da ihr Bedürfnis an so einem Selbstgefühl, also dem Gefühl, was bin ich doch, wer bin ich doch, groß ist, reisen sie am meisten in der Welt herum. Wenn man ihnen die Ausreise aus ihrem Land verböte, würden sie alle an den Verhältnissen in ihrem Land erkranken. Ihr Land würde sich in eine große geschlossene Anstalt verwandeln. Nein, es verwandelt sich nicht in eine geschlossene Strafanstalt, das glaube ich nicht, denn als das Land in seiner jüngsten Geschichte in der Tat in eine geschlossene Strafanstalt verwandelt gewesen war, merkten sie gar nicht, dass sie darin die Gefangenen waren. Aber wenn sie in anderen Ländern ihre Seelenmassage nicht bekämen, also vor Gott und der Welt, den siebzig Völkern, nicht prahlten: ›Schaut, wie mächtig wir sind, verglichen mit uns seid ihr eigentlich arme, schwache, unterentwickelte Kreaturen‹, dann würde sich ihr Land in eine Krankenanstalt verwandeln. Dann würden sie es aber schnell merken.«

Orhan konnte mit dem, was Gül erzählte, nichts anfangen. Er hatte ihr ohnehin nicht richtig zugehört. Ihn trieb die Sprache um, die in der anderen Gruppe gesprochen wurde.

»Wenn ich doch nur verstehen könnte, was sie sagen«, seufzte er vor sich hin. Er litt daran, keine Fremdsprache zu können.

In seine Stadt kämen jedes Jahr sehr viele fremde Touristen. Er nähme sich dann vor, mit ihnen zu sprechen und zu versuchen, seine Schulkenntnisse anzuwenden, um seine Fremdsprachenkenntnisse zu verbessern.

Mein Kopf war ein verrauchter Raum, in den alles einströmte, was in der Gruppe gesprochen wurde. Der Rauchgeruch wurde immer schärfer, der Rauch schien giftig zu sein. Mir drehte sich der Kopf, und ich bekam Brechreiz. Das Antlitz einer Frau in der Besuchergruppe schälte sich aus dem Nebel heraus und begann vor meinen Augen Gestalt anzunehmen. Es flößte mir ungekannte, ungewohnte Ängste ein.

Je klarer dieses Antlitz zu erkennen war, desto mehr glich es Maria. Es war nicht zu fassen. Ich hatte einen Tagtraum. Die Frau blickte mich an. Als unsere Blicke sich trafen, wich sie mir nicht aus. Mich anstarrend, kam sie auf mich zu, ihr Gesicht und ihre Augen wurden immer größer. Schließlich wurde ein Auge von ihr so groß wie mein ganzes Gesicht. Und ihr Auge drückte sich mir voll aufs Gesicht.

Der Schweiß brach mir aus. Ich fror, schlotterte vor Kälte. Auf der Stelle schüttelte es mich. Wie im Sog eines Wirbelsturms sackte ich zusammen.

Ich hörte aus einem Stimmengewirr Gül und Orhan heraus. Ich fühlte, wie sie mir unter die Arme griffen.

33

Ehe ich die Augen wieder aufschlagen konnte, öffneten sich meine geistigen Augen. Ich lag. Aber ich wusste nicht, wo. Wenn ich die Augen aufschlüge, könnte ich mich vielleicht orten. Meine Lider waren schwer, oder sie schienen festgeklebt zu sein. Ich strengte sie daher nicht an. Mit den geistigen Augen konnte ich zwar die Umgebung nicht sehen, jedoch Stimmen wahrnehmen.

»Nichts Schlimmes«, sprach eine Frauenstimme. »Kreislaufkollaps, sein Blutdruck ist zu rasch gesunken. Kein Wunder. Er ist lange unter der sengenden Sonne in den Ruinen umhergelaufen. Ihm wurde schwindlig. Er fiel in Ohnmacht. Nicht schlimm. Das geht vorüber.«

»Was ist das alles, mein Gott, was uns dauernd zustößt?«, sprach eine andere Stimme. »Du hast ihn uns zurückgegeben, aber die Freude darüber nicht gegönnt. Das Kind hat großen Kummer, aber es will ihn nicht sagen.«

»Das geht vorüber, alles kommt wieder in Ordnung«, tröstete diesmal die andere Stimme. »Es ist nichts, worüber man sich Sorgen machen muss.«

Es waren die Stimmen meiner Mutter und Güls.

»Ich glaube, er wacht auf«, vernahm ich eine Stimme. Und sie gehörte Orhan.

Ich machte die Lider langsam auf. Ich sah die verschwommenen Gestalten meiner Mutter und Orhans. Indem ich den Kopf langsam bewegte, konnte ich auch meinen Vater und Gül erkennen. Ich befand mich zu Hause. Es war noch jemand da. Sobald ich diese Person wahrnahm, durchzuckte mich ein Schlag, vernichtete die in mir aufwachende Kraft. Es war Marias Gesicht. Meine Lider fielen wieder zu.

»Er schläft wieder.«

»Nein, er konnte die Augen nicht gleich aufmachen.«

»Er schloss sie wieder, als er sie sah.«

»Lassen wir ihn in Ruhe.«

Stimme für Stimme drangen die Worte an mein Ohr. Dann verwirrte mich die Stimme Güls in einer anderen Sprache. Sie sagte Maria etwas. Beinahe verstand ich es, aber ich konnte die Laute in meinem Kopf nicht richtig umsetzen.

Ich hatte es ziemlich gelernt, mich in der von uns gesprochenen Sprache mit Gül, Orhan, meiner Mutter und meinem Vater auf verschiedenen Ebenen zu verständigen, ihre Worte zu begreifen und mich beliebig auszudrücken. Gerade in dieser Lernphase, in der Phase des Übens und Verfestigens, wirkte die Vermischung mit anderen Sprachen auf mich verheerend. Was war der Grund, dass diese Sprache meinen Geist und Verstand verwirrte, meine Gefühle aufrührte? Wann und wo hatte ich sie gelernt? Wie hatte ich sie gelernt? Da ich Maria wieder erkannte, musste ich eine besondere Bindung zu ihr haben. Zu ihr und damit auch zu ihrer Sprache.

Ich empfand nun die Kraft in mir, die Augen aufzumachen, wenn ich wollte. Doch ich wollte es nicht. Ich wollte mit geschlossenen Augen nachdenken und mit mir ins Reine kommen. Doch ich fand keine befriedigenden Antworten auf meine Fragen.

Ich öffnete die Augen. Die Bilder um mich herum klarten sich auf.

»Wie geht es dir, mein Sohn?« Meine Mutter trat ans Bett. Sie legte die Hand auf meine Stirn. Sie setzte ihre Lippen auf meine Wange, auf meine Augenlider.

»Komm, lass das Kind in Ruhe!« Mein Vater zerrte sie am Arm weg.

Gül lächelte mich an. Orhan stand wie ein schuldbewusster Schüler da, der seine Hausaufgaben nicht gemacht hatte und die Fragen des Lehrers nicht beantworten konnte. Maria glich einer Mumie. Einer Mumie mit betrübtem, verwirrtem Blick.

»Lasst uns das Zimmer verlassen, sie allein lassen, damit sie miteinander sprechen können«, sagte Gül.

Das sprach sie in die Luft. Wer sollte hinausgehen, wer sollte mit wem reden?

»Er hat gerade erst die Augen geöffnet! Ob er wohl die Kraft hat zu reden?« Meine Mutter bezweifelte es.

War ich es also, der reden sollte? Mit wem sollte ich sprechen? Worüber?

»Maria hat gesagt, es dauert nicht lange«, erklärte Gül. Dann wandte sie ihre Blicke zu mir und fragte: »Du kannst doch sprechen, nicht wahr? Sieh, Maria ist gekommen.«

Mich veranlasste das weder zu einem Wort noch zu einer Regung. Gül wandte sich zu Maria und sagte ihr etwas in ihrer Sprache. Ich hatte wieder das Gefühl, es zu verstehen. Aber was verstand ich eigentlich? Marias Antwort auf Güls Frage vermehrte bei mir dieses Gefühl des Verstehens.

Meine Mutter, mein Vater und Orhan verließen das Zimmer. Gül blieb. Neben das Bett stellte Gül einen Stuhl. Sie rief Maria heran. Maria stellte sich neben den Stuhl, musterte mich mit den Glasaugen einer Mumie. Sie setzte sich. Gül blieb etwas im Hintergrund stehen.

»Ich wollte auch gehen, aber sie hielt mich zurück«, sagte sie. Dabei lächelte sie. Das war ein herbes Lächeln, das mir eine Krücke sein wollte.

Maria begann leise und langsam zu sprechen. Ihre Stimme war matt und weich. In ihrer Stimme lag eine Bedrückung, eine Sanftheit, die sich angenehm anfühlte. Darin lag eine gewisse Kränkung und auch wieder eine Zurückhaltung, die nicht kränken wollte. Ich nahm nicht ihre Worte, sondern ihre Stimme wahr. Ich sah sie nicht an, tat so, als starrte ich irgendeinen Punkt in der Ferne an, versank jedoch in Güls Erscheinung.

Die akustischen Wellen aus Marias Mund lösten einen Fleck auf. Der Fleck verschwand in ihren Stimmwellen immer mehr. Schließlich schälte sich ihr Gesicht vollkommen klar heraus, in der Klarheit einer Rose, mit Morgentau beschlagen. Unterdessen schwieg auch Maria.

Ich drehte meinen Kopf in ihre Richtung, lächelte ihr zu, als wollte ich ihr meinen Dank aussprechen dafür, dass sie mit ihren Worten half, das verschwommene Gesicht Güls aufzuklaren. Über Marias Gesicht huschte auch ein Lächeln wie ein hauchdünner Nebel. Das verwandelte sie augenblicklich in eine Heilige.

Sie stand auf, nahm meine Hand zwischen ihre Hände, beugte sich über mich und setzte einen federleichten Kuss auf mein Gesicht. Im Augenblick der Berührung ihrer Lippen drückte sie meine Hand ganz warm und ließ sie dann los. Sie richtete sich auf, drehte sich um und verließ den Raum, ohne sich noch einmal umzudrehen. Gül folgte ihr.

Ich fühlte mich wie in der halbdunklen Stille der Moschee des bärtigen Hodschas mutterseelenallein.

Wie viel Zeit so verstrich, wusste ich nicht. Die Tür ging auf. Gül, meine Mutter, mein Vater und Orhan kamen herein. Sie entzogen mich der halbdunklen Stille und hüllten mich wieder ins Milieu des Hauses ein. Alle waren entfesselt, fröhlich und unbekümmert.

»Ich danke dir, großer Allah«, sprach meine Mutter.

»Einen so stark wirkenden Atem wie den des bärtigen Hodschas habe ich weder erlebt noch erfahren«, sagte mein Vater. Er schwebte in Zufriedenheit wie einer, der mehr erhielt, als er je zu hoffen gewagt hatte.

»Abi, morgen beginnt die Schule, wie schön, nicht wahr?« sprach Orhan. Gül schloss die Tür. Maria war nicht dabei.

»Maria ist gegangen«, sagte sie, ganz nahe an mich herantretend. »Nun ist keine Hürde mehr geblieben vor unserem Glück.«

»Und die Glücklichste bin ich«, warf meine Mutter ein. »Der Allmächtige hat meine Gebete, mein Flehen erhört. Dank meiner Tränen, die sich in meine Gebete mischten, hat er mir auch den heutigen Tag gezeigt, tausend Mal gottlob, tausend Dank dem Allmächtigen.«

»Der Atem des bärtigen Hodschas hat das Problem gelöst«, beharrte mein Vater.

»Abi, kommst du morgen mit mir in die Schule?«, fragte Orhan.

Dieses Kind hatte nichts anderes im Sinn als die Schule. Ich sprach mein erstes Wort, seitdem ich hier die Augen aufgemacht hatte:

»Ich komme mit.«

Zu erleben, wie Orhan nach einer langen Ferienzeit den ersten Schultag beging, wäre für mich ein neues Erlebnis, eine neue Erfahrung. Wenn ich Orhan ein bisschen kannte, sollte ich morgen bei ihm sein und den schwärmenden Aufschwung und die Wogen in einem jungen Menschen aus nächster Nähe miterleben.

»Maria ist eine feine Person«, sagte Gül. »Machen Sie, was nötig ist und teilen Sie mir mit, was ich machen soll, sagte sie. Sie verstehen ihn viel besser, als ich nach so vielen Jahren ihn verstehen kann und auch in Zukunft verstehen werde, sagte sie. Ich bin bereit, für sein Glück alles zu tun, sagte sie und fügte hinzu: Auch für Ihr Glück. Ich hätte nicht gedacht, dass das Problem so leicht zu lösen ist. Aber die konkrete Lösung ist im Land Marias möglich. Vielleicht ist es besser so. Hier schleppen sich solche Prozesse endlos hin. Wenn Maria einwilligt, ist es dort eine Angelegenheit von einer einzigen Sitzung. Aber lassen wir jetzt diese Dinge«, wechselte sie das Thema. »Sag, wie geht es dir? Fühlst du dich jetzt besser?«

»Ich wusste, dass es so kommen würde«, sprach mein Vater wie aus heiterem Himmel. »Ich habe es erwartet, nachdem wir uns vom bärtigen Hodscha verabschiedet hatten. Kein Dämon, kein böser Geist, kein Inn und kein Dschinn kann dem Atem des bärtigen Hodschas widerstehen. Selbst die widerspenstigsten, die bösesten Dämonen vertreibt der Atem des bärtigen Hodschas augenblicklich. Nicht von ungefähr ist sein Ruf in allen sieben Welten verbreitet. Haben sich die Dämonen und bösen Geister in der Hülle eines Menschen häuslich niedergelassen und konnte ihm keine Medizin, kein Doktor und kein Hodscha helfen, dann gehen die Menschen tagelange Wege zum bärtigen Hodscha. Denn sie haben von seinem sagenhaften Ruf gehört. Und diejenigen, die von seinem Ruhm nichts wissen, fragen sich durch und erfahren früher oder später letztlich und schließlich doch vom Ruf und Ruhm des bärtigen Hodschas. Sie kommen zu ihm und begreifen auch die Macht und die Kraft seines Atems.«

Mein Vater kam richtig in Fahrt und dachte nicht daran zu schweigen. So kannte ich ihn kaum. Aber wenn es um dieses Thema ging, war er nicht zu bremsen.

»Ein Dämon verlässt nicht freiwillig die Hülle des Menschen. Wenn er sich einmal darin niederlässt, richtet er sich häuslich ein. Bevorzugt im Herz, in den Lungen, in der Brust und im Magen, in allen Organen des menschlichen Leibs beißen sich die Dämonen fest. Sie sind nicht zu sehen, nicht zu fassen. Aber angenommen, man kann sie mit Tauen binden und mit Mauleseln schleifen, dann würden weder vierzig Maulesel noch tausend sie herausreißen.

Dieses Dämonenvolk, dem keine Kraft der Welt beikommt, kann, wenn überhaupt, nur die Rezitation einiger weniger Hodschas mit außergewöhnlich starkem heiligem Atem, eben wie der des bärtigen Hodschas, herausreißen und verjagen.

Jedoch, auch wenn rezitiert wird, sagen diese Dämonen nicht einfach: ›Wir bitten um Erlaubnis, auf leisen Zehenspitzen den Leib verlassen zu dürfen.‹ Sie leisten erbittert Widerstand, der Atem des Hodschas bringt sie in Bedrängnis, die Kräfte verlassen sie erst allmählich, sie werden erschüttert. Dennoch verwüsten sie den Leib und die menschliche Hülle. Bei diesem fürchterlichen Kampf töten sie die Hülle. Doch der Atem des Hodschas spielt ihnen solch einen Streich, dass sie nicht verstehen, wie ihnen geschieht. Die Hülle spielt scheintot, stirbt aber nicht. Das ist eben der Zustand, was ihr Ohnmacht nennt. Die Hülle stellt sich tot, verjagt diese und schützt sich so.

Denn sie lassen sich nur in einer lebenden Hülle nieder. In toten Hüllen haben sie nichts verloren. In toten Hüllen können sie nicht leben. Denn die Seele ist ihre Nahrung. Sie nagen an der Seele des Menschen, in dessen Hülle sie sich niedergelassen haben. Dann wehe diesem Menschen. Wenn der Atem die Hülle scheintot stellt, also wie ihr sagt, wenn der Körper in Ohnmacht fällt, werden diese Dämonen getäuscht. ›In dieser Hülle ist keine Seele mehr, also haben wir hier auch nichts mehr zu tun‹, sagen sie sich und verlassen auf einmal den Leib. Denn wenn die Hülle gestorben zu sein scheint, das heißt, in den Zustand der Ohnmacht fällt, zieht sich auch die Seele in ihre Ecke zurück, duckt sich und wartet darauf, dass die Dämonen abziehen. Das geschieht am Ende eines großen Kampfes, so dass die Hülle vor der Ohnmacht wie fiebrig krank erscheint. Daher dauert es einige Tage, nachdem die Dämonen die Hülle verlassen haben, bis die Hülle wieder genesen ist. Natürlich ist es nicht leicht, nach einer schweren Krankheit wieder zu genesen.

Ihr fragt vielleicht, woher ich das alles weiß. Ich bin vielleicht ein ungebildeter Mann, aber ich habe dieses lange Leben, das mir Allah geschenkt hat, nicht umsonst gelebt. Wie man so schön sagt, das Grau in meinem Haar kommt nicht vom Mehlstaub in der Mühle! Ich habe alle Hodschas mit tiefer Weisheit und starkem Atem wie den bärtigen Hodscha gehört, keinen von ihnen habe ich verpasst. Wenn ich gehört habe, dass ein ruhmreicher Hodscha in eine Moschee kommt und dort predigt, bin ich dorthin geeilt. Ich bin ganz Ohr gewesen. Wer liest, der weiß, wer sieht, der weiß, wer reist, der weiß auch. Ich habe nicht viel gelesen. Ich habe nach keinem anderen Leben gestrebt als dem zwischen Heim, Arbeit und Moschee. Ich habe keine Reisen gemacht, aber ich habe viel zugehört. Ich habe ein langes Leben denen zugehört, die viel gelesen, viel erlebt haben, viel gereist sind und viel gewusst haben, so bin ich wie jemand geworden, der viel gelesen, viel erlebt hat und viel gereist ist.«

»Ich wollte es eigentlich nicht sagen«, sprach nun meine Mutter, »aber gottlob hat es gewirkt, ich kann es nun auch sagen.«

Die Blicke richteten sich auf meine Mutter, die Ohren wurden gespitzt. Eine unbestimmte Welle von Neugierde richtete sich auf sie. Was wollte sie sagen?

»Mir waren auch Schlaf und Ruhe geraubt«, sagte sie. »Aber ich wusste, eines Tages würde Allah uns von diesem Kummer befreien, uns neues Leben schenken. Ich erwarte nichts mehr vom Leben, ich habe gelebt, was zu leben war, aber ich wollte erleben, dass mein Junge befreit ist. Nun habe ich auch das erlebt, jetzt bin ich aller Sorgen ledig, jetzt macht mir der Tod nichts aus.«

»War es das, was du sagen wolltest?«, wurde mein Vater ungeduldig.

»Nein«, erwiderte meine Mutter. »Ich bin zu Kevser Hanim gegangen, damit sie meinem Jungen diese Frau vom Hals schafft.«

»Seit vierzig Jahren rede ich mir die Zunge wund, dass es in unserer Religion so etwas nicht gibt, aber ich konnte es dieser Frau nicht beibringen«, maulte mein Vater und zog dabei das Gesicht in Falten, als würde ihm die Schau gestohlen. »Wahrsagerei, Zauberei und Hexerei sind in unserer Religion verboten. Wir brauchen diese Dinge nicht. Unser heiliges Buch genügt uns. Wir sind zum bärtigen Hodscha gegangen, was hat er da gemacht? Er hat aus unserem heiligen Buch Suren rezitiert. Was ist dann passiert? Er hat damit die hartnäckigsten und die schlimmsten Dämonen vertrieben.«

»Die magischen Kräfte von Kevser Hanim sind genauso erprobt«, verteidigte sich meine Mutter. »Woher willst du auch wissen, was wirklich gewirkt hat? Der Atem deines alten, bärtigen Wüstlings oder die tausendfach erprobte Zauberei von Kevser Hanim? Sie versteht ihr Handwerk wie keine andere. Als ich bei ihr war, sagte sie: ›Das ist keine einfache Zauberei, liebe Sakine Hanim. Damit dieser Zauber hält, muss ich doppelt hexen. Einmal für die Frau, einmal für den Mann. Die Frau ist fremd. Dabei haben sich die Dämonen im Mann niedergelassen.

Da die Frau eine Fremde ist, also Schweinefleisch verzehrt, haben die Dämonen selbstverständlich ganz leicht Zugang in den Mann gefunden. Deshalb müssen wir zum einen den Zauber mit der Schweineborste machen, zum Zweiten den Zauber Dämonenauge. Die Frau wird die Symphatie verlieren, der Mann wird die Symphatie verlieren, und gleichzeitig werden die Dämonen vertrieben.‹ Das sagte Kevser Hanim.

Und ich sagte: ›Wie du meinst, liebe Kevser Hanim. Mach, was du willst, Hauptsache, der Zauber wirkt. Und zwar schnell muss er wirken.‹

›Vielleicht reicht auch ein Zauber, aber er wirkt vielleicht spät oder halb. Deshalb sage ich doppelten Zauber. Denn: doppelter Zauber, doppelter Preis. Also, ich könnte sagen, Sakine Hanim ist eine alte Bekannte, von ihr nehme ich für doppelten Zauber den einfachen Preis, aber du weißt, der Zauber ohne Preis wirkt nicht, deshalb will ich dir keinen Nachlass anbieten. Denn der Preis für den Zauber gleicht nicht dem Geld, mit dem du deinen Füßen Schuhe kaufst. Er ist ein heilig gesprochenes Almosen für Dschinns und Geister. Erst dann erfüllen sie dir dein Gelöbnis, der Zauber hält.‹

›Aufs Geld kommt es nicht an, liebe Kevser Hanim‹, habe ich ihr darauf gesagt. ›Hauptsache, der Zauber hält, was er verspricht, und mein Kind wird von seinem doppelten Kummer befreit.«

»Herrgott im Himmel!« Mein Vater schüttelte zornig den Kopf.

Gül und Orhan hingen an den Lippen meiner Mutter, lauschten ihr selbstvergessen, als handelte es sich um einen lästerlichen Klatsch oder ein aufregendes Ereignis.

»›Dann an die Arbeit‹, hatte Kevser Hanim gesagt, ›als Erstes kommt der Zauber mit der Schweineborste. Denn die Frau verzehrt Schweinefleisch. Zu mir kommt eigentlich niemand wegen eines Zaubers gegen Schweinefleischverzehrer‹, wurde sie dann stutzig. ›Denn, Gott sei gelobt, bei uns isst keiner Schweinefleisch. Und für Leute, die kein Schweinefleisch essen, mache ich natürlich keinen Zauber mit Schmalz oder Schweineborste. Ich habe doch sonst so viele starke Zaubermittel. Warum sollte ich das Schwein mit reinziehen, wenn der betreffende kein Schweinefleisch isst? Auch wenn jemand ganz böse ist, ist er doch einer von uns.

Bei dir ist es anders. Die Person, deren Liebe erkalten und zu der das Verhältnis abgebrochen werden soll, ist eine fremde Frau. Deshalb musst du mir einige Schweineborsten besorgen‹, sagte sie. ›Geh in vornehme Viertel, wo Reiche und Ausländer wohnen, frag dort die Metzger, sie geben dir welche. Wenn du dort nichts findest, musst du zu den amerikanischen Soldaten gehen und sie darum bitten, sie geben dir dann welche.‹

Leicht gesagt, wie sollte ich arme Frau mit langem Haar und kurzem Verstand zu den Amerikanern gehen und von ihnen Schweineborsten verlangen, wenn ich beim Metzger keine fände? Ihre Sprache ist für mich Vogelsprache. Wie soll ich es sagen, wie soll ich sie verstehen?

Kevser Hanim gab mir den guten Rat, einen Schuljungen mitzunehmen, der aber noch nicht geschlechtsreif sei. ›Wenn er die Pubertät noch nicht erreicht hat, stört er auch nicht den Zauber‹, sagte sie. Die Schuljungen würden in der Schule ihre Sprache lernen. Ich habe sogar Orhan einmal danach gefragt. ›Mein Sohn, lernst du eigentlich in der Schule die Sprache dieser Amerikaner?‹, fragte ich. Und er hat gesagt: ›Wir lernen, Tante, wir lernen schon, aber nicht so viel, um verstehen und sprechen zu können.‹ Das hast du doch gesagt, nicht wahr, Orhan, mein Sohn?«

Orhan nickte.

»Was habe ich dann gemacht? Ich zog mir den Mantel an, band mir das Kopftuch um und machte mich auf den Weg, um Schweineborsten zu suchen. Zu Recht werden sie verdammt! Keinen Lebtag denkt man an sie, und wenn man sie ein einziges Mal im Leben braucht, lässt sie sich nicht finden, die verdammte Schweineborste!«

»Die Frau hat nicht alle Tassen im Schrank, bei Gott«, sagte mein Vater und seufzte erzürnt noch ein »Herrgott im Himmel!«.

»Ich hab keine Probleme mit den Tassen im Schrank«, quetschte sie rasch die Bemerkung dazwischen und fuhr mit ihrer Erzählung fort. »Ich ließ keinen Metzger in den reichen Vierteln ungefragt. Der eine oder andere war so unverschämt zu sagen: ›Schweinefleisch, Schweinewurst haben wir, Hanim.‹ ›Esst sie selber‹, sagte ich und drehte mich um.

Ich bin auch zur Siedlung der Amerikaner gegangen, ich habe mich durchgefragt. Es gab dort auch Leute von uns, die bei ihnen arbeiteten. ›In Allahs Namen helft mir, meine Brüder‹, habe ich gesagt, ›ich brauche für eine ganz wichtige Sache einige Schweineborsten.‹ Ich muss sagen, sie waren freundlich zu mir, aber ich brauchte Schweineborsten und keine Freundlichkeit. Sie sagten auch: ›Es gibt Fleisch und Wurst, Hanim, wenn du willst, können wir dir was davon besorgen, aber hier gibt es bestimmt keine Borste.‹ Einer, er möge mir ein Bruder diesseits und jenseits sein, hat sich sehr um mich gekümmert, wollte mir helfen. Er ist zu einigen Amerikanern in die Wohnung gegangen und hat sie gefragt. Doch unglaublich, als hätte sich die Erde aufgetan und ohne Übertreibung sämtliche Schweineborsten dieser Welt vergeschluckt und unter die Erde gebracht. Nicht einmal als Medizin war eine einzige Borste übrig geblieben.

Aber dieser Mann, Allah sei mit ihm zufrieden, gab mir einen guten Rat. Ich schöpfte Hoffnung. ›Außerhalb der Stadt gibt es eine Schweinefarm‹, sagte er. Ein Landsmann, der in Europa gewesen sei, hätte die Idee gehabt. ›So wie man auf Hühnerfarmen für die Leute reichlich Hühnerfleisch züchtet, so will ich eine Schweinefarm aufbauen‹, hätte er gesagt. ›Ich züchte Schweine, verkaufe sie ins Ausland und verdiene viel Geld‹, hätte er sich gedacht.«

»Wie das Geld, das man durch Weinhandel verdient, ist auch das vom Schweinehandel nach unserem Glauben unrechtmäßig. Der bärtige Hodscha hat viel darüber gepredigt, dass das Geld vom Wein in unserer Religion verboten ist. Ich habe keinen Zweifel daran, ich will ihn auch nach dem Geld vom Schwein fragen.«

Die Worte meines Vaters klangen wie ein lautes Selbstgespräch, hinderten jedoch Mutter nicht daran, weiterzuerzählen.

»Wenn er mein Problem löst, soll sein Verdienst meinetwegen gesegnet sein«, versäumte sie es nicht, Vater zu erwidern.

»›Wie komme ich aber dorthin?‹, fragte ich ihn. Er beschrieb mir den Weg ganz genau. Los, Mädchen, dann nichts wie ab, sagte ich mir, von wegen endet dein Abenteuer hier, es beginnt erst jetzt richtig. Ich fuhr zuerst zum Busbahnhof. Dort fand ich einen Bus, der zu dem Ort mit der Schweinefarm fuhr. Ein dunkelhäutiges, hageres Bürschlein, das schrill schreiend um Kunden warb, sagte: ›Das ist nicht weit, Tante. Da fährt auch kein Bus hin, aber wir fahren da vorbei, dort halten wir kurz und lassen dich aussteigen.‹ ›Gott vergelt's dir, mein Sohn‹, sagte ich. Könnt ihr euch vorstellen, was er darauf sagte? ›Bete für mich, Tante, Gott soll mir eine Blondine mit einem reichen Vater geben‹, sagte der Knirps. Selber dunkel und hager, wünscht er sich eine Blondine. Selber schriller Beifahrer, aber sie soll nicht nur schön sein, auch noch einen reichen Vater haben. Wie sagt man: Ein hungriges Huhn wähnt sich in der Kornkammer. So sind heutzutage die Kinder. Um mein Anliegen nicht zu gefährden, sagte ich ihm: ›Hoffentlich, mein Sohn, hoffentlich findest du dein Glück.‹ Ich bin froh darum. Denn der Bus fuhr bis vors Tor der Schweinefarm. Das sei nicht ihr Weg, aber mir zuliebe hätten sie den kleinen Umweg gemacht. Gute Weiterfahrt, wünschte ich und stieg aus.

Sie hätten noch eine sehr weite Fahrt vor sich. Den ganzen Tag und die ganze Nacht müssten sie fahren, um zum Zielort zu kommen. Als ich das hörte, schlich sich der Teufel in meine Gedanken und wühlte darin. Nicht umsonst nennt man ihn Teufel. ›Mädchen, Sakine‹, rief mir der Teufel im Kopf zu. ›Sieh, wie alt du geworden bist, was hast du auf dieser großen, auf dieser wunderschönen Welt alles gesehen, in welchen Orten warst du überhaupt? Nur das nach Kuhmist stinkende Dorf, in dem du geboren wurdest, und diese leidige Stadt, wohin dich dein Mann gebracht hat. Was würde passieren, wenn du jetzt diesem schrillen, hageren Burschen sagtest: Mein Sohn, ich fahre mit euch bis zu eurem Zielort? Ist es dort eine schöne Gegend, wohin ihr fahrt? Sind die Menschen dort gut, sind die Bäume und Früchte dort schön? Sind Wasser und Luft gut dort? Ich möchte in diesem Leben auch einmal dort sein und mir die Gegend ansehen. Da dort eine schöne Gegend ist, kennt sie bestimmt auch die Liebe, das Wiedersehen. Nach der Besichtigung kann ich mit euch wieder nach Hause zurückkommen.‹ Das alles sprach der Teufel in meinem Kopf. Auch noch ein Schmeichler, dieser widerwärtige Teufel. Während ich, in Gedanken versunken, seinen Worten lauschte, zwickte ich mich auf einmal in den eigenen Hintern und kam wieder zu mir. Sakine, Mädchen, schalt ich mich, du warst mit fünfzehn dumm, mit fünfundsechzig bist du immer noch dämlich. Damals warst du mit was für großen Vorstellungen zu dem Kerl gegangen, was ist daraus geworden? Was phantasierst du jetzt? Los, besorg deine Sache. Das Weib Kevser wartet auf die Borste.«

»Was willst du damit sagen, Frau, willst du etwa behaupten, der Teufel hätte dich geritten, meine Frau zu werden? Danke Gott Tag und Nacht, dass du mich zum Mann bekommen hast. Wem sag ich denn das? Frauen haben einen kurzen Verstand, meine hat den kürzesten.«

Mein Vater murrte. Er tat so, als ginge es nicht, wenn er nicht ab und zu so brummen und mäkeln würde, als würde er sich dann nicht wohl fühlen. Nach dem Murren war er dann für eine Weile erleichtert und schwieg.

»Der Busfahrer ließ mich also genau vor der Schweinefarm aussteigen. Ich betrat die Farm, und was sehe ich da, rosarote, weiße, schwarze Schweineherden. Große, kleine Ferkel, Eber, Sauen, sie grunzten unentwegt. Gott behüte, sagte ich, als ich sie sah. So was gibt es also auch, murmelte ich vor mich hin. Mir kam es vor, als wäre ich von der Welt der Menschen in die Welt der Schweine übergesiedelt. Beschütze mich, behüte mich, großer Gott, sagte ich mir. Man sagt, sündige Menschen würden nach dem Tod als Tiere wieder auf die Welt kommen, mach aus deiner sündigen Untertanin Sakine kein Schwein, oh, Herr, flehte ich in Gedanken. Die Schweinegesichter hatten tatsächlich Ähnlichkeit mit Menschen.«

»Sag so was nicht, Frau, schwör es ab, du weißt ja nicht, was du in deiner Unwissenheit sagst. Du versündigst dich. Schwör ab!«

Mein Vater hörte eine Weile zu, dann flammte er wieder auf. Aber das konnte meine Mutter nicht beeindrucken. Sie erzählte weiter.

»Du kannst es glauben oder nicht! Muss ich dich belügen? Sie hatten Ähnlichkeit mit richtigen Menschen. Ich wusste sogar, mit wem manche Ähnlichkeit hatten. Nicht den Toten, nein, den Lebenden sahen sie ähnlich. Ein Schwein starrte mich so an, als hätte es mich erkannt. Ich kenne diese Blicke, aber von wem? Während ich so dachte, sagte ich mir auf einmal, das sind die Blicke von Resmiye. Ich hab doch immer schon gesagt, dass diese Frau einem Schwein ähnlich sieht. Es ginge ja noch, wenn sie nur schweinsähnlich wäre. Sie ist das Schwein selbst. Die Bestätigung dafür ist auf der Schweinefarm zu sehen. Ich war dort und sah es. Wie dem auch sei, dort traf ich jemanden, dem ich mein Anliegen erzählte. ›Tante, ich bringe dich zu Herrn Arsan‹, sagte er. ›Was soll ich denn bei dem Herrn, mein Sohn?‹, fragte ich. ›Der Besitzer von hier ist Herr Arsan‹, sagte er. ›Wenn das so ist, dann lass uns zu ihm gehen‹, sagte ich, und wir sind zu ihm gegangen.

Ein noch junger, gut aussehender Mann. Auf Anhieb gefiel

er mir. So alt wie mein Sohn, dachte ich. Er empfing mich freundlich, ein symphatischer Mann. Da staunte ich; wie konnte das angehen, fragte ich mich, wie kann ein Mann so viele Schweine besitzen und dann so gut aussehen, so freundlich sein? ›Ich heisse Sakine Barut, mein Sohn‹, stellte ich mich vor. Dann sagte ich: ›Für eine wichtige Sache brauche ich ein paar Schweineborsten. Wenn du sie mir gibst, dann bete ich für dich, du kannst sie mir auch verkaufen, wenn du willst.‹ Man sah ihm schon an, dass er ein kluger Kopf war. ›Ich gebe sie dir gerne, liebe Tante‹, sagte er. ›Aber unsere Züchtungen haben eigentlich keine Borste, ich meine, sie ist viel zu kurz. Wir züchten sie wegen ihres Fleisches. Die Borste, die du brauchst, hat das Wildschwein. Hier haben wir aber keine Wildschweine.‹ Mir war, als würde mir kochendes Wasser über den Kopf geschüttet. Hatte ich den ganzen langen Weg hierher für nichts und wieder nichts zurückgelegt? ›Manchmal bringen uns die Bauern oder Jäger Wildschweine, die sie gejagt haben, und verkaufen sie uns, aber im Augenblick ist kein einziges Wildschwein da. Wenn du willst, gebe ich dir etwas von der Borste unserer Schweine, aber sie sind kaum ein paar Millimeter lang.‹ ›Und was mache ich jetzt?‹, sagte ich. Ich muss das so traurig gesagt haben, dass der arme Mann mich mit bedauernden Blicken musterte. ›Wenn es nicht sehr eilig ist, lass mir deine Adresse hier, Tante‹, sagte er. ›Wenn wir wieder ein Wildschwein bekommen, schicke ich dir umgehend einen Umschlag voll Borsten‹, bot er an. ›Ich brauche nicht einen ganzen Umschlag voll, ich brauche nur ein paar, aber ich brauche sie dringend, mein Sohn, ich kann doch nicht warten‹, sagte ich. Er überlegte hin und her, wo es welche geben, wie man welche bekomen könnte, dann leuchteten seine Augen. ›Ich hab es, Tante‹, sagte er. ›Gott vergelt's dir. Wenn du meinen Segen bekommst, dann kann dir in dieser Welt kein Leid geschehen‹, sagte ich. ›Im Zoo gibt es Wildschweine‹, sagte er. ›Wenn du dem Wärter ein paar Groschen Trinkgeld gibst, schneidet er dir ein Büschel ab.‹

Frau Sakine, sagte ich mir, beweg dich, du bist noch nicht am Ende deines Wegs. Da fragte mich dieser Herr Arsan: ›Hast du Barut gesagt, deinen Familiennamen?‹ Seine Stimme war plötzlich sehr neugierig. ›Ja, Barut, Sakine Barut‹, erwiderte ich. Was er dann fragte, versetzte mich in Staunen. Fragte er da nicht auf einmal: ›Bist du mit Orhan Barut verwandt?‹ Mir blieb die Sprache weg. ›Er ist mein Sohn‹, stotterte ich. Als er sagte: ›Tante, Orhan ist ein Studienfreund von mir‹, da musste ich noch eine Weile dableiben. Er bot mir Tee und Obst an. Wir unterhielten uns. Während seines Studiums im Ausland sei ihm der Gedanke mit der Schweinezucht gekommen. ›Ein wenig verkaufen wir auch im Inland, es gibt Leute, die das essen, hier leben auch Amerikaner und Europäer‹, erklärte er. Den größten Teil würden sie aber ausführen. ›Ekelst du dich nicht, mein Sohn?‹, fragte ich. ›Wir berühren das Fleisch nicht mit der Hand, Tante‹, sagte er. Dann führte er mich überall auf der Farm herum. ›Sieh, Tante, wie sauber alles hier ist‹, sagte er. Trotzdem ekelte mich der Gestank. Beinahe hätte ich mich übergeben, aber ich beherrschte mich.«

Dann fragte mich Mutter, ob ich diesen Herrn Arsan wirklich kennte? Doch woher hätte er sonst meinen Namen gewusst, wenn er mich nicht gekannt hätte? Außerdem hätte es gar keinen Grund gegeben zum Lügen. Mutter hätte von ihm etwas verlangt. Und nicht er von ihr.

»Ich kann mich nicht entsinnen«, flüsterte ich.

»Doch ich kenne ihn«, sagte Gül. »Der Sohn einer reichen Familie. Einer der Privatstudenten, die sich an der Uni unserer Stadt eingeschrieben hatten. Einer von denen, die dann im Geldüberfluss dem Studium ein vergnügliches Leben als Schürzenjäger vorzogen. Einer von denen, die auch ihre letzte Prüfungschance verwirkten und abbrachen. Hat er auch das erzählt?«

»Nein, so was erzählte er nicht«, sagte Mutter.

»Er würde sich hüten, den Rausschmiss aus der Uni zu erwähnen«, lautete Güls Kommentar. »Einer dieser dummen

Lackaffen, die sich einbilden, der bestaussehendste Mann der Welt zu sein, denen keine Frau widerstehen könnte. Er versuchte einmal auch mich anzumachen. Ja, ja, man hatte ihn mir auf einer Versammlung vorgestellt. An jenem Abend trennte er sich nicht von meinem Rockzipfel. Dann belästigte er mich am Telefon. Schließlich konnte ich mich nicht länger beherrschen und schmiss ihm meine Meinung über ihn an den Kopf, danach zeigte er sich nie mehr und rief mich auch nicht mehr an.«

Güls Worte bohrten sich in meinen Schädel und in meine Brust hinein. Ein mir unbekannter Mann interessierte sich zu einer Zeit, als ich Gül noch gar nicht kannte, für sie. Das fesselte mich sonderbar. In mir spürte ich einen Kampf gegen mancherlei Gefühle, die mich bedrückten. Meine Mutter setzte unterdessen ihre Erzählung fort.

»Gott sei Dank kannte ich den Zoo. Wenn wir in den großen Stadtpark zum Spazieren gingen, bummelten wir immer auch an den großen Tierkäfigen vorbei. Aber wie sollte ich nun von diesem Land der Schweine in die Stadt zurückkehren? Egal, was er ist, Herr Arsan war sehr freundlich zu mir«, erzählte Mutter. »Er schwärmte geradezu für Orhan. ›Er war der fleißigste Student unserer Zeit, Tante‹, sagte er. ›Er studierte Elektrotechnik, ich dagegen Architektur, aber wie viele waren wir schon! In der Mensa und bei den Versammlungen des Studentenvereins sahen wir uns immer. Er dachte an nichts anderes als an sein Studium, selbst in der Mensa holte er Papier und Stift heraus, wenn ihm etwas einfiel, und notierte sich irgendwelche Formeln, Zahlen und Gleichungen. Wir aßen immer am selben Tisch‹, erzählte Herr Arsan. Er hätte Orhan geneckt. ›So viel Lernen schadet dem Geist, mein Lieber‹, soll er gesagt haben. ›Komm, lass uns heute Abend in ein Tanzlokal gehen und einmal so richtig die Sau rauslassen‹, soll er gesagt haben. Er erzählte wunderbar. Und du hättest den Kopf von dem Blatt leicht gehoben und gelächelt. Dann aber weitergeschrieben. Er hätte gehört, dass du ein namhafter Elektronikspezialist geworden bist und in einer großen, internationalen Firma arbeitest. Als er von mir erfuhr, dass du jetzt hier bist, bestand er darauf, dich einmal zu sehen, er erwartet dich unbedingt einmal auf seiner Farm. Dann brachte er mich mit dem eigenen Jeep zum Stadtpark.

Ich fand im Zoo den Wächter. ›Ich habe ein Anliegen, mein Sohn, so und so steht es‹, erzählte ich ihm. Er starrte mich so an, man sollte denken, er stieg gerade vom Berg herab und sah zum ersten Mal einen Menschen. Seine Blicke verraten seine Gedanken, er denkt: Wird sie mich jetzt anfallen und in Stücke reißen, soll ich nicht lieber ihr zuvorkommen und sie in Stücke reißen? Als Wächter schreit er sowieso zum Himmel, aus seinem Hemd sieht das schwarze Brusthaar wie ein Fell heraus, seine Schläfen fliehen in Falten nach beiden Seiten. Seine Augen sind in tiefen Höhlen unter buschigen Augenbrauen vergraben, seine Hände sind riesige Pranken, die bereitstehen, einen anzuspringen, sie sind am Drücker. Lange stierte er mich an. Dann entspannte er sich jäh, als hätte jemand auf einen Knopf gedrückt oder eine Saite berührt. ›Nix‹, sagte er und drehte sich weg. Als wäre niemand da, als spräche ich nicht gerade mit ihm. Er würdigte mich keines Blickes mehr. Was sollte ich nun machen? ›Sieh mal, Herr Wächter,‹ rief ich ihm nach. ›Ich bezahle, was der Preis ist‹, sagte ich. Ich nahm das Geld heraus. ›Nimm, willst du hundert oder zweihundert?‹, sagte ich. Als er vom Geld hörte, drehte er zwar den Kopf nicht zu mir, schielte aber auf meine Hand. Seine Augäpfel lugten aus den Höhlen heraus, sie glänzten. Die Hand schien wieder am Drücker zu liegen. Eigentlich rührte er die Hand nicht, aber ich sah noch nie so eine Hand. Eine riesige Hand, keine Hand, ganz gewöhnlich ein Mensch, ein zusammengeschrumpfter Mensch. Ein Mensch mit Augen und Brauen, mit Mund und Nase. Auch wenn er sich gar nicht rührt, durchschaust du ihn sofort. Im Innern glich er einem angespannten Bogen. Gleich würde er losschießen und mir das Geld aus der Hand reißen. Und er ergriff es. Ehe ich mich versah, riss er mir das Geld aus der Hand. ›Komm, ich lasse dich zu den Schweinen hinein, schneide dir von der Borste so viel ab, wie du willst‹, sagte er. Hoppla, ich sollte als Frau zu den Schweinen rein und ihnen die Borste abschneiden? Mich beschlich Angst. Nie im Leben könnte ich das. ›Bin ich hier der Wächter, oder bist du es‹, sagte ich vorwurfsvoll. ›Verstehe ich etwas vom Verhalten und von der Sprache dieser Tiere oder du?‹ Der Zorn seines Blickes traf mich unversehens, Gott behüte. ›Hört denn dein taubes Ohr nicht, was dein Mund sagt, Mensch, Frau‹, fauchte er mich an. ›Willst du mich ein Schwein nennen? Woher sollte ich denn sonst die Schweinesprache verstehen?‹ ›Nicht doch, das wollte ich nicht sagen, du hast mich missverstanden‹, so führte ich tausend Ausflüchte und Entschuldigungen an, bis er beschwichtigt war. ›Ich bin ein altes, ängstliches Weib‹, sagte ich, ›wie kann ich mich denn zu ihnen trauen?‹ Diesmal sah er mich mit schmachtenden Blicken wie ein Bär an, der mit grenzenloser Güte sein Junges betrachtet. ›Verlang das nicht von mir, Schwester, nimm auch dein Geld zurück und verlang von mir nur das nicht‹, sagte er. ›Ich sitze sowieso auf Dornen, seitdem ich diese Arbeit habe, ich habe sowieso wegen des täglichen Brots für meine Kinder die Pflege dieser unreinen Biester übernommen, aber manchmal schießt mir das Blut in den Kopf, wenn das tägliche Brot der Kinder von diesen unreinen Biestern abhängt, dann verzichte ich darauf, sage ich mir oft. Jeden Tag, wenn ich zur Arbeit komme, nehme ich mir vor, das ist der letzte Tag, ich kündige diese Arbeit, sage ich mir. Aber abends zu Hause, wenn ich Weib und Kinder sehe, muss ich am nächsten Morgen hilflos wieder hierher kommen. Weißt du, Schwester, wie die Kinder unseres Viertels meine Knirpse anpöbeln? Euer Vater ist Schweinebeamter, ärgern sie sie. Das kann kein Herz vertragen, weder das Herz der Kinder noch meins. Wir verließen das Dorf und kamen in die Stadt, aber Gott sei Dank, haben wir unseren islamischen Glauben nicht im Dorf zurückgelassen. Wenn die Leute im Dorf davon erführen, würden sie uns verstoßen, Klatsch und Tratsch würden nicht aufhören. Bis jetzt konnten wir dort meine Arbeit verheimlichen, ich gebe vor, Gepäckträger zu sein, fliegender Händler, Bauarbeiter, aber dem Weib und den Kindern bläue ich tausend Mal ein, ich sage, ich bringe euch um, wenn euch je ein Wort herausrutscht. Jedes Mal auf der Fahrt ins Dorf bläue ich es ihnen tausend Mal ein. Ich berührte diese dreckigen Biester bis jetzt niemals mit bloßer Hand. Um sie nicht zu sehen, drehe ich den ganzen Tag den Kopf von ihnen weg. Und du kommst daher, gibst mir Geld und verlangst, ihre Borste abzuschneiden. Nein, Schwester, nicht für die Welt, nein, das darf niemand von mir verlangen. Auch für eine Million sage ich nein‹, sagte er.

Ich sah ein, dass auch da nichts zu holen war. ›Du hast Recht, Herr Wächter‹, sagte ich und ging mit hängendem Kopf weg. Dann fiel mir in meiner Not noch etwas anderes ein: ›Geh in eine Apotheke, verlang dort eine Zahnbürste aus natürlicher Schweineborste, in der einen oder anderen Apotheke findest du sie bestimmt.‹

Ich begab mich auf den Weg nach Hause. Als ich gerade an einer Apotheke vorbeiging, kam es mir wieder in den Sinn. Wenn ich einmal nachfrage, schadet es doch meiner Zunge nicht, sagte ich mir und betrat den Laden.

Der Apotheker war ein alter Mann mit ganz weißen Haaren. Viel älter als du und ich. Aber er arbeitete noch. Ich fragte nach der Borste. ›Diese alten Bürsten gibt es schon lange nicht mehr, meine Dame‹, sagte er. ›Das waren noch Zeiten. Plastik hat sie verdrängt.‹ Na, dann gute Nacht, Sakine, sagte ich mir, jetzt kannst du dich endgültig nach Hause schleppen. Als ich über die Schwelle der Apotheke trat, rief der Apotheker mir nach: ›Warten Sie mal, meine Dame! Ich glaube, irgendwo muss ich noch eine alte haben.‹

Auf einmal war ich beflügelt, mit diesen Worten war die alte Sakine fort, und an ihre Stelle kam die Braut Sakine, so quicklebendig wurde ich. Seine Worte hauchten mir wieder Leben ein. Er nahm die Leiter und kletterte gemächlich auf die letzte Sprosse hoch. Mich packte die Angst, dass der alte Mann herunterstürzen könnte. Das wäre sein sicherer Tod, und die Leiche würde mir zu Füßen liegen, Gott bewahre mich davor. Er machte ganz oben eine Schublade nach der anderen auf und suchte. Schließlich fand er sie. Ganz langsam stieg er wieder herunter. Er reichte sie mir. Da dachte ich nicht mehr daran, ob ich die Borste oder den Stiel mit bloßer Hand anfasste. Mich erfüllte eine unbeschreibliche Freude. Ich wollte sie bezahlen. ›Ich schenke sie dir‹, sagte er. ›Das ist bestimmt die allerletzte Bürste im ganzen Land. Wer weiß, seit wie vielen Jahren sie in der Schublade liegt. Niemand will mehr solche Bürsten. Alle sind verrückt nach Plastik. Du bist alte Erde, du schätzt sicherlich diese Ware. Soll dir mein Geschenk sein, lass es dir gut gehen damit.‹

Ich überschüttete ihn mit meinen Dankesworten und Segenswünschen und verließ den Laden. Und die Bürste steckte ich ganz vorsichtig tief in meine Handtasche, um sie ja nicht zu verlieren. Von dort eilte ich geradewegs zu dem Weib Kevser.

Zuerst machte sie den Zauber mit der Schweineborste, dann auch noch den mit dem Dämonenauge. Und er wirkte sofort. Selbst wenn er nicht wirken wollte, musste er doch greifen angesichts der Mühen, die ich auf mich genommen hatte.«

Gegen Ende ihrer Erzählung wurden mir die Lider immer schwerer. Ich nickte im Liegen wieder ein. Ich träumte davon, dass ich unter die Säue geriet. Nur hatten diese Schweine alle Menschengesichter. Eines von ihnen glich mir aufs Haar. Es grunzte. Hatte ich mich in ein Schwein verwandelt, nachdem mir mein Ich abhanden gekommen war? Oder hatte ich mich in ein Schwein verwandelt, da die Suche nach meinem Ich erfolglos geblieben war?

Erschrocken wachte ich auf. Als die Erscheinungen mit Schweinsgesichtern aus meinem Traum gelöscht wurden, atmete ich erleichtert auf. Aber die Lider waren mir noch ganz schwer. Ich wälzte mich im Bett, die Augen geschlossen …

34

Von den Menschen hier kannte ich Orhan am besten. Ich kannte ihn sogar besser als Gül. Nicht nur deshalb, weil unsere Bekanntschaft älter war, auch nicht, weil Gül eine Frau war. Im Gegenteil, ich stellte mir vor, dass Männer die Frauen und umgekehrt Frauen die Männer intensiver und tiefer wahrnehmen konnten als jeweils die eigenen Geschlechtsgenossen, da sie sich gegenseitig anzogen. (Irgendwo hatte ich gelesen, dass sie sich dann abstießen, wenn sie sich einander zu sehr anglichen.) Wenn ich dabei an Gül und mich dachte, musste ich wohl annehmen, dass Frauen wahrnehmungs- und einfühlungsfähiger waren. Oder lag es nur an mir als einem misslungenen Exponat des männlichen Geschlechts?

Ich kannte Orhan nicht besser als Gül, nur weil wir beide Männer waren. Mein Gefühl der Nähe zu ihm musste einen anderen Grund haben, den ich mir im Augenblick nicht vorstellen konnte.

Als ich ihn heute am ersten Schultag traf, zweifelte ich erneut an mir. War das der Mensch, den ich am besten kannte? War das Orhan? An seiner äußeren Erscheinung war gewiss keine große Veränderung. Sein Äußeres erinnerte auch heute an niemand anderen als an Orhan. Aber sein Inneres kehrte sich so nach außen, dass ich diesen Orhan zum ersten Mal zu sehen glaubte. Seine ganze Erscheinung strahlte Frohsinn und Zufriedenheit aus, strotzte vor Gesundheit und Überschwang.

Ich erlebte ihn zum ersten Mal an einem Schultag. Ich hatte mir nicht vorstellen können, dass das tägliche Geschäft einen

Menschen so im Wesen veränderte. Täglich allerlei zu verkaufen, durch Gassen und Straßen zu ziehen, Menschen und Vögel zu beobachten, das hatte Orhan einerseits zu einem nach innen gekehrten Menschen gemacht, andererseits aber seinen Geist, seine Beobachtungsgabe, vor allem sein Herz und sein Empfinden geschärft. Doch dass er immer wieder von seiner Schule, seinen Fächern und Lehrern, seinen Schulfreunden sprach, verriet, dass nicht gerade die Ferienarbeit sein Selbstverständnis und Selbstbewusstesein ausprägte. Doch jetzt nach einer langen Unterbrechung, da er wieder mit seiner Schule vereint war, die ihm in den Ferien niemals aus dem Sinn entschwand, waren seine Schritte federleicht, leuchteten seine Augen hell, und seine Haut war klar, er sprühte vor Leben. In der einen Hand sein Ranzen, die andere schwankte federnd, er ging aufrecht, und Wortkaskaden sprudelten ihm von der Zunge.

»Geh aufrecht, Bruder, zieh deinen Buckel ein«, sagte er auf einmal. Funken sprühten aus seinen Augen. »Ich bin sehr gespannt auf meine Freunde«, setzte er wieder an. »Was hat wohl Ender gemacht? Der schräge Osman, Ali mit den Sommersprossen, Sackgassen-Kamil, Kamel Ismet, Giraffe Önder, ich sehne mich nach ihnen. Erst recht nach unseren Lehrern …«

Der Schulweg führte von Orhans Haus fast bis zum anderen Ende der Stadt. »Ich laufe immer den Schulweg«, sagte Orhan. »An manchen Tagen in einer halben Stunde, an manchen in vierzig Minuten. Sehr selten nehme ich den Bus. Bis zur Haltestelle muss ich sowieso zehn bis fünfzehn Minuten laufen. Dann ist der Bus allerdings in fünf Minuten vor der Schule. An Tagen mit viel Regen und an sehr kalten Tagen opfere ich halt das Busgeld. Sonst laufe ich immer.«

Der Weg führte durch den Stadtpark. Gleich hinter dem Park war die Schule. Bis zum Park ging er durch krumme, winklige und steile Gassen, durch Markt und Einkaufstraßen, doch im Park angelangt, verschwand die ganze Stadt auf einmal aus der Sicht. Kein einziges Haus, kein einziges Geschäft blieb übrig. Märkte, fliegende Händler waren wie ausgelöscht. Man ging unter allerlei Bäumen, zwischen Rasenflächen und Blumenbeeten, durch vom grünen Zaungebüsch umhütete Gärten, an Teichen, kleinen Seen vorbei. Ich spürte, wie Orhans Innenwelt sich an diese Parkanlage anglich. So grün, so federleicht und so überschwenglich hatte ich ihn noch nicht erlebt.

Der Park war menschenleer zu dieser frühen Stunde. Drüben auf der anderen Seite kam uns jemand entgegen. Als er hinter unserem Rücken verschwand, gehörte der Morgen wieder ganz allein sich selber. Der Morgen gehörte Orhan.

»Wegen dieses Parks fahre ich nicht mit dem Bus«, sagte er. Ich würde auch nicht fahren, ging es mir durch den Kopf. »Das Meer und dieser Park sind Lebensquellen unserer Stadt. Wir müssen das Meer und diesen Stadtpark schützen«, sprach wieder der Erwachsene in ihm. »Wir müssen diesen Park schützen, koste es, was es wolle. Beide, das Meer und der Park, sind eigentlich der Widerstand dieser Stadt gegen die Fehler, Egoismen, Unempfindlichkeiten und Korruption der Menschen. Ich habe oft darüber nachgedacht, während ich mit dem Ranzen in der Hand ganz allein durch diesen Park ging, dass die klare, saubere Luft, der Tannenduft, die Palmwedel und alle Arten des Grüns der eigentliche Grund für meine große Liebe für die Schule sind. Wenn ich mit Lungen, von dieser Luft durchweht, in der Schule ankomme, erscheint sie mir als eine Raststätte dieser Parkanlage, in der sich feurige Freunde treffen.«

Orhans Worte ließen mich Gül fühlen, als prägte sich mir das Leben ein. Gül war Leben. »Ich gehe unsere Flugtickets abholen«, hatte sie gesagt. »Lass uns zurückfliegen und dort die Lage beurteilen. Dann können wir unser Leben planen. Wollen wir uns dort niederlassen oder hierher zurückkehren, was machen wir, wenn wir dort bleiben, und was, wenn wir zurückkommen. Darüber wollen wir ohne Zeitdruck mit ruhigem Kopf befinden, nachdem wir alles in Ruhe gesehen und erwogen haben«, hatte sie gemeint.

Wohin sollte es gehen? Es gab wohl einen Ort, an den man fliegen konnte. Was wollten wir dort machen? Warum blieben wir nicht gleich hier? Wie lange wollten wir dort bleiben? Wie lange sollte ich Orhan fern sein? Ich begann jetzt schon an Orhan zu denken, während wir nebeneinander hergingen. Sobald wir im Flugzeug saßen, würde ich mich nach Orhan umsehen, mich nach ihm sehnen.

Wir erreichten das andere Ende der Parkanlage. Wenn man aus dem Park hinaustrat, stieß man auf eine Straße. Auf der anderen Seite der Straße waren mannshohe Mauern. Über der Mauer ragten große Bäume zur Straße her. Ohne die Mauer wäre das Gelände eine Fortsetzung des Stadtparks. Orhans Kopfnicken deutete jenseits der Mauer.

»Das ist unsere Schule«, sagte er. »Während der Ferien bin ich manchmal um diese Mauern herumgelaufen, habe durch die Eisengitter am Eingangstor geblickt und verging in Träumen. Heute werde ich zum ersten Mal wieder durch das Tor gehen. Ich bin sehr aufgeregt.«

Das Gittertor, die Mauern und Orhans Worte erinnerten mich an Süleyman. Empfand wohl auch Süleyman eine tiefe Liebe zu der Stätte seines Aufenthalts? Bedeutete diese Schule für Orhan auch einen Schutz wie jene Stätte für Süleyman?

»Sieh, meine Schulfreunde kommen.« Seine Worte holten mich aus diesen Gedanken heraus. Orhan winkte ihnen zu, rief ihre Namen. Sie kamen aus der anderen Richtung.

»Ihre Familien sind reich, sie wohnen in diesem Viertel, aber sie sind gute Jungs«, sagte er.

Seine Freunde, die am Schultor auf ihn warteten, umarmten ihn. Das Wiedersehen wurde zu einem Freudenfest. Er stellte mich als seinen älteren Bruder vor. Seine Stimme klang klar, selbstverständlich und stolz. Mir tat diese Vorstellung auch gut.

Als wir den Schulgarten betraten, merkte ich, dass die Mauer trotz der darüber ragenden Bäume eine Schönheit verheimlichte. Blumenbeete, Bäume, ein Teich, von Hecken umrahmte, ebene Sandwege machten diesen Ort nicht nur zu einer echten Verlängerung des Stadtparks, sondern auch zum Gipfel seiner Schönheit.

Es gab so viel zu erzählen, dass sich im Garten angeregte Gruppen bildeten. Jeder, der kam, begab sich zu der Gruppe mit seinen Klassenkameraden. Ohne Rücksicht auf die Redenden mischte er sich sogleich mit seinen Sommererlebnissen in die Unterhaltung ein.

Ich stand etwas seitlich bei Orhans Gruppe und beobachtete sie. Die Ohren zu spitzen half nichts. Die Worte mischten sich ineinander. Aber auch wenn ich ihre beziehungsreichen Worte deutlich hörte, konnte ich sie doch nicht verstehen. In mir wuchs die Sehnsucht nach Unterhaltungen mit Freunden, mit denen ich gemeinsame Erlebnisse und Erinnerungen hatte. Es blieb bei dem Verlangen, es war nur der Blitz eines unmöglichen Verlangens.

Es klingtelte. Wie mit Orhan vereinbart, beobachtete ich sie unter einem entfernten Baum, bis alle Klassen im Gebäude verschwanden. Seitlich vom Schulgebäude lag ein sandiges Fußballfeld. Mit Toren und regulären Maßen. Von dieser Seite führten acht oder zehn breite Marmorstufen hinauf ins Schulgebäude. Als es klingelte, stellten sich die Klassen vor diesen Stufen nebeneinander auf. Auf der höchsten Stufe vorm Eingang erschienen die Lehrerinnen und Lehrer. Manche kamen die Stufen herunter und stellten sich neben ihre Klassen. Ein Lehrer begann auf der höchsten Stufe zu reden. Das musste, nach Orhans Erzählungen, der Rektor sein. Nach den wohlverdienten, langen Ferien freute er sich wie ein Vater auf das Wiedersehen mit seinen Kindern im eigenen Heim. Er hieß sie alle willkommen. Aber wie jeder wüsste, das hier sei kein gewöhnliches Heim, sondern ein Heim des Wissens und des Lernens, das von den Eltern und einem ganzen Volk mit dem vom Munde Ersparten errichtet worden sei. Sie erwarteten daher von ihren Kindern, hieraus den höchsten Nutzen zu ziehen und ihrem Land und Volk nützliche Menschen zu werden. Er begrüßte die Erstklässler, die neuen, jüngsten Schüler, ganz besonders. Er forderte die älteren Schüler auf, den neuen Schülern liebevoll zu helfen. Er wünschte allen Schülern im neuen Schuljahr viel Erfolg.

Nach seiner Ansprache begannen über tausend Schüler aus einem Mund die Nationalhymne zu singen, das rührte mich sonderbar an. Ein Lehrer neben dem Rektor, vermutlich der Musiklehrer, dirigierte diesen riesigen Chor. Ich ertappte mich dabei, die Lippen nach dem Rhythmus der Hymne zu bewegen. Es kamen zwar keine Laute hervor, da ich die Worte nicht kannte, doch in meinem Kopf enstanden lautlose Silben, die zu dem Rhythmus passten. Als wäre dieser Rhythmus vor meiner Geburt ins Unterbewusstsein, in meinen Instinkt eingepunzt. Die Lippenbewegungen waren der Beweis dafür. Wenn ich das jetzt Gül erzählte, würde sie gleich behaupten, natürlich hätte ich in meiner Schulzeit die Hymne jeden Montagmorgen beim Schulbeginn und jeden Samstagmittag nach der letzten Stunde zusammen mit allen Schülern laut gesungen. Ich erinnerte mich nicht, oder sie sprach wie so oft in vielen anderen Fragen von einem mir fiktiv oder virtuell erscheinenden anderen Leben.

Nach der Nationalhymne marschierten die Kinder klassenweise die Stufen hinauf ins Schulgebäude. Als Orhans Klasse an die Reihe kam, drehte er sich auf den Stufen nach mir um und winkte. Ich spürte den Wunsch, mich seiner Klasse ganz hinten anzuschließen und mit in den Klassenraum zu gehen. Unwillkürlich machte ich ein paar Schritte auf sie zu. Als ich das merkte, hielt ich. Als Orhan den Schritt über die Schwelle tat, fühlte ich ein Zucken im Magen. Obwohl ich das Gefühl hatte, wurden meine Augen doch nicht feucht.

Sollte ich denn niemals eine Schulzeit haben, weil ich äußerlich ein Erwachsener war? Sollte ich nicht die Freuden kosten, die Orhan so verinnerlicht hatte? Ich empfand das treibende Verlangen, Lehrer zu haben, die Schule zu genießen und sonst keine Verantwortung zu kennen. Vor meinem geistigen Auge erschien Gül und lachte herzhaft über meine Gedanken.

Alle Klassen, alle Schüler und alle Lehrer waren im Gebäude verschwunden, und das riesige Sandspielfeld war plötzlich zu einer Wüste verödet. Ich fühlte, wie sich eine gewaltige Einsamkeit in mich senkte. Alles war in mir verdorrt. Nun musste ich auch gehen. Ich konnte nicht länger mutterseelenallein stehen.

Während ich durch die Blumenbeete vom Schulgarten mit seinem alten Baumbestand aufs Tor zusteuerte, versuchte ich mir Orhans Klasse vorzustellen. Im Geist tauchte auf der Bank, auf der Orhan saß, meine Erscheinung auf. Ich erhob die Hand und beantwortete die Frage des Lehrers.

Als ich durchs Schultor hinaustrat, standen dort die fliegenden Händler immer noch herum. Beim Puddingverkäufer kaufte ich Pudding. Der Mann wandte seine Fratze mit dem mindestens eine Woche alten Stoppelbart ungläubig zu mir. Dann bückte er sich und holte aus dem Glaskasten eine kleine Schale. Darauf schüttete er reichlich Traubensirup. Im Stehen aß ich, die befremdenden Blicke der fliegenden Händler waren auf mich gerichtet. Die leere Schale gab ich zurück und ging von dannen.

Als ich den Pudding aß, kam ich mir wie Orhan vor. Dann entfernte ich mich wieder von dieser Vorstellung. Gül kam mir in den Sinn. Würde ich wohl auf der Reise mit dem Ticket, das sie besorgen wollte, auch so aufgeregt und beflügelt sein und am Zielort ähnliche Empfindungen haben wie Orhan heute am ersten Schultag?

35

Meine Mutter machte die Tür auf und sagte, dass Gül angerufen habe. Sie ließ die Tür nicht los, mit der anderen Hand hielt sie sich am Türrahmen fest. Sie versperrte den Zutritt, als wollte sie mich nicht hereinlassen. Sie richtete aus, Gül wollte, dass ich sofort zu ihr ginge. Verdutzt fragte ich:

»Wohin denn zu ihr?«

»Natürlich zu ihr nach Hause«, sagte Mutter. Ihre Stimme habe sehr aufgeregt geklungen am Telefon. »Was hat das Mädchen wohl?«, sprach Mutter besorgt. ›Ist wohl nichts Schlimmes, meine Tochter?‹, hätte sie sie gefragt. ›Nein, nichts‹, hätte Gül gesagt, ›ich will ihn nur sprechen.‹ ›Wenn du willst, komm zu mir‹, hatte Mutter ihr vorgeschlagen, ›hier kannst du auf ihn warten.‹ Doch Gül sei darauf nicht eingegangen. ›Bitte, er möchte sofort hierher kommen‹, habe sie darauf bestanden.

Nach den Worten meiner Mutter wollte ich sowieso nicht mehr eintreten. Vor der Tür machte ich kehrt. Unterwegs kamen mir unmögliche Sachen in den Sinn. Ich war nicht gewöhnt, über eine mir unbekannte Lage, gar über künftige Dinge nachzudenken. Deshalb staunte ich selbst über die möglichen Vorstellungen, die sich mir aufdrängten.

Bekam sie vielleicht keine Flugtickets? Aber wenn nicht für die eine Maschine, so hätte sie doch für irgendeine andere Plätze gekriegt. Wenn nicht für den gewünschten Tag, so bestimmt für irgendeinen anderen. Es schied also aus, dass sie keine Tickets bekam. Oder wollte sie auf einmal doch nicht fliegen? Diese Möglichkeit bestand. Doch was war der Grund? Diese Frage verwandelte sich in eine leise Furcht. Warum hätte sie denn auf den Flug verzichtet? Oder wollte sie mich nicht mitnehmen und mir das mitteilen? Doch Gül war kein Mensch, der unüberlegte Beschlüsse fasste. Wenn sie hätte darauf verzichten sollen, dann hätte sie mich von Anfang an nicht mitnehmen wollen. Außerdem, wenn sie mir nur das mitteilen wollte, wäre sie zu uns gekommen und hätte auf mich gewartet. Das hätte sie mir auch bei uns sagen können.

Stimmte das wirklich? Wollte sie nicht, dass Vater und Mutter es erfuhren, oder scheute sie sich, bei ihnen einen solchen Meinungsumschwung zu gestehen? Das könnte sein, denn besonders Mutter unterstützte nicht nur Güls Vorhaben mit mir, sondern sie freute sich darüber noch mehr als Gül und ich. Sie könnte sich gescheut haben, sie auf einmal enttäuscht zu sehen.

In Güls Straße angekommen, sah ich, dass die Gasse von Feuerwehrwagen und einer Menschenmenge von Kindern und Erwachsenen versperrt war. Ich drängelte mich mit Mühe durch die Menge hindurch. Die Menschen guckten mich entweder schief an oder beschimpften mich mit groben Ausdrücken. Ich konnte nichts erwidern, ich konnte nicht um Verzeihung bitten.

»Was ist los hier?«, fragte ich ein kleines Kind.

»Feuer«, antwortete es.

Da funkte es bei mir, an dem Funken entflammte mein Hirn. Die Flammen nahmen die Gestalt Güls an. Als ich bei den Feuerwehrleuten ankam, züngelte mir Gül, die in meinem Kopf aus Flammen entstanden war, aus den Augäpfeln, den Ohren und aus dem Mund heraus. Mein ganzer Körper bestand aus Flammen.

Die Feuerwehr hatte den Brand gelöscht, spritzte das Wasser auf die letzten schwarzen Rauchschwaden. Aber von Güls Haus war nichts als verkohlte Balken übrig, nichts war gerettet worden.

Als Gül mich gewahrte, umschlang sie mich, schmiegte ihr Gesicht an meine Brust. Ich umarmte sie und drückte sie ganz fest an mich. Lange verharrten wir so. Als sie mir dann ihr Gesicht zeigte, war es von Tränen verschmiert, sie schluchzte.

Die Feuerwehrleute hörten mit dem Löschen auf. Dann betraten sie die Brandstätte und überprüften, ob noch etwas brannte. Sie packten ihre Schläuche und sonstigen Geräte auf die Wagen. Mit Hilfe der Sirenen machten sie sich durch die Menge langsam den Weg frei und fuhren weg. Nachdem sie nicht mehr zu sehen waren, hallten ihre Sirenen noch lange in den Ohren. Nach der Feuerwehr löste sich auch die Menge mit den Worten des Bedauerns, des Staunens und mit einem letzten Blick auf das niedergebrannte Haus und mit Kopfschütteln allmählich auf.

Gül fasste mich an der Hand und führte mich über die Schwelle des ausgebrannten Hauses. Von dem Haus war nichts übrig geblieben. Diese Schwelle hatte nichts mit der Schwelle gemein, die mich früher in Güls Haus geführt hatte. Diese Brandstätte hatte nichts von einem Haus, sie konnte höchstens eine Stätte für Fledermäuse sein.

Mit größter Vorsicht, auf Zehenspitzen, führte sie mich durch die Brandstätte. Als wir die Gartenstufen erreichten, blieb sie stehen, drehte sich um und betrachtete noch einmal von dort das ausgebrannte Haus. Dann deutete sie auf den Garten:

»Sieh, die Flammen kamen nicht bis zu den Bäumen, die Bäume sind nicht verbrannt, schön, nicht wahr?«

Ihr Gesicht glich dem Regenbogenhimmel nach Schauern.

Wir gingen die Stufen hinunter und schlenderten unter den Bäumen umher. Am Meer angelangt, starrten wir das Wasser und den Horizont auf der anderen Seite der Bucht an.

»Ich hatte so etwas erwartet«, murmelte sie. »Ich erwartete es, und ich befürchtete es. Aber ich sagte mir immer ›Unsinn‹ und versuchte den Gedanken zu vergessen. Ich wollte dich damit nicht belästigen. Ich hatte eine Vorahnung. Die endlosen Drohungen des Baulöwen Muzaffer ließen mich von solcher Furcht beschleichen. Er hatte zuletzt gedroht, ich würde meinen Starrsinn schwer zu bezahlen haben. Er ließ die Botschaft überbringen: Um ein neues Gebäude auf diesem Grundstück zu errichten, würde er, wenn nötig, die Bude darauf abreißen, auch abfackeln lassen. Bei meiner Vernehmung nannte ich den Bauunternehmer Muzaffer als verdächtige Person. In diesem Haus hat seit Tagen kein Herd gebrannt, keine Lampe, gab ich zu Protokoll. Ein Haus brennt nicht von selbst. Es ist in Brand gesteckt worden, und der Brandstifter ist der Bauunternehmer Muzaffer, sagte ich aus. Sie nahmen alles auf, aber ich erwarte keine Konsequenzen. Man wird schließlich behaupten, keine Beweise zu haben. Wenn es auch Beweise gibt, wird es sie doch nicht geben. Der Baulöwe Muzaffer kennt die Wege, vorhandene Beweise aus der Welt zu schaffen.«

Gül hielt inne. Sie richtete den Blick aufs weite Meer. Die Horizontlinie war heute dort, wo sich das Meer und der Himmel zusammenfanden, fein, aber klar gezogen. Ich richtete meinen Blick auf diese Linie. Ich vernahm die Stimmen nicht, die von hinten, von der Gassenseite drangen. Nur der Brandgeruch stieß von beiden Seiten an meine Nasenscheide.

»Das Feuer ist das Ende und der Anfang«, sprach Gül, in Gedanken verloren, ohne den Kopf zu wenden, als würde sie Selbstgespräche führen. »Das Feuer ist eines der Elemente, aus denen der Kosmos und das Leben entstanden. Es macht alles zu Asche, vernichtet alles, aber lässt gleichzeitig aus der Asche Rosen erblühen, wie du es sagst, es lässt Welten und Lebenswelten erstehen. Ohne Feuer gibt es kein Leben. Ich sehe an diesem Brand nichts Trauriges, schöpfe dagegen aus ihm Widerstandskraft. Dieser Brand wird meinen Widerstand gegen Leute wie den Baulöwen Muzaffer, gegen ihre unrechtmäßigen Profite, gegen Ausbeutung und Verbrechen an der Stadt und Umwelt schüren. Es wird nicht nach ihren Wünschen weitergehen, im Gegenteil, genau das wird geschehen, was sie zerstören und vernichten wollen. Die Seele meines Vaters wird sich nicht grämen.«

Gül verstummte. Dann setzte sie erneut an. »Hier werde ich unser altes Haus wieder errichten. Zwischen zwei Betonklötzen werde ich unser altes, zweistöckiges Holzhaus wieder bauen. Ich werde, wenn ich auch ganz allein bleibe, gegen diese Betonierung, gegen diese Verwüstung, gegen die Krankheit, alles in verdammtes Geld umzusetzen, ankämpfen. Unser ausgebranntes Haus wird aus dieser Asche wie eine Frühlingsblume wieder aufgehen.«

Sie sah mich an. Wartete. Sie wartete auf ein Wort von mir. Ja, nein, gewiss, aber ... Sie wartete auf irgendetwas von mir, wenn auch nur eine Silbe. Aber ihr Blick verschlug mir die Sprache, verknotete mir die Zunge. Als wäre ich durch ihren Blick erstarrt. Ich konnte die Lippen nicht bewegen, meine Wimpern verloren den Schlag, meine Augen, von ihren Blicken durchstochen, konnten sich nicht freimachen. Wie lange blieben wir so?

»Du denkst doch auch so wie ich, nicht wahr?«, sagte sie schließlich. Als wollte sie mir die Stimme, die versagte, wiedergeben. »Du unterstützt mich doch? Du wirst mir doch helfen, wir werden doch unser Haus gemeinsam wieder aufbauen, nicht wahr?«

Nicht die Zunge, sondern die Starre der Augen löste sich wieder. Als wollte ich ›selbstverständlich‹ sagen, nickte ich, ließ den Blick abgleiten. Gül umarmte mich. Ich umschlang sie, so fest ich konnte, küsste sie auf die Stirn, auf ihre feuchten Augen, auf ihre Nasenspitze, ihre Wangen und auf ihre Lippen, die ungewöhnlich fleischig wie ein Herzstück pochten.

»Ich werde alles machen, was du willst«, flüsterte ich. Mir war, als hätte ein Pfeil meine Zunge getroffen. Sagte ich: ›Ich werde machen?‹ Kam mir das erste Zukunftswort heraus? Dazu noch mit dem Verb ›machen‹; ich werde machen. Ich werde alles machen, was du willst. Was Gül will. Als wäre ein krankes Organ, das ständig gestochen hatte, wieder geheilt, als hätte sich bei mir eine Lücke geschlossen. Gül war angenehm überrascht, sah mich zuerst verwundert an, dann gab sie mir einen Kuss. »Ich wusste es«, sagte sie.

»Ich hab dir doch gesagt, das Feuer ist ein neuer Anfang. Wo Feuer fegt, dort wird es rein und sauber. Es ruft den Menschen zur Tat, zeigt den Weg, gibt neues Leben. Ich war bisher immer unschlüssig, was die Zukunft betraf. Sollten wir unsere

Wohnung, unser Leben in jenem Land auflösen, die Erinnerungen und Reste der dort verflossenen Jahre einbündeln und mit ihnen hierher zurückkehren, sollten wir unser neues, gemeinsames Leben, unser neues Haus, das uns endlich zusammenbringen soll, hier einrichten, oder sollten wir nicht wenigstens noch einige Zeit dort, in jenem Land, arbeiten und unser neues Leben dort beginnen? Ich gestehe offen, die Antwort auf diese Frage kannte ich bis heute nicht, und von Tag zu Tag wuchs diese Frage in mir zu einer schmerzlichen Geschwulst. Jetzt ist die Geschwulst ausgebrannt, der Schmerz hörte jäh auf. Unser weiteres Leben wollen wir hier aufbauen, hier auf dieser Brandstätte, von neuem, hell leuchtend, voller Hoffnung, voller Erwartung des Glücks. Aber um das zu verwirklichen, werden wir in das Land unserer Arbeit zurückkehren und dort noch für einige Zeit arbeiten. Dort wollen wir verdienen, was wir für den Aufbau hier brauchen, und wenn das Haus fertig ist, werden wir zurückkehren und hier weiterleben. Nicht wahr, Geliebter?«

»So ist es«, sagte ich. Unsere Augen lächelten einander an.

»Wenn es so ist, was stehen wir dann noch hier herum?«, fragte sie. »Wir müssen gleich gehen und unsere Tickets kaufen. Wegen dieses Brands konnte ich nicht daran denken, und es ist höchste Zeit. Deine Firma erwartet dich auch schon. Ich glaube nicht, dass man einem anderen einen so langen Urlaub gewährt. Wie viele Monate schon? Aber für einen Spezialisten wie dich ist es eigentlich nichts. Sie sollen ruhig warten.«

Sie nahm mich bei der Hand und zog mich in Richtung des abgebrannten Hauses. Wir stiegen die Treppen zum Saal hinauf. Als wir den Saal betraten, blieb sie stehen.

»Dieser Asche- und Kohlehaufen ist die Summe der Erinnerungen an meine Eltern. In dieser Asche wird der tiefe Grund deutlich, weshalb ich dir damals ins Ausland gefolgt bin.«

An ihren umherwandernden Blicken war das herzzerreißende Leid einer jungen Gazelle erkennbar, die in der Wüste ihre Mutter verloren hatte. Die Blicke eines Menschen, der sucht, aber nicht findet, und, anders als bei der Gazelle, weiß, dass er das Gesuchte niemals finden wird, der gekränkt wird, dessen Herz zerdrückt wird.

»Dir verdanke ich die wenigen heil gebliebenen Bilder und Gegenstände«, sagte Gül. »Wärst du nicht dorthin gegangen und wäre ich dir nicht nachgegangen, um dich zu sehen, in deiner Nähe zu sein, wären diese Erinnerungsstücke jetzt auch in diesem Aschenhaufen. Außer den Erinnerungen, die in mein Gedächtnis eingeritzt sind, sind jetzt ein paar Fotos und einige Gegenstände, die ich berühren und die Wärme der Erinnerung spüren kann, in meiner Wohnung dort. Wir sollen sie nicht länger allein lassen. Lass uns zu ihnen fliegen und ihre Einsamkeit beenden. Wir sollten ihnen Wärme bringen und an ihrer Wärme teilhaben.«

Sie versank in Gedanken. Diese Sprache von ihr war mir neu. Sie hielt noch meine Hand. Sie drückte sie fest und zog sie zu sich.

»Dieser Brand ist etwas Gutes«, sagte sie unvermittelt. »Je länger ich darüber nachdenke, um so mehr glaube ich an seine Notwendigkeit. Auch diese Gesellschaft brodelt unruhig. Sie kocht und knistert. Vielleicht sieht es wie ein Chaos der Werte aus, aber ich glaube, dieses Lodern verheißt am Ende eine neue Ordnung. Aus dieser gesellschaftlichen Gärung werden die neuen Werte und Ideen, die neuen Taten, die neue Gesellschaft der Zukunft hervorgehen. Ich denke, es gibt keinen Grund für Pessimismus. Auch wenn sie ausbrennt, werden aus ihrer Asche Rosen erblühen. Sieh, die Menschen durchleben jetzt einen großen Irrtum. Nein, sie durchleben ihn nicht, sondern sie verbrennen in ihren Irrtümern, sie verbrennen in ihren glühenden Irrtümern. Mit der Waffe in der Hand ermorden sie sich gegenseitig. Die sterben, die töten, im Grunde alle brennen aus zur Asche. Dieser Irrtum, in den sie selber hineinschlittern oder auch sich blindlings hineintreiben lassen, wird gewiss die innere Verwandlung der Gesellschaft zur Konsequenz haben. Denn auch dieser Irrtum wird nicht bis in alle

Ewigkeit fortdauern. Nach einer bestimmten Zeit wird er einen Aschehaufen hinter sich lassen. Aus jenem Aschehaufen werden die Rosen der neuen Gesellschaft erblühen.«

»Sicher«, sagte Gül und hielt inne. »Sicher hätten wir unser altes Haus mit festem Fundament wie Bauwerke unter Denkmalschutz sanieren können, ohne es zu zerstören. Das wäre natürlich schöner gewesen, die Erinnerungen daran, wertvolle Gegenstände, schöne Möbel wären auch nicht zur Asche geworden. Aber geschehen ist geschehen. Wir werden uns deshalb vor dem Baulöwen Muzaffer nicht beugen und alle unsere Werte, unsere ganze Existenz nicht aufgeben. Wir werden das neue Haus hier selber entwerfen und selber bauen. Nicht so, wie es der Baulöwe Muzaffer will, sondern so, wie wir es wollen. Und die Erinnerungsstücke, die überlebt haben, wollen wir in ihm aufbewahren. Und den neuen Gegenständen und Möbeln, die wir erstehen, werden wir den Geschmack und die Wärme der Erinnerung übertragen.«

Gül schritt vor und trat von der Brandstätte hinaus auf die Straße. Sie hielt meine Hand ganz fest.

Ich folgte ihr.

36

Die letzten beiden Tage lehrten mich, was Stress war . Mit Gül gingen wir ins Reisebüro einer preisgünstigen Chartergesellschaft. »Da Sie nicht mit uns geflogen sind, haben wir keine Plätze für den Rückflug«, sagten sie. Gül versuchte ihnen klar zu machen, dass wir unmöglich mit ihnen herfliegen hätten können. Sie gab zu verstehen, den Direktor der Gesellschaft persönlich zu kennen. Per Fax fragten sie in der Zentrale nach. Die Zentrale war in dem Land, in dem Gül arbeitete. Als auch von dort ein negativer Bescheid kam, eilten wir zu der anderen, offiziellen und nach Güls Meinung etwas teureren Gesellschaft. Gül war schließlich sehr froh, dort die Tickets kaufen zu können.

»Morgen ist die Reise«, sagte sie, als wir aus dem Reisebüro hinaustraten. »Jetzt müssen wir sofort mit den Reisevorbereitungen beginnen.«

Ich hätte diese Reise überhaupt nicht erwartet. Plötzlich überraschte sie mich. In der kurzen Zeit musste ich eine Reihe Vorbereitungen treffen. Die Tickets waren da. Aber es war noch an meinen Pass und Ausweis zu denken. Welche Kleidungsstücke sollte ich einpacken? Welche Socken und Unterwäsche und Hemden sollte ich mitnehmen? Welche Schuhe? Alles packte ich ordentlich in den Koffer. Zahnpasta und Zahnbürste, Rasierapparat, alles verstaute ich im Koffer.

»Wir wollen für uns etwas einkaufen«, schlug Gül vor. »Und auch für unsere Freunde und Bekannten wollen wir Geschenke mitnehmen.«

Einige Stunden ehe wir zum Flughafen fuhren, rannten wir in verschiedene Läden und Geschäfte. Wir kauften Blätterteigsüßspeise, rohen Blätterteig und viele andere Sachen. Wir rannten wieder nach Hause, das Eingekaufte verstauten wir auch in Koffern und Taschen.

Orhan wartete schon zu Hause auf uns. Wir hatten ihn über unseren Abflug informiert. Meine Mutter erwartete uns auch. In heller Aufregung. Mein Vater wartete äußerlich ganz ruhig auf uns. Er betete.

Als wir reisefertig waren, war es schon beinahe zu spät. Wir riefen ein Taxi. Wir nahmen alle fünf Platz. An beiden Seiten wehte die Stadt wie ein sonderbarer Bilderwind. Dieses Wehen machte mich im Wagen schwindelig. In mir spürte ich etwas Herbes. Etwas Undefinierbares zerbrach in mir. War der Grund dafür, dass ich mich von dieser Stadt trennte oder von meinen Eltern und Orhan? Oder war der Grund, dass ich in ein anderes, fernes, fremdes Land – auch wenn Gül behauptete, ich kennte es – fuhr? Oder wegen der Erwartungen, die ich mir nicht konkret vorstellen konnte, auf ein neues Leben mit Gül ganz allein, mit Gül zu zweit?

Der Flughafen glich einer anderen Art von Marktplatz. Zwar wurden dort nicht Obst und Gemüse, nicht Fisch und Gewürze, nicht Schuhe und Stoffe oder Ähnliches verkauft, doch ein Menschenauflauf mit Frauen und Männern, Alten und Kindern machte das Durchkommen fast unmöglich. Ein Dröhnen von Stimmen verschluckte die Worte des Nebenstehenden. Nur die elektronische Gewalt der Lautsprecher, aus denen immer wieder eine mechanische Stimme mit gekünstelter Betonung erklang, konnte das Gedröhne überbieten.

Am Ende einer Menschenschlange, die sich durch Koffer, Taschen, Beutel und Bündel endlos hinzog, stellten wir uns auch mit den Gepäckstücken an. Durch das ununterbrochene, ohrenbetäubende Gedröhne in der Halle und die Aufregung, die mir das Herz in den Mund trieb, war ich ganz benommen. Ein Übriges taten die Worte, die mir in allen möglichen Sprachen ans Ohr stießen. Neben solchen, die sich verständlich herausschälten, gab es etliche, die mir in Nebelschwaden total unverständlich ins Ohr drangen.

Man kam in der Schlange sehr langsam voran. Schritt für Schritt schleppten wir unsere Koffer und Taschen mit uns. Wir schwiegen, Gül und ich; wenn sich zwischendurch unsere Blicke trafen, lächelten wir. Ich spürte an meinem Lächeln eine gewisse Anspannung. Meine Mutter erzählte Gül unentwegt etwas. Mir war es nicht danach, ihren Worten zu lauschen. Daher wusste ich nicht, worüber sie sprachen. Orhan sagte hin und wieder ein Wort, dann hüllte er sich in ein langes Schweigen. Die Worte zwischendurch zwang er sich deshalb ab, weil das ständige Schweigen ihn bedrückte, weil er vielleicht dachte, es wäre mir gegenüber kein gutes Benehmen, dauernd zu schweigen. Doch ich kannte Orhan inzwischen gut. Ich wusste, dass er dann schwieg, wenn Schweigen angebracht war und das Schweigen eine andere Form der intensiven Kommunikation zwischen uns darstellte.

»Was meinst du, soll ich hier zur Uni gehen oder wie du auch in Europa oder in Amerika studieren?«, fragte er nach langem Schweigen.

»Wenn der Tag gekommen ist«, sagte ich unüberlegt. Manche Floskeln kamen mir inzwischen von selbst über die Lippen. Ich brauchte nicht mehr nachzudenken, nach Worten zu suchen, im Kopf den Satz zu bauen, bevor ich sprach. Ich hatte mich immer nach diesem Zustand gesehnt. Hatte ich die Menschen um mich auch deshalb beneidet?

Oder bedeutete diese Selbsttätigkeit das Ende des Prozesses? Würde ich mich ab jetzt überhaupt nicht mehr entwickeln und verändern? Wenn das so war, dann hatte ich noch den Trost, dass mir nicht jedes Wort automatisch als Floskel über die Lippen kam. Hin und wieder sprachen sich solche Floskeln von selbst, doch im Großen und Ganzen war das Sprechen für mich immer noch eine mühsame, anstrengende Tätigkeit.

Wir standen nun vorm Schalter. Seitdem wir hier angekommen waren, hatte mein Vater den Mund nicht aufgemacht. Den Mund nicht aufgemacht, aber die kaum merkbare, lautlose Bewegung seiner Lippen konnte auch nicht aufhören. Innerlich sprach er ständig Gebetsverse. Anscheinend hatte er Freude und Vertrauen darauf, das innerlich Gesprochene zwischen den Lippen zu spüren, die lautlosen Worte wie Perlchen mit den Lippen zu berühren.

Die Tickets und Ausweise wurden kontrolliert, das Gepäck wurde abgefertigt. Ich drehte den Kopf nach hinten, die Schlange zog sich hin. Als hätten wir uns vorhin nicht ans Ende derselben Schlange gestellt, als hätten wir immer schon ganz vorne gestanden.

Vor weiteren Kontrollen und vor dem Eintritt in die Abtastkabine war der Augenblick der Trennung von Mutter, Vater und Orhan gekommen. Wir umarmten jeden einzeln. Mutter küsste mich auf Wangen und Augen. Sie wandte sich zu Gül und sagte:

»Er ist zuerst Gott, dann dir anvertraut, meine Tochter.«

Mit Vater umarmten wir uns. Jedes Benehmen war bei ihm anders als bei Mutter. Und ich küsste Orhan auf beide Wangen.

»Ich werde dir schreiben und von der Schule berichten«, sagte er.

Ich lächelte ihn an. Ihm gegenüber, ich wusste nicht, warum, nicht Mutter und Vater gegenüber, aber Orhan gegenüber spürte ich ein Ziehen in der Nasenwurzel. Von beiden Seiten drückte das Ziehen auf die Nasenscheidewand. Das Ziehen wollte sich bis in die Augen dehnen, doch es kam keine Träne. Wir drehten uns um und gingen. Gül drehte sich immer wieder um und winkte, sie lächelte ihnen zu. Mein Hals glich einem Stahlrohr. Ich konnte den Kopf nicht noch einmal umdrehen.

37

Wir waren an Bord. Ich zog den Gurt fest und löste ihn während des Flugs nicht mehr. In meinem Kopf war es wie jenseits des Fensters: ganz leer und endlos. Plötzlich war ein Gepolter zu hören. In den leeren Raum in mir floss Furcht. Als führen wir mit dem Wagen auf einer holprigen Straße mit Steinen und Schlaglöchern. Das Flugzeug rüttelte und schüttelte sich mit lautem Klappern.

»Hast du Angst?«, fragte Gül. In ihrer Stimme lag Liebenswürdigkeit. Ich senkte die Lider, als wollte ich bejahen.

»Hier ist es immer so«, sagte sie ohne eine Spur von Angst. Sie lächelte und schlürfte den Kaffee, den die Hostess serviert hatte. »Das kommt von den Luftbewegungen hier. Gleich wird es vorbei sein.«

Mit diesen Worten fasste sie mich an der Stirn und zog mich zu sich. Mein Kopf schmiegte sich ohne Widerstand an Güls

Brust. Sie war angenehm weich. Durch ihre Körperwärme machte ich die Augen zu. Die Angst entwich aus mir. Mein Ich, mein Selbst entwich. Mit geschlossenen Augen floss ich durch Güls Brust in sie hinein. Ich vermischte mich mit Gül.

Rotbuch – Literatur

Dermot Bolger
Journey Home. Roman
Aus dem Englischen von
Thomas Gunkel
336 Seiten. TB 1027

Dermot Bolger
Die Versuchung. Roman
Aus dem Englischen von
Thomas Gunkel
270 Seiten. Gebunden

Peter O. Chotjewitz
Als würdet ihr leben. Roman
234 Seiten. Gebunden

Peter O. Chotjewitz
Das Wespennest. Roman
328 Seiten. Gebunden

John F. Deane
Im Namen des Wolfes. Roman
Aus dem Englischen von
Hans-Christian Oeser
230 Seiten. Gebunden

Ellis Deeney
Der Tanz der Tänzer. Roman
Aus dem Englischen von
Gabriele Haefs
236 Seiten. Gebunden

Akos Doma
Der Müßiggänger. Roman
350 Seiten. Gebunden

Thea Dorn
Die Hirnkönigin. Roman
298 Seiten. Gebunden

Thea Dorn
Ultima Ratio
Erzählungen und Kolumnen
128 Seiten. Gebunden

Dario Fo/Franca Rame
Sex? Aber mit Vergnügen! – und andere starke Frauen-Rollen.
Theaterstücke
Aus dem Italienischen von Franca
Rame und Renate Chotjewitz-Häfner
426 Seiten. Gebunden

Christian Geissler (k)
ein kind essen
liebeslied
148 Seiten. Gebunden

Christian Geissler (k)
Klopfzeichen
Gedichte von 83–97
138 Seiten. Gebunden

Christian Geissler (k)
Wildwechsel mit Gleisanschluß
Kinderlied
126 Seiten. Gebunden

Bill James
Rivalen. Roman
Aus dem Englischen von Gerold Hens
290 Seiten. Gebunden

Renate Klöppel
Der Pass. Roman
216 Seiten. Gebunden

Das vollständige Programm
finden Sie unter www.rotbuch.de

Rotbuch – Literatur

Henning Klüver
Dario Fo. Biographie
139 Seiten. Broschur

Agota Kristof
Das große Heft. Roman
Aus dem Französischen von
Eva Moldenhauer
168 Seiten. Gebunden

Helga Kurzchalia
Im Halbschlaf. Roman
200 Seiten. Gebunden

Rudolf Lorenzen
Cake Walk oder Eine katalanische Reise in die Anarchie.
Roman
586 Seiten. Gebunden

MACHT.
Organisierte Literatur
286 Seiten. Broschur

Peter Matthiessen
Far Tortuga. Roman
Aus dem Englischen von
Joachim Kalka
450 Seiten. Gebunden

Patrick McCabe
Der Schlächterbursche. Roman
Aus dem Englischen von
Hans-Christian Oeser
260 Seiten. Gebunden

Patrick McCabe
Von Hochzeit, Tod und Leben des Schulmeisters Raphael Bell und wie dem Affengesicht Malachy Dudgeon die Liebe abhanden kommt. Roman
Aus dem Englischen von
Hans-Christian Oeser
292 Seiten. Gebunden

Patrick McCabe
Stadt an der Grenze. Roman
Aus dem Englischen von
Hans-Christian Oeser
240 Seiten. Gebunden

Eoin McNamee
Belfaster Auferstehung. Roman
Aus dem Englischen von
Hans-Christian Oeser
275 Seiten. Gebunden

Tobias O. Meißner
HalbEngel. Roman
248 Seiten. Gebunden

Amanda Michalopoulou
So ist das Leben. Roman
Aus dem Griechischen von
Birgit Hildebrand
376 Seiten. Gebunden

Sabine Naber
Die Namensvetterin. Roman
260 Seiten. Gebunden